Robert C. Marley

Inspector Swanson
und der Fall Jack the Ripper

AF204628

Inspector Swanson

und der Fall Jack the Ripper

Ein Kriminalroman
aus dem Jahre 1888
von Robert C. Marley

Robert C. Marley, Inspector Swanson
und der Fall Jack the Ripper.
Ein Kriminalroman aus dem Jahr 1888.
Dryas Verlag 2023

3. Auflage
ISBN 978-3-940855-59-6

Dieses Buch ist auch als E-Book erhältlich und
kann über den Handel oder den Verlag bezogen werden.
E-Book ISBN 978-3-941408-80-7

Herstellung: Dryas Verlag, Hamburg
Lektorat: Andreas Barth, Oldenburg
Korrektorat: Birgit Rentz, Itzehoe
Umschlaggestaltung: © Guter Punkt – Agentur für Gestaltung
und Buchdesign, München (www.guter-punkt.de)
Umschlagmotive: © Jim Barber / shutterstock und
© Duncan P. Walker / iStock
Grafik: England people and customs © kuco - Fotolia.com /
London cab near Big Ben © Ievgen Melamud - Fotolia.com /
Lamplight © Al - Fotolia.com / Ripper Grunge © Al - Fotolia.com /
Jack the Ripper Background © Al - Fotolia.com
Satz: Dryas Verlag, Hamburg
Gesetzt aus der Palatino Linotype

Bibliografische Information der Deutschen Nationalbibliothek:
Die Deutsche Nationalbibliothek verzeichnet diese Publikation
in der Deutschen Nationalbibliografie; detaillierte bibliografische
Daten sind im Internet über http://dnb.d-nb.de abrufbar.

Der Dryas Verlag ist ein Imprint der
Bedey & Thoms Media GmbH,
Hermannstal 119k, 22119 Hamburg.

Für Rosie und Stewart Evans

Und für Nevill Swanson

Vorwort

von Stewart P. Evans

Seien wir ehrlich: Zunächst einmal müssen wir der Tatsache ins Auge sehen, dass wir die wahre Identität des unbekannten „Whitechapel-Mörders" von 1888 niemals kennen werden, der der Welt unter dem treffenderen Spitznamen „Jack the Ripper" bekannt geworden ist. Und dieser Name war, meiner Meinung nach, zweifellos eher die Erfindung eines „geschäftstüchtigen Journalisten" als die des Mörders selbst.

Theorien zu seiner Identität kamen bereits 1888 auf und vermehren sich bis heute – einige realistisch, aber die Mehrzahl weit hergeholt oder phantastisch. Nicht allzu viel an dem Fall ist mit absoluter Sicherheit bekannt – nicht einmal die exakte Zahl seiner tatsächlichen Opfer. Phantasie und Mythos haben sich mit den Jahren darüber gelegt, und es gibt nicht viele, die in der Lage sind, erfolgreich Fakt von Fiktion zu trennen. Dies führte dazu, dass Jack the Ripper und die kurzlebige Serie ungelöster Morde ein attraktives Thema für den Romanautor geworden sind. Sogar der große, fiktive Detektiv Sherlock Holmes ist schon mehr als einmal gegen den unbekannten Killer angetreten.

Und ein gut geschriebener Roman mit einer wohldurchdachten Lösung, wie im vorliegenden Fall, kann bei Weitem vergnüglicher sein als die ungeschminkten, aber zwangsläufig enttäuschenden Tatsachenberichte. Mein alter Freund, der verstorbene Colin Wilson, bemerkte einmal, dass es für ihn kein sonderlich beruhigender Gedanke sei zu sterben, ohne die Identität des Rippers zu kennen. Traurigerweise haben wir nie eine Lösung zu diesem fortdauernden Kriminalmysterium gefunden.

Chief Inspector Donald Swanson (der Rang, den er zur Zeit der Morde innehatte, ehe er kurz vor seiner Pensionierung 1903 zum Superintendent befördert wurde) leitete die Ermittlungen. Wenn es irgendjemanden gab, der über die Fakten des Falles Bescheid wusste, dann war er es. Und so ist es nur folgerichtig, dass er der Hauptprotagonist dieses auf Fakten basierenden Romans ist.

Robert stellt uns in seinem neuesten Roman ein Aufgebot der über die Jahre vorgeschlagenen „Verdächtigen" ebenso vor wie die Briefe, von denen man behauptete, sie stammten vom Mörder. Der Irrenarzt Dr. Forbes Winslow hat einen bedeutenden Auftritt, und all jene, die mit der Ripper-Kunde vertraut sind, werden viele der Charaktere im Buch wiedererkennen. Sogar die Königliche Verschwörungstheorie wird behandelt.

„Inspector Swanson und der Fall Jack the Ripper" ist ein Vergnügen für jeden Jack-the-Ripper-Kenner, der ein unterhaltsames Schauspiel zu schätzen weiß, das auf geschickte Weise Fakt und Fiktion zu einer amüsanten, vielleicht sogar befriedigenden Lösung des Rätsels verwebt und in dem die meisten der tatsächlichen Akteure im Ripper-Drama eine Rolle spielen.

„Wenn der Unsinn Gewicht besäße,
dann würde der Unsinn,
der über diese Morde gesprochen
und geschrieben worden ist,
ein Panzerschiff zum Sinken bringen."

Sir Robert Anderson,
zur Zeit der Ripper-Morde
Leiter der Kriminalabteilung von Scotland Yard
in seinen Erinnerungen 1910

Vorbemerkung

Wer war Jack the Ripper?

Diese Frage beschäftigt die Welt seit mehr als 120 Jahren.

Meine völlig neue Antwort darauf, wer hinter den Whitechapel-Morden steckte, und vor allem, was ihn dazu antrieb, finden Sie in diesem Roman. Er ist das Ergebnis 25-jähriger Recherchearbeit. Und auch wenn ich mir aus verschiedenen Gründen einige Freiheiten mit den darin vorkommenden Personen herausgenommen habe, basiert diese Geschichte auf Tatsachen. Sämtliche Schlüsse, die zur Identität Jack the Rippers führen, sind durch Fakten belegt.

Es sei noch hinzugefügt, dass Band zwei der Abenteuer um Inspector Swanson fünf Jahre vor den Ermittlungen im Fall des berühmten blauen Hope-Diamanten spielt.

R.C.M.

ERSTER TEIL

Martha Tabram

Montag. – Zeitungen voll von der letzten Tragödie. Eine von ihnen deutete an, dass der Mörder ein Mann sei, der einen blauen Mantel trage. Verhaftete drei Blau-Mantel-Träger auf Verdacht.

Punch, 22. Sept. 1888,
Ein Kriminalbeamten-Tagebuch à la mode

KAPITEL 1

Mr John Saunders Reeves krempelte die abgewetzten Ärmel seines fadenscheinigen blauen Hemdes herunter und stand vom Küchentisch auf. Er ließ den Teller stehen, wischte sich die Reste der Sülze, die er zum Frühstück gehabt hatte, mit einem ihm sauber erscheinenden Zipfel der Schürze seiner Frau von Mund und Händen und ging in den kalten Wohn- und Schlafraum hinüber. Die fleckige Arbeitsjacke hing über dem Bettpfosten, und er warf sie sich über, ehe er Laurie einen Kuss auf die Stirne drückte und die Wohnung verließ.

Es war vier Uhr fünfzig. Die ersten Vorboten des neuen Tages fielen als bläulich-graue Schimmer durch die schmutzigen Scheiben herein, reichten aber noch nicht aus, das Treppenhaus hinlänglich zu erleuchten.

Der Markt öffnete seine Tore erst in einer guten Stunde, doch Reeves, der hoffte, sich eines Tages ein kleines Häuschen in Devonshire leisten zu können, liebte die frühen Morgenstunden. Nicht zuletzt deshalb hatte er einen einfachen Reinigungsjob der Gemeinde St. Jude's angenommen. Kaum mehr als ein Zubrot, aber den Boden der kleinen Kirche aufzuwischen, die Bänke sauber zu halten und neue Kerzen in die Wandhalter zu stecken, war weiß Gott keine sehr zeitaufwendige Arbeit. Sie ließ sich leicht in einer Dreiviertelstunde erledigen und brachte ihm am Monatsende immerhin einen Shilling zusätzlich ein. Reeves konnte von Glück sagen, dass er überhaupt einen Penny dafür bekam, denn normalerweise wurden solche Aufgaben ehrenamtlich übernommen. Allein der Güte des Vikars und dessen Gattin war es zu verdanken, dass ihm und Laurie dieser Segen zuteilgeworden war.

„Verflucht!" Er rutschte auf dem feuchten Stein der Treppe aus, als er auf dem breiten Treppenabsatz des ersten Stockwerks in eine Pfütze trat. Haltlos ruderte Reeves mit den Armen, streckte reflexartig die Hände nach dem maroden Holzgeländer aus und hielt sich keinen Augenblick zu früh daran fest. Eine Sekunde später und einen Schritt weiter, und er hätte die Stufen verfehlt und sich den Hals gebrochen.

Er zog sich hoch, wandte sich um. Urin, war sein erster Gedanke, als er die Silhouette der schlafenden Gestalt in der Ecke bemerkte. Diese verdammten Penner urinierten, wo sie standen und saßen. „Raus hier, Mann!", schrie er. „Steh auf und hau ab!"

Keine Reaktion folgte. Nichts.

„Wach auf, hab ich gesagt!" Reeves packte den Schläfer am Kragen und versuchte ihn wachzurütteln – ein penetranter Eisengeruch ließ ihn jedoch zurückfahren.

Blut!

Die Gestalt sackte leblos in sich zusammen. Ihr Kopf fiel haltlos zur Seite. Das, was er für einen dösenden Pennbruder gehalten hatte, war, wie er nun deutlich sah, die Leiche einer vielleicht dreißigjährigen Frau.

Sie schien nur so in Blut zu schwimmen. Ihr Körper war größtenteils im Schatten verborgen, aber das durch das Fenster einfallende Licht spiegelte sich deutlich im matten Glanz ihrer weit geöffneten Augen.

Erinnerungen an die Frau, die man im April keine hundert Meter von hier halb tot in Wentworth Street gefunden hatte, stiegen in Reeves hoch. Er würde unverzüglich Hilfe herbeiholen müssen. Aber wohin sollte er laufen? Die rückwärtige Seite des Vikariats grenzte an den George Yard und lag nur einen Steinwurf weit entfernt – wesentlich näher als die Polizeistation.

Er sprang die Stufen hinunter und rannte los.

Lautes Rufen und das heftige Krachen des Türklopfers rissen Reverend Samuel Augustus Barnett, Vikar von St. Jude's, fast augenblicklich aus seinem seligen Schlummer. Er schlug die Bettdecke beiseite, tastete nach den Zündhölzern und der Kerze und schlüpfte in seine Pantoffeln.

„Was ist denn, Samuel?" Mrs Barnett blinzelte aus halb geschlossenen Augen gegen das Licht des aufflammenden Streichholzes. „Was hat das Klopfen zu bedeuten?"

„Nichts, Hetty. Schlaf weiter, Liebes. Ich werde gehen und nachschauen." Der Vikar trug das brennende Wachslicht vor sich her auf den Flur. Das Pochen des Türklopfers dröhnte derweil wie Donnerhall durch das kleine Pfarrhaus.

Als Barnett den Riegel zurückschob und die Tür aufschwang, da fiel ihm Reeves beinahe in die Arme. „John, großer Gott, kommen Sie herein. Weshalb machen Sie denn solch einen Heidenlärm?"

„Reverend ..." Er war dermaßen außer Atem, dass er kaum ein Wort herausbrachte. Mit beiden Armen stützte er sich, keuchend und nach Luft schnappend, am Türpfosten ab.

„Was ist los, John? Stimmt etwas nicht mit der Kirche?" Barnett ergriff ihn an den Schultern. „Ein Feuer?"

„Eine Leiche ... Reverend!" Reeves erstickte fast an seinem eigenen Speichel. „Drüben in George Yard Buildings! Und es ist schon wieder eine Frau!"

Chief Inspector Donald Sutherland Swanson stand im Treppenhaus von Nummer 37 George Yard Buildings und blickte auf die tote Frau hinunter. Sie lag in einer riesigen verschmierten Blutlache, die sich fast über den gesamten Boden ausgebreitet hatte. Eine alte braune Packdecke war über den Leichnam gebreitet, ließ nur den Kopf und die Füße frei und hatte einiges von dem Blut aufgesogen.

Swanson zog seine Taschenuhr hervor. Es war kurz nach sieben am Morgen. Vor einer Stunde hatte man ihn aus dem Bett geholt. Erst gestern hatte er Superintendent Arnold gegenüber erwähnt, dass ihn die Schreibtischarbeit zu langweilen begann, und prompt schickte man ihn nach Whitechapel. Die Sonne ging allmählich auf. „Wann hat man sie gefunden?", fragte er.

„Der Mieter aus der oberen Etage fand die Leiche gegen Viertel vor fünf", sagte Detective Inspector Edmund Raid, der zuständige Beamte vor Ort. „Hielt sie zunächst für einen betrunkenen Obdachlosen, bis er das ganze Blut sah."

„Was tat er dann?"

„Rannte rüber zur Kirche und weckte den Vikar", sagte Raid.

„Warum dorthin? Weshalb suchte er keinen Polizisten?"

„Schien ihm wohl das Naheliegendste zu sein." Raid breitete die Arme aus. „Weckte den Vikar und rannte dann los, einen Constable zu suchen."

Swanson nickte. „Wo ist der Mann jetzt?"

„In seiner Wohnung. Hat ihn ziemlich mitgenommen."

„Wer hat die Leiche abgedeckt?"

„Das war Dr. Killeen, der Polizeiarzt. Wir holten ihn aus seiner Praxis in Brick Lane."

Swanson schüttelte den Kopf. Er fragte sich, warum zum Teufel solche Dinge immer wieder geschahen? Dabei gab es strikte Vorschriften, was das Verhalten von Ärzten am Tatort betraf. Und eine davon besagte, den Schauplatz des Verbrechens bei der Untersuchung des Leichnams so wenig wie möglich zu verändern. War es in diesem Fall lediglich mangelnder Erfahrung geschuldet oder steckte womöglich etwas anderes dahinter? „Er hat vermutlich wertvolle Spuren verwischt. Dachte er, der Frau sei kalt?"

Raid zuckte die Achseln. „Ich habe gleich nach ihm schicken lassen, als ich hörte, Sie würden kommen. Ich weiß auch nicht, wo er bleibt."

„Schon gut. Ich werde mich später mit ihm unterhalten. Dieser Reverend Barnett – haben Sie schon mit ihm gesprochen?"

„Nein, Sir. Das wollte ich machen, sobald wir hier fertig sind."

Detective Constable Peter Phelps erschien auf der oberen Treppe, stopfte seinen Notizblock in die Manteltasche und breitete mit einem enttäuschten Seufzer die Arme aus. „Nichts, Sir. Keiner der anderen Mieter hat irgendwas gehört, geschweige denn gesehen."

Der junge Constable war Swanson seit gut einem Jahr unterstellt, und ihm oblag es, Phelps im Auge zu behalten, während er allmählich seine ersten Erfahrungen sammelte. Phelps würde schon zurechtkommen, da war er sich sicher. Lange hatte er keinen Constable mehr unter sich gehabt, dem er mehr zutraute. Er besaß eine gute Beobachtungsgabe. Und er hatte Biss. Was man von der Jugend heutzutage sonst kaum noch behaupten konnte.

Swanson legte Raid eine Hand auf die Schulter. „Bleiben Sie bei Phelps und geben Sie Acht, dass niemand die Leiche anrührt. Ich werde inzwischen den Reverend aufsuchen. Kennen Sie ihn?"

„Jeder hier kennt ihn", sagte Raid. „Er und seine Gattin kümmern sich seit Jahren um die Armen hier im Viertel. Er gibt ihnen Arbeit und ihrem Leben einen Sinn."

„Wie finde ich zu ihm?"

„Die Kirche liegt gleich nebenan. Sie können sie gar nicht verfehlen."

Swanson bedankte sich und war eben im Begriff zu gehen, als Dr. Killeen schnaufend die Stufen heraufgeschritten kam – ein hochgewachsener junger Mann, der frisch von der Universität zu kommen schien –, seine

Tasche abstellte und sich zur Begrüßung grinsend mit zwei Fingern an den Zylinder tippte.

Raid stellte Swanson und Phelps vor und ging dann nach unten, um die Absperrung zu kontrollieren.

Swanson fragte ohne Umschweife: „Was können Sie uns über die Frau sagen, Dr. Killeen?"

„Nun, sie ist tot, nicht wahr?" Killeen grinste zerknirscht, als er merkte, dass sein kleiner, unangemessener Scherz an Swanson abprallte. Er räusperte sich unbehaglich und sagte: „Die Frau wurde erstochen. Ihre Leiche weist eine beachtliche Anzahl Stichwunden auf; ganze neununddreißig, um genau zu sein. Fünf davon in der linken Lunge, zwei in der rechten. Ihr Mörder hatte es offensichtlich in der Hauptsache auf ihre Brüste und ihren Unterleib abgesehen. Zum Tod führte vermutlich ein einzelner Stich ins Herz."

Swanson sah Phelps, der mit offenem Mund dastand, auffordernd an. „Das wäre jetzt der richtige Zeitpunkt, Block und Bleistift zu zücken, Constable."

„Bitte entschuldigen Sie, Sir", sagte Phelps und kramte in seinen Taschen. Als er beides endlich gefunden hatte, begann er eilfertig, sich Notizen zu machen.

Swanson nickte dem Arzt zu. „Bitte fahren Sie fort."

„Nun, der Mörder muss die Frau überrascht haben. Abwehrspuren gibt es nämlich keine. Und etwas ist seltsam ..."

Swanson und Phelps blickten ihn abwartend an. Der Polizeiarzt schien es irgendwie zu genießen, dass er mehr wusste als sie.

„Er benutzte zwei verschiedene Waffen, um sie zu töten", sagte er schließlich.

„Das ist mal was anderes, was, Sir?", meinte Phelps und sah von seinem Block auf. „Macht nicht jeder."

„Zwei Waffen, Doktor?", fragte Swanson. „Was genau heißt das?"

„Soweit ich es hier vor Ort feststellen konnte, verwendete er für die meisten Stiche ein sehr scharfes, spitzes Messer mit dünner Klinge. Einer der Stiche dagegen wurde mit einer sehr breiten, an beiden Seiten geschliffenen Klinge ausgeführt. Ich bin geneigt zu glauben, dass es sich dabei um ein Bajonett gehandelt haben dürfte."

„Ein Bajonett? Denken Sie, es könnte ein Soldat gewesen sein?"

„Ich würde es beinahe annehmen."

„Ich frage mich", sagte Swanson, „welchen Grund er wohl hatte, zwei verschiedene Waffen zu benutzen. Was meinen Sie, Phelps?"

Der Constable dachte eine Weile nach. „Weil er sie dabeihatte, vielleicht? Die meisten Mörder benutzen die Waffen, die sie gerade zur Hand haben, Sir."

Das entsprach auch Swansons Erfahrung. Und er versuchte sich vorzustellen, was das wohl für ein Mensch sein mochte, der an einem ganz gewöhnlichen Abend diese zwei Waffen mit sich geführt hatte. Eine Antwort auf diese Frage würde er vermutlich erst bekommen, wenn er mehr über das Opfer in Erfahrung gebracht hatte. Wer war sie? Was hatte sie getan, um diesen Tod zu verdienen? Was hatte sie falsch gemacht? Und was hatte ihren Mörder dazu veranlasst, fast vierzig Mal auf sie einzustechen?

„Können Sie schon sagen, wann die Frau starb?"

Killeen blies die Wangen auf. „Sie muss seit ungefähr zwei, drei Stunden tot gewesen sein, als ich sie um halb sechs untersuchte. Aber nageln Sie mich nicht drauf fest, Chief Inspector. Ganz genau lässt sich das nie sagen."

„Haben Sie die Frau eventuell schon einmal gesehen?"

„Ich? Nein, natürlich nicht. Wie kommen Sie darauf?"

„Ich dachte nur, weil Ihre Praxis ja um die Ecke liegt", sagte Swanson. „Wenn sie in der Gegend lebte, hat sie sicherlich auch Ärzte aufgesucht."

„Die meisten gehen gleich ins London Hospital", sagte Killeen. „Dort behandelt man sie kostenlos."

„Verstehe. Sie sind auch noch nicht sehr lange hier in Whitechapel, habe ich recht?"

„Noch nicht ganz zwei Jahre." Er sah Swanson verunsichert an. „Warum fragen Sie?"

„Pure Neugier, nichts weiter. Sie stammen aus Irland?"

„Ganz recht, ja. Mein Akzent verrät mich, fürchte ich." Dr. Killeen warf einen Blick auf seine Taschenuhr. „Kann ich nun gehen, oder benötigen Sie mich noch? Ich vernachlässige bereits meine Praxis."

„Eines noch, Doktor", sagte Swanson. „Sagen Sie, haben Sie gedient?"

Killeen straffte sich. „Selbstverständlich."

„Besitzen Sie ein Bajonett?"

„Ich, äh. Du liebe Güte, nein. Natürlich nicht."

Swanson lächelte. Das Entsetzen im Gesicht des jungen, unerfahrenen Arztes schien echt zu sein, und er entschied sich dazu, den Vorfall mit der Packdecke nicht anzusprechen. Jeder machte schließlich Fehler – besonders am Anfang der Karriere. Er selbst wusste das nur allzu gut. „Danke, Dr. Killeen. Constable Phelps hier wird noch Ihre Personalien aufnehmen. Dann sind Sie entlassen." Und Swanson schickte sich zum Gehen.

Phelps warf ihm einen hilflosen Blick zu. „Und was werden Sie tun, Sir?"

„Ich gehe nach nebenan und unterhalte mich mit Reverend Barnett", sagte Swanson. „Wenn jemand die Leutchen hier kennt, ist es sicherlich der Kirchenmann."

Die Kirche St. Jude's und die ihr angeschlossene Toynbee Hall, jene Wohltätigkeitseinrichtung, die Reverend Samuel Augustus Barnett gemeinsam mit seiner Gattin Henrietta während ihrer Zeit in Whitechapel aufgebaut hatten, grenzte praktisch an die schmale Gasse, in der die tote

Frau gefunden worden war. Durch ein hüfthohes, eisernes Törchen gelangte Swanson direkt auf den rückwärtigen Teil des Grundstücks, wo er nach kurzer Suche auf einen jungen Mann mit stechenden blauen Augen traf, der ihn zu Reverend Barnett in die Kirche führte.

Der Reverend war gerade damit beschäftigt, die Blumen auf dem Altar zu gießen, als sie näher traten.

„Entschuldigen Sie die Störung, Reverend", sagte der junge Mann und räusperte sich. „Es ist Besuch für Sie angekommen."

„Besuch, wie schön." Hocherfreut wandte sich der Geistliche um, doch sein Gesicht wurde traurig und ernst, als er Swanson erblickte. „Oh, Polizei."

„Chief Inspector Swanson von Scotland Yard", sagte er einigermaßen verblüfft. „Sie sehen mir den Polizisten an?"

„Nun, nichts für ungut", meinte Barnett mit einem milden Lächeln. Er strich sich über seinen langen, dünnen Kinnbart und sagte: „Ihrem respektablen Äußeren nach zu urteilen hätten Sie natürlich auch einer der neuen Studenten sein können, die uns in ihrer wenigen Freizeit unterstützen – Ihr Alter jedoch ..." Die Worte wehten in der zugigen Kirche davon.

„Verstehe", sagte Swanson. „Ich würde mich gern einen Augenblick mit Ihnen unterhalten, wenn es Ihre Zeit erlaubt."

„Ja. Ja, selbstverständlich." Barnett stellte die Gießkanne beiseite, klatschte in die Hände und wandte sich an den jungen Mann mit den blauen Augen, der immer noch neben Swanson stand: „Thomas, bitte seien Sie doch so gut und laufen Sie rasch ins Pfarrhaus hinüber. Hetty soll uns einen Tee machen."

Das Pfarrhaus war klein und gemütlich. Eine saubere Oase sittsamer Behaglichkeit inmitten der Armut und des Schmutzes Ostlondons. Mrs Barnett, die ihr Haar streng zurückgekämmt und zu einem Knoten gebunden trug, servierte ihnen den Tee und etwas Gebäck, ehe sie die beiden Männer allein ließ und die Tür hinter sich schloss.

Barnetts Arbeitszimmer wurde von einem riesigen Schreibtisch beherrscht, auf dem ein Wust von Papieren lag. An der Wand dahinter hing ein großes, schlichtes Bronzekreuz, und ringsum auf dem Boden stapelten sich Bücher und christliche Pamphlete.

„Nun schießen Sie los, Chief Inspector", meinte der Reverend in die entstandene Stille hinein und nippte an seinem Tee. „Wie kann ich Scotland Yard behilflich sein?"

„Dieser Mr Reeves, der die Leiche der Frau heute früh in George Yard Buildings gefunden hat", sagte Swanson. „Was halten Sie persönlich von ihm?"

„Tadelloser Bursche. Arbeit in den Docks und auf dem Blumenmarkt, um seine Familie durchzubringen. Ein paar Mal in der Woche kümmert er sich überdies noch vor der Arbeit für ein paar Pennies um unsere Kirche. Reeves genießt mein volles Vertrauen, Chief Inspector. Er hat sogar einen eigenen Schlüssel für die Kirche."

„Auch William Palmer war ein angesehenes Mitglied seiner Gemeinde", sagte Swanson schmunzelnd. „Und obwohl er als Arzt das Vertrauen all seiner Patienten genoss, tötete er nicht weniger als neun von ihnen."

„Der Giftmörder von Rugeley", sagte Barnett und nickte. „Ja, ja. Man kann den Leuten eben nur vor den Kopf gucken, nicht wahr?"

„Es kommt gar nicht so selten vor, dass sich die Person, die das Verbrechen meldet, am Ende als Täter herausstellt. Was meinen Sie, Reverend, wäre Reeves dazu in der Lage, einen Mord zu begehen?"

Eine Weile blickte Barnett schweigend zur Decke. Dann sagte er: „Beinahe jeder wäre dazu in der Lage, Chief Inspector. Meiner Ansicht nach kommt es allein auf die Beweggründe an."

24

„Sie halten es demnach für denkbar?"

„Dass Reeves der Mörder ist? Nein." Barnett schüttelte energisch den Kopf und schlug die Beine übereinander. „Nein, das glaube ich kaum."

„Was macht Sie da so sicher?"

„Ganz einfach: Er hat noch Träume und Ambitionen. Reeves hat sich, im Gegensatz zu so vielen anderen hier in diesem Viertel, nicht mit seinem Los abgefunden. Statt Trübsal zu blasen und die Verzweiflung in billigem Alkohol zu ertränken, will er etwas erreichen im Leben. Soviel man sich auf der Straße erzählt, war das armselige Opfer eine leichte Dame, nicht wahr? Eine Gefallene. Oder eine Bordsteinschwalbe, wie sie hier bei uns sagen. Jemand, der etwas erreichen möchte, würde natürlich keinesfalls von ihrem Tod profitieren. Besäße er diese kriminelle Energie, wäre ein Geschäftsmann von bescheidenem Wohlstand das Opfer eines Mannes von Reeves' Schlag. Raubmord würde ihn voranbringen, wenn er denn verdorben genug wäre. Aber keinesfalls der Tod einer Frau, die weniger zum Leben hat als er selbst." Barnett faltete die Hände und stützte sein Kinn darauf. „Verstehen Sie, was ich meine?"

Swanson verstand sehr wohl. Reverend Barnetts Worte leuchteten ihm ein. Denn für jeden Mord gab es ein Motiv. Und in Reeves' Fall schien es vollkommen zu fehlen.

„Da wir gerade davon reden, Reverend", sagte Swanson. „Was ist Ihre Ansicht? Weshalb könnte jemand die Frau ermordet haben?"

„Schwer zu sagen. Wer tötet einen Menschen, der nichts weiter besitzt als das, was er am Leib trägt?" Er zuckte die Achseln. „Ich weiß es nicht, Chief Inspector. Es scheint auf den ersten Blick sehr wenig sinnvoll zu sein. Entweder war es jemand, der sie aus dem Weg haben wollte, oder aber ..."

„Oder aber?"

„Oder aber er tat es aus reinem Vergnügen."

Swanson, der sich nicht vorstellen konnte, dass jemand allein um des Tötens willen mordete, meinte: „Wer sollte eine mittellose Frau aus dem Weg haben wollen?"

„Wenn Sie eine Weile in Whitechapel gelebt haben, so wie ich, halten Sie am Ende alles für möglich." Barnett zog die Augenbrauen hoch. „Dies ist ein Dschungel, Chief Inspector. Die Spielregeln des West End gelten hier nicht. Im Alkoholrausch schlagen sich Männer und Frauen auf offener Straße die Schädel mit Ingwerbierflaschen ein, oder sie kratzen sich gegenseitig die Augen aus. Denken Sie nur an die arme Frau, der sie im April in der Osbourne Street wegen ein paar Pennies den Garaus gemacht haben. Keine hundert Schritte von hier."

„Das war die Nichols Gang", sagte Swanson, der sich an den Fall erinnerte, weil Phelps die sterbende Frau im Krankenhaus befragt hatte. Eine Gruppe Jugendlicher hatte sie überfallen und ihr einen Gegenstand in die Vagina gerammt. Sie hatte sich noch selbst bis ins London Hospital geschleppt, wo sie schließlich gestorben war.

Barnett nickte. „Das ist unser tägliches Brot. Selbst in den Armenhäusern – so geht das Gerücht – wird unheilbar Kranken heimlich ein Gift ins Essen gemischt. Das erlöst sie von ihren Leiden und erspart beträchtliche Kosten. Vielleicht war es jetzt wieder die Nichols Gang. Oder bloß ein Freier, der kein Geld hatte, um die arme Frau zu bezahlen."

„Das könnte ein Grund sein", sagte Swanson. „Doch dann hätte es sicherlich gereicht, sie zusammenzuschlagen. Deswegen hätte er sie nicht gleich abschlachten müssen."

„Es kommt selbstverständlich noch eine ganz andere Möglichkeit in Betracht", sagte Barnett.

Swanson war gespannt. „Und die wäre?"

Barnett schenkte ihnen beiden noch etwas Tee ein und meinte dann nachdenklich: „Tja, möglicherweise sah die

Frau etwas, das nicht für ihre Augen bestimmt war. Und sie musste aus dem Weg geräumt werden."

Im selben Moment klopfte es an der Tür. Es war Mrs Barnett, die ihr freundliches, rundes Gesicht ins Zimmer streckte.

„Samuel, Lieber", sagte sie, „Thomas lässt fragen, ob er die alten Illustrierten haben kann, die die Studenten dagelassen haben. Du weißt, wie es ihn immer freut, wenn er sie mit nach Hause nehmen darf."

„Ja. Ja, sicher", sagte Barnett und lächelte. „Er hat die letzten Wochen sehr viel gearbeitet, Hetty. Gib sie ihm ruhig."

Mrs Barnett knickste dankbar und entschwand.

Reverend Barnett, der Swansons fragenden Blick offenbar bemerkt hatte, sagte: „Thomas ist übrigens der junge Mann, der Sie vorhin zu mir geführt hat, Chief Inspector. Er ist eine der vielen guten Seelen, die mit ihrer ehrenamtlichen Tätigkeit unsere Arbeit für die Armen der Gegend erst ermöglichen. Thomas ist Kunststudent. Fertigt Collagen an oder so etwas. Sein voller Name ist Cutbush. Thomas Cutbush. Sein Onkel ist ein Kollege von Ihnen. Vielleicht kennen Sie ihn sogar?"

„Ich habe etwas gefunden, Sir!", sagte Constable Phelps, als Swanson wenig später ins Treppenhaus von George Yard Buildings zurückkehrte.

„Zeigen Sie mal. Was haben Sie denn da?"

„Eine Brieftasche, Sir." Er hielt ihm das lederne Etwas mit spitzen Fingern hin. „Lag draußen im Dreck."

Swanson nahm die Brieftasche an sich und betrachtete sie. Sie war aus kostbarem Leder gefertigt und auf der Vorderseite befanden sich die goldgeprägten Initialen S.F.W. „Gut gemacht, Phelps", sagte er.

„Sie denken, es könnte etwas hiermit zu tun haben?" Und er nickte in Richtung der Leiche.

„Sieht ziemlich teuer aus, finden Sie nicht? Nicht gerade das, was man in einem Armenviertel an jeder Ecke findet. Wo genau hat sie gelegen?"

„Draußen vor dem Haus im Rinnstein. Gleich rechts, wenn man rauskommt. Der Wind hatte glücklicherweise eine alte Zeitungsseite darübergeweht. Sonst wäre die Brieftasche wohl futsch gewesen, bei all den langen Fingern", fügte er hinzu.

Also auf dem Weg zur Hauptstraße, dachte Swanson. War der Mörder nach der Tat womöglich in Richtung Whitechapel Road geflüchtet, und die Brieftasche war ihm dabei unbemerkt aus der Tasche gefallen? Swanson öffnete sie und ging den Inhalt durch. Einige Münzen waren darin und fünf Pfund in Banknoten. Nichts, was direkt auf den Besitzer schließen ließ.

Dann erst entdeckte er die Visitenkarte.

Frederick Greenland, Esqu.
49 Gordon Square
London WC1

Er hielt Phelps, der mit großen Augen dabeistand, die Karte hin und fragte: „Nun, was machen Sie daraus?"

„Weiß nicht, Sir. Könnte der Name des Mörders sein."

„Das wohl nicht", sagte Swanson und schüttelte nachdenklich den Kopf. „Er passt nicht zu den Initialen. Aber falls tatsächlich der Killer diese Brieftasche verloren hat, ist er möglicherweise mit ihm bekannt. Das wiederum bedeutet, Sie haben gerade die erste richtige Spur in diesem Fall gefunden." Lachend klopfte er dem jungen Constable auf die Schulter. „Kommen Sie, Phelps. Wir wollen uns nicht auf den Lorbeeren ausruhen. Hier können wir erst mal nichts weiter tun."

Sie verabschiedeten sich von Inspector Raid und nahmen einen Hansom zu Scotland Yard.

Auf dem Weg hinauf in die zweite Etage bahnten Swanson und Phelps sich ihren Weg durch das Chaos und die Unordnung auf den Treppen und engen Gängen. Wohin man auch trat, lagen Aktenstapel und Sättel herum oder lehnten Gewehre und übermüdete Constables an den Wänden. Sie brauchten dringend mehr Platz. Auch, wenn die Enge des Yard eine gewisse Gemütlichkeit verströmte, war der Platzmangel überall zu spüren. Erst letzte Woche war Constable Dew die Gästetoilette zwischen Teeküche und Besenkammer als neues Büro zugewiesen worden. Wenn die Gerüchte stimmten, die Swanson zu Ohren gekommen waren, war der Umzug in das neue, großzügigere Gebäude am Embankment bereits beschlossene Sache.

Swanson ließ sich in den Bürostuhl hinter seinem Schreibtisch sinken, zog eine der Schubladen auf, nahm einen Stoß Formulare heraus und schrieb seine Anweisungen. Abberline würde nach Whitechapel fahren müssen, um Zeugen zu finden. Und Charles Stedman, der der neuen Abteilung für Spurensicherung unter dem Dach vorstand, sollte sich die Leiche ansehen. Auch wenn Swanson der Wissenschaft noch immer skeptisch gegenüberstand, hatte ihn Charly mit seinen Säuren, Messschiebern und Lupen doch schon so manches Mal überrascht. Und Swanson wollte nichts unversucht lassen. Ein Polizist musste mit der Zeit gehen. Flexibel und neugierig bleiben. Verknöcherte Bürokraten gab es im Yard schon genug. Und fehlender Weitblick war wie ein Loch im Wasserbalg des Wüstennomaden – er führte unweigerlich ins Verderben.

Er rief die Sergeants Penwood und Wilson zu sich, gab ihnen den Auftrag, seine Anweisungen an die entsprechenden Stellen weiterzuleiten und je eine Kopie an die

Büros von Superintendent Arnold und Commissioner Warren zu schicken.

Dann warf Swanson sich seinen Mantel über. Und bereits eine Dreiviertelstunde später stiegen Phelps und er aus der Droschke, die vor dem Haus Nummer 49 Gordon Square gehalten hatte.

„Sieht nach Geld aus, Sir", sagte Phelps, als sie vor der Eingangstür standen und den Klingeldraht zogen. „Meinen Sie wirklich, wir sind hier richtig?"

„Das wird sich herausstellen", sagte Swanson. Die Erfahrung hatte ihn gelehrt, dass Mord keine gesellschaftlichen Konventionen kannte. Nach einer scheinbaren Ewigkeit wurde ihnen die Tür von einem steifbeinigen Butler geöffnet. Swanson zeigte ihm seinen Ausweis, und sie wurden hinauf in ein Zimmer im ersten Stock geführt.

Mr Frederick Greenland war ein schlanker Mann Ende dreißig mit wirren blonden Haaren und hellen, blauen Augen. Bei ihrem Eintreten saß er in einem Sessel am Kamin und las in der Times.

„Polizei, Sir", sagte der Butler mit einem Gesichtsausdruck, als sammle er den Kot eines ungezogenen Hundes auf.

„Polizei?" Greenland ließ die Zeitung auf den Boden flattern und stand auf. „Ich verstehe nicht, was ich für Sie tun könnte, Gentlemen."

Swanson stellte sich und Constable Phelps vor und sagte: „Bitte entschuldigen Sie unser unangemeldetes Erscheinen. Es geht um einen Mordfall, Mr Greenland. Womöglich können Sie uns ein, zwei Fragen beantworten."

„Ich wüsste wirklich nicht ..."

Swanson trat auf Greenland zu. „Dies hier haben wir am Tatort eines Verbrechens gefunden." Er reichte ihm die Karte, die sie in der Brieftasche in George Yard Buildings gefunden hatten. „Ist das Ihre, Sir?"

Greenland nahm sie entgegen und zuckte erschrocken

zusammen, als Phelps unvermittelt seinen Notizblock aufklappte.

„Nun?" Swanson hielt abwartend den Kopf schief.

„Das ist meine, ganz recht", sagte Greenland. „Und Sie
haben diese Karte an einem Mordschauplatz gefunden?"

„Wir fanden eine Brieftasche", sagte Swanson. „Und wir
gehen davon aus, dass der Mörder sie auf der Flucht verloren hat. Ihre Karte steckte darin."

Die Tür ging auf, und ein älterer weißhaariger Mann
betrat den Raum. „Was ist denn hier los, Frederick?", fragte
er. „Morton sagt, wir haben die Polizei im Haus?"

„Das ist mein Onkel", erklärte Greenland mit einem
unglücklichen Lächeln. „Mr Henry Justice."

„Hast du was mit der Sache zu tun?"

„Selbstverständlich nicht, Onkel."

„Dann ist ja gut." Justice versenkte die Hände in den
Taschen seines Hausmantels und fragte: „Worum geht es
denn, Gentlemen?"

Und Swanson erzählte ihnen in knappen Worten von
dem Mord in Whitechapel und der Brieftasche, die sie
gefunden hatten.

„Haben Sie die Brieftasche mitgebracht?", fragte Justice.

Swanson nickte und zeigte sie ihm. „Erkennen Sie sie
wieder?"

Justice lachte. „Selbstverständlich. Diese Brieftasche
würde ich aus Tausenden herausfinden."

Phelps war erstaunt. „Tatsächlich?", fragte er.

„Ich erkenne die Initialen wieder", sagte Justice. „Sieh
sie dir mal an, Frederick. Sie gehört Dr. Winslow."

Greenlands Augen begannen zu leuchten. „Du hast
recht. Sie gehört diesem Arzt, den wir gestern im Pub
kennengelernt haben."

Swansons Gesicht wurde ernst. „Wer ist dieser Dr.
Winslow?"

„Ein Irrenarzt", sagte Frederick. „Warten Sie, ich muss

irgendwo seine Karte haben." Er fand sie auf dem Kamin-
sims und reichte sie Swanson. „Komischer Kerl, wenn Sie
mich fragen. Aber ganz unterhaltsam."

Swanson fragte: „Was können Sie uns über den Mann
sagen?"

„Nun, nicht sehr viel, fürchte ich", sagte Greenland.
„Wir trafen ihn gestern im Sam's zum ersten Mal. Das
ist ein kleines Pub in der Portsmouth Street, das einem
Freund gehört. Es ist nie sehr gut besucht, daher kamen
wir auch gleich mit Dr. Winslow ins Gespräch."

„Hat er Ihnen von sich erzählt?", fragte Phelps und sah
von seinem Block auf.

„Er tat praktisch nichts anderes, Gentlemen", erwiderte
Justice, und Greenland nickte. „Er war wohl gerade von
einem mehrstündigen Vortrag über Epilepsie gekommen,
den er im White's Club gehalten hatte. Nach allem, was
er so erzählt hat, muss er sehr bekannt sein auf seinem
Gebiet. Sogar für die Polizei hat er bereits gearbeitet."

Greenland lachte. „Er hielt uns einen langen Vortrag
über das menschliche Gehirn. Ich weiß noch, dass er es
ein komplexes, interessantes und manchmal gefährliches
Ding nannte."

„Er zitierte Jekyll und Hyde", fügte Justice hinzu. „Und
er behauptete, es sei tatsächlich möglich, dass sich zwei
verschiedene Persönlichkeiten in ein und demselben
Menschen verbergen könnten. Offenbar forscht er in dieser
Richtung."

„Hat er Ihnen gesagt, was genau er damit meinte?",
fragte Swanson.

„Er hielt uns einen ellenlangen Vortrag darüber", sagte
Greenland. „Doch was diese Forschungen betraf, ging
er nicht ins Detail. Allerdings meinte er, man müsse viel
Zeit mit dem Experimentieren zubringen, um zum Ziel
zu gelangen. Und man dürfe sich auch nicht scheuen,
manchmal etwas ganz und gar Schockierendes zu tun.

Allerdings kann ich nicht sagen, wie viel davon zu halten ist, denn er betrank sich schrecklich. Irgendwann hielt ich es für besser, einen Wagen zu rufen. Aber er wollte partout nicht fahren. Sam versuchte, ihn zu überreden, aber Winslow wurde richtiggehend bösartig. Sagte, von einem gewöhnlichen Wirt würde er sich gar nichts sagen lassen. Immer wieder sprach er von einem lustigen kleinen Experiment, das er durchführen müsse." Er zuckte die Achseln. „Wie schon gesagt, betrunken eben. Der Kutscher war kaum dazu zu überreden, ihn mitzunehmen. Aber als er dann im Wagen saß, war Winslow wieder ganz friedlich."

„Mein lieber Schwan!", Phelps pfiff durch die Zähne. „Was kann er nur mit dem ‚lustigen Experiment' gemeint haben?"

„Kam er Ihnen in diesem Zustand gefährlich vor?", fragte Swanson.

„Er war voll wie eine Haubitze. Aber gefährlich?" Greenland schüttelte den Kopf. „Das glaube ich nicht. Dazu sah er mir nicht kräftig genug aus."

Das mochte Greenlands Meinung sein, doch Swanson wusste, dass es keine Bärenkräfte erforderte, um einen Menschen zu töten. Nach allem, was er über den Mann gehört hatte, schien Dr. Forbes Winslow ebenso geistesgestört zu sein wie jene Epileptiker, über die er seinen Vortrag gehalten hatte. Und der Alkohol hatte es ans Licht gebracht. Es sagte: „Sie würden sich wundern, wie harmlos die meisten Mörder wirken, die in der Irrenanstalt von Broadmoor einsitzen, Mr Greenland. Sie sind kaum vom Pflegepersonal zu unterscheiden."

„Da fällt mir ein", sagte Greenland und rieb sich die Stirn, „Winslow erwähnte, er sei dort aufgewachsen."

„In Broadmoor?", fragte Swanson.

„In einer Anstalt für unheilbar Geisteskranke. In welcher, weiß ich nicht mehr."

„Du lieber Himmel, da haben Sie es, Sir!", rief Phelps. „Man hat nur leider versäumt, ihn zu heilen. Wahrscheinlich hat man ihn wegen guter Führung entlassen."

Greenland lachte. „Ich sagte, er wuchs dort auf. Ich habe nicht gemeint, er habe dort eingesessen. Soviel ich verstand, war Winslow der Sohn des Anstaltsleiters, nichts weiter. Ein Mensch, der unter Schimpansen aufwächst, bleibt immer noch ein Mensch."

„Und umgekehrt", stellte Swanson fest und brachte die Kontroverse damit zu Ende.

Im Yard erwarteten sie Neuigkeiten.

Die Leiche war bereits identifiziert worden. Inspector Abberline hatte seine langjährigen Kontakte in Whitechapel spielen lassen und herausgefunden, wer die letzten Stunden mit Martha Tabram, so der Name der Toten, in jener Nacht verbracht hatte. Es war eine fünfzigjährige Prostituierte namens Mary Ann Connolly. Sie wartete gemeinsam mit Abberline in Swansons Büro.

„Erzähl schon, Polly", sagte Abberline. „Kann dein Schaden nicht sein."

„Gibt's 'ne Belohnung?"

„Wie ich hörte, waren Sie eine Freundin von Mrs Tabram", sagte Swanson. „Sie können helfen, ihren Mörder zu finden. Ist das nicht Belohnung genug?"

Sie nickte. „Wir waren zusammen unterwegs und haben zwei Soldaten aufgerissen. Ich erzähl Ihnen alles, was ich weiß, aber Martha hätte sicher auch gewollt, dass ich ein paar Pfund dafür kriege, wenn ich's Ihnen erzähle."

„Phelps", sagte Swanson.

„Ja, Sir?"

„Wie viel haben Sie?"

„Ich, Sir? Zehn Shilling, wenn es hochkommt."

„Geben Sie ihr das Geld."

„Und Sie, Sir?"

„Tut mir leid." Swanson klopfte seine Taschen ab. Handbewegungen, die er schon mit seiner schottischen Muttermilch eingesogen hatte. „Ich geb Ihnen die Tage im Pub einen aus, Phelps. Erinnern Sie mich daran."

Und knurrend klimperte der Constable das Geld auf den Tisch. Polly griff danach und stopfte sich die Münzen in ihr Dekolleté.

„Wir haben so um zehn zwei Soldaten im Two Brewers getroffen und mit ihnen getrunken. Na, und ein bisschen rumgemacht", sagte sie. „Um Viertel vor zwölf hab ich meinen mit in die Angel Alley genommen. War'n Corporal. Unersättlich, kann ich Ihnen sagen. Martha ging mit dem anderen in den George Yard. Als ich fertig war, war Martha nicht mehr zu sehen. Ich dachte, er hätte sie vielleicht für die ganze Nacht bezahlt."

„Wie sahen die Soldaten aus?", fragte Swanson.

„Na, wie sie eben so aussehen. Uniform und so."

„Irgendwas Besonderes?", fragte Abberline. „Versuch dich zu erinnern, Polly."

„Hatten so weiße Bänder an den Mützen", sagte sie und zwirbelte eine Locke ihres Haares.

„Könnten die Coldstream Guards sein", sagte Swanson. „Würden Sie die Männer wiedererkennen?"

„Klar würde ich das." Sie grinste anzüglich „Meiner war Linksträger, wenn Sie verstehen."

„Er trug also einen Säbel?", fragte Phelps, der die Nase tief im Notizbuch hatte.

„War wohl eher ein Taschenmesser", sagte sie.

Swanson, der genug gehört hatte, meinte: „Nehmen Sie sie mit zum Tower of London, Abberline. Und lassen Sie die Coldstream Guards aufmarschieren. Die ganze verdammte Bande. Mal sehen, ob die beiden Männer darunter sind."

Und Inspector Abberline führte die Frau hinaus.

Sie waren eben gegangen, als es an der Tür klopfte. Es war Wilson, der ihnen mitteilte, Sergeant Stedman habe etwas für sie.

In den finsteren Ecken der Dachkammer raschelten die Fledermäuse. Ein Käuzchen schrie, und die Tauben gurrten. Es waren nicht gerade ideale Arbeitsbedingungen.

Sergeant Charles Stedman blickte vom Autopsiebericht auf.

„Sie wissen, dass ich seit Langem für eine eigene Abteilung plädiere. Eine Abteilung, in der wir sämtliche Spuren auf wissenschaftliche Weise überprüfen können. Ich träume von dem Tag, an dem es möglich sein wird, tierisches Blut von menschlichem zu unterscheiden." Er rieb sich die übernächtigten Augen. „Tag und Nacht arbeite ich mit Collins daran. Aber wir brauchen mehr Leute."

„Charly", sagte Swanson, hob die Hand und hielt Stedman seinen Zeigefinger unter die Nase. „Ich weiß von Ihren Ambitionen. Und ich weiß, Sie sind nicht glücklich mit dieser kleinen Kammer unter dem Dach, die man Ihnen zugebilligt hat. Ihr Arbeitseifer in allen Ehren, aber unsere Mittel sind nun mal begrenzt. Verlassen Sie sich drauf – wenn wir tatsächlich umziehen, mache ich mich für Sie stark. Also, was können Sie aus dem wenigen, das wir im Tabram-Fall haben, machen?"

„Wenn wir einen Verdächtigen haben, dessen Kleider mit Blut besudelt sind, ist es bislang noch unmöglich zu beweisen, dass es von einem Mordopfer stammt. Wenn er behauptet, er habe ein Huhn geschlachtet, ist die Sache, soweit es das Gericht angeht, erledigt."

Swanson fand, dass Stedman sehr weit ausholte, aber das war er gewohnt. „Kommen Sie auf den Punkt, Charly", sagte er.

Stedman setzte eine Schutzbrille auf, tauchte eine Pipette in ein Glas mit Säure und träufelte sie auf das von dunkelrotem Blut besudelte Stückchen Stoff von der Kleidung des Opfers.

Sprudelnd und zischend löste sich das Gewebe auf, und die Säure fraß ein Loch hinein. Beißender Qualm stieg auf und brannte ihnen in den Augen.

„Noch funktioniert es nicht", gab Stedman zu. „Aber warten Sie es ab, Donald. Bereits in wenigen Jahren werden wir so weit sein." Er warf den dampfenden und zischenden Stoff in ein Glas Wasser und winkte ihn weiter. „Das hier ist es, worauf meine größte Hoffnung ruht", sagte er und deutete auf einen Fotoapparat, auf den Stedman eine winzige Linse in einer Messinghalterung montiert hatte.

„Was ist das?", fragte Phelps.

„Eine Iriskamera", sagte Stedman.

Swanson betrachtete sie mit gekräuselter Stirn. „Und was kann sie?"

„Bislang noch nichts", gab der Forensiker zu. „Aber ich arbeite daran, sie zu verfeinern. Ihnen ist sicher bekannt, wie Fotografien gemacht werden, nicht wahr?"

Allgemeines Nicken.

„Auf der lichtempfindlichen Fotoplatte prägt sich das Bild ein, das die Kamera einfängt", sagte Stedman.

„Kommen Sie auf den Punkt, Charles", wiederholte Swanson, der nicht vorhatte, eine Ausbildung zum Fotografen zu absolvieren, und wusste, dass Stedman jeden Tag aufs Neue dagegen ankämpfte, im Yard überflüssig zu erscheinen.

„Nun, so, wie es aussieht, hat unser Auge dieselben Eigenschaften. Im Augenblick unseres Todes brennt sich das Bild, das wir zuletzt gesehen haben, in unsere Iris ein."

„Ist das so?", fragte Swanson.

„Keine Ahnung", sagte Stedman. „Aber in der Theorie klingt es gut, habe ich recht? Wenn es so ist, können wir es uns zunutze machen. Mithilfe dieser Kamera fotografieren wir die Augen des Opfers. Sollte etwas Wahres dran sein an dem Gerücht, haben wir ein Bild des Mörders."

Swanson hätte gern geglaubt, was er da hörte, doch es kam ihm reichlich absurd vor. „Und Sie meinen, das könnte funktionieren?"

„Wenn Sie in einem dunklen Raum auf eine Kerze schauen", sagte Stedman, „und dann die Augen schließen, sehen Sie noch einige Sekunden lang ein Abbild der Flamme – das wollen Sie doch nicht leugnen?"

„Schon. Aber es verblasst nach einiger Zeit."

„Weil Sie weiterleben", sagte Stedman. „Unsere Theorie geht davon aus, dass das Bild bei Eintritt des Todes erstarrt und dauerhaft bleibt."

„Ich bin gespannt, wie es sich entwickelt", sagte Swanson. „Zurzeit könnte ich etwas handfestere Beweise gebrauchen. Was können Sie mir über die Tote im George Yard erzählen?"

„Ich habe mir die Wunden der Leiche angesehen und ein paar Tests durchgeführt", sagte Stedman. „Achtunddreißig Mal fand ich nichts. Aber die Wunde im Bauch war interessant."

„Inwiefern?"

„An den Wundrändern konnte ich einen Abrieb von Kupferacetat nachweisen."

Phelps, der alles, was Stedman erzählte, in seinen Block übertrug, brach seinen Bleistift ab, hüstelte, blinzelte und sah Hilfe suchend zu Swanson.

Der fragte: „Und was genau bedeutet das?"

„Grünspan, Donald." Stedman breitete die Arme aus. „Was immer die große Wunde im Bauch von Martha Tabram verursachte, es war Grünspan darauf. Es muss sich um eine sehr ungewöhnliche Stichwaffe aus einer Kupferlegierung handeln. Eine Stahlklinge kann diese Verletzung nicht verursacht haben."

Den Kutscher zu finden, der Dr. Forbes Winslow nach Chelsea gefahren hatte, war nicht einfach gewesen. Doch schließlich hatten sie ihn mithilfe des Amtes für Transportwesen auf einem Droschkenstand in der Fleet Street ausfindig gemacht.

„Sie sind sich sicher, dass Sie den Mann letzte Nacht vom Sam's abgeholt und nach Hause gefahren haben. Ist das korrekt, Mr Garrett?"

Brian Garrett zerknautschte seine Mütze mit den Händen und nickte. „Klar bin ich das. So einen vergisst man nicht so leicht."

„Können Sie mir sagen, was sich abgespielt hat?"

„Sicher, Sir. Zwei Gentlemen halfen mir, ihn vor dem Pub in der Portsmouth Street einzuladen. War ziemlich hin, der Mann. Konnte kaum noch stehen. Normalerweise fahr ich Betrunkene ja nich. Aber es war meine letzte Fahrt in der Nacht, und sie gaben mir ein ganzes Pfund dafür, ihn nach Hammersmith Road zu bringen. Hat man nicht oft, so spendable Leute. Für den Preis hätte ich den Kerl sogar ins Bett gebracht und ihm 'nen Eimer hingestellt."

„Verstehe", sagte Swanson und schmunzelte. „Was hatten Sie für einen Eindruck von ihm?"

„Na, besoffen war er, wie ich schon sagte. Aber auf der Fahrt war alles in bester Ordnung. Er randalierte nicht oder so. Erst als wir ankamen und ich runterstieg, um den Wagenschlag aufzumachen, merkte ich, mit dem Burschen stimmt was nicht."

„Inwiefern?" Swanson war hellhörig geworden.

„Hockte da wie ein Vogel auf der Sitzbank und zischte mich an", sagte Garrett. „Sah aus, als würde er jeden Moment losfliegen. Ich hab's richtig ein bisschen mit der Angst gekriegt. Hab ihm dann den Arm hingehalten, um ihn zu stützen. Aber der Kerl schrie mich an, ich solle meine Finger wegnehmen. Drohte mir damit, mir die Zähne rauszuschlagen."

„Was taten Sie?"

„Sagte ihm, er solle mal halblang machen, Sir."

„Und wie reagierte er?"

„Sprang aus dem Wagen und packte mich am Bein. Der war vollkommen irre", sagte Garrett. „Hab noch versucht, auf ihn einzureden, dass ich den Leuten versprochen hätte, ihn heimzubringen und so weiter. Hab ihn gebeten, mich loszulassen. Hab doch nur meine Fahrt gemacht und wollte, dass man zufrieden ist mit mir. Richtig angefleht hab ich den. Da hat er dann endlich mein Hosenbein losgelassen und ist aufgestanden. Hat mich gefragt, ob ich schweigen kann. Und dann hat er mich 'nen Scheißkerl genannt."

„Schweigen?", fragte Swanson. „Worüber?"

„Weiß ich nicht, Sir. Als ich Ja sagte, meinte er nur, dann solle ich endlich das Maul halten und verschwinden, er hätte zu tun. Und als ich ihm dann sagte, ich hätte versprochen zu warten, bis er im Haus sei, da packte er mich am Kragen. ‚Nu gehen Sie schon rein', sag ich noch zu ihm. Ich wär den ganzen Tag unterwegs gewesen, sag ich. Da schreit er mich an. ‚Ihr ahnungslosen Idioten unterer Klassen', hat er geschrien und ausgespuckt. ‚Nutzloses Pack seid ihr.' Dann dreht er sich um und rennt die Straße runter. Zuerst hab ich noch überlegt, ob ich dem Wahnsinnigen nachlaufen sollte. Aber er war weg wie ein Blitz. Bin dann zurück auf den Bock gestiegen und nach Hause gefahren."

„Ich danke Ihnen, Mr Garrett", sagte Swanson und entfernte sich.

Inspector Abberline schlug den Mantelkragen hoch. Es war eine ungewöhnlich kühle Spätsommernacht, und er konnte seinen eigenen Atem vor sich in der Luft aufsteigen sehen, als er zur selben Zeit auf Chief Inspector Swansons Geheiß in Chelsea aus dem Wagen stieg. Von den Sergeants Godley und Pearce flankiert überquerte er die Straße.

„Da wären wir", sagte er fröstelnd. „Nummer 22."

Das Haus lag in völliger Dunkelheit. Die Vorhänge waren nicht zugezogen. In keinem der hohen Fenster brannte Licht.

„Verdammt finster", bemerkte Pearce und stolperte über den Rinnstein. Es knackte hässlich, als er mit dem Fuß umknickte, aber er biss die Zähne zusammen. „Sieht aus, als wär niemand da."

Abberline brummte eine Antwort, die niemand verstand. Dann ging er die breite Treppe zur Haustür hinauf. Pearce humpelte, auf Sergeant Godleys hilfsbereiten Arm gestützt, hinterher. „Ausgeflogen", sagte Abberline. Er zog zum wiederholten Male die Türglocke.

„Und wenn Winslow getürmt ist?", presste Pearce mit schmerzverzerrtem Gesicht hervor. Der Sergeant lehnte am Treppengeländer und rieb das geschwollene Gelenk seines rechten Fußes.

„Wenn das sein Haus ist, wird er irgendwann zurückkehren." Frederick Abberline beugte sich vor und versuchte einen Blick durch das Fenster neben dem Treppenaufgang zu werfen, aber eine nackte altgriechische Schönheit ohne Arme, die sich drinnen lasziv auf der Fensterbank räkelte, versperrte ihm die Sicht. Angesichts der Armstümpfe sagte er letztlich: „Wir sind auf der richtigen Spur, das fühle ich. Mit etwas Glück sitzt er heute Nacht noch hinter Gittern, Gentlemen."

„Was ist mit den Nachbarn, Fred?", fragte Godley. „Und seiner Familie?"

„Werden bereits alle überprüft", antwortete der Inspector. „Swanson hat Penwood und Wilson darauf angesetzt."

Sergeant Pearce sah von seinem verletzten Fuß auf. „Möglicherweise hält er sich irgendwo dort versteckt", stöhnte er.

„Wahrscheinlich. Wir können nichts ausschließen", gab Abberline zur Antwort. „Was machen Sie da eigentlich?"

„Ich fürchte", jammerte Pearce, dessen Fuß inzwischen das Leder seines viel zu engen Schuhs zu sprengen drohte, „ich fürchte, ich habe mir etwas gebrochen."

„Wir können wirklich nichts ausschließen", wiederholte der Inspector gelassen. „George, hilf ihm in den Wagen. Wir fahren zum Yard zurück."

Es war zehn Uhr. Die beschlagenen Gaslampen rund um den Gordon Square waren bereits vor einer halben Stunde entzündet worden. Nur hier und dort konnte man noch ein Dienstmädchen sehen, das mit den letzten eiligen Briefen aus einem der Nachbarhäuser gelaufen kam, den Weg abkürzte, indem es quer durch die Grünanlage marschierte, und zum Postkasten an der Ecke ging.

Henry Justice döste auf der Couch im Wohnzimmer, und sein Neffe Frederick hatte es sich mit Stevensons Buch über Jekyll und Hyde in einem Sessel bequem gemacht. Eben war er bei der Szene angelangt, in der der Doktor sich in Mr Hyde verwandelte, als es klopfte und ein vollkommen verstörter Morton ins Zimmer trat. Er schloss hinter sich die Tür und lehnte sich mit dem Rücken dagegen, so als wolle er sie verbarrikadieren.

„Da ist jemand unten auf der Treppe, Sirs." Seine Stimme war ein Flüstern. „Und er verlangt, Sie beide zu sprechen."

Frederick sah den unglücklichen Morton verwirrt an. „Ja, wer ist denn da unten?"

„Sein Name ist Winslow, Sir. Er sagt, er sei Arzt. Aber er sieht schmutzig und grauenerregend aus."

Onkel Henry erhob sich ächzend. „Was meinen Sie damit, er sieht grauenerregend aus? Ist er verletzt?"

Morton, der ganz aufgeregt mit den Fingern herumspielte, bekam keine Gelegenheit, die Frage zu beantworten. Das Poltern ungeschickter Schritte wurde laut. Und im nächsten Moment schon flog die Salontür auf.

„Winslow!" Frederick klappte das Buch zu und stand auf. „Du lieber Himmel, wie sehen Sie denn aus?"

Der Arzt aus Chelsea stand gebückt unter der Wohnzimmertür; ein Bild schlimmster Verwahrlosung. Seine Kleider waren verdreckt und teilweise zerrissen. Winslows Hände waren, ebenso wie die eine Hälfte seines Gesichtes, blutverkrustet und mit langen Kratzern übersät, so als habe er die Nachtstunden mit dem erfolglosen Versuch totgeschlagen, ein Rudel Löwen zu zähmen. Außerdem umgab ihn der saure Geruch von billigem Schnaps.

„Setzen Sie sich hierher", sagte Onkel Henry. Eilig rückte er einen Sessel vor den Kamin. Dann bat er Morton, ihm behilflich zu sein.

Der Butler zögerte entsetzt. Die Aussicht, an diesen Ausbund an Schmutz Hand anlegen zu müssen, schien ihm wenig zu behagen.

„Wären Sie so freundlich, unserem Gast einen starken Grog zu machen, Morton?", sagte Frederick. „Den kann er jetzt gebrauchen. Er schlottert ja vor Kälte."

„Mit Verlaub, Sir ..." Die Mundwinkel heruntergezogen und eine Augenbraue skeptisch gewölbt, betrachtete er Forbes Winslow. „Glauben Sie nicht, ein starker Tee wäre angemessener?"

„Oh, natürlich. Wie gedankenlos von mir."

Morton verbeugte sich. Die Finger abgespreizt ließ er sie mit dem Doktor allein, um sich die Hände zu waschen.

„Erzählen Sie, Winslow." Onkel Henry nahm sich einen Stuhl und setzte sich. „Was ist passiert? Hat man Sie etwa überfallen?"

Forbes Winslow hob schwerfällig den Kopf. Er schaute sie eine Weile wie ein Schlafwandler an, der des Wandelns überdrüssig geworden ist, und blinzelte traurig vor sich hin. Dann sagte er: „Ich befinde mich in einer fürchterlichen Lage."

Frederick wunderte das nicht. Er fragte sich nur, ob es nicht vielleicht das „lustige kleine Experiment" gewesen war, das Winslow in diese Situation gebracht hatte.

Morton war lautlos ins Zimmer getreten. Er räusperte sich diskret. Das Geschirr stellte er auf dem kleinen Beistelltischchen neben dem Sessel des Arztes ab, entzündete das Wachslicht unter der Kanne und schenkte ihm ein.

Winslow bedankte sich umständlich und griff die Tasse mit beiden Händen. „Sie können sich kein Bild von meinem Elend machen", jammerte er. „Die Polizei ist hinter mir her. Sie bewachen mein Haus. Ich konnte nirgends hin. Da fragte ich in dem Pub in Holborn nach Ihrer Adresse."

„Hier war die Polizei auch schon, um nach Ihnen zu fragen", sagte Frederick. „Was ist passiert? Beruhigen Sie sich, und erzählen Sie der Reihe nach."

Der Arzt seufzte tief. Müde senkte er den Blick und rieb einen Zipfel des schmutzigen Stoffes, der einmal sein Jackett gewesen war, zwischen den Fingern. „Ich kam in der Hoffnung zu Ihnen, Sie könnten eventuell etwas Licht in die Sache bringen. Denn ehrlich gesagt erinnere ich mich, abgesehen von unserem Gespräch im Pub, an so gut wie nichts mehr."

„Was den gestrigen Abend anbelangt", sagte Frederick, „so werde ich ihn wohl nicht so schnell vergessen wie Sie."

Onkel Henry zündete sich seine Pfeife an. „Was Mr Greenland sagen möchte, ist, dass Ihr Besuch im Pub nicht unbedingt so ausklang, wie man sich das von einem netten Abend vorstellt." Ein Lächeln huschte über sein Gesicht.

„Habe ich wieder Bücher gegessen?" Winslows Frage klang, als wäre das die selbstverständlichste Sache der Welt.

„Ganz so schlimm ist es nicht gewesen. Obwohl ich nicht daran zweifle, dass Sie kurz davor standen, es zu tun", fügte Frederick schmunzelnd hinzu.

„Sie haben einfach ein bisschen zu viel getrunken", sagte Onkel Henry.

„Der Alkohol!", rief der Arzt beinahe erleichtert. „Ja, die dumme Idee mit dem Alkohol. Ich entsinne mich. Mir sind da ein paar hochinteressante Versuche mit Ratten geglückt."

„Ich fürchte, der Selbstversuch ist fehlgeschlagen", meinte Frederick mit einem Augenzwinkern. „Allerdings habe ich keinerlei Erfahrung in solchen Dingen. Es ist daher durchaus denkbar, dass Sie mit dem Experiment kurz vor dem Durchbruch standen."

„Was auch immer ich getan habe, nehmen Sie bitte meine aufrichtige Entschuldigung dafür an. Ich bin nämlich für gewöhnlich kein Mensch von schlechten Manieren und habe mit Alkohol an sich nichts zu schaffen. Dass ich überhaupt getrunken habe, muss irgendwie mit dem Experiment in Zusammenhang stehen. Ich denke, es ist besser, in dieser Richtung keine weiteren Versuche mehr anzustellen. Ja, die Aufzeichnungen werde ich behalten und die Ratten verbrennen. Was? Nein – die Ratten behalte ich natürlich."

„Alles, was wir Ihnen sagen können", meinte Onkel Henry, „ist, dass wir Sie in einen Wagen nach Chelsea setzten."

Winslow befühlte die Kratzer auf seiner Wange. „Wenn ich nur wüsste, was anschließend geschehen ist. Zu Hause bin ich jedenfalls nicht angekommen. Mitten in der Nacht kam ich in einer verdreckten und stinkenden Gasse in Whitechapel wieder zu mir. Es war stockfinster. Ich riss ein Streichholz an und sah auf meine Taschenuhr. Es war vier Minuten vor drei. Weil ich nichts sah, tastete ich mich an einer Wand entlang. Da war eine Laterne, und ich lief darauf zu. Ich hörte eine Frau kichern. Und plötzlich sah ich sehr dicht neben mir einen Schatten vorbeihuschen. Er kam aus einem Hauseingang. Dann stieß etwas gegen meinen Rücken, und ich wollte herumfahren. Doch jemand packte mich an der Schulter und warf mich zu Boden. Auf die Hände gestützt robbte ich verzweifelt ein paar Meter durch den Rinnstein. Aber einen Augenblick später war der verdammte Kerl schon wieder über mir und versetzte mir einen Schlag ins Gesicht. Ich fiel auf den Gehsteig und glaubte, mein letztes Stündlein hätte geschlagen. Ich rief, er solle mein Geld nehmen, und warf mein Portemonnaie fort. Doch entweder hatte der Mann kein Interesse daran – was ich bezweifeln möchte –, oder aber es erschien ihm zu mühsam, im Dunkeln danach zu suchen. Jedenfalls griff er mich erneut an, und ich bekam einige Fausthiebe in die Seite. Ich versuchte zu schreien. Er zerkratzte mir die Wange, als er mir den Mund zuhielt. Dann geschah etwas sehr Merkwürdiges. Während der eine mich festhielt, tauchte ein zweiter Mann auf. Ich konnte nur seine Umrisse sehen. Er sagte: ‚Bitte vergeben Sie mir.‘ Und dann schlug er mir mit der Faust ins Gesicht: ‚*Bitte vergeben Sie mir.*‘ Diese vier unheimlichen Worte sagte er, nicht mehr und nicht weniger. Ich tat dann so, als sei ich bewusstlos. Und als die beiden verschwanden, rannte ich wie der Teufel.“

„Unglücklicherweise hat man genau dort, wo Sie verprügelt wurden, die Leiche einer Frau gefunden“, sagte Frederick. „Und gleich daneben Ihre Brieftasche. Es könnte nicht eindeutiger sein. Sie stecken ganz schön in der Tinte, mein Lieber.“

„Denken Sie, ich brauche eine neue Identität?“

Onkel Henry stand auf. „Was Sie zuallererst brauchen, sind anständige und saubere Kleider. Morton wird Ihnen ein Paar Hosen, ein Hemd und einen Mantel borgen. Danach essen wir einen Happen, denn mit leerem Magen denkt es sich schlecht. Und danach fahren wir mit Ihnen zu Scotland Yard."

„Zum Yard?"

„Sie müssen sich natürlich stellen", sagte Onkel Henry. „Wenn Sie weiterhin weglaufen, wird man Ihnen das vor Gericht zum Nachteil auslegen."

„Es wird ein schreckliches Gerede geben", sagte Winslow. „Ich bin ein bedeutender Mann."

„Ich finde die Aussicht, Ihren Namen auf der Titelseite der Police News zu lesen, wesentlich erheiternder als im Mittelteil der Times zwischen den Kurznachrichten", meinte Frederick. „Mit dem Titel ‚Verurteilter Frauenmörder gehängt'."

„Du lieber Himmel ..." Kraftlos ließ sich Winslow in den Sessel plumpsen. „Bitte verständigen Sie meinen Anwalt, Gentlemen."

„Sie sind uns ja weiß Gott keine große Hilfe, Pearce", sagte Swanson. Er stand im Flur und blickte mitleidig auf den Sergeant herab, den George Godley soeben zur Tür hereingeschoben hatte.

Pearce rutschte in seinem Rollstuhl hin und her und hatte Mühe, sein schmerzendes Bein in eine bequeme Lage zu bringen. „Gebrochen", verkündete er nicht ohne Freude, weil das mindestens vier Wochen Krankenurlaub bedeutete, und wies auf die Gipsschiene. „Tut mir leid, Sir."

„Moment mal", sagte Abberline. „Sie bilden sich doch nicht etwa ein, Sie könnten jetzt nach Hause gehen?"

„Nein, Sir", entgegnete Pearce, und ein sonniges Strahlen huschte über sein Gesicht. „Mrs Dew war zufällig auf dem Revier und hat sich erboten, mich nach Hause zu schieben."

Abberline starrte ihn an. „Wer zum Geier ist Mrs Dew?"

„Du scheinst der Einzige hier zu sein, der sie nicht kennt, Fred", sagte Godley, wobei er ein Auge zukniff. „Sie ist Walter Dews Frau. Hat ihm die Sandwiches hinterhergetragen. Sehr dienstbeflissen, diese Frau."

„Seht ihr, Kinder", brummte Swanson, „genau das ist der Grund, weswegen es keine Polizistinnen in England gibt. So, und nun schaffen Sie diesen Karren hier raus. Wenn ich eine Droschke benötige, dann bestelle ich sie mir selbst."

„Ha, ha, ha", machte Sergeant Pearce, während Godley den Rollstuhl wendete und ihn den Flur hinuntermanövrierte, wo eine langbeinige Wespentaille in bauschigen Kleidern bereits darauf wartete, ihn in Empfang nehmen zu können.

Swanson ging in sein Büro, nahm hinter seinem Schreibtisch Platz und starrte hypnotisch Forbes Winslows Visitenkarte an.

„Sie sollten auch Feierabend machen, Sir. Und unter uns, ich bin nicht sicher, ob der Arzt nicht doch längst auf dem Festland ist."

„Er kann es sich nicht leisten zu fliehen, Phelps." Swanson warf das Kärtchen in einen Korb mit Akten. „Das wäre dann so was wie ein Geständnis. Mehr noch; es wäre sein Todesurteil. Übrigens ist er kein Unbekannter für die Polizei."

„Mord und Totschlag?"

„Mord", sagte der Chief Inspector dunkel. „Aber er hat ihn nicht begangen. Man hat ihn in mehreren Fällen als Gutachter hinzugezogen." Swanson warf Phelps einen braunen Umschlag zu.

„Was ist das?", fragte der Constable.

„Das wenige, was Constable Stewart Evans in der kurzen Zeit über Doktor L-Punkt Forbes Winslow in seinem Archiv ausgegraben hat", sagte Swanson. „Er ist alles andere als ein gewöhnlicher Arzt. Er heilt Mondsüchtige, soweit ich weiß."

„Mondsüchtige?" Phelps sah glasig von seiner Lektüre

auf. „Sie meinen, er hat Umgang mit Leuten, die nachts auf Dächern herumspazieren?"

„So ungefähr, ja. Dr. Winslow ist eine ziemliche Koryphäe auf dem Gebiet."

„Verstehe", sagte Phelps, wenngleich das auch nicht ganz der Wahrheit entsprach. „Es ist also ansteckend?"

Swanson ignorierte die Frage und wechselte das Thema. „Er kann uns nicht durch die Lappen gehen. Wir haben sowohl vor seinem Haus als auch vor dem White's Club einen Beamten postiert." Swanson lachte. „Wenn er nicht irgendwo einen anderen Schlupfwinkel hat, dann wird er über kurz oder lang an einem dieser Orte auftauchen."

„Das heißt, wir brauchen nichts weiter zu tun, als darauf zu warten, dass er unseren Beamten in die Arme läuft?"

„Das heißt es, Phelps, das heißt es." Der Chief Inspector rieb sich mit den Händen über das Gesicht und schloss gähnend die Augen.

„Dann fahren Sie doch nach Hause, Sir", meinte Phelps. „Ich kann eh nicht schlafen. Und Ihre Familie wird sich sicher freuen. Wir kommen hier schon zurecht."

„Meinen Sie wirklich?"

„Ist doch nur noch Routine, Sir."

„Danke, Phelps", sagte Swanson und knuffte ihn mit der Faust gegen die Schulter. „Ich weiß das sehr zu schätzen."

Donald Swanson zog sich seinen Mantel an und sah auf die Uhr. Beinahe Mitternacht. Annie und die Kinder würden sicherlich bereits schlafen, wenn er nach Hause kam. Er sah sie selten in letzter Zeit. Die Arbeit forderte ihn pausenlos. Doch Annie beschwerte sich nie. Sie hatte gewusst, worauf sie sich einließ, als sie ihn vor zehn Jahren geheiratet hatte. Denn er hatte sie gewarnt, dass das Leben mit einem Polizeibeamten ein Leben voller Entbehrungen sein würde. Klaglos ertrug sie seither seine Überstunden und die Nachtdienste und freute sich jedes Mal wie ein Kind, wenn er unvorhergesehen ein paar Tage freimachen konnte. Die kleine Ada war fünf und fing erst allmählich an zu begreifen, dass der Mann mit dem lustigen Schnurrbart, der sie an den Wochenenden ab und an besuchte, sie herumtrug und mit ihr Bilderbücher ansah, ihr Vater war. Und Douglas wurde erst zwei. Er war schon glücklich, wenn er die kleine Maus zerkauen durfte, die Annie ihm aus Stoffresten genäht hatte. Nevill und James, seine beiden ältesten Söhne waren da weit weniger genügsam. Sie schmollten oft. Und er hoffte, sie würden verstehen und ihm letztlich vergeben, wenn sie selbst Familien hatten.

Er wollte eben gehen, als ihm auf der Treppe ein bekanntes Gesicht begegnete. Es gehörte Frederick Greenland. Und er hatte einen Gentleman bei sich, den Swanson nicht kannte.

„Darf ich vorstellen", sagte Frederick. „Dr. Steward Lyttleton Forbes Winslow. Der Mann, dessen Brieftasche sie gefunden haben. Er möchte eine Aussage machen."

Dr. Winslow war ein großer, gebildet aussehender Mann, in dessen hellen, wachen Augen ein nervöser, abschätzender Blick lag. Als Swanson ihn ansah, fiel ihm zuallererst dessen exzentrischer Bart auf, der die Ober- und ebenso die vorspringende Unterlippe nahezu vollständig bedeckte. Als zwei Finger breiter, akkurat ausrasierter Balken setzte er sich über Winslows Wangen fort, um irgendwo oberhalb der Schläfen mit einem grauweißen, spärlichen Haarkranz zu verschmelzen. Dieser Winslow, dachte er, machte ganz entschieden den Eindruck, als würde er immer irgendetwas aushecken.

„Kommen Sie", sagte Swanson, hängte seinen Mantel wieder an die Garderobe und führte die beiden Männer in sein Büro.

Und nachdem der Doktor ihm seine Geschichte erzählt hatte, sagte Swanson: „Es tut mir leid, Dr. Winslow, aber wir werden Sie hierbehalten müssen."

„Das befürchtete ich", sagte er niedergeschlagen. „Aber

ich habe nichts getan. Ich bin unschuldig. Fragen Sie im White's Club nach. Dort habe ich gestern einen Vortrag gehalten. Da kennt man mich."

„Das wird sich herausstellen", meinte Swanson freundlich und rief nach Penwood und Wilson. Die beiden Sergeants erschienen, nahmen Dr. Winslow in Empfang und führten ihn nach unten, wo die Zellen lagen.

„Was werden Sie jetzt tun?", fragte Frederick.

„Überprüfen, was er für ein Mensch ist. Und was er am Tag des Mordes an Martha Tabram getan hat", sagte Swanson und gähnte.

„Sie werden im White's Club Erkundigungen einholen?"

„Ja. Gleich morgen."

„Ich würde gern mitkommen, wenn es Ihnen nichts ausmacht", sagte Frederick. „Immerhin habe ich meinen Teil dazu beigetragen, dass er jetzt in Haft sitzt. Ich denke, ich bin es ihm schuldig, etwas zu seiner Verteidigung zu tun und ein wenig Detektiv zu spielen."

„Sie halten ihn nach wie vor für unschuldig?", fragte Swanson. Und als Frederick nickte, sagte er: „Also schön. Ich habe nichts dagegen, Mr Greenland. Auch wenn es in der Öffentlichkeit oftmals anders erscheinen mag, sind wir keine Unmenschen. Wenn sich herausstellt, dass Winslow unschuldig ist, werde ich ihn gehen lassen."

ZWEITER TEIL

Delirium Tremens

Dienstag. – Die Blaumäntel für unschuldig befunden. Freigelassen. Abendjournal äußerte den Verdacht, dass die Tat möglicherweise von einem Soldaten verübt worden sein könnte. Fand einen kleinen Trommlerjungen betrunken und hilflos. Schaffte ihn aufs Polizeirevier.

Punch, 22. Sept. 1888,
Ein Kriminalbeamten-
Tagebuch à la mode

KAPITEL 2

Auf dem King's Bench Walk, einer kleinen Straße im Inner Temple, stob der morgendliche Sommerwind bereits abgestorbenes Laub auf und ließ es in munter verspielten Wirbeln über das Pflaster tanzen.

Oben in Nummer 9 befand sich Montague John Druitt in freudiger, ausgelassener Stimmung. Die Wellen dunkler Depression, die in den vergangenen Wochen stetig zugenommen hatten und über seinem Kopf zusammenzuschlagen drohten, hatten sich gelegt.

Erst gestern hatte er noch ernsthaft mit dem verlockenden Gedanken gespielt, dieser ungerechten Welt, die fleißige junge Menschen zu verachten schien und mit Erfolglosigkeit strafte, zu entfliehen. Doch heute Morgen hatte sich etwas ereignet, das ihn erneut Hoffnung schöpfen ließ.

Vor sechs Jahren hatte er – nach anfänglichen Schwierigkeiten mit seinem Vater, der der Meinung war, Juristen seien ein elendes, geldgieriges Pack, das aus dem kriminellen Trieb anderer Gewinne zog – den Berufsweg des Barristers eingeschlagen. Drei lange Jahre hatte er ausschließlich für seine juristischen Lehrbücher gelebt, hatte studiert, gelernt und eine Prüfung bestanden; wieder studiert, wieder gelernt und schließlich noch eine Prüfung mit Erfolg abgelegt. Am 29. April 1885 war er dann mit weichen Knien und in seinen schwarzen Talar gehüllt vor die Mitglieder des Inns getreten und hatte unzählige feuchte Hände geschüttelt. Auf diese Weise war er ein Barrister mit allen Rechten und Pflichten geworden.

Seit dieser Zeit besaß er die Zimmer im Temple, die er eigentlich als Büroräume gemietet hatte, um dort Klienten zu empfangen. Doch die Kanzlei war ein Reinfall gewesen.

Seit Montague John eingesehen hatte, dass er früher oder später verhungern würde, wenn er weiterhin untätig in seinem Büro auf dem King's Bench Walk sitzen und auf Kundschaft warten müsste, hatte er seinen Talar in die hinterste Ecke des Kleiderschrankes verbannt und eine etwas lukrativere Stellung als Hilfslehrer in Blackheath angenommen.

Die Privatschule, in der er seit nunmehr sechs Monaten Englisch und Rechtswissenschaften unterrichtete, war ein schönes Haus im barocken Baustil. Sie befand sich am Eliot Place Nummer 9 und wurde von Mr George Valentine geleitet, einem unangenehmen herrischen Mann, der nicht müde wurde, ihn von morgens bis abends zu kritisieren und ihm vollkommene Unfähigkeit in allen Belangen vorzuwerfen. Dazu kam noch, dass es in Montague Johns Unterrichtsstunden keine Prügelstrafe gab, was zur Folge hatte, dass er damit das gesamte Kollegium gegen sich aufbrachte und der Schulleiter sich gezwungen sah, ihm mit der Kündigung zu drohen. Doch zweiundvierzig Internatsschüler zu bändigen, war keine leichte Sache. Und Montague John hatte sich für ein eher freundschaftliches Verhältnis zu den Knaben entschieden. Auf diese Weise kam er gut mit ihnen zurecht, und wenn eines der Kinder ein Problem hatte, dann war es sicherlich nicht Mr Valentine, zu dem es damit ging.

In gewisser Weise war er froh, dass man ihm wegen des akuten Platzmangels, der dort herrschte, kein eigenes Zimmer in der Schule zugeteilt hatte. So konnte er jeden Nachmittag gegen vier Uhr dem ungeliebten Internatsgebäude den Rücken kehren und einen Zug zurück in die Stadt nehmen.

Jetzt stand er fröhlich pfeifend vor dem Spiegel im Schlafzimmer und pomadisierte sein akkurat in der Mitte gescheiteltes Haar. Neben ihm auf der Kommode lag das Telegramm, das er mit der Morgenpost bekommen hatte und das er wie ein kleines aufgeregtes Kind nicht mehr aus den Augen ließ.

Telegramm

BENÖTIGE IHREN BEISTAND --- STOP ---
SOFORTIGES ERSCHEINEN DRINGEND
ERFORDERLICH --- STOP --- WURDE
VERHAFTET --- STOP --- BIN UNSCHULDIG
--- STOP --- SITZE IM SCOTLAND YARD ---
STOP = L. FORBES WINSLOW +

Dem Postboten, der ihm diese Nachricht überbracht hatte, wäre Montague John am liebsten voll überschwänglicher Freude um den Hals gefallen. Doch der Verstand hatte über die impulsive Leidenschaft gesiegt, und er hatte sich damit begnügt, dem steifen und erstaunten Beamten lediglich fünf seiner letzten zwanzig Pence hinter dessen Mützenband zu stecken. Dann war er noch vor dem Frühstück zur Post geeilt und hatte seinerseits ein an Mr Valentine adressiertes Telegramm aufgegeben, in dem er dem Schulleiter mitteilte, dass er die Grippe habe und heute unmöglich unterrichten könne. Mit sich und der Welt zufrieden, war er anschließend in seine drei Zimmer auf dem King's Bench Walk zurückgekehrt, hatte ein kleines Stück gebratenen Speck verzehrt und das Mottenpulver aus seinem Talar gebürstet.

Montague John Druitt schraubte den Deckel auf die Dose mit der Haarpomade und stellte sie neben den Kamm auf die Kommode. Die Sonne schien erfrischend hell zum Fenster herein, und er blieb eine Weile dort stehen und schaute nach draußen. Wenn ein Tag so begann wie der heutige, dann hatte die alte Tempelanlage mit ihren graubraunen Bauten, mit ihren Erkern und schattigen Nischen beinahe etwas Romantisches an sich. Er konnte sich mühelos das Gejohle und Lachen betrunkener Tempelritter vorstellen – die Gelage, die sie im Hof abhielten, wenn sie von den Kreuzzügen zurückkehrten. Der würzige Duft von

Ochsenfleisch stieg ihm in die Nase, während er dastand und über vergangene Jahrhunderte nachdachte.

Der junge Barrister warf einen Blick auf seine Taschenuhr und stellte fest, dass es schon Viertel nach elf war – Zeit, sich auf den Weg zu Scotland Yard zu machen. Er nahm das Telegramm von der Kommode, faltete es beinahe zärtlich zusammen und versenkte es in der Brusttasche seiner Sommerjacke. Dann betrachtete er sich nochmals prüfend im Spiegel, strich eine Haarsträhne, die ihm in die Stirne gerutscht war, zurück und warf sich schwungvoll den Mantel über die rechte Schulter, ehe er das Haus verließ.

„So, und nun noch einmal alles von vorn." Inspector Abberline füllte seinen Becher bis zum Rand mit Tee und ließ sich breitbeinig auf dem Stuhl nieder, der dem Dr. Winslows genau gegenüber stand. Der Beamte umfasste den Becher mit beiden Händen. Dann beugte er sich so weit zu Forbes Winslow hinüber, dass seine Nasenspitze fast dessen Stirn berührte, und setzte ein eisiges Lächeln auf. „Sie verließen also das Pub gegen Mitternacht."

Der Doktor nickte matt, weil er seit Stunden nichts anderes getan hatte, als mindestens zehn Mal dieselbe Geschichte zu wiederholen und mehrere Dutzend Mal dieselben Fragen zu beantworten.

Frederick Abberline packte ihn grob an der rechten Schulter und schüttelte ihn. „So, mein Lieber, vorhin haben Sie noch Stein und Bein geschworen, es sei um halb eins gewesen. Was soll ich davon halten?" Er warf seinem Sergeant einen triumphierenden Seitenblick zu. „Wir müssen uns da einig werden, Doktor." Abberline ließ Winslow los und meinte sanft: „Sie werden uns schon noch die Wahrheit sagen; das verspreche ich Ihnen. Selbst wenn ich Ihnen dafür jeden Zahn einzeln ausbrechen muss."

„Nicht, Fred", mahnte Sergeant Godley, der genau wusste, dass sein Vorgesetzter nie verstanden hatte, warum man die wirkmächtigsten Zauber in einer so modernen Zeit wie der heutigen nicht mehr anwenden durfte. „Mögen Sie einen Tee, Mr Winslow?"

„*Doktor* Winslow", sagte der Arzt zermürbt und nickte wieder.

Auf der Fleet Street hielt Montague John eine Droschke an, und eine knappe halbe Stunde darauf stand er mit weichen Knien auf der Treppe des Polizeigebäudes.

So sehr ihn die Tatsache, dass man seiner Hilfe als Rechtsbeistand bedurfte, erfreute, so sehr fürchtete er auch zu versagen. Was, wenn er der Sache nicht gewachsen war? Was, wenn er plötzlich merkte, dass er zu lange aus seinem Beruf heraus war? Was, wenn er bei der Verhandlung unter den bohrenden Blicken des Richters sein Plädoyer verpatzte? Was, wenn er zu stammeln anfing wie ein verängstigtes Kind, dem Mr Valentine mit dem Rohrstock drohte?

Nein, verdammt! Er würde sein Bestes geben, das war er Doktor Winslow schuldig. Er kannte den Arzt seit ungefähr einem Jahr und hatte Winslow damals aufgesucht, weil er wirklich fürchtete, den Verstand zu verlieren. Sein Misserfolg als Jurist hatte ihn in tiefe Angstzustände gestürzt. Darüber hinaus litt seine Mutter, Mrs Ann Druitt, seit ihres Mannes Tod an einem seltsamen Nervenleiden, das auf ihr Gehirn übergegriffen und zu einer bedenklichen und unheilbaren Persönlichkeitsspaltung geführt hatte. Montague John hatte schreckliche Angst davor gehabt, er könne diese Krankheit geerbt haben, und war, ehe Dr. Winslow sich seiner angenommen hatte, von schlimmsten Albträumen heimgesucht worden. Der Arzt jedoch hatte ihn in jeder Beziehung beruhigt und ihm angeraten, sich erst einmal um eine bezahlte Stellung zu bemühen, denn die leere Brieftasche sei sein wahres Problem. Was seine juristische Karriere anginge, würde er seine Chance schon bekommen. Und heute war es so weit. Um nichts in der Welt würde er den Mann, der ihn vor dem sicheren Irrsinn bewahrt und ihm heute seinen ersten Fall beschert hatte, enttäuschen.

Montague John Druitt, Barrister von Gottes Gnaden, atmete tief und gleichmäßig durch und trat entschlossen ein.

Die Luft in dem kleinen Vorraum war stickig, und es roch nach feuchten Uniformen, auf denen sich Stockflecken ausbreiteten wie giftige Pilze. Auf dem Boden unter den Garderoben stapelten sich Stiefel, Schirme und Regenmäntel. So, als hätte jemand den unbeholfenen Versuch unternommen, die dunklen Flure ein wenig zu schmücken, setzte sich das heillose Durcheinander auf der angrenzenden Treppe fort. Dort lagen Sättel, stapelweise staubige Bücher und Packdecken über die Stufen verteilt, und Montague John hatte eher den Eindruck, sich im Schuppen eines Trödlers zu befinden, als im Hauptquartier der Metropolitan Police.

„Sir?" Ein junger Constable war auf der Treppe erschienen und stieg, geschickt die Hürden auf den schmalen Stufen nehmend, zu Mr Druitt herunter. „Kann ich etwas für Sie tun?"

Montague John zog den Bauch ein und war bemüht, seinem Gesicht einen angemessenen Ausdruck von Würde zu verleihen. „Oh, ja", sagte er gemächlich und zupfte das Telegramm aus der Jackentasche. „Ich denke, das können Sie."

Forbes Winslows Zelle lag ein Stockwerk tiefer, am Ende eines zugigen Ganges, dessen grün getünchte Wände einem Behaglichkeit vorzugaukeln versuchten. Auf den jungen Anwalt jedoch wirkten sie so kalt und steril wie der Keller eines Krankenhauses. Was diesen Eindruck noch verstärkte, war, dass, im krassen Gegensatz zu der muffigen Unordnung oben in der Eingangshalle, nichts auf dem Fußboden herumlag. Bis auf einen Tisch, an dem ein weiterer Constable saß – die Füße übereinandergeschlagen auf die zerschrammte Tischplatte gelegt – und gelangweilt an einem Becher Tee nippte, war der Gang leer.

Der Beamte nahm die Beine herunter, als er sie kommen hörte.

„Das ist der Anwalt von Nummer 27", erklärte Montague Johns Begleiter und kramte in seinem Gedächtnis nach einem Namen. „Mister ..."

„Druitt." Er deutete ein reserviertes Kopfnicken an. „Ich möchte zu Dr. Winslow."

„Tee, Mr Druitt?" Der wachhabende Mann zerriss beim Aufstehen die Spinnweben, die seine Schultern mit der Stuhllehne verbanden, und wies auf eine Reihe fleckiger Becher.

„Danke, nein." Montague John fragte sich, ob das, was daneben auf dem krümeligen Teller lag, tatsächlich graue Schwämme waren. „Schließen Sie jetzt bitte auf."

Der Beamte angelte den klimpernden Schlüsselbund von einem Nagel an der Wand und schlurfte damit zu Forbes Winslows Zelle. Dann öffnete er die schmale Luke, die sich oben in der massiven Eisentür befand, und befahl dem Gefangenen, nach hinten an die Wand zurückzutreten, bevor er den Schlüssel im Schloss drehte und den Rechtsanwalt einließ.

„Wie schön, Sie so gesund und obenauf zu sehen, Doktor", sagte Montague John, obwohl Schmeicheleien ihm eigentlich nicht lagen. Doch Dr. Winslow sah so blass und kränklich aus und hob sich so wenig vom grauen Verputz der Zellenwand ab, dass der Barrister gar nicht anders konnte.

Der Doktor löste sich wie ein nebulöser Schemen von der hinteren Wand und setzte sich auf die Pritsche. „Sie müssen mich hier rausbringen, Druitt", sagte er matt. „Das werden Sie doch, oder?"

Die Luke in der Tür stand noch offen, und der Anwalt betrachtete missbilligend das Paar stahlblauer Augen, das durch den schmalen Schlitz neugierig zu ihnen hereinblinzelte.

„Ich habe das Recht, mit meinem Mandanten unter *vier* Augen zu sprechen, erklärte er ruhig, aber bestimmt. Montague John vernahm ein verächtliches Schnauben, als die Luke geschlossen wurde. Er setzte sich neben Forbes Winslow auf die Kante der Pritsche. „So, Doktor, und nun erzählen Sie mir bitte, weshalb Sie hier sind."

Und der Arzt begann aufgeregt zu erzählen – die ganze leidige Geschichte.

Dr. Lyttleton Forbes Winslow war wieder in seinem Element.

„Ich hörte gerade, dass der Gesetzesschinder eingetroffen ist", verkündete Sergeant Godley. Lautstark warf er die Bürotür ins Schloss. „Soll ein ziemlich harter Brocken sein, laut Dew."

„Wovon zum Teufel redest du eigentlich, George?" Inspector Fred Abberline sah seinen Sergeant mit gekräuselter Stirne an. Er fragte sich nämlich, was diese Frau, die sich so rührend um Phelps' Gipsbein gekümmert hatte, schon wieder im Yard zu suchen hatte. „Verdammt, George, wir betreiben hier kein Mädchenpensionat!"

„Beruhige dich." Godley nahm einen Stapel Tageszeitungen von seinem Stuhl und setzte sich. „Ich hab's von Walter."

„Walter?" Es gehörte nicht zu Abberlines Gewohnheiten, sich die Vornamen von Constables einzuprägen. „Rede mit mir nicht in Rätseln."

„Unser Mann im Keller", sagte Godley ohne weitere Erklärungen. „Jedenfalls ist Winslows Rechtsanwalt jetzt unten bei ihm in der Zelle. Dew meint, die brüten was aus."

„So, meint er das?", fragte der Inspector böse. „Weißt du, was die Presse meint, George?" Abberline schob einen Stoß Zeitungen über den Schreibtisch. „Sie meint, wir säßen untätig herum. Sieh dir nur die Schlagzeilen an: *Wieder ein schrecklicher Mord im East End – Zwei Ostlondoner Prostituierte ermordet – Scotland Yard leugnet Mordserie – Der Yard schweigt sich aus – Schläft die Polizei? – East-End-Monster noch auf freiem Fuß!"* Die Stimme des Inspectors war von Wort zu Wort lauter geworden.

„Das ist eben Fleet Street. Diese Zeitungsleute schnappen da etwas auf und machen eine riesen Geschichte draus. Damit müssen wir leben, Fred. Immerhin haben wir Winslow."

„Dem wir verdammt noch mal nichts anhaben können, solange er bei seiner Geschichte bleibt", warf Abberline ein.

„Spätestens morgen werden wir ihn dem Haftrichter vorführen müssen", sagte Godley. „Denkst du, wir sollten uns Dr. Winslow in der Zwischenzeit noch mal vornehmen?"

„Nein, George, das denke ich nicht. Jedenfalls nicht, solange dieser Anwalt noch in seiner Nähe ist", fügte er mit einem breiten Grinsen hinzu.

„So, wie die Dinge liegen, Doktor", meinte der Barrister, dessen linkes Ohr heftig klingelte, „hat die Polizei nicht das Geringste gegen Sie in der Hand."

„Aber die Brieftasche", gab Forbes Winslow zu bedenken. „Was ist damit?"

„Seien Sie unbesorgt. Das kriegen wir hin." Montague John blickte voller Zuversicht in die nahe Zukunft. Er stand auf und schüttelte Winslow die Hand. „Trotzdem – kein weiteres Wort ohne Ihren Rechtsanwalt."

Die Zellentür wurde aufgesperrt, und der junge Barrister fand selbst den Weg zurück nach oben. Montague John Druitt verließ das zweigeschossige Haus als glücklicher Mann und mit der Adresse eines Hauses in Bloomsbury in der Tasche. Er überquerte den Hof, durchmaß zügig den Durchgang, der Great Scotland Yard mit Whitehall verband, und suchte am Fahrbahnrand stehend die Straße nach einer Droschke ab.

Zum ersten Mal in seinem Leben fühlte er sich wirklich als Jurist. Die Mittagssonne stand hoch am Himmel, und die herrlich weißen Häuser, die Whitehall Place umstanden, reflektierten das Licht wie Silbermünzen. Montague John pfiff beschwingt vor sich hin, während er den Gehweg entlangschlenderte. Endlich war der Tag gekommen, an dem er das Licht am Ende des Tunnels sah.

Es war fast Mittag, als sich Donald Swanson und Frederick Greenland im White's Club in der St. James's Street trafen. Glitzernde silberne Kronleuchter hingen wie schwere Tränen von der holzverkleideten Decke des Clubs und brannten überflüssigerweise trotz des hellen Tageslichtes, das durch die zur Straße geneigte Fensterfront hereinflutete und die kleine Marmorhalle mit ihren antiken griechischen Vasen und Wandmosaiken wie flüssiges Gold überschwemmte. Entlang der Fenster standen runde Eichentische, an denen Zeitung lesende Herren auf den zarten Sesseln von Hepplewhite saßen und sich die Zeit damit vertrieben, dass sie abwechselnd an ihren Zigarren zogen und nach den Fliegen schlugen.

„Ich wette zehn Pfund, dass ich sie erwische", flüsterte plötzlich eine tiefe, heisere Stimme dicht an Swansons rechtem Ohr, und das schmale Ende eines Ledergürtels schlug schnalzend neben ihm gegen die Wand.

Swanson war viel zu erschrocken, um etwas zu sagen.

„Exitus", meinte der massige ältere Herr amüsiert. Er schob seinen Gürtel in die Schlaufen seiner Hose zurück, kratzte das tote Insekt von der dunklen Holztäfelung und rieb sich selbstzufrieden den Bauch.

Frederick war empört. „Was erlauben Sie sich?", fragte er. „Wer sind Sie überhaupt?"

„Mein Name ist Gull", sagte der Mann, als reiche allein die Nennung seines Namens als Erklärung vollkommen aus, und seine feuchte, plumpe Hand ergriff Fredericks. „William Gull. Ich kann diese ekligen Biester einfach nicht ausstehen. Bis zu dreißig verschiedene Krankheiten kann eine gewöhnliche Fliege übertragen; haben Sie das gewusst? Und wer weiß schon, ob die hier eine gewöhnliche war."

„*Der* Sir William Gull?" Donald Swansons Ärger über das ungebührliche Benehmen des korpulenten Mannes war augenblicklich verflogen. „Mr Greenland, dieser Gentleman hier ist der Leibarzt der Königin."

„Das ändert natürlich alles", murmelte Frederick.

Der Leibarzt ließ seinen schweren Arztleib wohlgefällig schnaufend auf einem der Stühle nieder und legte wie zu einem Schwur seine rechte Hand auf die linke Brusthälfte. „Es tut mir leid, wenn ich Sie erschreckt habe. Doch Fliegen sind nun wirklich ein Graus. Was ist mit der Wette? Leider Gottes habe ich Ihnen keine Zeit zum Einschlagen gelassen. Wenn Sie wollen, wiederholen wir sie. Da oben am Leuchter vis-à-vis ist justament eines von den Viechern gelandet. Sie starten rückwärts; ist Ihnen das bekannt?" Der zarte Stuhl knarrte erleichtert, als sich Sir William katzenhaft vom Sitz hochschwang und seine Finger zur Gürtelschließe glitten. „Ich erhöhe meinen Einsatz von vorhin auf, sagen wir zwanzig."

„Ich bin sicher, wir würden verlieren, Sir William", meinte Swanson. „Bleiben Sie doch sitzen, bitte."

„Oh, Sie wollen nicht wetten?" Dr. Gull verzog enttäuscht

das Gesicht. „Dann eben nicht. Was treibt Sie her, wenn nicht das Wetten, Mr Swanson? Die Arbeit?"

Der Chief Inspector war erstaunt. „Sie erinnern sich an meinen Namen?"

„Der Fall Charles Bravo. Ich sagte für die Anklage aus. Sie waren noch ein junger Sergeant damals. Sagen wir, ich habe Ihre Karriere all die Jahre mit Interesse verfolgt. Sie haben es zu etwas gebracht. Sie können sich nicht vorstellen, wie erfreut ich bin, Sie zu sehen." Er legte die Daumen und Zeigefinger so aneinander, dass sie ein Dreieck formten. Offensichtlich wollte er ihm mitteilen, dass er, ebenso wie Swanson, ein Logenbruder war.

„Die Freude ist ganz auf meiner Seite", sagte Swanson und erwiderte das Zeichen. „Wie man hört, haben Sie sich aus dem Berufsleben zurückgezogen."

„Mehr oder weniger. Ich kümmere mich nach wie vor um das Wohl unserer erlauchten Majestät. Ansonsten genieße ich den Ruhestand in vollen Zügen." Dr. Gull zog seine Taschenuhr aus der Weste und sagte dann: „Ich bin ein alter Mann. Und wie allen alten Männern bleibt mir nichts weiter übrig, als mir die Zeit bis zum absehbaren Ende einigermaßen sinnvoll zu vertreiben. Also halte ich mich meistens hier im Club auf und schaue nach, wen ich zu einer Wette überreden kann."

„Waren Sie zufällig vorgestern Abend ebenfalls im Club?", fragte Swanson.

„Vorgestern?" Gull schob nachdenklich die Unterlippe vor. Dann begannen seine Augen vor Entzücken zu leuchten, und er schnippte mit den Fingern, als es ihm einfiel. „Oh, ja, sicher. Donnerstag. Das war der Abend, an dem wir das Mountford-Fenster einweihten. Wunderbare Idee."

„Wurde im Zuge dieser Einweihung eventuell ein Vortrag gehalten, Sir William?"

„Wenn Sie zwei Regentropfen aus einer Pipette als Vortrag bezeichnen wollen, Chief Inspector." Gull lachte. „Admiral Gregory gab den Lord Mountford. Machte seine Sache gut, der alte Knabe. Wir haben schrecklich gelacht, und ich glaube, einer der Gentlemen hat an dem Abend sein gesamtes Hab und Gut verloren."

„Ich fürchte, ich verstehe nicht", gab Swanson zu. Was zum Geier hatte ein Vortrag über Geisteskrankheiten mit einem Kammerspiel zu tun?

„Sehen Sie das Fenster dort?" Gull deutete nach links. „An einem stürmischen Tag vor ungefähr achtzig Jahren saß dort ein gewisser Lord Mountford und wettete dreihundert Pfund auf einen von zwei Regentropfen, die an der Scheibe abliefen – überzeugt, einer sei schneller als der andere. Er brachte sich fast um, als sie aufeinander zuliefen und sich vereinigten. Wir hielten es für eine gute Idee, eine Plakette anzubringen und die Begebenheit nachzuspielen – unter Wettbedingungen natürlich."

„Demnach fand kein Vortrag über Epilepsie statt?", fragte Frederick.

„Dieser Club wurde zum Vergnügen gegründet", entgegnete Gull. „Tagsüber hat man weiß Gott genug Scheußliches am Hals, da kann man zumindest am Abend davon verschont bleiben."

„Sagt Ihnen der Name Winslow etwas?", fragte Swanson, der sich nicht erklären konnte, weshalb der Doktor sie wegen des Vortrags belogen haben sollte. „Dr. Forbes Winslow."

Gulls Gesicht hellte sich auf. „Winslow. Natürlich, natürlich. Er hat diesen Vortrag gehalten, was? Warum haben Sie das nicht gleich gesagt."

„Was hätte das für einen Unterschied gemacht?"

„Nun, Winslow hat zahlreiche Bewunderer unter den Kollegen – mich eingeschlossen. Und einige sind Clubmitglieder. Manchmal ziehen sie sich in die Bibliothek zurück und fachsimpeln ein wenig. Auch wenn Winslow die meiste Zeit redet, kann man es schwerlich einen Vortrag nennen."

„Wissen Sie, ob er gegenwärtig an etwas arbeitet?", fragte Swanson.

„An einem Experiment vielleicht?", setzte Frederick hinzu.

„Winslow experimentiert immer mit irgendetwas herum", meinte Gull. „Sagen Sie, sind Sie mit der Sache im Savage-Club vertraut?" Und als Swanson verneinte, sagte er: „Das Ganze liegt vielleicht drei oder vier Jahre zurück. Damals experimentierte Winslow mit irgendeiner künstlichen Droge. Er glaubte, er könne mit ihrer Hilfe Körper und Geist vorübergehend trennen und Seelenwanderungen unternehmen! Nun ja. Eines Tages erschien er im Club, eine Phiole in der Hand, und verkündete, er werde jetzt seinen Körper verlassen!"

„Seinen Körper verlassen ...", echote Frederick.

„Um ein Haar wäre es ihm sogar gelungen." Gull musste lachen. „Wir holten ihn mit Brandy ins Leben zurück. Danach war Winslow einfach nicht mehr derselbe; überzeugt, ein böser Geist sei während seiner Abwesenheit in seinen Körper gefahren. Er verschlang ein Gebetbuch und eine halbe Paragraphenbibel, ehe wir ihn überwältigt hatten. Dann schafften wir ihn ins Krankenhaus."

„Mich würde Ihre Meinung als Mediziner interessieren", sagte Swanson. „Halten Sie Winslow für gefährlich?"

„Ein ganz entschiedenes Nein, Chief Inspector", sagte Gull. „Winslow hat so seine Momente. Er mag exzentrisch sein und auf den Laien verrückt wirken. Ich kann das nachvollziehen. Aber er ist so gesund wie Sie und ich. Was legt man ihm denn zur Last?"

„Würden Sie ihm einen Mord zutrauen?"

„Einen Mord würde ich jedem zutrauen", sagte Gull. „Wen soll er denn ermordet haben?"

„Da noch keine Anklage erhoben wurde, kann ich leider

nicht darüber sprechen", meinte Swanson. „Nur so viel: Wir befragen ihn in Zusammenhang mit dem Tod einer Frau, die man erstochen aufgefunden hat."

„Dann scheidet Forbes Winslow von vornherein aus", versicherte Gull. „Sie verschwenden Ihre Zeit mit dem falschen Mann."

„Was macht Sie so sicher?"

„Ganz einfach: Er leidet an Hämatophobie. Er kann kein Blut sehen."

„Für einen Arzt sehr ungewöhnlich", meinte Swanson.

„Aber eine Tatsache", entgegnete Gull. „Und der Grund, weshalb Winslow seine chirurgische Laufbahn noch während des Studiums an den Nagel hängte und sich der Psyche zuwandte."

„Und es gibt keinen Zweifel?", fragte Frederick.

„Überprüfen Sie es", schlug Gull vor. „Ich weiß von Sir Thomas Barlow, dass er sich einmal absichtlich mit der Kuchengabel in den Finger stach, um einen Disput mit Winslow zu beenden. Aber, was immer Sie tun, Sie beide müssen mich unbedingt einmal in nächster Zeit besuchen und mich auf dem Laufenden halten. Nur warten Sie nicht zu lange damit. In meinem Alter muss man jeden Tag damit rechnen, dass die Sense fällt. Ich wohne Brook Street 74, Grosvenor Square. Am Vormittag finden Sie mich so gut wie immer daheim. Nach meinem kleinen Schlaganfall im letzten Jahr achtet meine Frau sehr darauf, dass ich mich nicht zu sehr anstrenge."

„Eine anständige Frau ist das Mark in eines jeden Mannes Rückgrat", meinte Swanson lächelnd.

„Lady Gull ist da keine Ausnahme. Sie ist die Fürsorge in Person und dosiert meine Pillen. Aber warum stehen Sie hier im langweiligen Foyer herum? Ich hätte nicht übel Lust, Sie meinen Freunden im Club vorzustellen. Mir ist nur eine Person bekannt, die den White's Club nicht vergnüglich fand. Irgend so ein verarmter Dichter, der über Zwerge schrieb. Hatte einen Vogelnamen, glaube ich. Swift, Jonathan Swift hieß er. Oder haben Sie eine Abneigung gegen ein so kleines Vergnügen wie das Wetten?"

„Gegen eine gute Wette ist nicht das Geringste einzuwenden, Sir William", sagte Swanson. „Schlagen Sie mir eine vor, die in jedem Fall zugunsten dieser armen Leute in den Slums des East End geht, und ich bin sofort einverstanden."

„Das East End?" Gull rümpfte die Nase. „Wie zum Teufel kommen Sie denn auf das verdammte Hurenviertel? Ein schmutziger Abgrund ist das." Er strich sich über sein Revers, als hätte allein die Unterhaltung über Ostlondon bereits Schmutzspuren darauf hinterlassen.

„Sind Sie mal dort gewesen?", fragte Swanson. „Ich habe das Elend neulich gesehen. In dieser Gegend herrschen erschreckende Zustände. Die armen Leute könnten ein paar Pfund gut gebrauchen."

„Also schön", willigte Dr. Gull schließlich mit einem unterkühlten Schmunzeln ein. „Machen wir es. Was bieten Sie an?"

„Keine Ahnung, Sir William", sagte Swanson. „Sie sind der Routinier."

„Lassen Sie mich nachdenken." Einige Sekunden lang wanderte sein Blick ruhelos in der Halle umher. Dann erhellte ein plötzlicher Geistesblitz seine Züge. „Haben Sie eine Pfundnote, Chief Inspector?"

Swanson tastete hilflos seine Taschen ab, bis Frederick Greenland schließlich seine Brieftasche öffnete und eine Pfundnote hervorzog.

„Wunderbar! Und die platzieren wir jetzt dort hinten." Gull deutete auf den spiegelnden Fußboden vor der Eingangstür. „Ich wette mit Ihnen um, sagen wir, fünf Pfund ..."

„Dreißig, Sir William", fiel Greenland ihm ins Wort.

„Wir wollen doch nicht kleinlich sein. Immerhin war Ihnen die Fliegenwette schon zwanzig wert."

„Das war vorhin", sagte er. „Fünfzehn – das ist das Äußerste."

„Wenigstens zwanzig", meinte Frederick. „Es ist für einen guten Zweck, vergessen Sie das nicht."

Swanson konnte nur staunen. So viel Geld sah er als Polizist nur dann auf einem Haufen, wenn es in der Asservatenkammer lag.

„Also schön, meinetwegen", sagte Gull. „Ich will mir nicht nachsagen lassen müssen, ich hätte kein Herz. Geben Sie mir den Geldschein. Was, glauben Sie, wird die Person, die als nächste hier hereinspaziert und den Schein am Boden sieht, tun: die Banknote heimlich in der Tasche verschwinden lassen oder nach dem Besitzer fragen?"

„Ich glaube noch an das Gute im Menschen", antwortete Greenland.

„Ich wette dagegen", feixte Dr. Gull. „Geld hat bisher noch jeden Charakter verdorben. Geben Sie mir Ihre Hand."

Er schlug ein, und Gull hüpfte zur Eingangstür und legte das Geld auf den Boden.

Die Minuten verstrichen. Gull hatte sich gerade eine Zigarre angezündet, als die Tür des Foyers geöffnet wurde und ein junger Mann eintrat. Zunächst schien er die Pfundnote gar nicht zu bemerken. Er war viel zu sehr damit beschäftigt, die Lobby nach einem bekannten Gesicht abzusuchen.

„Verdammt", flüsterte Gull und zappelte nervös mit den Beinen, „mit einem Blinden hatte ich nicht gerechnet."

Doch dann bemerkte der Mann das Geld. Unschlüssig stand er davor, ohne sich zu bücken, und spielte nervös mit den Fingern. Es dauerte ein paar Sekunden, doch dann fuhr seine linke Hand in einer blitzschnellen Bewegung zu Boden, und die Banknote verschwand in der leeren Hosentasche.

Sir William Gull brach in schallendes Gelächter aus. Er lachte und lachte, während der junge Mann sie schuldbewusst ansah. Er kam auf sie zu, die Schamesröte im Gesicht, und zog den Geldschein aus der Tasche. „Ist das Ihrer?"

„Schon gut", sagte Frederick mit einem Lächeln. „Es handelte sich um eine Wette. Wir haben alle unsere Schwächen."

„Ja, die haben wir! Die haben wir alle!" Gull fing erneut an zu lachen. In seinen Augen standen Tränen.

„Ich wäre Ihnen sehr verbunden, wenn Sie aufhören könnten zu lachen", sagte der junge Mann und stand mit baumelnden Armen da. „Ich gebe es nicht gern zu, aber ich nahm das Geld, weil ich nichts ... nun ja, ich bin nicht das, was man im Allgemeinen liquide nennen würde, Gentlemen."

Frederick sagte: „Behalten Sie es, Mister ..."

„Druitt", ergänzte der junge Mann. „Ich danke Ihnen. Sagen Sie, wissen Sie zufällig, ob ich Frederick Greenland hier finde?"

„Dann müssen Sie Dr. Winslows Anwalt sein", sagte Frederick und reichte ihm die Hand. „Ich bin Frederick Greenland. Und das neben mir ist Chief Inspector Swanson."

„Dann ist es mir umso peinlicher, Gentlemen", sagte der Anwalt. „Ich war bereits bei Ihnen am Gordon Square. Ihr Butler sagte mir, ich würde Sie und den Chief Inspector hier finden." Er zog die Pfundnote wieder hervor und hielt sie Frederick hin.

„Es gibt keinen Grund, sich zu schämen", versicherte Frederick. „Es war eine Wette zwischen Sir William Gull und mir. Der Schein hätte in jedem Fall dem Finder gehört."

Montague John nickte dankbar. „Ich habe Dr. Winslow heute Vormittag gesehen. Er war sehr niedergeschlagen."

„Nun, jetzt hat er vielleicht Grund zur Freude", sagte Swanson und schenkte ihm ein aufmunterndes Lächeln. „Sir William hat uns etwas über Winslow verraten, das ihn entlasten könnte. Wir müssen es nur noch überprüfen."

Und nachdem auch die Wettformalitäten erledigt waren, bestand Sir William Gull darauf, sie persönlich nach Whitehall zu bringen.

„Vergessen Sie nicht, dass Sie versprochen haben, mich zu besuchen, Chief Inspector", sagte er, als der Wagen zwanzig Minuten später in Great Scotland Yard hielt. Swanson versprach es. „Aber vermeiden Sie die Zeit zwischen zwei und halb vier am Nachmittag. Meine Frau ist sehr eigen, was das strikte Einhalten des von ihr verordneten Mittagsschläfchens angeht. Einmal hat sie den Premierminister an der Tür abgewiesen wie irgend so einen Botenjungen. Wollte mich in einer extrem wichtigen Angelegenheit sprechen. Später haben wir schrecklich darüber gelacht. Ich wette, Großbritannien kennt kein strengeres Gesetz als das meiner Frau."

„Lord Salisbury?" Montague John war sichtlich beeindruckt, doch Gull tat diese Bekanntschaft mit einer lässigen Handbewegung ab.

„Unsere erlauchte Dame sollten Sie kennenlernen. Sie ist die Güte in Person. Leider spielt ihr Magen zurzeit nicht mit. Dieser alberne Willy macht sie ganz verrückt mit seinen komischen Vorstellungen. Seit er in Deutschland auf dem Thron sitzt, will er partout ‚Kaiserliche Majestät' von ihr genannt werden, stellen Sie sich das vor. Und dabei ist sie seine Großmutter."

Sie stiegen aus, und der Kutscher zog ein schmuddeliges kleines Kärtchen aus der Manteltasche und reichte es Donald Swanson. „Könnt ja sein, dass Scotland Yard mal einen schicken Wagen braucht, was?"

„Vielen Dank." Swanson warf einen Blick darauf und steckte sie ein. „Man kann ja nie wissen, Mr Netley."

„Obwohl, meist fahr ich ja Dr. Gull." Affektiert tippte Netley mit dem Zeigefinger unter die Hutkrempe und schob sich den Bowler in den Nacken. „In meiner hübschen kleinen Kalesche befördere ich nur Persönlichkeiten. Politiker und Ärzte eben. Alles Mitglieder der Loge." Der Kutscher reckte die flache Nase in die Luft. „Hochrangige, wie Sir William und der Premier."

„Netley!" Gull klopfte mit seinem Spazierstock von innen gegen das Wagendach. „Lady Gull wartet. Wir werden Ärger bekommen!"

Netley beugte sich vertraulich zu Swanson herunter und senkte die Stimme. „Ich bin nicht einfach so ein schäbiger Kutscher, wenn Sie verstehen, was ich meine? Ich bin der König der Kutscher, Sir. Ohne Übertreibung."

Swanson erinnerte sich daran, was er vor einigen Tagen über einen Fleischer aus Holloway im Standard gelesen hatte. Dem Mann war ein sicheres Zimmer in Colney Hatch zugewiesen worden, nachdem er sich wiederholt als „König der Elthorne Road" bezeichnet und von Passanten Wegezoll verlangt hatte.

„Netley!" Gulls Stimme wurde lauter und drängender.

„Wiedersehen." Netley schwang die Peitsche. Der Wagen setzte sich in Bewegung und ratterte mit mahlenden Rädern davon.

Während Frederick Greenland und Mr Druitt im Flur warteten, schaute Swanson bei Sergeant Stedman in der Dachkammer vorbei und ließ sich ein blutbesudeltes Taschentuch aushändigen. Damit begab er sich ins Verhörzimmer, wo ein übernächtigter Winslow zusammengesunken auf seinem Stuhl kauerte. Als Swanson ihm das blutige Tuch hinlegte mit der Bitte, es sich anzusehen, war das Ergebnis eindeutig. Er verdrehte die Augen zur Decke und kippte augenblicklich in Swansons Arme.

Damit war der Fall Forbes Winslow für Swanson vorerst erledigt. Er hatte kein Motiv, war bislang ein unbescholtener Bürger gewesen, und er konnte kein Blut sehen. Auch wenn es Inspector Abberline nicht gefallen mochte, es gab keinen Grund mehr, Winslow noch länger festzuhalten. Er würde Martha Tabrams Mörder in Whitechapel suchen müssen.

Bis auf Sergeant Godley, der dort eigentlich nichts zu suchen hatte, und Fred Abberline, dem es auch knapp zwei Wochen nach Winslows Entlassung noch nicht gelungen war, dort etwas zu finden, war die kleine Wache in der Leman Street an diesem 30. August leer.

Der Inspector rührte so heftig in seinem Tee herum, als wolle er mit dem Löffel nicht den Zucker auflösen, sondern den Becher zerschlagen. Swanson würde es noch leidtun, dass er ihn wieder zurück nach Whitechapel geschickt hatte.

„Hast du veranlasst, worum ich dich gebeten hatte, George?"

„Hat mich meine ganze Überredungskunst gekostet." Sergeant Godley nahm die Teekanne aus dem Regal neben sich und goss seinen Becher voll. „Du weißt ja, wie der Commissioner ist, Fred. Natürlich habe ich für Dr. Winslows Überwachung keinen einzigen Mann bewilligt bekommen. Die Sergeants Caunter und Thick haben sich schließlich bereit erklärt, es zu machen."

„Schon gut, schon gut. Hauptsache, sie haben Winslow im Auge behalten. Wann erstatten sie Bericht?"

„Normalerweise alle sechs Stunden." Godley nippte an seinem Tee.

„George, was heißt ‚normalerweise'?"

„Winslow verließ heute Morgen ..." Godley warf einen

flüchtigen Blick auf die Uhr. „... *gestern* Morgen um zehn seine Wohnung und ließ sich zum Lyceum am Strand fahren, wo er drei Karten für die Abendvorstellung kaufte. Von dort aus ging es dann zu einem Geschäft für Altkleider. Dort blieb er vielleicht zwanzig Minuten. Dann ließ er sich nach Chelsea zurückbringen. Als mir Caunter gegen drei Uhr nachmittags Bericht erstattete, da hatte Winslow noch keinen weiteren Schritt vor die Tür gesetzt. Um halb neun am Abend ..."

„George!" Abberline setzte unsanft seinen Becher ab. „Komm auf den Punkt. Also, was heißt ‚normalerweise'?"

„Thick und Caunter waren ab halb neun im Foyer dieses Theaters ..."

„George ..."

„Der Doktor hatte die Karten gekauft, Fred. Für die Abendvorstellung. Und die begann um neun." Godley machte abermals eine Pause und sah zu, wie Frederick Abberlines Zornesfalten wuchsen. „Woher, in Gottes Namen, sollten die beiden wissen, dass er gar nicht kommen würde?"

Abberline rieb sich mit beiden Händen über Gesicht und Haar. „George, mein Freund", sagte er leise, „habt ihr einmal daran gedacht, dass Winslow vielleicht nicht halb so vertrottelt ist, wie ihr denkt? Hab ihr mal – nur ein einziges Mal – einen Gedanken daran verschwendet, dass er eure Observation eventuell bemerkt und euch verarscht haben könnte?" Abberline sprach langsam und in einem beinahe sanften Tonfall. „Habt ihr nicht, nicht wahr? Und das bedeutet, er ist euch entwischt."

Godley hatte einen Kloß im Hals. Abberline in seiner leisen Wut war schlimmer als seine gewohnten cholerischen Ausbrüche, und Godley hatte Mühe, den bohrenden Blicken seines Vorgesetzten standzuhalten. „Ja, Fred, es tut mir leid. Wir haben Winslow verloren."

„Dann seht bloß zu, dass ihr ihn schleunigst wieder

auftreibt." Abberline blieb weiterhin beherrscht. Fast traurig sagte er: „Ich kann nichts ausrichten, George. Ich sitze hier in Leman Street fest."

„Wir finden ihn, das verspreche ich dir", sagte Godley. „Und dann lassen wir ihn nicht mehr aus den Augen."

„George, warst du mal auf Elba?" Frederick Abberline seufzte. Dann ließ er die rechte Hand bedeutungsvoll unter seine Weste gleiten.

Ein namenloser Schatten fand, dass es nun an der Zeit war, London ein weiteres Mal in Angst und Schrecken zu versetzen.

DRITTER TEIL

Schlachthaus-anatomie

Mittwoch. – Trommlerjungen freigelassen. Brief eines anonymen Schreibers ans Tagesblatt erklärt, dass die Gewalttat nur von einem Seemann verübt worden sein kann. Lockte den Maat eines Dampfschiffes an Land und verhaftete ihn plötzlich.

*Punch, 22. Sept. 1888,
Ein Kriminalbeamten-Tagebuch à la mode*

KAPITEL 3

Es war ein ungewöhnlich kühler Morgen, als Chief Inspector Donald Swanson in Begleitung von Inspector Abberline und Constable Phelps aus der schaukelnden Droschke stieg, die vor einem ausgelagerten Trakt des Bakers Row Armenhauses auf der Old Montague Street gehalten hatte. Ein dünner Nieselregen wehte ihnen in Böen entgegen. In der Nacht hatte man eine weitere Frauenleiche gefunden.

Der Chief Inspector hasste es, wenn er einen Mord nicht am Tatort untersuchen konnte. Lage und Aussehen der Leiche vermochten seiner Ansicht nach eine ganze Menge über den Tathergang zu verraten. Schon im Tabram-Fall hatte der Polizeiarzt die Vorschriften missachtet, aber diesmal war die Tote so schnell ins Leichenschauhaus gebracht worden, dass er allmählich anfing, an böse Absicht zu glauben.

„Wo hat man sie gefunden?", fragte er den blassen Constable, der an der Straße auf sie gewartet hatte.

„Buck's Row, Sir." Er schlug die Hacken zusammen.

„Wer hat die Leiche entdeckt?", wollte Abberline wissen, als sie hintereinander durch den schmalen Gang des Stone Yard, am Gebäude des Armenhauses vorbei, in den Hinterhof gingen und der schmächtige, vom Anblick der drei Scotland-Yard-Beamten sichtlich beeindruckte John Neil die Tür zum Schuppen öffnete, der in Ostlondon als Leichenhalle diente.

„Ich, Sir", sagte der Constable eilfertig. „Drei Uhr fünfundvierzig, Sir."

Swanson war verwundert. „Ich hörte, ein Marktträger habe sie gefunden."

„Ja, Sir, das ist richtig." Neil hielt den dreien die morsche Lattentür auf.

„Sind Sie Marktträger, oder was?", blaffte Abberline dazwischen, wobei er den Constable so durchdringend anblickte, dass hektische blaue Flecken auf dessen Wangen sichtbar wurden.

„Nein, Sir. Natürlich nicht, Sir. Constable Nummer 97-J, John Neil, Sir."

„Dann benehmen Sie sich auch dementsprechend, und machen Sie gefälligst vernünftige Angaben", meinte Abberline belehrend. „Hat man ihn verhört?"

„Wen, Sir?", fragte Neil kleinlaut, und Abberline verdrehte vielsagend die Augen.

„Den Träger." Der Inspector wurde ungeduldig. „Den verdammten Kerl, der sie in Buck's Row aufgefunden hat."

„Aber es waren zwei, Sir", erwiderte Constable Nummer 97-J, wobei er sich duckte, als fürchte er, im nächsten Moment Prügel zu beziehen. Und bevor Abberline, in dessen Augen Swanson ein drohendes Aufblitzen zu erkennen glaubte, ihn mit weiteren Fragen vollends verwirren konnte, sprach Neil hastig weiter: „Charles Cross, ein Marktträger, entdeckte die Leiche um drei Uhr vierzig als Erster. Er hielt die Frau zunächst für betrunken, Sir, und versuchte, ihr aufzuhelfen. Der Zweite, Sir, war sein Kollege Robert Paul, der sich ebenfalls auf dem Weg zur Arbeit auf dem Markt befand. Als Cross ihn den Gehsteig auf der anderen Straßenseite herunterkommen sah, rief er ihm zu, er möge ihm behilflich sein, die Frau wieder auf die Beine zu bringen, Sir. Dann, Sir ..."

„Versuchen Sie, sich kurzzufassen, Constable", sagte Swanson freundlich, der immer noch unter der Schuppentüre stand und die Handflächen gegeneinander rieb, weil er zu frieren begann. „Und stehen Sie bequem."

„Ja, Sir", sagte Neil. „Dann bemerkte der eine von ihnen wohl, dass die Frau tot sein musste, und sie liefen gemeinsam bis zur Baker's Row, wo sie Constable Mizen begegneten und Meldung machten. Meine Runde führt mich durch diese fürchterliche Straße mit dem Schlachthaus. Das Pferdeschlachthaus auf der Buck's Row. Ziemlich genau dort lag sie wie aufgebahrt, Sir. Ihr Hals war zerschnitten." Die hektischen Flecken verschwanden zugunsten einer ungesunden Blässe, und der Constable hielt sich die Hand vor den Mund. „Sie liegt da drin", fuhr er nach mehrmaligem Schlucken fort. „Dr. Llewellyn untersucht sie gerade ein zweites Mal. Ich bleibe besser hier draußen, Sir. Ich habe mich vorhin schon ..." Neil machte eine Pause und schluckte wieder, „... übergeben müssen. Es ist gleich geradeaus."

Swanson bedankte sich und trat durch die Holztür in den dunklen Schuppen. Dass der junge Constable die Frage nach dem Verhör der beiden Träger unbeantwortet gelassen hatte, störte ihn jetzt nicht mehr, denn er war froh, endlich ins Warme zu kommen.

„Großer Gott ...", entfuhr es Swanson, als ihm der Schwall feuchter, abgestandener Luft entgegenschlug und ein Gestank aus beißendem Salmiak und süßlicher Verwesung in seine Nase stieg. Mit angehaltenem Atem zupften er und Phelps ihre Taschentücher heraus und pressten sie sich auf Mund und Nase, während Frederick Abberline, der vierzehn Jahre lang die Abteilung H des Bezirkes Whitechapel geleitet hatte, so tat, als bemerke er den üblen Geruch überhaupt nicht.

Swanson sah sich um.

Das Leichenschauhaus war wie alle Einrichtungen dieser Art in Ostlondon nicht mehr als ein baufälliger Schuppen. Rechts und links säumten Regale mit Konservierungs- und Desinfektionsmitteln die Wände; nahe der Tür befand sich ein notdürftiges Waschbecken, dessen Emailbeschichtung bereits an einigen Stellen abgeplatzt war; hässliche Roststellen kamen darunter zum Vorschein. Und in der Mitte des lang gezogenen Rechteckes des verfallenen Gebäudes stand der Sektionstisch mit seinen blutigen Tüchern und den darüber hängenden, nur unzureichendes Licht spendenden Gaslaternen.

An diesem Morgen lag die nackte Leiche einer bislang noch namenlosen etwa vierzigjährigen Frau auf jenem Tisch.

„Abberline, guten Morgen." Dr. Ralph Llewellyn tat überrascht. Er stand mit aufgekrempelten Ärmeln am Tisch, eben im Begriff, die Wunde am Hals der Toten zu untersuchen. „Zurück im East End? Hat Scotland Yard nicht Wichtigeres für Sie zu tun, als Sie nach Whitechapel zu schicken?"

„Weiß man schon, wer sie ist?", fragte Abberline, ohne auf die Frage zu reagieren. Er ging um den Tisch herum und sah Llewellyn an. Den Blick auf den Leichnam vermied er so gut es ging, wie Swanson bemerkte.

„Es ist nicht meine Aufgabe, so etwas herauszufinden. Das ist Sache der Polizei." Llewellyns Stimme und Gesicht spiegelten das Bild eines frustrierten Menschen. „Wissen Sie, wie viel die einem wie mir für so eine Untersuchung in diesem Dreckloch bezahlen? Es ist lächerlich wenig."

Frederick Abberlines gelangweilter Gesichtsausdruck machte deutlich, dass es ihn nicht im Mindesten interessierte, was ein Arzt für eine Obduktion bekam. Was ihn interessierte, waren Fakten.

Swanson zog es vor zu schweigen und zu beobachten. Und er bedeutete Phelps, es ihm gleichzutun. Denn er machte sich nichts vor. Dies war Abberlines Terrain. Auch wenn der Mann oft ungehobelt und cholerisch zu Werke ging: Was das East End von London anging, gab es niemanden im Yard, der sich besser auskannte.

Abberline trat ganz nahe an den Obduktionstisch heran. „Sie haben die Frau bereits an Ort und Stelle untersucht, nicht wahr?" Eine rein rhetorische Frage, auf die Llewellyn mit einem halbherzigen Nicken reagierte. „Was ich wissen will, ist: Hat man Sie heute Nacht in die Buck's Row bestellt, damit Sie sich die Leiche ansehen?"

„Ja doch, sicher." Es war offensichtlich, dass der Arzt sich durch Abberlines Fragen gestört, wenn nicht gar belästigt fühlte. „Um vier Uhr heute Morgen traf ich am Schauplatz des Mordes ein. Da ich auf der Whitechapel Road wohne, war ich es, den man benachrichtigte. Was soll das, Abberline? Ist das hier ein Verhör?"

„Was genau fanden Sie bei Ihrem Eintreffen dort vor?"

„Was ich fand?" Llewellyn lächelte schwach. Mit einem Ruck schlug er das schwere braune Tuch, das die Tote bis zur Brust bedeckt hatte, beiseite und ließ es auf den Boden fallen. „Den Leichnam dieser Frau. Sie lag auf dem Rücken; die Arme neben dem Körper. Ihr Hals war, wie Sie sehen können, von einem Ohr zum anderen durchgeschnitten." Er deutete auf die fragliche Stelle und zeichnete mit dem Zeigefinger die klaffenden Wunden nach. „Und dann ihr Unterleib. Sehen Sie sich das an. Die Bestie hat ihr den Bauch aufgeschlitzt."

Sie alle sahen sich die Verstümmelungen nur widerwillig an.

Der zackige Schnitt begann im linken Teil des Unterleibes und verlief bis fast zum Zwerchfell. Quer über den unteren Teil der Bauchdecke liefen weitere Einschnitte, und auf der rechten Seite befanden sich noch mehr. An Beinen und Gesäß der Toten waren zahlreiche dunkle Leichenflecken zu erkennen.

„Das Gewebe wurde mit großer Kraft völlig durchtrennt", setzte Dr. Llewellyn seinen Bericht sachlich fort. „Die Eingeweide quellen deutlich aus der langen Wunde in der Mitte."

„Was denken Sie, woran sie letztendlich gestorben ist?", fragte Phelps hinter seinem Taschentuch. „Und was ist mit den anderen Verletzungen, wann wurden sie ihr beigebracht? Lässt sich das sagen?"

„Der Tod trat entweder infolge des Schocks sofort ein oder aber aufgrund des hohen Blutverlustes nach ein bis zwei Minuten", antwortete der Arzt nachdenklich. „Die Halsschlagadern sind mit einem Schnitt zerfetzt worden. Aber es ist schwer zu sagen, ob die Verletzungen des Unterleibes vor oder nach Eintritt des Todes erfolgten."

„Den Nachbarn zufolge hat niemand sie um Hilfe rufen hören", meinte Abberline.

„Dann kann man davon ausgehen, dass die Verstümmelungen post mortem verursacht worden sind." Llewellyn wischte sich mit dem Handrücken den Schweiß von der Stirn. „Großer Gott, eine entsetzliche Vorstellung andernfalls."

„Es ist auch so, wie es ist, immer noch entsetzlich genug", sagte Abberline und vollführte eine flatternde Geste mit der Hand. „Bitte decken Sie sie wieder zu, Dr. Llewellyn. Es gab keine Schreie und sehr wenig Blut; wäre es möglich, dass man sie woanders ermordet und später da, wo sie gefunden wurde, hingelegt hat?"

„Nein. Nein." Llewellyn schüttelte entschieden den Kopf. „Das halte ich für sehr unwahrscheinlich. Sehen Sie, es konnte gar nicht so furchtbar viel Blut auf das Trottoir fließen, weil das meiste davon in ihrem Kleid versickert ist. Sie trug eines mit einem ziemlich hohen Wollkragen; der hat eine Menge aufgesogen. Als ich die Leiche heute Nacht untersuchte, da war sie noch warm – parziell natürlich, nicht überall –, und die Totenstarre hatte noch nicht eingesetzt; das kommt noch hinzu. Nein, Gentlemen, sie wurde in dieser Straße getötet. Daran besteht kein Zweifel. Und sie war höchstens eine Dreiviertelstunde tot, als ich dort ankam."

„Vielen Dank für Ihre Zeit. Aber eines noch, Dr. Llewellyn", sagte Swanson, bevor er sich zum Gehen umwandte. „Warum hat man mit dem Abtransport der Leiche nicht gewartet, bis wir vor Ort waren?"

Der Arzt machte ein ungläubiges Gesicht. Eine solche Frage hatte er ganz offensichtlich nicht erwartet. Hastig wischte er sich die blutigen Hände mit einem Lappen ab und sah die drei Beamten unsicher an.

Swanson steckte sein Taschentuch ein und lächelte. „Ich frage Sie nur, weil ich nicht verstehe, warum man sich nicht an die Vorschriften hält."

„Ich stellte lediglich den Tod der Frau fest", erwiderte Llewellyn schließlich mit staubtrockener Stimme. „Mit allem anderen habe ich nichts zu tun. Was soll diese Frage?"

„Gar nichts weiter. Danke, Dr. Llewellyn." Swanson sah Abberline und Phelps an. „Haben Sie noch weitere Fragen, Gentlemen?"

Abberline reagierte gar nicht, und Phelps, der immer noch sein Taschentuch vor dem Gesicht trug, schüttelte heftig den Kopf. Dann verabschiedeten sie sich.

„Ihr Hansom wartet noch." Constable Neil stand stramm, als Swanson und Abberline – gefolgt von Phelps, der ihnen totenbleich hinterherstolperte – durch die Lattentür ins Freie traten.

„Sagen Sie, Neil", meinte Swanson. Seine Stirne umwölkte sich. „Sie erwähnten vorhin die Halsverletzung der Frau."

„Ja, schrecklich, Sir. Schrecklich."

„Haben Sie noch weitere Verletzungen gesehen?"

„Nein, Sir, Gott sei Dank nicht, Sir", antwortete Nummer 97-J aufrichtig. „Nur, dass ihre Kehle durchgeschnitten war. Ist das irgendwie wichtig, Sir?"

„Nein, Constable", log Swanson und stieg als Letzter in den Wagen. „Vergessen Sie es. War nur so eine Frage."

Seine Gedanken und Vermutungen behielt Donald Swanson für sich. Er teilte sie nicht einmal mit Abberline, der die ganze Fahrt bis zur Polizeiwache Leman Street beharrlich schwieg.

Erst als er später am Nachmittag in seinem Büro Constable Phelps gegenübersaß und alles noch einmal überdachte, kam er wieder darauf zurück, dass mit der Leiche einiges nicht stimmte. Immerhin kannten sie mittlerweile ihren Namen: Mary Ann Nichols, gewöhnliche Prostituierte ohne festen Wohnsitz.

Der Chief Inspector lehnte sich in seinem Stuhl zurück und starrte abwesend an die gelbe Zimmerdecke. „Nach Aussage der Frau, die sie identifiziert hat – eine gewisse Mrs Monk vom Armenhaus Lambeth – hatte Polly, wie die Tote genannt wurde, keinerlei Feinde. Es gibt kein Motiv und keine Zeugen. Niemand hat etwas gesehen oder gehört. Einfach nichts."

„Warum sollte man so jemanden umbringen?", meinte Phelps. „Das ergibt doch gar keinen Sinn."

„Um Geld kann es nicht gehen", sagte Swanson. „Sie hatte keines. Eifersucht vielleicht?"

„Ich bitte Sie, Sir. Sie haben die Frau gesehen. War nicht gerade eine Schönheit. Womöglich dieselbe Hand wie beim Tabram-Mord. Was meinen Sie?"

„Das hier war noch schlimmer. Wahrscheinlich hat man sie frontal gepackt und ihr dann die Kehle durchgeschnitten. Aber das ist bei Weitem nicht alles. Er hat diese Frau nicht einfach nur umgebracht – er hat ihr den Leib aufgerissen."

Peter Phelps nickte. „Und wo fangen wir an, Sir? Haben wir überhaupt einen Anhaltspunkt? Prostituierte wie Mary Ann Nichols werden in dem Dschungel da draußen jeden Tag ermordet."

„Ermordet, ja", meinte Swanson, wobei er seinem Constable fest in die Augen blickte, „aber nicht abgeschlachtet und öffentlich zur Schau gestellt, Phelps. Wenn er sie in den Fluss geworfen hätte, wäre sie vielleicht niemals gefunden worden. Nein, wer immer sie so verstümmelt hat, wollte, dass sie gefunden wird. Wir haben es hier mit keinem gewöhnlichen Mord zu tun. Dieser Mord schreit zum Himmel. Warum zum Beispiel hat der Polizist, der sie fand, nichts von den Verstümmelungen ihres Unterleibs erwähnt? Die grässlichen Bauchverletzungen tauchten erst auf, nachdem Llewellyn sie in der Leichenhalle nochmals untersucht hatte. Seltsam, nicht wahr?"

„Vielleicht hat er sie im Dunkeln auch einfach übersehen", wandte Phelps ein. „Nicht jeder ist gleich auf Zack, wenn man ihn nachts aus dem Bett holt."

„Ein Mann, der sein halbes Leben als Polizeiarzt in Whitechapel verbracht hat? Schwer zu glauben. Der ist Kummer gewohnt."

„Sie denken doch nicht, dass ihr diese Verletzungen erst im Leichenschauhaus beigebracht wurden, oder, Sir?"

„Ehrlich gesagt weiß ich nicht recht, was ich denken soll, Phelps", gab Swanson zu. „Wenn es so ist, kommt dafür jedenfalls nur Llewellyn oder einer seiner Assistenten infrage. Als ich neulich mit Reverend Barnett über den Mord in George Yard Buildings sprach, meinte er, es könne auch jemand getan haben, der einfach Spaß an der Sache hat."

„Spaß?" Phelps sah entsetzt aus. „Eisenbahnfahren macht Spaß, Sir", sagte er. „Und selbst wenn Llewellyn das Aufschneiden von Leichen tatsächlich Spaß machen würde, hätte er als Arzt doch ohnehin genug Gelegenheit dazu."

„Sie sagen es, Phelps", Swanson tauchte einen Federhalter sorgsam in das Tintenfass, „Sie sagen es." Und in großen scharfkantigen Buchstaben malte er den Namen „Ralph Llewellyn" in seinen Notizblock.

Am Nachmittag erreichte ihn ein Telegramm aus Whitechapel. Es stammte von Abberline und lautete: *Leichenschau bereits morgen. Haben Sie gewusst, dass Winslow seit gestern verschwunden ist?* Swanson gab daraufhin selbst zwei Telegramme auf. Eines an Greenland und ein zweites an Winslows Anwalt. Er bat sie, sich morgen mit ihm bei der Leichenschau zu treffen. Vielleicht hatten sie eine Ahnung, wo der Doktor sich verborgen hielt.

Mr Montague John Druitt konnte Hüte nicht ausstehen. Das mochte teilweise daran liegen, dass er sich einbildete, ein sehr langes, schmales Gesicht zu besitzen, und Hüte nur dazu geeignet waren, seine Kopfform noch zu betonen. Von dem kleinen Capy einmal abgesehen, das er gelegentlich trug, wenn er für Blackheath Kricket spielte, hatte er sich vorgenommen, im Privatleben auf jegliche Kopfbedeckung zu verzichten.

Als er am folgenden Morgen um halb neun die belebte Whitechapel Road hinaufging, fragte er sich, was um alles in der Welt ihn nur dazu gebracht hatte, heute mit diesem Vorsatz zu brechen. Immer wieder stieß er mit geschäftig vorbeihuschenden Händlern zusammen, die ihre schweren Karren zum Beladen auf das Trottoir gerollt hatten und Obst- und Gemüsekisten schleppend gegen ihn anrannten, während er vor jedem zweiten Schaufenster stehen blieb und den Sitz seines Bowlers überprüfte.

Montague war nicht, wie er es zunächst vorgehabt hatte, mit der neuen Underground bis Aldgate gefahren, sondern hatte eine Droschke genommen. Auf der Commercial Road war er ausgestiegen und hatte sich bei einem Pfandleiher diesen, wie er fand, schrecklich entstellenden Hut zugelegt. Von dort aus war er zu Fuß weitergegangen.

Die Leichenschau begann um neun; das hieß, ihm blieb noch eine gute halbe Stunde Zeit, sich an den lästigen Bowler zu gewöhnen. Die würde er auch benötigen, wenngleich er nicht sehr fest daran glaubte, jemals etwas anderes als pure Abscheu für ihn empfinden zu können.

Montague John blieb vor einem weiteren Schaufenster

stehen und langte nach seiner Taschenuhr. Die Westentasche war leer und die Uhr nicht an ihrem Platz, weil er sie gegen den Hut eingetauscht hatte.

Mit einem Ausdruck auf dem Gesicht, der verriet, dass der Bowler nicht gerade in seinem Ansehen gestiegen war, wandte sich der junge Anwalt an einen gebückt vorbeischleichenden Mann. „Sir ...?"

Als hätte er nur auf sein Stichwort gewartet, blieb der Angesprochene auf der Stelle stehen und streckte Montague unverzüglich beide Hände entgegen – die Handflächen nach oben. Zwei blinde, pupillenlose Augen saßen wie große milchige Glasmurmeln in den eingefallenen Höhlen und schienen durch Montague John hindurchzublicken, als fixiere der alte Mann einen Punkt hinter ihm.

Montague schluckte, unfähig, auch nur ein Wort herauszubringen. In Gedanken schimpfte er sich einen Idioten. Ausgerechnet einen Blinden hatte er angesprochen! Es war ihm unglaublich peinlich. Wenigstens hatte er ihn nicht voreilig nach der Uhrzeit gefragt.

Montague schaute noch immer auf die flehenden Hände des Alten, und bei dem Gedanken, dass er kein Kleingeld bei sich hatte, das er hineinlegen konnte, stieg ihm das Blut in die Wangen. Während er dastand und inständig hoffte, der Alte würde glauben, er wäre fort, und endlich weitertrotten, hatte Montague das untrügliche Gefühl, halb Spitalfields sei bereits auf den Blinden und ihn aufmerksam geworden. Einige Tuchhändler jedenfalls hatten ihre Warenkörbe abgestellt und schienen ihn mit ihren Blicken durchbohren zu wollen.

„Fatzke!", hörte er einen der Händler sagen. Und es klang, als hätte der Mann dies Wort in den Rinnstein gespuckt. Ein anderer begnügte sich mit einem verständnislosen Kopfschütteln und deutete mit seiner speckigen Mütze in Montagues Richtung.

Der Alte stieß einen enttäuschten Zischlaut aus, zuckte mit den Schultern und zog schließlich weiter.

Als Montague John sich einen Weg durch die Menge bahnte und dabei an den Tuchhändlern vorbeigehen musste, schlug ihm das Herz bis zum Hals. Er rechnete damit, dass sie ihm zweifellos den Schädel einschlagen würden, wenn er noch länger dort stand. Erst als er sicher war, aus ihrer Sichtweite zu sein, blieb er wieder an einem Schaufenster stehen und betrachtete sich.

Er hatte sich lange nicht mehr so unwohl gefühlt. Sein schwarzer Sonntagsanzug und dieser grässliche Hut passten einfach nicht in diese Gegend. Hätte Montague statt des Bowlers bauschige bunte Federn auf dem Kopf getragen, und hätte flirrendes Lametta die Ärmel seines Jacketts geziert, er wäre sich nicht lächerlicher vorgekommen. Er vermutete, dass sich nicht einmal der Coroner so herausgeputzt hatte für die Leichenschau.

„Hey, mein Kleiner. Hast aber einen todschicken Hut für dein Alter." Die schrille Stimme einer jungen Frau riss ihn aus seinen Gedanken, und er drehte sich zu ihr um.

Das Mädchen, das vor ihm im Eingang eines Gemüsehändlers stand, mochte höchstens zwanzig Jahre alt sein. Es trug einen schwarzen Strohhut, in dessen Band eine künstliche goldene Rose steckte. Eine wallende rotblonde Lockenpracht sprudelte darunter hervor, wie aus einem umgestülpten Kelch, und umspülte die blassen Wangen eines fein geschnittenen Gesichtes. Dass das Mädchen ganz nebenbei auch einen Körper besaß, dessen weibliche Reize ein eng sitzendes und ebenfalls schwarzes Seidenkleid noch zusätzlich betonte, sah Montague John überhaupt nicht. Fasziniert und sprachlos blickte er in ihre Augen. Wie zwei in der Sonne funkelnde Aquamarine erschienen sie ihm. Die leichte Blässe ihres Gesichtes verlieh dem hellen Blau zusätzliche Intensität.

„Oh! Entschuldigung, Sir ..." Die Stimme der jungen Frau hatte ihren schrillen Klang eingebüßt, und auch die Frechheit darin war verschwunden. Als ihr bewusst wurde, dass sie ihrerseits Montague anstarrte, senkte sie rasch den Blick und starrte stattdessen auf die Spitzen ihrer Stiefel.

„Ja." Er lächelte und nickte, als hätte sie ihm eben ein wundervolles Kompliment gemacht. Dann erwachte er offenbar. „Ja? Ja, selbstverständlich, Madam ... ja, bitte?" Er bemerkte, dass er gar nicht zugehört hatte, und räusperte sich.

„Tut mir leid, Sir, dass ich Sie angequatscht habe. War nicht meine Absicht, Sie ..." Sie stockte und sah verlegen in den Himmel auf.

„Sie, was?"

„Ach." Sie gab ein leises Hüsteln von sich. „Sie glauben doch jetzt bestimmt, ich wär so eine ..." Wieder hielt sie mitten im Satz inne und sah zu den Wolken empor, als säße dort eine unsichtbare Souffleuse, die ihr mit dem Text weiterhelfen könne.

„Das hat mit Glauben nichts zu tun", meinte Montague John und folgte ihrem Blick in den Himmel. „Ich *sehe*, dass Sie eine bezaubernde Frau sind, Mylady."

„Mylady ..." Das Mädchen sah ihn eine Sekunde lang verwirrt an. Dann starrte sie erneut die abgewetzten Spitzen ihrer groben Stiefel an. Als sie wieder zu ihm hochschaute, überzog eine gesunde Röte ihre Wangen. Sie lächelte kindlich und sagte mit schief gelegtem Kopf: „Ach, bitte nehmen Sie mich nicht auf den Arm, Sir. Niemand sagt Mylady zu mir." Jedes Wort klang wie ein kleines ängstliches Lachen. Als bezaubernd bezeichnet zu werden, schien ihr dagegen nichts Neues zu sein. Sie trat einen Schritt zurück. Ihre schlanken weißen Finger spielten nervös mit einem der blinkenden Messingknöpfe ihres Kleides. „Ja, dann ..." Sie nickte ihm wie zum

Abschied noch einmal kurz zu und wollte sich umwenden.

Montague John hielt sie fest. Er fasste sie am Ärmel, zog seine Hand jedoch sofort zurück. „Nein", sagte er, „nein, warten Sie bitte."

„Sir?" Ihre klaren blauen Augen blinzelten ihn erwartungsvoll an.

„Wie spät ist es?" Nein, wie überaus geschickt und originell, Druitt, dachte der junge Anwalt bei sich und biss sich auf die Zungenspitze. Irgendwie war er heute nicht in Form. Das musste an dem gottverdammten Hut liegen.

„So gegen neun etwa", sagte das Mädchen.

„Nein, nein ... du meine Güte ... nein", stammelte er. Am liebsten wäre er in Grund und Boden versunken.

Um die Augen des Mädchens erschienen lustige Lachfältchen.

„Was ich eigentlich meine, ist ..."

Sie wackelte ermunternd mit dem Kopf.

In einer schnellen Bewegung nahm er den Bowler vom Kopf und ließ ihn hinter seinem Rücken verschwinden, „Ich heiße Montague John. Und Ihr Name, wie lautet der?"

Die junge Frau lachte herzlich. Die offensichtliche Unsicherheit des stattlichen jungen Mannes, der da vor ihr stand und in alle möglichen Richtungen sah, nur nicht in ihre Augen, erheiterte sie. „Marie Jeanette", sagte sie, was nicht ganz der Wahrheit entsprach.

„Sie sind Französin?"

Sie machte eine Bewegung mit dem Kopf, die sowohl ein Nicken als auch ein verneinendes Schütteln sein konnte. Für Montague John sah es wie eine Ich-weiß-selbst-nicht-recht-Geste aus.

„Ich hoffe, Sie sind nicht nur auf der Durchreise hier in London", sagte er. „Ich hätte kein gutes Gefühl dabei,

Sie Tausende von Meilen entfernt zu wissen." Der junge Anwalt wunderte sich selbst ein bisschen über seine Offenheit.

Und das Mädchen wunderte sich über ihn. War er blind oder tatsächlich so naiv? Auf der Durchreise in Ostlondon? Wer ging schon freiwillig hierher?

Als sie nicht reagierte, fragte er: „Stammen Sie aus Paris?"

„Die Wahrheit ist", sagte sie und zuckte mit den Schultern, „ich komme aus Limmerick. Aber ich war mal in Paris. Mit einem richtigen Gentleman, wie Sie einer sind. Ich habe auch eine Zeit lang dort gelebt und als Modell für einen Maler gearbeitet. Für einen seriösen Maler." Auf ihren Zügen machte sich ein wehmütiger Ausdruck breit. Dann schüttelte sie ihn mit einem aufgesetzten Lächeln ab, und ihre Miene erhellte sich wieder. „Und Sie, was hat Sie hierher verschlagen? Irgendwas Feierliches, eine Beerdigung etwa?"

Beerdigung? Montague hatte die Leichenschau vollkommen vergessen. Es musste mittlerweile neun Uhr durch sein. „So etwas Ähnliches", sagte er. „Ich fürchte, ich werde zu spät kommen." Er reichte dem Mädchen die Hand und wollte fragen, ob er sie wiedersehen könne, doch er brachte nur ein „Ich muss los" über die Lippen.

„Sie werden doch nicht ... heiraten?" Sie schaute an seinem Anzug hinunter, ohne seine Hand loszulassen. Das Lächeln ihrer Augen hatte auf einmal etwas unglaublich Trauriges.

„Nein", sagte Montague John. „Jedenfalls weiß ich bis jetzt noch nichts davon."

„Na dann, Monty." Der freche Ton schlich sich in ihre Stimme zurück. „Machen Sie's gut. Vielleicht läuft man sich mal über den Weg." Sie machte sich von ihm los und ging ohne ein weiteres Wort beinahe tänzelnd davon.

Montague unterdrückte den Impuls, ihr hinterherzu-laufen. Er blieb wie mit dem Boden verwachsen stehen und schaute ihr nach, bis ihr auf- und abhüpfender Stroh-hut in der Menge verschwunden war. Ein Boot in den Wellen.

Während er weiterging – den Bowler auf dem Kopf – dachte er daran, dass sie nicht zurückgeblickt hatte. Daran – und an das strahlende Blau ihrer Augen.

Vor dem Jungarbeiterinstitut an der Whitechapel Road ging es zu wie in einem Wespennest. Journalisten mit aufgeklappten Notizblöcken schwirrten zwischen den vorgeladenen Zeugen umher und versuchten, noch vor Beginn der Verhandlung Einzelheiten in Erfahrung zu bringen, die sie an die wartenden Zeitungsboten weiter-geben konnten. Noch war die Tür des Gebäudes geschlos-sen, was nicht zuletzt dem halben Dutzend steifer Constables zu verdanken war, die mit ihren Körpern einen unüberwindlichen Kordon davor gebildet hatten. Denn man konnte davon ausgehen, dass die, die der Tür am nächsten standen – Schaulustige nämlich, die ihre ergatterten Plätze an vorderster Front unter Einsatz ihrer Ellenbogen gegen jeden Territorialverletzer verteidigten –, sie sonst eingerannt hätten.

Swanson kam es so vor, als hätte die versammelte Gesellschaft allein auf die Ankunft des jungen Anwalts gewartet. Im selben Augenblick, als Mr Druitt zu ihnen stieß – mit vom Wind zerzausten Haaren und nach Luft ringend –, traten die Polizisten beiseite, und das Portal wurde von innen geöffnet.

„Guten Morgen, Gentlemen", japste der Anwalt und wedelte sich mit seinem Bowler die Haare aus dem Gesicht. „Gerade noch rechtzeitig, wie ich sehe."

Frederick zog die Augenbrauen hoch. „Sie sind wohl zu Fuß nach Whitechapel gelaufen, was?"

„Nur das letzte Stück. Das bisschen Geld, das ich noch hatte, reichte immerhin für eine Droschke. Da fällt mir ein, ich darf nicht versäumen, meine Taschenuhr auszulösen. Die habe ich nämlich gegen dieses schwarze Monstrum getauscht." Mr Druitt schnippte mit dem Zeigefinger gegen die Krempe seines Hutes. „Ehrlich gesagt war ich ziemlich überrascht, als ich gestern Ihr Telegramm erhielt, Chief Inspector. Ich dachte, Dr. Winslow sei aus dem Schneider."

„Meine Kollegen scheinen das anders zu sehen", sagte Swanson. „Man hat ihn überwachen lassen. Und nun ist er verschwunden. Ich hatte gehofft, Sie wüssten, wo er steckt."

Doch weder Frederick noch Mr Druitt hatten Winslow in letzter Zeit gesehen. Das letzte Lebenszeichen sei ein Dankesschreiben gewesen, mit der Mitteilung, er habe Karten für „Jekyll & Hyde" im Lyceum für sie hinterlegt.

Die anwesenden Constables hatten nun alle Hände voll zu tun, die erregte Menge, die eher einer lärmenden Schulklasse als einer Gruppe erwachsener Frauen und Männer glich, ohne Verluste nach oben zu geleiten. Der improvisierte Gerichtssaal, den man dem Coroner für die Leichenschau zur Verfügung gestellt hatte, befand sich im ersten Stock. Dort hinauf schob sich der drängelnde Mob mit einer Zähigkeit, die erschreckend wirkte. Wie durch ein Wunder hielten die wackeligen Holzgeländer dem Ansturm stand; wenngleich sie auch knarrten und ächzten, als müssten sie jeden Moment unter dem Druck unzähliger Leiber zerbersten.

Bis sie den Gerichtssaal erreicht hatten, jeder auf seinem Platz saß und sich endlich ein erwartungsgespanntes Schweigen über den Raum senkte, verging nicht weniger als eine Viertelstunde.

Ein Raunen erhob sich, als der Coroner für den Nordostbezirk der Grafschaft Middlesex, Mr Wynne E. Baxter, eintrat und sich, von seinen Protokollanten gefolgt, am Verhandlungstisch niederließ. Baxter, ein Mann mit tiefbraunen gewellten Haaren und einem dreieckigen Schnäuzer, der wie eine Schutzmaske Mund und Oberlippe bedeckte, trug einen dunklen Cutaway, darunter eine blütenweiße Weste, die das rote Plastron, das er passenderweise angelegt hatte, noch mehr hervorhob, und seine Beine steckten in schwarz-weiß karierten Hosen.

Als er sich nun erhob und der Gerichtswachtmeister mit seinem Hammer klopfte, war man beinahe geneigt zu glauben, man befände sich auf einer Silberhochzeit, und der Coroner würde gleich einen lustigen Trinkspruch ausbringen.

„Hört! Hört! Hört! Ihr guten Männer und Frauen aus diesem Bezirk. Aufgerufen, an diesem Tage hier zu erscheinen, um für unsere souveräne Dame, die Königin, zu untersuchen, wann, wie und durch welche Mittel Mary Ann Nichols zu Tode kam, meldet euch bei eurem Namen." Das Verfahren war damit eröffnet.

Nacheinander standen die Geschworenen und Zeugen auf. Ein jeder nannte seinen Namen und Berufsstand. Der Obmann der Geschworenen rief als Ersten den Markträger Charles Cross in den Zeugenstand.

„Ja, Sir", sagte Cross und zerknautschte aufgeregt seine Sacktuchschürze, „ich hab die arme Frau da gefunden, in der Straße. Hab den Inspectors aber alles gesagt, was ich weiß, Sir."

„Und jetzt erzählen Sie es uns noch einmal", sagte der Coroner in ruhigem Ton. Er faltete die Hände über dem runden Lederkissen, neben das er den Hammer gelegt hatte. „Bitte schön, Mr Cross."

Nachdem der Markträger geendet hatte und sichtlich erleichtert auf seinen Platz zurückgekehrt war, trat Constable Neil vor die Jury. Er sagte aus, er habe die Leiche unabhängig von den beiden Arbeitern entdeckt und sei zunächst zu dem Schluss gekommen, die Frau habe Selbstmord begangen. Als er jedoch kein Messer bei der Toten gefunden habe, da sei ihm klar geworden, dass sie sich unmöglich selbst die Kehle durchgeschnitten haben konnte.

„Großartige Kombinationsgabe, Constable." Baxter schenkte ihm ein maliziöses Lächeln.

„Ich hörte die Schritte von Constable Thain", fuhr Neil fort, ohne sich aus der Fassung bringen zu lassen, „und ich rief ihm zu, er solle zu Dr. Llewellyn rüberlaufen, wegen der Frauenleiche, die ich gefunden hätte."

„Wie kamen Sie auf Llewellyn?"

„Er war der Nächste, Euer Ehren."

„Sie blieben also allein bei der Toten zurück?" Der Coroner schob die Unterlippe vor.

„Richtig, Euer Ehren", sagte Neil, „das heißt, nur so lange, bis Constable Mizen am Tatort eintraf. Ich schickte ihn dann sofort nach der Ambulanz."

„Warum?"

„Warum, Euer Ehren?" Neil schluckte schwer.

„Wenn ich Sie recht verstanden habe", sagte Wynne Baxter, „dann war doch bereits jemand unterwegs, den Polizeiarzt zu holen."

„Ganz recht. Aber ich dachte, es sei eine gute Idee ..."

„So, Sie dachten, nicht möglich." Ein sarkastischer Ton hatte sich in die Stimme des Coroners geschlichen. „Nehmen Sie Platz, Constable. Den nächsten Zeugen bitte."

Mrs Emma Green trat nach vorn.

„Sie wohnen in der Buck's Row, Mrs Green?" Baxter lächelte die nervöse Frau freundlich an. „Haben Sie in der besagten Nacht irgendetwas Verdächtiges beobachtet? Oder haben Sie Geräusche gehört; einen Schrei vielleicht?"

„Es ist richtig, Euer Ehren, ich wohne nur wenige Meter von ..." Sie senkte den Blick und räusperte sich. „... von der Stelle entfernt. Gesehen hab ich nichts, aber wach war ich um die Zeit. Ich konnte nicht schlafen. Wenn die Frau gekreischt hätte, hätte ich es hören müssen."

Nun wandte sich Baxter der Befragung der übrigen Polizisten zu.

Inspector Spratling sagte aus, er sei gegen sieben Uhr zum Schuppen des Armenhauses gefahren, um dort ein Verzeichnis der Kleider des Opfers aufzunehmen. Beim Entkleiden der Leiche habe man dann die Unterleibsverstümmelungen entdeckt. Auf die Frage des Coroners, ob er als Inspector nicht darüber Bescheid wisse, dass Leichen nur unter ärztlicher Aufsicht berührt werden dürften, gab Spratling an, lediglich dabeigestanden zu haben.

Dann war James Hatfield, einer der beiden Leichenwäscher, an der Reihe. „Ich zog sie aus", sagte der leicht gehbehinderte Mann, stand schwerfällig von seinem Stuhl auf und trat vor das Geschworenengericht. „Gleich nach dem Frühstück, Euer Ehren."

Wynne Baxter verdrehte die Augen. „War auch Ihnen nicht bekannt, dass Sie die Leiche nicht anrühren durften?", fragte er streng.

„Nein, Sir."

„Was haben Sie zuerst ausgezogen?"

„Ich zog ihr den Mantel aus und legte ihn auf einen Stuhl", sagte Hatfield und legte, wie ein Clown beim Pantomimespiel, ein imaginäres Kleidungsstück auf einen unsichtbaren Stuhl. „Dann zog ich ihr die Jacke aus und legte sie auf den Boden."

Baxter, der staunend auf den am Boden knienden Hatfield schaute, bat eindringlich darum fortzufahren. „Stehen Sie auf, bitte", sagte er. „Mussten Sie etwas von der Kleidung aufschneiden?"

„Die Kleider waren locker, deshalb brauchte ich sie nicht aufzuschneiden. Aber ich habe die Bänder der Unter-

röcke zerschnitten und sie mit den Händen herunter-
gestreift – die Unterröcke, meine ich. Sie trug eine Bluse,
und die schnitt ich vorn auf."

„Hatte sie ein Korsett an?"

„Nicht, dass ich mich erinnern könnte."

„Wer hat Ihnen die Anweisung gegeben, all das zu
tun?" Der Coroner fixierte Hatfield, als wolle er ihn mit
seinen Blicken verbrennen.

„Niemand, Sir", stammelte der arme Mann kaum hör-
bar. „Ich habe es getan, um die Leiche für den Arzt bereit
zu machen."

„Und wer hat Ihnen gesagt, dass der Arzt kommen
würde?"

Hatfield erbleichte. „Ich hörte, dass jemand davon
sprach."

„Und als Sie damit fertig waren, haben Sie sicherlich
bald mit der Obduktion begonnen, nicht wahr?"

„Aber so was kann ich gar nicht", flüsterte Hatfield. Er
wischte sich mit dem Handrücken den Schweiß von der
Stirn. „Das darf doch nur der Arzt."

„Oh, tatsächlich, und ich war beinahe in dem Glauben, Sie seien der Arzt. Wäre es eine Überraschung für
Sie, Hatfield, wenn Sie erführen, dass die Tote ein Korsett
trug?"

„Ja", hauchte der Mann; er war blass bis in die Lippen.

Der Geschworenenobmann erhob sich.

„Aber Sie haben doch in meiner Gegenwart das Korsett
an den Körper der Toten gehalten, um mir zu zeigen, wie
kurz es war."

„Das ... das hatte ich vergessen." Hatfield sprach so
leise, dass seine Worte in dem dröhnend durch den Saal
brandenden Lachen kaum noch zu vernehmen waren.

Wynne E. Baxter pochte energisch mit dem Hammer,
bis wieder Ruhe eingekehrt war. „Er gibt zu, dass sein
Gedächtnis schlecht ist", stellte er fest.

Hatfield verbeugte sich ungeschickt und schlich gedemütigt zu seinem Stuhl zurück.

Was jetzt folgte, war der Auftritt des Mannes, auf den die Presseleute am sehnlichsten gewartet hatten. Dr. Rees Ralph Llewellyn, der Arzt, der die Obduktion vorgenommen hatte, trat in den Zeugenstand.

„Ich wurde um vier Uhr am besagten Morgen in die Buck's Row gerufen", erklärte er den Geschworenen. Dr. Llewellyn hielt den Obduktionsbefund in Händen, klemmte sich seinen Kneifer auf den Nasenrücken und las vor:

„Ich fand die Frau auf dem Rücken liegend. Die Zunge war leicht angeschwollen. Die rechte Gesichtshälfte wies – am unteren Teil des Kiefers – eine blutergussartige Verletzung auf, die sowohl von einem Schlag herrühren als auch vom starken Druck eines Daumens verursacht worden sein könnte. Auf der linken Seite des Gesichtes fand ich weitere runde Abdrücke, die vermutlich von Fingern stammen. Auf der linken Seite des Halses – etwa einen Inch unterhalb des Kiefers – begann ein Schnitt, der die Schlagadern, die Luft- und Speiseröhre und das Rückenmark durchtrennte und unterhalb des rechten Ohres endete. Diese Verletzung war acht Inches lang und führte zum Tode.

Die folgenden Verstümmelungen wurden der Frau nach Eintritt des Todes zugefügt. Der Bauch wies einen tiefen, zackigen Schnitt auf, der sich vom unteren rechten Rippenbogen bis zum Magen zog. An dieser Stelle franste er aus. Diese Wunde war sehr tief. Das Gewebe war vollständig durchtrennt, was den Schluss nahelegt, dass die Mordwaffe mit großer Gewalt von einer kräftigen Person geführt wurde. Rechts und links vom Körper befanden sich weitere Einschnitte; diese waren nur mäßig tief."

Baxter unterbrach ihn mit einer Handbewegung. „All

das stellten Sie während der zehn Minuten fest, die Sie am Tatort bei der Leiche verbrachten?"

„Nein, Euer Ehren." Llewellyn rückte sein Brillengestell zurecht. „Ich untersuchte die Halsverletzung und stellte den Tod der Frau fest."

„Die weitaus umfangreicheren Bauchverletzungen haben Sie demnach nicht bemerkt?"

„Die Kleider, die sie trug, verbargen die Schnitte, Euer Ehren. Und ich hatte am Tatort keinerlei Veranlassung dazu, sie ihr auszuziehen."

Baxter nickte. „Was taten Sie dann?"

„Ich trug dem anwesenden Constable auf, die Leiche zur Old Montague Street zu bringen. Es war mitten in der Nacht, Euer Ehren, und ich hatte einen anstrengenden Tag hinter mir. Ich ging nach Hause und legte mich zu Bett. Später, am Vormittag, wurde ich dann ins Armenhaus gerufen, weil man die schweren Bauchverletzungen entdeckt hatte. Aus diesem Grund führte ich eine zweite Untersuchung durch."

„Fahren Sie mit Ihrem Bericht fort, Dr. Llewellyn."

„Alle Verstümmelungen wurden mit demselben Instrument ausgeführt – einem Messer mit langer, scharfer Klinge, wie es Schuhmacher oder Korkschneider verwenden – und verliefen abwärts. Ich vermute, das Messer wurde in der linken Hand gehalten, da sämtliche Schnitte von links nach rechts gingen. Des Weiteren fanden sich zwei Stichwunden im Genitalbereich der Toten. Aufgrund der Art der Halsverletzungen und unter Berücksichtigung der Fingerabdrücke komme ich zu dem Schluss, dass der Mörder vor seinem Opfer stand und ihm zunächst die rechte Hand auf den Mund presste, um die Frau am Schreien zu hindern. Dann schnitt er ihr mit der Linken die Kehle durch. Das, Euer Ehren, ist alles; soweit es die Aufzählung der Verletzungen betrifft. Darüber hinaus stellte ich fest, dass die Verstorbene an der für diese Schicht so typischen Unterernährung und einem verschleppten Herzleiden krankte, was wahrscheinlich im Laufe des Jahres zu einem natürlichen Tod geführt hätte." Dr. Llewellyn nahm die Brille ab und faltete seinen Bericht sorgfältig zusammen. „Aber eines will ich Ihnen sagen." Er machte eine Geste mit der Hand, die jeden Einzelnen im Saal einschloss. „Ich habe viele schreckliche Fälle gesehen – aber keinen, der so brutal war wie dieser."

Swanson, Mr Druitt und Frederick Greenland blieben auf ihren Stühlen sitzen, als der Saal sich leerte, um nicht in das Gedränge auf der Treppe verwickelt zu werden. Außerdem hatte die Aussage des Arztes ihnen allen mehr zu schaffen gemacht, als sie bereit waren, den anderen gegenüber zuzugeben. Nicht einmal Swanson brachte es tatsächlich fertig, sein Entsetzen und seine Betroffenheit zu verbergen. Er saß da, das Kinn auf die Hände gestützt, und fragte sich, was einen Menschen wohl dazu bewog, einem anderen auf derart abscheuliche Weise das Leben zu nehmen.

Mr Druitt hatte seinen geliehenen Bowler im Verlauf der Verhandlung nahezu zerstört, indem er ihn immer wieder zusammengedrückt hatte, und war augenblicklich damit beschäftigt, ihm seine ursprüngliche Form zurückzugeben. Das war nicht ganz einfach, und es bestand wenig Aussicht, dass er seine Uhr zurückbekam, ohne einen Aufpreis zu zahlen.

„Nein, was für eine freudige Überraschung!" Der tiefe lachende Bass gehörte Dr. Gull. Wie ein prall gefüllter Kartoffelsack ließ er sich auf einen der Stühle in der Sitzreihe vor ihnen plumpsen, verschränkte die Arme über der Rückenlehne und sah Swanson mit dem breiten Grinsen eines zu groß geratenen Schuljungen an. „Ich hätte mir denken können, dass man Sie herschickt, Chief Inspector."

„Ich nehme an, bei Ihnen ist es natürlich rein medizinisches Interesse", sagte Swanson.

„Ich gestehe meine Neugierde ein", sagte Gull. „Was ist mit Ihnen? Haben Sie schon eine Spur?"

„An Spuren mangelt es nicht, Sir William", sagte Swanson. „Es sind die Beweise, die uns fehlen."

„Ich wette zwei Pfund, dass es derselbe Mörder war wie bei der Frau im George Yard", sagte Gull und fingerte eine Zigarre aus der Brusttasche seines teuren Übermantels, biss die Enden ab, spuckte sie auf den Boden und schob sich die Zigarre zwischen die Zähne. „Der Whitechapel-Mörder. So nennen sie ihn jetzt in den Zeitungen."

„Wie kommt es, dass ich Sie nicht am Eingang gesehen habe?", fragte Swanson. Er riss ein Streichholz an und gab dem königlichen Leibarzt Feuer.

„Kam erst später", sagte Gull zwischen zwei tiefen Zügen. „Solche Verhandlungen sind am Anfang doch erbärmlich langweilig, was? Die pikanten Details hört man immer am Schluss. Wie gesagt, mich trieb die Sensationslust hierher. Scheußliche Geschichte, nicht wahr?"

Swanson, der nicht sicher war, ob sich Gulls Worte nun auf den Mord oder die eigene Sensationslüsternheit bezogen, konnte beidem nur lebhaft beipflichten. Sir William jedenfalls, der vor guter Laune nur so überzuquellen schien, hatte sich bei der Leichenschau offensichtlich köstlich amüsiert.

„Schuster ist er also, unser Mann", sagte Gull. „Na, immerhin scheiden ein paar von uns dadurch aus, wie?" Er lachte wieder und paffte kurz hintereinander drei Rauchkringel in die Luft. Sie stiegen auf und vereinigten sich.

„Sind Sie öfter bei solchen Verfahren zugegen, Sir William?", fragte Frederick Greenland. Und als Gull die Zigarre aus dem Mund nahm und ihn nur stirnrunzelnd ansah: „Ich frage mich nur, woher Ihr plötzliches Interesse für das East End kommt."

„Ob Sie es glauben oder nicht, Mr Greenland, Sie haben

mich darauf gebracht. Es muss wohl an der Wette gelegen haben. Und ich wollte doch nun einmal sehen, wer von dem Geld, das Sie verloren haben, nichts mehr zu sehen bekommt." Er lächelte wieder.

Mr Druitt wirkte nachdenklich.

„Sagen Sie mal, Chief Inspector ..." Der junge Anwalt schnippte mit den Fingern. „Wo trägt Winslow eigentlich seine Taschenuhr?"

„Ich habe keine Ahnung. In seiner Westentasche, nehme ich an."

„Das meine ich nicht." Mr Druitt fieberte vor Aufregung. „Die Frage ist, ob er sie in der rechten oder in der linken Westentasche trägt."

„Ich wette, Sie sind einer von diesen Modefetischisten", spöttelte Sir William. „Was hängt davon schon ab?"

„Alles oder nichts möglicherweise", sagte Montague John. „Tatsache ist doch, ein Rechtshänder steckt seine Uhr aus praktischen Gründen in die rechte Westentasche; ein Linkshänder in die linke. Andernfalls müsste er sich halb verrenken, um sie hervorzuholen."

Das war kein dummer Gedanke, fand Swanson. Und vielleicht der letzte Beweis für Winslows Unschuld. Er bemerkte, wie Gull verstohlen an sich hinunter auf seine Taschenuhr blickte. Die goldene Uhrenkette war in einem Knopfloch auf Brusthöhe befestigt und endete in der kleinen Tasche auf der linken Seite.

Und Swanson bemerkte noch etwas: Gull hatte aufgehört zu lächeln.

Vom Gemüsehändler hatte Montague John erfahren, dass die junge Frau, der er auf dem Weg zum Jungarbeiterinstitut begegnet war, Miss Kelly hieß und häufig die Einkäufe für den Vikar von St. Jude's erledigte, eine kleine Kirche, die keine hundert Meter weiter an der Commercial Street lag.

Die Kirche war wirklich sehr klein. Nichtsdestotrotz hatte er sie auf Anhieb gefunden. St. Jude's lag etwas zurückgesetzt von der Straße in einer Art Hinterhof. Der Anwalt fragte sich, ob man sie ihrer Hässlichkeit wegen da hineingestellt hatte, oder weil sie so gar nicht wie eine Kirche aussah. Ein kompakter brauner Klotz; nicht groß genug, um über das Weltliche erhaben zu wirken, und nicht klein genug, um keinen Schatten mehr zu werfen. Reverend Samuel Augustus Barnett entsprach seiner Kirche in dieser Hinsicht, war allerdings wesentlich jünger. Ein schlanker, beinahe mager wirkender Mann, dem allmählich die Haare ausgingen. Ein dünner, fusseliger Bart zierte das Kinn des Geistlichen. Montague John schätzte ihn auf Ende dreißig.

„Ein neues Gesicht! Wie geht es Ihnen, mein Junge?", fragte der Vikar, in dessen Arbeitszimmer er geführt worden war. „Sei doch so gut, liebe Hetty, und mach uns einen Tee, ja?" Der letzte Satz galt Mrs Barnett. Sie hatte Montague John die Tür des Pfarrhauses geöffnet.

„Milch und Zucker, Mr Druitt?", fragte sie.

„Oh, für mich nichts, danke", sagte der Anwalt, von einem solchen Maß an Gastfreundlichkeit verblüfft, und die Frau des Vikars trollte sich in die Küche.

Reverend Barnett klappte die Bibel auf dem Schreibtisch zu und stand auf. „Freut mich, dass Sie sich uns anschließen wollen." Der Gottesmann kam mit tänzelnden Schritten auf Montague John zu, schüttelte ihm leidenschaftlich die Hand und klopfte ihm wiederholt auf die Schulter. „Niemals hätte ich zu träumen gewagt, die Jugend derartig motivieren zu können – jedenfalls am Anfang nicht. Darum erquickt es meine Seele, wie man so schön sagt, wenn ich feststelle, wie die Herde von Woche zu Woche wächst. Ach ja, wenn Sie vorher die Güte hätten, sich in diese Liste hier einzutragen." Barnett summte einen Choral vor sich hin, während er in den Schubladen seines Schreibtisches nach besagtem Papier suchte. „Da haben wir sie." Er lachte beglückt.

„Ich fürchte ..." Der Anwalt war etwas irritiert.

„Das brauchen Sie nicht", versicherte der Vikar und drückte Montague John einen Federhalter in die Hand.

„Ich fürchte, hier liegt ein Missverständnis vor, Reverend." Der Anwalt wich zur Seite und einer herzlichen Umarmung aus. „Ich bin nicht der, für den Sie mich halten."

„Oh, ich verwechsle Sie bestimmt mit niemandem, mein Junge", sagte Reverend Barnett. „Wie sollte ich auch? Ich kenne Sie ja nicht mal. Sind Sie denn kein Student?"

Montague John steckte die Hände in die Taschen. „Nein, die Zeiten sind glücklicherweise vorbei. Ich komme in einer anderen Angelegenheit."

Der Vikar schmunzelte. „Es geht also nicht um Toynbee Hall?" Barnett warf lachend den Federhalter in die Luft und fing ihn mit der rechten Hand auf. „Da wird Ihnen mein Auftritt aber reichlich merkwürdig vorgekommen sein."

„Ich war mal in Drury Lane", sagte Montague John, dem Toynbee Hall kein Begriff war, und der sie für eine komödiantische Theatertruppe hielt. „Nur habe ich selten Gelegenheit, solche Vorstellungen zu besuchen, Reverend."

„Sehr interessanter Vergleich, mein Junge", sagte Reverend Barnett. „Der alte Arnold Toynbee, Gott habe ihn selig, wäre zwar nicht gerade begeistert, Sie so reden zu hören, aber ich war immer schon der Meinung, das Leben sei eine einzige große Bühne. Und wir sind die Schauspieler, nicht wahr? Jeder hat seine Rolle. Aber reden Sie. Was führt Sie her?"

„Ich traf heute Morgen eine junge Dame beim Gemüsehändler", sagte er und spürte selbst, wie er vor lauter Verlegenheit errötete. „Man sagte mir, sie arbeite hier. Ihr Name ist Miss Kelly."

„Miss Kelly", meinte Barnett und nickte. „Weiß sie, dass Sie sich nach ihr erkundigen?"

„Ich fürchte nein, Reverend. Wir trafen uns nur dies eine Mal. Aber ich würde sie gern wiedersehen."

„Hm, was machen wir denn da?"

„Ich habe nur die ehrbarsten Absichten, Reverend. Das müssen Sie mir glauben", sagte der Anwalt.

„Daran zweifle ich nicht."

„Nun?"

„Wissen Sie was, mein Junge." Reverend Barnett tätschelte Montague Johns Oberarm und bot ihm einen Stuhl an. „Ich werde Ihnen helfen. Und Sie helfen mir. Was halten Sie davon?"

Der junge Anwalt nahm Platz, schlug die Beine übereinander und nickte gelassen. „Miss Kelly liegt mir wirklich sehr am Herzen, Reverend. Was verlangen Sie?"

„Es ist nichts Großes", meinte Barnett. „Ich würde Sie gern mit einer kleineren Aufgabe betrauen. Sie erfordert ein Minimum an Zeitaufwand, mein Junge. Aber sind es nicht gerade die kleinen Dinge, die Großes bewirken?"

„Worum handelt es sich?", wollte Montague John wissen, der so gut wie alles getan hätte, das Mädchen wiederzusehen.

„Kommt darauf an, was Sie können. Was haben Sie für einen Beruf?"

„Ich bin Anwalt." Und nach einer Pause fügte er hinzu: „Und Lehrer an einer Schule in Blackheath."

„Ausgezeichnet!" Der Vikar war wieder in die Rolle des himmelhoch Jauchzenden verfallen. „Auf einen wie Sie haben wir gewartet." Er verließ seinen Platz hinter dem Schreibtisch und ging zu einem Kartenständer in der Zimmerecke hinüber. „Kommen Sie, helfen Sie mir mal. Ich will Ihnen etwas zeigen."

Gemeinsam schleppten sie den sperrigen Ständer zu einem Bücherregal neben der Tür, wo sie ihn abstellten und Barnett das Laken, das darübergedeckt war, entfernte.

„Was soll ich tun?", fragte Montague John, der die auf eine Schultafel gepinnte Straßenkarte begutachtete. „Geographie unterrichten?"

Sie wurden von Mrs Barnett unterbrochen, die ein silbernes Tablett ins Zimmer trug und es auf den Schreibtisch ihres Mannes stellte. Sie klatschte in die Hände, als die Tassen verteilt waren und sie Tee eingeschenkt hatte.

„Zeit für eine Verschnaufpause, Samuel", flötete sie, und ihr üppiger Busen hüpfte, als sie leise lachte. Man sah ihr an, dass sie eine Frau war, die liebend gern Verschnaufpausen einlegte. „Ich dachte, ein paar Kekse könnten nicht schaden." Einer davon verschwand gerade in ihrem Mund.

„Hetty, Liebes, was bist du für ein Schatz." Der Reverend zupfte die kleinen bunten Fähnchen, die überall in der Karte steckten, heraus und legte sie in das Fach für die Kreide. Dann wandte er sich händereibend dem Tee zu. „Du verwöhnst uns nach Strich und Faden. Da, greifen Sie zu, Mr Druitt."

„Hat er Sie erwischt?" Mrs Barnett zwinkerte Montague John vieldeutig an. „Hat er Sie für unsere Sache begeistert?"

„Wird er sicher noch. Im Augenblick weiß ich noch nicht, was mir blüht." Er lachte verlegen.

„Erzählen Sie mir ein bisschen von sich, Mr Druitt", sagte Reverend Barnett. „Damit ich mir ein Bild machen kann. Was sind Sie in erster Linie – Anwalt oder Lehrer?"

„Barrister", sagte er. „Das jedenfalls habe ich studiert, obwohl ich manchmal glaube, es sei weniger als eine Nebenbeschäftigung. Die Aufträge fliegen einem nicht gerade so zu, wissen Sie? Das ist auch der Grund, weshalb ich an dieser Knabenschule in Blackheath unterrichte."

„Ausgezeichnet. Was wir hier machen, ist Ihrem Schulunterricht nicht unähnlich. In Spitalfields haben wir unglaublich viele Analphabeten, Mr Druitt. Es grenzt schon an ein Wunder, wenn jemand seinen Namen schreiben kann. Arnold Toynbee hat mich damals darauf gebracht. Er hat bis an sein Lebensende daran geglaubt, die elenden Zustände, die bei uns in Ostlondon herrschen, mildern zu können."

„Toynbee Hall ist demnach eine Schule?" Montague John fing an, einiges klarer zu sehen.

„Unter anderem", sagte Barnett. „Es mangelt ja nicht nur an der Rechtschreibung und der Mathematik. Wir bemühen uns dort, alle Missstände auszumerzen. Wir vermitteln Arbeitsstellen, geben warme Mahlzeiten aus und so weiter, und so weiter. Es muss noch so vieles getan werden."

Mrs Barnett berührte liebevoll den Arm ihres Mannes. „Er ist mit Leib und Seele bei der Sache. Es ist eine großartige Arbeit, die er leistet. Beide Arme würde er dafür geben, wenn es notwendig wäre."

Der Vikar verschluckte sich an seinem Tee und hustete. „Wir wollen es nicht übertreiben, Hetty. Kommen Sie, ich will Ihnen etwas zeigen."

Der junge Anwalt lud eine Handvoll Gebäck auf seinen Teller und folgte dem Reverend zum Kartenständer. Mrs Barnett verschlang hinter dem Rücken der beiden Männer die restlichen Kekse, räumte die Gedecke ab und ging satt und zufrieden hinaus, um eine Verschnaufpause einzulegen.

„Was hier vor Ihnen liegt, ist ein Haufen Scherben", sagte der Vikar pathetisch. „Wir wollen ihn auffegen, mein Junge." Er nahm die bunten Fähnchen aus der Ablage, sortierte die vier roten aus und ordnete die übrig gebliebenen blauen und grünen so auf der Karte an, dass sie zwei Kreise bildeten. Der Anwalt sah ihm geduldig über die Schulter. „Was ich da markiert habe, sind unsere

Problemzonen. Der große Kreis hier in der Mitte bereitet uns die meiste Sorge. Es ist die ‚üble Viertelmeile‘, wie ich sie nenne. Ein Gebiet von wenigen Straßen, aber das verruchteste, was Sie sich vorstellen können. Mord und Totschlag sind an der Tagesordnung. Die armen Seelen dort leben unter den schlimmsten Bedingungen. Die Kindersterblichkeit ist ungeheuer hoch. Die wenigsten erreichen das erste Lebensjahr. Und die, die es doch schaffen durchzukommen, wünschten, sie wären gestorben. Sobald sie sich erwachsen genug fühlen ...“, Barnett räusperte sich pikiert, „... gehen sie auf die Straße.“

„Heißt das, sie ...“

„Verkaufen ihren Körper, ganz recht. Es bringt mehr ein, als Streichholzschachteln zu kleben. Hat ein junges Mädchen das erst einmal festgestellt, dauert es nicht lange, und es landet in der Gosse. Vor wenigen Tagen sprach ich mit Mr Booth über dieses Thema, und er stimmte mit mir überein, dass unbedingt eine Reform durchgeführt werden muss. Doch ich befürchte, er unterschätzt die Zahl der Dirnen in diesen Vierteln. Achtzigtausend Prostituierte will er gezählt haben. Ich neige jedoch dazu zu glauben, dass es gut doppelt so viele sind, Mr Druitt. Wir von Toynbee Hall haben es uns zur Aufgabe gemacht, die Leute von der Straße wegzubekommen, verstehen Sie?“

„Das dürfte keine leichte Aufgabe sein“, meinte Montague John, den die Ausführungen des Vikars tief betroffen gemacht hatten. „Lässt sich denn überhaupt etwas ändern?“

„Man darf die Hoffnung nie aufgeben.“ Barnett presste entschlossen die Lippen aufeinander. „Daher auch die Farbe der Fähnchen. Grün steht für die immerwährende Hoffnung. Lachen Sie nicht, Mr Druitt, wenn ich Ihnen erkläre, wie ich mir eine solche Reform vorstelle.“

Montague John war beim besten Willen nicht nach Lachen zumute. „Wie käme ich dazu?“

„Ich bin vielleicht ziemlich naiv", fuhr Barnett milde lächelnd fort, „doch ich glaube fest daran, diese verwanzten und viel zu teuren Logierhäuser – diese Bezeichnung allein ist schon ein schlechter Witz – eines Tages dem Erdboden gleichmachen zu können. Ich denke da an ein Wohnungsbauprojekt. Bedauerlicherweise stießen meine Vorschläge bei möglichen Investoren bislang auf taube Ohren. Und genau an dieser Stelle könnten Sie ansetzen, mein Junge. Ihnen als Anwalt würde man sicherlich mehr Gehör schenken."

„Wenn ich ehrlich bin, Reverend, sehe ich wenig Chancen für Ihr Projekt. Ich will mich gern dafür einsetzen, aber ..."

„Es gibt kein ‚aber'", blaffte der Vikar. „Und hören Sie auf, mir meine Illusionen zu zerstören. Was glauben Sie, warum meine Frau und ich in diesem schmutzigsten Teil der Stadt arbeiten? Etwa, um einer Handvoll gläubiger Christen einmal in der Woche von Gottes Liebe und Barmherzigkeit zu predigen? Unser Herrgott ist alles andere als barmherzig. *Und der Herr sprach: Es ist ein Geschrei zu Sodom und Gomorra, das ist groß, und ihre Sünden sind sehr schwer.* Es ist ein zorniger, aber gerechter Gott, der Sodom und Gomorra niederriss. Er hilft denen, die ihr Schicksal selber in die Hand nehmen. Und das ist unsere Aufgabe. Wir werden nicht müde werden und nicht eher ruhen, bis die Reformen durchgebracht worden sind. Stellen Sie sich nur vor, die Menschen hier werden in sauberen Wohnungen leben, jeder wird einen Platz zum Schlafen haben. Neue Wohnungen sind die Voraussetzung für ein glückliches Leben, Mr Druitt. Sind Sie jemals in einem der Logierhäuser gewesen? Haben Sie das Elend jemals mit eigenen Augen gesehen?"

Montague John verneinte.

„Wer ein Zimmer sein Eigen nennen darf, kann sich glücklich schätzen. Die wenigsten können sich einen solchen Luxus leisten. Und wenn ich ‚Luxus‘ sage, dann meine ich das im weitesten Sinne. Ein Zimmer von wenigen Quadratmetern, in dem vielleicht ein Tisch, zwei Stühle und ein Bett stehen – sonst nichts. Wer keine Arbeit hat, lebt auf der Straße. Manche verdingen sich als Gelegenheitsarbeiter auf den Wochenmärkten – für Hungerlöhne, damit sie nachts ein Bett zum Schlafen haben. In den Pennen, wie man die Logierhäuser sehr treffend nennt, drängen sich die Armen wie Tiere in einem zu engen Käfig zusammen. Für Fourpence teilen einander wildfremde Menschen sich ein einfaches Bett aus Stroh. Wer allein die Nacht darin verbringen will, bezahlt das Doppelte, und für zwei oder drei Penny wird ihnen erlaubt, stehend im Treppenhaus zu dösen. Verstehen Sie jetzt, warum neue Wohnungen so überaus wichtig sind?"

Der Anwalt, von den Worten des Vikars zunehmend betroffener gemacht, blies die Wangen auf und stieß einen bedrückten Seufzer aus. Jetzt wurde ihm klar, was Mrs Barnett vorhin damit gemeint hatte, ob ihr Mann ihn bereits erwischt habe. Und es hatte nun kaum noch etwas mit der jungen Miss Kelly zu tun, als er Barnetts Hand ergriff und sagte: „Ich werde Ihnen behilflich sein, so gut ich kann."

„Sie werden es nicht bereuen, Mr Druitt, glauben Sie mir." Der Vikar schlang ihm seinen väterlichen Arm um die Schultern. „Ich möchte Ihnen noch mehr zeigen, ehe Sie sich endgültig entscheiden. Miss Kelly arbeitet übrigens in der Küche für uns. Sie werden ihr sicher oft begegnen. Ich werde ein gutes Wort für Sie einlegen. Und Sie müssen unbedingt Thomas kennenlernen. Er war Teehändler und ist jetzt Kunststudent. Er entwirft unsere Flugblätter."

Sie schritten in einen kühlen Septembernachmittag hinaus, als sie das Pfarrhaus verließen und über den grauen Hof marschierten. Der zinnenbewehrte Glockenturm von Toynbee Hall ragte wie ein mahnend emporgestreckter Zeigefinger vor ihnen auf.

KAPITEL 4

Lärm und lautes Gejohle drangen aus dem Pub The Ten Bells zu ihr herüber. Eine Weile stand sie unschlüssig unter der Laterne an der Ecke Brushfield und Commercial Street vor den dunklen Hallen des Spitalfield Marktes und überlegte, ob sie drüben noch einen Tee trinken oder lieber gleich nach Hause gehen und sich ins Bett legen sollte.

Joe hatte zu ihr gesagt, sie solle nicht auf ihn warten, es könne spät werden. In der letzten Zeit war er sowieso etwas komisch und ließ sich tagelang nicht bei ihr blicken. Wahrscheinlich trieb er sich irgendwo in den Pennen auf der Flower & Dean herum und kippte Gin in sich hinein. Joe konnte fürchterlich sein, wenn er sich betrank. Dann fing er an, die hässlichsten Weiber zu begrapschen; und das Schlimmste war, sie ließen sich das nur allzu gern gefallen.

Sie seufzte. Eigentlich war es ihr gleichgültig, was Joe in den Nächten trieb, die er nicht bei ihr verbrachte. Wenn er es nicht für nötig hielt, sich bei Tage sehen zu lassen, dann konnte er ihr auch in den Nächten gestohlen bleiben. Früher waren sie schon mal gemeinsam ins Theater gegangen oder hatten – wenn die Kasse stimmte – einen Nachmittagsausflug nach Kensington Gardens unternommen, wo man im Gras unter den rauschenden Bäumen im Schatten liegen und eine Zeit lang alle Sorgen von sich abstreifen konnte wie ein schäbiges, verschossenes Kleid.

Aber das war lange her. Die Verliebtheit war verblasst. In den letzten Wochen gerieten Joe und sie immer häufiger in Streit. Wegen irgendwelcher Belanglosigkeiten zumeist, und beim letzten Mal hatte sie ihn rausgeschmissen, weil er ihr grundlos die infamsten Beleidigungen an den Kopf geworfen hatte. Getobt hatte er da, wie ein Wahnsinniger.

Und dann war er abgehauen, nachdem er ihr die Fensterscheibe mit einer Bierflasche eingeschlagen hatte. Zwei
Tage später war er wiedergekommen und hatte sich ent-
schuldigt. Er würde das mit dem Fenster in Ordnung
bringen, hatte er gesagt. Sie hatte ihm geglaubt. Manchmal
war Joe der liebste Mensch von der Welt.

Das Loch in der Scheibe war immer noch da.

In den vergangenen Tagen hatte sie oft an den schüch-
ternen jungen Mann mit dem schicken Anzug gedacht,
dem sie auf der Whitechapel Road begegnet war. Eigentlich hatte sie sich über ihn lustig machen wollen und ihn
überhaupt nur angesprochen, weil er ihr wie ein einge-
bildeter Snob vorgekommen war, dessen Glückseligkeit
offenbar davon abhing, sich selbst in den Schaufenstern
zu betrachten. Doch sie hatte sich getäuscht. Er war kein
Snob, und er hatte sie tatsächlich für eine bessere Dame
gehalten. „Mylady" hatte er sie genannt.

Montague John – wenn Joe doch nur ein bisschen wie
er wäre, dachte sie. Aber Joe hatte sich verändert. Er war
grob und gewalttätig geworden. Voller Wehmut erinnerte
sie sich an den Tag vor weniger als einem halben Jahr, an
dem sie verliebt J + M – die Initialen ihrer beider Vornamen
– an die kahle Wand neben ihrem Bett gemalt hatte. Sie
hatte Joe geliebt – jetzt empfand sie Gleichgültigkeit, wenn
sie an ihn dachte.

Seither hatte sich so vieles verändert. Da war Walter,
der sie mit nach Frankreich genommen hatte; Walter, der
sich so redlich bemüht hatte, ihr eine Anstellung in gutem
Hause zu besorgen; Walter, der sich jetzt schuldig fühlte.
Unbewusst legte sie beide Hände auf die leichte Wölbung
ihres Bauches. Ein heißes Gefühl von Scham, in das sich
Hoffnungslosigkeit mischte, durchflutete sie. Sie dachte an
den grässlichen Mann in Walters Atelier, an den beißen-
den Geruch von Chloroform und die Schmerzen.

Sie schüttelte ihre blonden Locken und strengte sich

an, an etwas gänzlich anderes zu denken. Die schlechten Dinge ließen sich verdrängen, wenn man sich nur dazu zwang.

Sie fing an, leise vor sich hinzusummen. *Nur ein Veilchen ich pflückte von Mutters Grab ...* Ein Lied, das sie aus irgendeinem unersichtlichen Grund an spielende Kinder erinnerte. Manchmal, wenn sie in ihrem Zimmer auf dem Bett lag und es mit geschlossenen Augen sang, vermochte sie sogar einzelne Gesichter genauer zu erkennen. Besonders deutlich aber war jedes Mal ein kleiner, sehr ernst dreinblickender Junge mit rotblonden Locken und einer Mütze in der Hand. Er schien auf einer hügeligen Wiese zu stehen und in die Sonne zu blinzeln. Die Dunkelheit der Straße dagegen war ernüchternd. Die heraufbeschworenen Bilder wurden farblos und verblassten. Vielleicht täte sie besser daran, schlafen zu gehen.

Ach was, schlafen konnte sie immer noch, und außerdem war niemand da, der auf sie wartete. Sie hatte sich gerade dazu entschlossen, in den Ten Bells vorbeizuschauen, als sie hinter sich Schritte hörte. Sie drehte sich um und sah die Straße hinunter.

Die Schritte waren verstummt.

In den Schatten unter den Bogengängen der Markthalle glaubte sie, eine Bewegung wahrgenommen zu haben. Sie verließ ihren Platz unter der Laterne und ging einige Meter weit auf die Hallen zu. Es war nichts zu sehen, und sie blieb abrupt stehen.

Großer Gott, der Mörder, schoss es ihr durch den Kopf.

Joe hatte ihr die Berichte in den Zeitungen gezeigt und zu ihr gesagt: *Pass auf deinen schönen Hals auf, Mary Jane, dass er ihn dir nicht eines Nachts durchschneidet.* Das war vor drei Tagen gewesen, als er sie wieder um Geld für Gin angepumpt und sie ihn weggeschickt hatte. Sie war wütend gewesen, weil er sich nicht um sie kümmerte und nur angekrochen kam, wenn er knapp bei Kasse war. Sie hatte ihm erwidert, er solle doch zu seinen Weibern gehen, von ihr bekäme er nicht einen Penny. Joe hatte ihr Angst machen wollen, und es war ihm gelungen.

Pass auf deinen schönen Hals auf, Mary Jane! Mit einem Mal fühlte sich ihre Kehle unnatürlich trocken und rau an, wie zugeschnürt. Sie trat zwei Schritte zurück; dann sah sie die Veränderung in der Dunkelheit erneut.

Es war, als hätte sich bei den bogenförmigen Pfeilern gegenüber einer der Schatten nach rechts bewegt. Eine gebückte graue Gestalt, die sich versteckte.

Ihr Herz pochte.

Sie hätte sich einfach umdrehen und über die Straße zum Pub laufen sollen, wo sie sicher war. Aber ihre Kleider kamen ihr plötzlich klamm und schwer vor, und deutlich spürte sie die Angst, die wie die vom Boden aufsteigende Feuchtigkeit an ihren Beinen emporkroch und sie lähmte.

Lauf! Lauf doch weg!, schrie eine Stimme in ihrem Kopf.

Keine zwanzig Yards von ihr entfernt fing die Glocke der Christuskirche zu läuten an und übertönte mit ihren dröhnenden Schlägen das schrille Gelächter im Pub nebenan.

Sie gewahrte das Aufblitzen in der Dunkelheit vor sich eine halbe Sekunde, ehe sich die Gestalt aus den dräuenden Schatten des Bogenganges löste und sie ansprang. Mary Jane riss die Arme hoch.

Die graue, strubbelige Katze landete direkt vor ihren Füßen. Ein fauchendes, kleines Etwas.

„Oh ... o Gott, o Gott ..." Mary Jane wusste nicht recht, ob sie vor Erleichterung lachen oder losheulen sollte. Ihr Atem ging rasch und flach, und ihr Herz raste dermaßen, dass sie seinen Schlag am ganzen Körper zu spüren vermochte. Ihre Knie begannen zu zittern.

Aber die Angst war wie weggeblasen. Und allmählich ließ auch das beklemmende Gefühl um ihre Kehle nach.

Die Katze hockte immer noch auf den kalten Steinen und sah zu ihr auf.

„Du kleines Biest", sagte Mary Jane. „Du hast mich zu Tode erschreckt."

Das graue Knäuel schien sie verstanden zu haben, denn es erhob sich, strich ihr sanft um die Beine und rieb schnurrend seinen Kopf an ihren Waden.

Mary Jane ging in die Hocke und kraulte die Katze hinter den Ohren. „Na, du bist mir vielleicht eine. Erst jagst du mir einen riesen Schrecken ein, und jetzt willst du lieb Kind machen." Sie hörte mit dem Kraulen auf und musste lachen, als die Katze sie mit zwei sanften Pfotenhieben gegen ihren Rocksaum zu weiteren Streicheleinheiten aufforderte.

Der letzte Glockenschlag verhallte. Es war zwei Uhr nachts.

Vom Ten Bells wehten Pfiffe und hysterisches Weibergekreische, das jäh in lautes Gelächter umschlug, zu ihr herüber. Sie konnte sich ausmalen, was da vor sich ging. Frauen auf Tischen. Schwitzende Kerle mit schmutzigen Händen, die grob und ungeschickt nach unverhüllten Schenkeln griffen. Klatschende Schläge aufs Gesäß. Gackernde Hühner und geile Hähne. Es hätte sie nicht gewundert, Joe darunter zu finden.

Der Gedanke widerte sie an.

„Ich geh ins Bett, Katze", sagte sie. „Mach du, was du willst." Mary Jane nahm zum Abschied eine Pfote des zutraulich schnurrenden Knäuels in beide Hände und strich darüber. Als sie losließ und sich mit den Handflächen am Boden abstützte, um sich zu erheben, sah sie unmittelbar neben sich ein Paar Männerbeine aufragen.

Erschrocken sprang sie auf.

Die Katze, die das für eine unerhörte Unterbrechung ihres Spieles zu halten schien, führte maunzend zwei, drei empörte Pfotenstreiche gegen Mary Janes Schuhe.

Es war Reverend Barnett.

Mary Jane gab der Katze einen leichten Stups mit dem

Fuß. „Erst springen sie einem ins Gesicht, und dann wird man sie nicht mehr los." Sie lächelte verlegen. „Ich habe Sie gar nicht kommen hören. Sie sind ja wie die Katze." Ihr Lächeln wurde kesser. „Man sollte annehmen, Sie als Geistlicher lägen um diese Zeit längst im Bett; stattdessen schleichen Sie sich an wie ein Dieb und erschrecken junge Damen."

„Es war nicht meine Absicht, Sie zu erschrecken, Mary Jane", sagte der Vikar, dem die Vorwürfe sichtlich unangenehm waren. „Und von Anschleichen kann überhaupt keine Rede sein. Ich habe Sie da im Dunkeln mutterseelenallein mit der Katze gesehen und mich gefragt, ob Sie lebensmüde sind oder einfach nur den Verstand verloren haben." Jetzt lächelte er, und sie funkelte ihn beleidigt an. „Aber mal im Ernst, Sie sollten sich nach Einbruch der Dunkelheit wirklich nicht mehr in den Straßen herumtreiben."

„Ich treibe mich nicht herum", widersprach sie mit einer Vehemenz, die keine Deuteleien zuließ. „Ich gehe spazieren, Reverend."

Von Mary Janes plötzlicher Heftigkeit aufgeschreckt ließ die Katze von ihr ab und schmiegte sich nun an Reverend Barnetts Hosenbeine.

„Ganz gleich, was Sie mitten in der Nacht hier draußen machen; es ist gefährlich. Denken Sie nur an die arme Frau, die man vor einer Woche in der Buck's Row gefunden hat." Der Vikar wirkte ernsthaft besorgt. „Kommen Sie, ich begleite Sie nach Hause."

Dass der Reverend sie für eine Herumtreiberin hielt, nach allem, was sie für Toynbee Hall getan hatte, nahm sie ihm übel. „Und was treiben *Sie* sich nachts hier rum, wenn ich fragen darf?" Sie stemmte die Hände in die Hüften.

„Lieber Himmel, Mary, nun werden Sie bitte nicht störrisch. So habe ich das doch nicht gemeint. Ich mache mir Sorgen, das ist alles. Seit man die Leiche von dieser Mrs

Tabram praktisch auf der Hintertreppe unserer Kirche gefunden hat, ist ganz Toynbee Hall aus dem Häuschen, das wissen Sie ja. Und nun gibt es schon zwei Opfer. Solange die Polizei den Mörder nicht gefasst hat, sollten Sie auf der Hut sein." Er schaute zu den Markthallen hinüber und dann in den sternklaren Nachthimmel auf. „Er kann hier überall lauern. Ich rate Ihnen, Mary, gehen Sie bei Dunkelheit nur in Begleitung spazieren, wenn Sie schon Luft schnappen müssen. Und halten Sie sich von menschenleeren Orten fern – bitte." Barnett berührte sie sanft an der Schulter.

Mehr oder weniger versöhnt sagte sie: „Dann muss ich Ihnen ja richtig dankbar sein, dass Sie mich im letzten Moment gerettet haben, Reverend." Sie ging wieder in die Hocke und streckte die Hände nach der grauen Katze aus. Das strubbelige Haarknäuel kam angelaufen und ließ sich von ihr den Nacken kraulen. „Eine Katze sehen Sie wohl nicht als akzeptable Begleitung an, was?"

Jetzt ging auch der Vikar in die Knie. „Also wirklich, Mary Jane, von Ihnen hätte ich etwas mehr Vernunft erwartet."

„Na schön, bringen Sie mich heim." Mary Jane nahm die Katze auf den Arm und stand auf. Mit einem Augenzwinkern sagte sie dann: „Aber nur bis zur Tür, Reverend."

Barnett, für solch unangebrachten Humor nicht zugänglich, erhob sich ebenfalls und verzog entrüstet das Gesicht. „Und was ist damit?" Er wies auf die Katze, die sich in Marys Armen sichtlich wohlfühlte.

„Die kommt selbstverständlich mit."

Sie hakte sich bei Reverend Barnett unter. Wie Ritter und Burgfräulein wanderten sie in angemessener Entfernung am gegenüberliegenden Garten der Christuskirche vorbei – dem sogenannten „Krätzepark", wo nachts die Obdachlosen lagen – und marschierten gemeinsam auf die Dorset Street und den Miller's Court zu.

KAPITEL 5

Um kurz nach sechs Uhr am folgenden Morgen, als sich Swanson in Begleitung von Constable Phelps und Inspector Chandler, den man auf der Polizeiwache Commercial Street unsanft aus seinem Büroschlaf gerissen hatte, im Hinterhof von Nummer 29 Hanbury Street einfand, war die Luft eisig und der Wind schneidend. Ein feiner Nieselregen hatte eingesetzt.

Die Frau lag unmittelbar hinter dem schmalen Durchgang, der den Hof mit der Straße verband, auf den verwitterten Steinen und starrte mit blicklosen, gebrochenen Augen in die geschlossene graue Wolkendecke hinauf, die den Himmel wie ein fleckiges Leichentuch bedeckte. Der Kopf der Toten ruhte so dicht am unteren Absatz der drei ausgetretenen Stufen, über die man von der Passage in den Hinterhof gelangte, dass Chandler ihn nur um Haaresbreite verfehlt hatte, als er John Davis folgend die kleine Treppe hinuntergesprungen war.

Der Anblick der Leiche war entsetzlich, und Swanson zündete sich zur Beruhigung seiner Nerven eine Zigarette an.

„Der Leibhaftige ... der Leibhaftige." Davis, der Marktträger, war einer der Mieter des Hauses und hatte die grausige Entdeckung auf dem Weg zur Arbeit gemacht. Er war so bleich wie die Weißfische, die er auf dem Markt feilbot, und vermutlich zum ersten Mal froh darüber, nichts zum Frühstücken im Haus gehabt zu haben. „Das hat der leibhaftige Teufel getan."

Donald Swanson war sich da nicht so sicher. Er schnippte die Asche von seiner Zigarette, beugte sich über die Leiche und befühlte den rechten Unterarm der Frau. Er war noch warm. „Wann haben Sie sie gefunden, Mr Davis?"

„Na, vorhin, Sir." Der Marktträger hatte die Augen missbilligend auf die Zigarette im Mundwinkel des Inspectors gerichtet. Offenbar hatte er noch nichts von der beruhigenden Wirkung des Nikotins gehört und hielt das Rauchen in Gegenwart von Leichen entweder für eine unverzeihliche Todsünde oder pure Kaltblütigkeit der Polizei. „Vor ungefähr einer Stunde."

Swanson bemerkte die Blicke des Mannes und warf die Kippe über den hohen Lattenzaun, der das Grundstück umgab, in Nachbars Garten. Er stand auf und studierte den Leichnam eingehend.

Die Frau lag parallel zum Zaun auf dem Rücken. Ihre Beine waren gespreizt und angewinkelt, und das dunkle Kleid, das sie trug, war ihr bis weit über die Knie hinaufgeschoben worden. Ihre linke Hand ruhte auf der linken Brust. Die Kehle war so tief durchtrennt, dass Swanson sich des Eindrucks nicht erwehren konnte, der Mörder habe diesmal vorgehabt, seinem Opfer den Kopf abzuschneiden. Dies war ihm jedoch offensichtlich nicht gelungen; und daraufhin musste er ihr das rote Halstuch umgebunden haben. Es hielt den Kopf am Körper fest und verschwand nahezu vollständig in der Schnittwunde.

Vor einer Woche, als man ihm die Leiche von Buck's Row gezeigt hatte, war er der Meinung gewesen, es könne nichts Schlimmeres geben. Er hatte sich geirrt. Das hier war schlimmer.

Inspector Chandler neben ihm schluckte mühsam. Und auch Phelps war etwas blass um die Nase.

Ihr Mörder hatte ganze Arbeit geleistet. Er hatte ihr den Leib aufgeschnitten. Den Dünndarm und einen Hautlappen des Bauches hatte er herausgezogen und ihr über die rechte Schulter gelegt; eine dünne Schnur verband sie mit den restlichen Eingeweiden im Körper. In einer großen Blutlache oberhalb der linken Schulter lagen zwei Lappen des Unterleibes.

„Sie haben eine Wohnung in diesem Haus, ja, Mr Davis?"

Swanson sah den Marktträger nicht an, sondern blickte an der rückwärtigen Hauswand hinauf.

„Ein Zimmer, Sir. Nach vorn heraus. Mit meiner Frau und den drei Söhnen. Vor gut drei Wochen erst hab ich es gemietet. Wir wollten ja in eine bessere Gegend, eigentlich. Mir hatte Windsor vorgeschwebt. Meine Frau hat aber gemeint ..."

Swanson, der augenblicklich nicht an Familientragödien interessiert war, unterbrach Davis mit einer Handbewegung. „Verstehe. Was ist mit den übrigen Mietern, kennen Sie die gut?"

„Nicht sehr." Der Marktträger senkte die Stimme. „Sind aber alle meschugge, wenn Sie mich fragen. War auch nur eine Notlösung, diese Wohnung, weil's nicht sein sollte mit Windsor ..."

„Gehen Sie da weg! Hier gibt es nicht zu sehen!", blaffte Inspector Chandler die beiden Männer an, die gerade am Ende des Durchgangs auf der Treppe erschienen. Dann bemerkte er den Constable in ihrer Begleitung und befleißigte sich eines etwas ruhigeren Tonfalls. „Wer sind die beiden, Constable? *Constable!*"

Der junge Streifenpolizist verdrehte beim Anblick der Leiche die Augen und wäre vermutlich die Stufen hinuntergestürzt, wenn die Männer ihn nicht im letzten Moment festgehalten hätten. Swanson war insgeheim froh, dass Phelps aus härterem Holz geschnitzt war.

„Kumpels vom Markt", erklärte Davis anstelle des Constables, der ohnmächtig in einen Winkel des Hofes getragen und gegen die Pumpe des Brunnens gelehnt wurde. „Green und Kent. Hab ihnen von der Toten erzählt und sie losgeschickt, die Polizei zu holen."

„Gut, der Mann." Swanson winkte die Männer zu sich, derweil Chandler sich um den jungen Polizisten kümmerte. „Einer von Ihnen läuft jetzt bitte runter zur Leman Street und verständigt den wachhabenden Beamten. Das machen Sie." Und er deutete auf den schlaksigen Green. „Mr Kent scheint mir dagegen kräftig genug zu sein, am Eingang aufzupassen, dass hier niemand hereinkommt. Wir können jetzt keine Schaulustigen gebrauchen."

Green schnaufte und murmelte etwas Undeutliches über Ungeziefer oder Coppers, als er sich schließlich auf den Weg machte.

„Und, Mr Davis ..."

„Ja, Sir?"

„Sie besorgen mir ein großes Tuch, bitte."

„Kommen Sie doch mit rauf, Sir." Davis machte eine einladende Handbewegung. „Da können Sie sich abtrocknen, und meine Frau macht Ihnen 'ne Tasse Tee."

„Das ist sehr freundlich, danke", sagte Swanson. „Aber ich brauche es nicht für mich selbst. Es ist für die Frau da."

Davis sah aus, als frage er sich, was die Tote wohl noch mit dem Tee anfangen sollte; aber gehorsam ging er ins Haus, um das Tuch zu holen.

Als Inspector Frederick Abberline eine halbe Stunde später am Tatort auftauchte und den Pöbel, der sich, trotz aller Bemühungen, den Hinterhof gegen Schaulustige abzuschirmen, in der Passage herumdrückte, mit lautem Gebrüll vertrieb, war der Leichnam sicher unter zwei leeren Kohlesäcken verwahrt.

Swanson wärmte sich die Hände an einem Becher Tee und sah zu, wie Abberline sich zielstrebig einem Pulk von Männern näherte, der vom Nachbargrundstück her über den Zaun hing und die verkrusteten Blutlachen angaffte. „Hier, damit auch ihr einen Eindruck bekommt!" Und sein markanter Faustschlag streckte einen von ihnen mit gebrochener Nase nieder. Die anderen gingen hinter dem Lattenzaun in Deckung.

„Inspector Abberline, wie schön, Sie zu sehen", sagte Swanson und trat ihm entgegen.

„O, Chief Inspector Swanson." Abberline rieb sich mit

schuldbewusster Miene die rechte Faust. „Ich hatte ja keine Ahnung, dass Sie bereits hier sind, Sir."

Swanson lächelte. „Wie geht es Ihnen? Schon eine neue Spur, was den Whitechapel-Mörder angeht?"

„Nein, Sir." Er knirschte mit den Zähnen. „Allerdings kennen Sie meine Meinung zu Dr. Forbes Winslow."

Swanson nickte. Dann zog er die Hälfte eines zerknitterten Briefumschlages aus seiner Manteltasche und wedelte damit in der Luft herum. „Wir haben den Hof in der Zwischenzeit gründlich nach Spuren abgesucht und das hier gefunden. Zwei Pillen sind drin. Als Absender nur ein großes M."

Abberline nahm den Umschlag entgegen und drehte ihn herum. „Oder ein W." Dann deutete er auf den immer noch angeschlagenen Constable in der Ecke. „Was ist mit dem? Ist er auch tot?"

„Ein leichter Schwächeanfall", erklärte Swanson grinsend. Er zündete sich eine neue Zigarette an und trat mit Abberline an die zugedeckte Leiche heran. „Bei ihr liegen die Dinge ein bisschen anders."

Frederick Abberline konnte dem nur zustimmen, als Swanson die Säcke zurückschlug und ihm die tote Frau zeigte. Hier lag nichts, wo es hingehörte. „Verfluchte Sauerei." Er wandte den Blick ab.

„Muss ein Irrer gewesen sein", meinte Inspector Chandler. „Im Blutrausch. Ausländer, wenn Sie mich fragen. Kein Engländer wäre zu solch einer Tat fähig."

„Was haben Sie noch?"

„Das hier unten." Inspector Chandler kniete zu Füßen der Frau nieder. „Merkwürdig, finden Sie nicht?"

„Ihre Habseligkeiten?" Ein Kamm, ein paar Penny- und Viertelpennymünzen und ein zusammengefaltetes Taschentuch lagen sorgfältig nebeneinander aufgereiht vor ihnen am Boden. „Wer hat das dort hingelegt?"

„Ihr Mörder, würde ich meinen." Chandler zog schau-

dernd die Schultern hoch. „Aber warum hat er das getan?"
Er stand auf und zeigte Abberline einige Blutspritzer, die
er in Schulterhöhe am Zaun entdeckt hatte.

„Dann hat sie vermutlich dort gestanden, als sie ermordet wurde. Was ist mit dem Polizeiarzt, wurde der schon
verständigt?"

„Nein, Sir." Chandler ließ die Arme kreisen. „Wir hatten
hier alle Hände voll zu tun und keinen einzigen Beamten
zur Verfügung."

„Schon gut", meinte Swanson. „Veranlassen Sie, dass
er geholt wird, ehe man die Leiche bewegt. Und schaffen
Sie uns einen Fotografen her. Inspector Abberline wird
so lange hierbleiben und Obacht geben, dass niemand sie
anrührt." Er trat seine Zigarette aus und legte Abberline
die Hand auf die Schulter. „Und da ist noch etwas, das Sie
interessieren sollte. Inspector Chandler fand eine Lederschürze. Sie hing zum Trocknen am Pumpenschwengel da
hinten."

„Eine Schürze?" Abberline verzog irritiert das Gesicht.
„Na, und?"

„Mag sein, dass es nichts zu bedeuten hat", sagte
Swanson. „Aber ich würde meine Hand nicht dafür ins
Feuer legen. Es sieht nämlich ganz danach aus, als sei sie
vor Kurzem kräftig geschrubbt worden."

„Sie meinen", sagte Abberline, dem offensichtlich gerade
ein diffuses Licht aufgegangen war, „der Mörder hat diese
Schürze getragen?"

„Oder ein Schlachter", sagte Chandler.

Swanson überlegte, ob das in diesem Fall nicht ein
und dasselbe war.

Es war halb sieben, und die Sonne ging in feurigem Rot
über der Hauptstadt unter. In Leman Street wurden die
Lichter hochgedreht.

Nachdem Swanson und Phelps nach Whitehall zurückgekehrt waren, hatte Abberline den ganzen Vormittag damit zugebracht, die Mieter des Hauses Hanbury Street Nr. 29 zu verhören. Und das war wahrlich kein Vergnügen gewesen. Er verabscheute dieses Hausieren mit dem Notizblock in der Hand zutiefst. Den Fuß in der Tür Entschuldigungen wegen der kurzen Störung zu murmeln, das war nicht seine Sache. Und es hatte ihn auch nicht einen Schritt weitergebracht. Das taten die Befragungen fast nie. Meistens war es dem Zufall zu verdanken, wenn man einem Verbrecher das Handwerk legen konnte. Bei Dieben und Einbrechern war es nicht selten deren eigene Dummheit, die einem zu Hilfe kam. Aber einen Mörder allein anhand von Zeugenaussagen zu überführen, war schwierig, wenn nicht gar unmöglich. Und einen Mörder wie diesen, der, wie Abberline annahm, aus reinem Irrsinn tötete, schnappte man entweder auf frischer Tat oder überhaupt nicht.

Mrs Amelia Richardson, die Besitzerin des Hauses, die gemeinsam mit ihrem Sohn John und einem Enkel namens Thomas im ersten Stockwerk Packkisten für den Markt herstellte, hatte ihn durch die Wohnungen von Nummer 29 geführt, als handle es sich um eine Schlossbesichtigung. Nein, sie habe bestimmt keinen Laut im Hinterhof gehört, hatte sie versichert und hinter vorgehaltener Hand hinzugefügt, dass Mrs Hardyman im Erdgeschoss Katzenfutter herstelle. Woraus, das wisse sie natürlich nicht so genau, aber es sei doch seltsam, wie günstig sie es verkaufen könne, wo die Fleischpreise zurzeit dermaßen anzögen.

Mrs Hardyman selbst – eine mittelgroße, gebückt gehende Frau, deren rundes, vorspringendes Kinn zusammen mit den ausgeprägten Hamsterbacken ganz den Anschein machte, als könne sie dort mühelos eine ausgewachsene Leiche verstecken – war nicht weniger anstrengend gewesen. Sie hatte die ganze Zeit über von den

„grässlichen Kindersärgen", wie sie die Kisten ihrer Ver-
mieterin nannte, gefaselt, und Abberline klang ihre kleine,
quäkende Stimme noch immer in den Ohren. Den Vogel
allerdings hatte James Green abgeschossen, der lautstark
verkündete, in dem Haus seien sowieso alle verrückt oder
von Dämonen besessen, und in Wirklichkeit wäre keiner
der Mieter ein menschliches Wesen.

Inspector Chandler hatte Abberline schließlich die
Beschreibung eines Mannes in die Hand gedrückt, den
man unter dem Spitznamen „Lederschürze" kannte.

In der Teeküche schepperten die Tassen.

„Kleiner, untersetzter Mann, ca. 38–40 Jahre alt.
Schwarzes Haar, schwarzer Schnurrbart, Stiernacken."
Eine naturgetreue Skizze des Commissioners, wenn
er die Einlagen in den Schuhen vergessen hatte, dachte
Abberline. „Trägt für gewöhnlich eine kleine Mütze und
eine Lederschürze. Führt ständig ein scharfes Messer mit
sich. Fünf Frauen aus Spitalfields geben an, von diesem
Subjekt mit den Worten ‚Ich werd dich aufschneiden!'
bedroht worden zu sein. Etc. etc."

Frederick George Abberline warf den Bericht, den er
in aller Eile durchgesehen hatte, mit einem mürrischen
Seufzer auf den Tisch. Das gab auch nicht mehr her als
die Aussage einer Frau, die das Opfer, das man mittlerweile als eine gewisse Annie Chapman identifiziert hatte,
mit einem großen Mann in dunkler Kleidung in Hanbury
Street gesehen haben wollte. Der Mann hatte angeblich
„Willst du?" gefragt und sie hatte mit „Nein, nicht heute
Nacht. Ein andermal vielleicht" geantwortet. Das war
vollkommen unglaubwürdig. Die Bordsteinschwalbe, die
einen Freier ablehnte, musste erst noch geboren werden.

„Drei Mann Verstärkung hat mir Commissioner Warren
zugebilligt." Abberlines rechte Faust knallte unvermittelt
auf die Tischplatte, und Sergeant Thick machte mitsamt
seinem Stuhl einen Satz nach hinten, während Godley,

der mit den Gewohnheiten Abberlines bestens vertraut war, nicht eine Miene verzog. „Eines Tages breche ich ihm seine verdammte juckende Nase, George. Das ist versprochen."

Sergeant Eli Caunter trug grinsend vier Becher herein und verteilte den Tee. „Da möchte ich dabei sein, Sir."

„Lagebericht, *Roundhead*", sagte Abberline, hob seinen Becher und verbrannte sich die Lippen. „Was ist aus Winslow geworden?"

„Eli." Caunter plumpste auf einen der Stühle. „Ich heiße Eli, Sir. Es untergräbt meine Autorität vor der Bevölkerung, wenn ich andauernd bei diesem scheußlichen Spitznamen genannt werde."

„Tommy Roundhead ist doch sehr treffend", feixte Thick und blies die Wangen auf, sodass sein herabhängender Schnurrbart fast waagerecht stand.

Caunter schnaubte. Dann blickte er den Inspector an. „Zurück zu Ihrer Frage, Sir. Wir wissen nicht, was aus Doktor Winslow geworden ist. Wir haben ihn noch nicht wiedergefunden."

„Wir haben aber alle Hebel in Bewegung gesetzt", sah Thick sich genötigt, rasch hinzuzufügen.

„Bleiben wir besser bei dem, was wir haben", sagte Abberline. „Sorgen Sie dafür, dass Pearce aus dem Krankenurlaub geholt wird. Auf sein gebrochenes Bein können wir keine Rücksicht nehmen. Sagen Sie ihm, er wird an der Front gebraucht. Und dann suchen Sie nach diesem Mann, den man ‚Lederschürze' nennt. Er muss sich irgendwo in der Gegend von Spitalfields oder Whitechapel herumtreiben. Seine Beschreibung entnehmen Sie dem Bericht hier. Lungern Sie ein bisschen in den Pennen und Pubs herum. Nehmen Sie Kontakt zu einigen von unseren Spitzeln auf. Und fragen Sie die Prostituierten aus. Aber ich möchte, dass das mit dem nötigen Feingefühl geschieht; also dringen Sie nicht zu tief in sie."

Sergeant Thick, das Gesicht hinter seinem Teebecher nur unzureichend verborgen, kicherte.

Was für eine verdorbene Welt.

Montague John Druitt schlenderte, die Hände tief in den Taschen vergraben und den Kopf voller Gedanken, ohne ein bestimmtes Ziel vor Augen die Commercial Street hinauf.

Marie Jeanette ... Mary Jane ... Marie Jeanette ... Mary Jane ... Marie ... Er hatte so ein komisches Gefühl bei ihr. Sie mochte ihn, da war er sich ganz sicher. Aber sie hatte abgelehnt, als er ihr angeboten hatte, sie nach Hause zu begleiten. Sehr rigoros sogar. Sie hatte ihn fortgeschickt, hatte seine Hand von ihrem Arm gestreift ...

Aber warum um alles in der Welt hatte sie kehrtgemacht und ihm diesen Kuss auf die Wange gehaucht? Er hatte noch eine Zeit lang dagestanden – an der efeuberankten Wand unter der Uhr von Toynbee Hall – und hatte ihr schemenhaftes Bild zu halten versucht, das der Duft ihres Parfums in den leichten Wind gemalt zu haben schien, wie ein verwässertes Aquarell.

Montague schüttelte diesen Gedanken ab und bog nach rechts in eine dunkle Seitenstraße ein.

Marie Jeanette ... Mary Jane. Er hätte sie fragen sollen, was es mit ihrem Namen auf sich hatte, hätte sie fragen sollen, warum sie vor ihm floh ...

Eine kräftige Hand legte sich ihm auf die Schulter, packte seinen Kragen und riss ihn herum. Noch bevor er sein Gegenüber genauer erkennen konnte, traf Montague ein herber Faustschlag am Kinn, der ihn zurücktaumeln und grellbunte Sterne sehen ließ. Die Tränen schossen ihm in die Augen. Der zweite Schlag streifte nur seine Schläfe. Der Barrister riss die Arme hoch, wischte sich hastig mit dem Hemdsärmel über das Gesicht und nahm Abwehrhaltung ein. „Was soll das?", schrie er. „Hören Sie auf!"

„Du verfluchter Bastard! Das hättste gern, wa?", zischte der stämmige Mann vor ihm im breitesten Cockney. Sein Atem roch nach billigem Gin und Ingwerbier. Seinen Kopf zierte ein Bowler Hat. „Deine geschniegelte Visage werd ich dir zu Brei schlagen. Damitste weißt, was blüht, wennste weiter an ihrem Rockzipfel rumhängst."

Verzweifelt hob Montague John die Arme und wehrte einen feigen Fußtritt mit gekreuzten Armen ab. „Ich weiß nicht, wovon Sie reden."

„Pah!", machte sein Gegenüber und spuckte aus. Die geballten Fäuste vorgestreckt und wie ein Boxer tänzelnd. „Von Mary red ich, du abgefeimter Dreckskerl. Ich zeig dir, wo's langgeht, wennste deine maranikürten Finger nochma anse legst."

„Manikürten Finger, heißt das", sagte plötzlich eine ruhige Stimme. Und dann tauchte eine huschende Gestalt aus dem Schatten des Hauseingangs neben ihnen auf und presste dem überraschten Boxer, der sofort und ohne Gegenwehr in sich zusammensackte, ein Tuch auf Mund und Nase.

Während Montague noch überlegte, woher er die Stimme kannte, wurde er schon am Unterarm ergriffen und in den Hauseingang gezogen.

„Das ist noch mal gut gegangen, Druitt", sagte die Stimme und riss ein Zündholz an.

„Doktor Winslow!" Der Barrister trat entgeistert einen Schritt zurück.

„Psst! Und nennen Sie mich ,Mickeldy Joe'", flüsterte Winslow. Um seine Nase war ein schmutziger Verband gewickelt, und seine Kleidung, die von einem Lumpenkarren gefallen sein musste, starrte vor Dreck. „Sie können von Glück sagen, dass ich Ihnen gefolgt bin."

„Gefolgt?" Montague rieb sich sein schmerzendes Kinn. „Ich denke, Sie sind in Chelsea, Doktor. Und überhaupt, was ist denn mit Ihrer Nase passiert?"

„Gebrochen." Winslow rückte den Verband zurecht. „Ich war dort in Hanbury Street heute Morgen und habe die Leiche gesehen."

Nur pflegen Leichen nicht aufzustehen und einem das Nasenbein zu brechen, dachte der Barrister beklommen, sprach es aber nicht aus. „Sie müssen das behandeln lassen."

„Nicht mehr nötig." Forbes Winslow schüttelte den Kopf. „Das habe ich schon selbst gerichtet." Das Streichholzflämmchen verlosch. Wenig später flackerte ein neues auf. „Hören Sie, Druitt, Sie sind mir nie begegnet. Ich bin Ihnen auch nur gefolgt, um Sie über meine Fortschritte in Kenntnis zu setzen."

„Ich begreife nicht", sagte Montague John und fand, dass der Zustand von Winslows Erscheinung eher nach Rückschritten aussah.

„Ich bin ihm dicht auf den Fersen, Druitt. Nicht mehr als so weit bin ich davon entfernt, ihn dingfest zu machen." Mit Daumen und Zeigefinger maß er zehn Zentimeter ab.

„Den Frauenmörder? Den Mann mit der Lederschürze?"

„Die Geschichte mit ‚Lederschürze' ist blanker Unsinn", sagte Winslow im Brustton der Überzeugung. „Ich kenne den Mann, den sie ‚Lederschürze' nennen, und ich kann Ihnen versichern, er ist kein Mörder."

„Wenn Sie ihn tatsächlich kennen, dann ist es Ihre Pflicht als treuer Diener Ihrer Majestät ..."

„Meinen besten Informanten an die Polizei ausliefern? Einen Teufel werde ich tun, Druitt. Einen besseren bekomme ich im ganzen East End nicht. Sie glauben ja gar nicht, wie schwer es ist, aus diesen Leuten etwas herauszubekommen. Es hat mich jede Menge Geduld, Schweiß und literweise Gin gekostet, bis ich einigermaßen ihr Vertrauen gewonnen hatte." Das Zündholz verglühte und Winslow trat auf den Gehsteig hinaus. „Ich rate Ihnen, sich aus dem

Staub zu machen, bevor Ihr Freund hier das Bewusstsein wiedererlangt. Und prägen Sie sich sein Gesicht ein, damit Sie ihm aus dem Weg gehen können. Er scheint es bitterernst zu meinen. Immerhin ist er Ihnen schon eine Weile nachgelaufen. Mit Kerlen wie ihm ist nicht gut Kirschen essen; besonders wenn Frauen im Spiel sind." Er reichte Montague eine schmutzige Hand.

„Danke." Der Barrister ergriff sie. „Wo kann ich Sie finden, wenn es nötig wird?"

„Habe ich Ihr Wort darauf, dass Sie mir wegen der Lederschürze nicht die Polizei auf den Hals hetzen?"

„Ja, Doktor, das haben Sie."

„Fragen Sie im Queen's Head oder den Ten Bells nach mir, wenn es sich nicht vermeiden lässt. Da kennt man mich mittlerweile ganz gut. Aber vergessen Sie mein Alias nicht", fügte Forbes Winslow ermahnend hinzu. „Sie müssen nach Joe fragen, Druitt, nach Mickeldy Joe."

Die beiden Männer nickten sich ein letztes Mal zu. Dann gingen sie in verschiedene Richtungen davon.

In dieser Woche wurde Chief Inspector Donald Swanson die Leitung im Fall der Whitechapel-Morde entzogen und Inspector Abberline übertragen. Offiziell hieß es, Abberline sei mit vierzehn Jahren Erfahrung in Whitechapel der richtige Mann für den Job und zudem ständig vor Ort.

Swanson war es im Grunde recht. Für ihn bedeutete das eine enorme Entlastung. Abgesehen davon, dass er nun geregelte Arbeitszeiten bekam und die Verantwortung auf anderen Schultern lastete, hatte sich nicht viel geändert. Er hatte seine Weisungsbefugnis behalten. Und sämtliche Berichte gingen nach wie vor durch seine Hände.

Pünktlich um fünf ließ Swanson mit dem letzten Gong der alten Standuhr Bleistift und Papier auf den Schreibtisch fallen, warf sich seinen Mantel über und rückte seinen Hut zurecht. Constable Dew, dem er auf der Treppe begegnete und dessen Schicht gerade begann, wünschte er mit einem breiten Lächeln einen schönen Feierabend. Dann trat er hinaus in den luftigen Spätnachmittag.

Er hatte vor, einer Einladung zu folgen und einen längst überfälligen Besuch zu machen.

KAPITEL 6

Affen?, dachte Donald Swanson, trotz der Ernsthaftigkeit ihres Themas unfreiwillig belustigt. Das überstieg selbst das Vorstellungsvermögen eines Highlanders, dessen Vater noch an den tödlichen Schrei der Banshees geglaubt und sämtliche Türen und Fenster nachts mit Salz gesichert hatte. „Also, Sir William, bei allem Respekt." Swanson gähnte. „Da kann es ja gleich der Mann im Mond gewesen sein."

Seit dem abscheulichen Mord an Annie Chapman in Hanbury Street war gut eine Woche vergangen, und die Zeitungen überschlugen sich mit ihren Berichten über das blutrünstige Ungeheuer, das Whitechapel Nacht für Nacht auf der Jagd nach immer neuen Opfern durchstreifte.

Swanson hatte Constable Phelps zum Revier Leman Street geschickt, damit er dort für ihn die Augen offen hielt und ihm regelmäßig Bericht erstattete. Die alte Lederschürze, die sie am Tatort gefunden hatten, sorgte für jede Menge Wirbel. Swanson war sich mittlerweile sicher, dass sie nichts mit dem Mord zu tun hatte. Vermutlich gehörte sie einem der Hausbewohner, und er gab es nicht zu, weil er ganz einfach Angst davor hatte, deswegen gelyncht zu werden. Hätte der Mörder sie getragen, er hätte sich wohl kaum die Mühe gemacht, sie auch noch zu waschen und zum Trocknen aufzuhängen. Trotzdem suchte ganz Ostlondon nun fieberhaft nach einem schemenhaften Individuum, das in Whitechapel unter dem Spitznamen „Lederschürze" bekannt war. Ein mörderisches, fehlgeleitetes Aschenputtel, das sein Schühchen verloren hatte und sich nun versteckt hielt. Darüber hinaus hatte ein findiger Reporter das Gerücht in Umlauf gebracht, die Art der tödlichen Schnitte gäbe Anlass zu der Vermutung, der Mörder besitze, wenn nicht gar eine chirurgische Ausbildung, so doch zumindest rudimentäre medizinische Kenntnisse. Zwar fragte Swanson sich, woher diese Informationen stammten, denn im Bericht des Polizeiarztes hatte nichts darüber gestanden, doch immerhin sprach es ganz entschieden gegen die Affen.

Sir William Gull trommelte unwillig mit den Fingern gegen die Armlehnen des schweren Ohrensessels. „So weit hergeholt ist das gar nicht, Chief Inspector. Es gibt sehr gelehrige Exemplare unter den Primaten. Nehmen Sie den Orang-Utan beispielsweise. Er verfügt über enorme Kraft und lässt sich leicht dressieren."

„Und womit hat er sich das Vertrauen seiner Opfer erschlichen, William, was meinst du?" Lady Gull stand plötzlich hinter seinem Sessel und legte ihm sanft ihre schlanken weißen Hände auf die Schultern.

„Das ist wohl kaum das geeignete Thema für dich, meine liebe Susan." Sir William drehte sich im Sitzen zu ihr um. „Mit solchen Dingen sollte eine Frau sich einfach nicht beschäftigen. Was macht die Handarbeit?"

„Lenke nicht ab." Lady Gull tätschelte mütterlich seine Wange. Dann zog sie sich einen samtbezogenen Schemel heran. „Es ist natürlich lächerlich, William. Jede Frau beschäftigt sich mit den Morden. Immerhin seid es ja nicht ihr Männer, die er umbringt." Sie raschelte nervös mit den diversen Röcken ihres Brokatkleides herum, als schüttele sie Kissen auf, und zupfte den Saum über ihren bloßgelegten Knöcheln zurecht. Die Hände auf den Knien gefaltet sagte sie: „Erst heute Nachmittag hatte ich ein ernstes Gespräch mit Mrs Grimshaw."

„Die liebe Mrs Grimshaw ist der Inbegriff eines Klatschmaules, müssen Sie wissen", sagte Sir William, wobei er Swanson mit hochgezogenen Augenbrauen ansah.

„Sie ist vor allem eine Freundin." Lady Gull spitzte die Lippen. „Und sie hat mir gestanden, dass selbst sie sich fürchtet. Sie sagt, nach Einbruch der Dämmerung ginge sie nicht mehr vor die Tür, bis der Täter gefasst sei. Ihrem Mädchen könne sie es auch nicht verdenken, dass es sich weigere, im Dunkeln die zwanzig Schritte über die Straße zum Postkasten zu laufen."

„Entschuldigen Sie, Mylady", sagte Swanson, „aber diese Verbrechen wurden im East-End von London verübt. Niemand rechnet damit, dass er hier zuschlägt."

„Na eben." Die ehrwürdige Dame schlug die Hände zusammen. „Niemand rechnet damit! Nicht mal die Polizei. Das ist es ja."

„Aber, aber." Sir William setzte ein beruhigendes Lächeln auf. „Mach dir darüber keine Sorgen. Diese Frauen, auf die er es abgesehen hat, sind ein vollkommen anderer Menschenschlag, meine Liebe. Die Gefallenen und Unglücklichen. Frauen, die – sagen wir mal – etwas vom Weg abgekommen sind. Ich bin sicher, an dir und deiner Mrs Grimshaw ist er nicht interessiert."

„Wie dem auch sei." Lady Gull raffte ihre Röcke zusammen und strebte der Tür entgegen. „Ich überlege trotzdem, ob ich mir nicht doch eine kleine handliche Waffe zulegen sollte. Eine Pistole vielleicht. Was meinen Sie, Chief Inspector?"

Swanson warf einen Blick auf William Gull, der im Schatten der mächtigen Sessellehne Grimassen schnitt und ihm zuzwinkerte. „Nun, ja. Schaden kann es sicher nicht, Mylady."

„Mit Ihrer Erlaubnis, Gentlemen, ziehe ich mich zurück. Es ist schon sehr spät. Und du, William, denk bitte an deine Medizin. Ich werde Maude damit herunterschicken."

„Für mich wird es ebenfalls Zeit", sagte Swanson und machte Anstalten, sich zu erheben. „Die Pflicht ruft. Sie verstehen?"

„Oh, tun Sie das nicht, Chief Inspector", sagte Lady Gull. „Mein Mann wird untröstlich sein, wenn Sie ihm jetzt weglaufen. Bitte bleiben Sie noch. Und reden Sie ihm die Sache mit den Affen aus", fügte sie schmunzelnd hinzu. „Sonst fängt er noch an, mit Bananen Jagd auf sie zu machen."

„Sie kennen mich nicht, John, aber ich muss Sie dringend sprechen", sagte der Mann im schwarzen Astrachanmantel. Er blieb dicht vor Montague John auf dem regenfeuchten Trottoir stehen und nahm in einer eleganten, beinahe theatralisch wirkenden Geste seinen hohen Zylinderhut vom Kopf.

„Ich ... was?", entfuhr es Montague John. Das plötzliche Auftauchen des Fremden hatte ihn einigermaßen aus der Fassung gebracht. Und der junge Anwalt, dem die unangenehme Episode mit dem eifersüchtigen Boxer vor ein paar Tagen noch deutlich spürbar in den Knochen steckte, wich jäh einen Schritt zurück. Wenig vertrauenerweckend wirkte zusätzlich ein längliches, mit Band umwickeltes Päckchen in der linken Hand des Mannes. Und er hatte beileibe keine Lust, es auf eine Auseinandersetzung ankommen zu lassen. Zumal die Chancen, dass Winslow abermals aus seiner Scheinwelt auftauchen würde, gegen null gingen. Schließlich sagte er: „Aber dafür scheinen Sie mich umso besser zu kennen."

„Wenn es Sie beruhigt – nein." Seine Stimme war ein weicher, nicht unmelodischer Bariton, sein Kopfschütteln eine kaum wahrnehmbare Bewegung. „Was uns verbindet, ist allein die Sorge um das Wohl gemeinsamer Bekannter."

Montague John starrte ihn entgeistert an. „Wen meinen Sie?"

„Haben Sie etwas Zeit?"

„Kommt darauf an", erwiderte der Barrister und blickte voller Sorge auf die verschnürte Pappröhre hinab. „Es ist spät, und ich weiß ja nicht mal, wer Sie sind."

„Oh, ich bin Walter Sickert." Er verbeugte sich huldvoll

und tief. „Aber wenn Sie wollen, können Sie mich Walter nennen."

Montague John verschränkte die Arme hinter dem Rücken. „Also schön, schießen Sie los."

„Nicht hier mitten auf der Straße." Brick Lane war menschenleer, schmutzig und still; trotzdem blickte sich Sickert wie ein scheues Reh nach rechts und links um, ehe er eine einladende Geste mit dem Zylinder vollführte und dem Anwalt die harte Krempe vor die Brust stieß. „Sie werden schon mitkommen müssen, John." Und dann hielt er leise lachend das Päckchen in die Höhe. „Auch auf die Gefahr hin, dass hier ein Messer drinsteckt."

Ungeachtet aller Einwände war Sir William nicht von seiner Theorie abzubringen. Im Gegenteil, jeder Widerspruch schien ihn mehr zu beflügeln. Affen waren doch kräftige Tiere! Natürlich waren sie dazu in der Lage, einen Menschen zu überwältigen – eine schwache Frau allemal. Und als geschickte Kletterer konnten sie sich anschließend mühelos über die Hausdächer davongemacht haben. Ganz bestimmt waren es die Affen gewesen; und wenn schon nicht mehrere, dann wenigstens einer.

Swanson rauschten bereits die Ohren. „Sie lassen allerdings ein paar wesentliche Fragen außer acht", gab er zu bedenken. „Warum, zum Beispiel, hat keine der Frauen einen Hilfeschrei ausgestoßen? Was kann das letzte Opfer bloß dazu veranlasst haben, mit dem Orang-Utan in diesen Hinterhof zu gehen? Weshalb haben wir keine Fußspuren gefunden? Und, viel interessanter noch, bei wem hat sich Ihr Ungeheuer den Umgang mit dem Messer abgeguckt?"

Der königliche Leibarzt grunzte starrsinnig und stemmte sich aus den Polstern hoch. „Sie werden schon sehen, Chief Inspector." Er durchmaß das Zimmer mit schnellen Schritten, schloss die quietschenden Türen einer bleiverglasten Büchervitrine auf und kehrte mit leuchtenden Augen an seinen Platz zurück, einen zerlesenen, in schlichtes Leinen gebundenen Band in den Händen. Die Federn ächzten, als er sich wieder hinsetzte. Begeistert sagte er: „Dies ist eine Erstausgabe. Schätzen Sie Poe?"

„Ich bevorzuge Dickens."

„Tatsächlich", sagte Sir William nun mit merklich geringer Begeisterung. Das Leuchten in seinen Augen verblasste so abrupt, als hätte es jemand ausgeblasen. „Ich wette, wenigstens die ‚Morde in der Rue Morgue' haben Sie gelesen."

„Nicht ein Wort", gab Swanson zu. Und obwohl er Genie und Wahnsinn gleichermaßen unerträglich fand und die Lektüre notorischer Trinker rundheraus ablehnte, kam er sich doch nun fast ein wenig ungebildet vor. Er würde kaum umhinkommen, dieses Versäumnis nachzuholen.

Ein duldsames kleines Lächeln huschte über Gulls fein geädertes Gesicht. „Passen Sie auf", sagte er. „Ich will Ihnen die Geschichte grob umreißen. Wollen mal sehen, ob wir nicht auf jede Ihrer Fragen eine plausible Antwort geben können." Dann klappte er das Buch auf seinem Schoß aufs Geratewohl auf, blätterte darin herum, bis er die fraglichen Seiten gefunden hatte, und klemmte den Zeigefinger dazwischen.

„Ich bin gespannt. Es ist nie zu spät, um dazuzulernen. Überraschen Sie mich."

Sir William lümmelte sich in seinen Sessel, romantische Affenjagden im Sinn. Mit gesenkter Stimme sagte er dann: „Es ist eine wahrhaft grausige Geschichte, das sage ich Ihnen gleich. Den East-End-Morden erstaunlich ähnlich. Soviel ich weiß, ist sie nicht wirklich geschehen. Und eigentlich ist es nur gut, dass Sie sie noch nicht kennen, da ich dann zunächst die Fakten schildern kann, wie sie die Polizei bei ihrem Eintreffen am Tatort vorfand.

Schauplatz ist ein kleines Stadthaus. Ein Wohnungs-
fenster im vierten Stock steht offen, und die Leiche einer
älteren Dame liegt darunter auf der Straße. Verstümmelt
und mit durchschnittener Kehle. Oben im Zimmer – im
Kaminschacht, um genau zu sein – findet man ihre Tochter; ebenfalls tot, versteht sich. Sie jedoch ist erwürgt
worden. In der Wohnung herrscht eine heillose Verwüs-
tung. Wertsachen fehlen keine, und man findet ein bluti-
ges Rasiermesser. Und nun frage ich Sie, Chief Inspector:
Was machen Sie daraus?"

„Lassen Sie mich raten", sagte er. „Ihr Affe hat es getan."

„Ein Orang-Utan, richtig." Grummelnd schlug Sir
William den Buchdeckel zu. „Was die Beantwortung
Ihrer Fragen angeht; nun ja, der Affe hatte natürlich
einen Herrn, einen Seemann, bei dem er in einem ver-
schlossenen Zimmer lebte. Und eines Tages brach er aus."

„Der Seemann?" Swanson gähnte.

„Der Orang-Utan selbstverständlich", blaffte der Leib-
arzt, „so hören Sie doch zu!" Er beugte sich vor. „Dieser
Seemann kam also nach Hause und sah, dass der Affe sein
Zimmer verlassen hatte und vor dem Spiegel stand – das
Rasiermesser seines Herrn in der Hand."

Swanson nickte schläfrig, und seine Gedanken schweif-
ten zu Herden von nackten, kahl geschorenen Affen ab,
während Sir William weitererzählte. Mit halb geschlossenen Lidern hörte er sich die traurige Geschichte bis zu
Ende an. Das arme, verängstigte Tier war davongerannt, in
die Wohnung der Frauen eingedrungen und hatte sie beide
zu rasieren versucht. Nachdem dieser Versuch dann so
kläglich gescheitert war, hatte der Affe in Panik die Flucht
ergriffen und war von seinem Seemann, der im Übrigen
alles mit angesehen hatte, eingefangen worden.

„So weit das Messer", sagte William Gull. „Der Orang-
Utan imitierte die Rasiergebärden seines Herrn. So einfach
ist das."

„Was ist mit den Fußspuren?"

„Keine."

„Ein sehr umsichtiges Tier, finden Sie nicht? Es ist demnach nicht mal ins Blut getreten?"

„Solche Tiere haben eine instinktive Abneigung gegen Blut. Nachdem der Affe begriff, was er Entsetzliches getan hatte, wird er jede Berührung mit dem Blut seiner Opfer vermieden haben."

Swanson gab sich bereitwillig damit zufrieden und bat Sir William darum, einen kurzen Blick in das Buch werfen zu dürfen. „Sie haben die Schreie verschwiegen", sagte er mit gespieltem Vorwurf in der Stimme, nachdem er eine Weile darin herumgeblättert, einige Passagen im Mittelteil gelesen und das Ende überflogen hatte.

„Das war nicht ganz fair, das gebe ich zu", sagte Gull. „Sie dürfen aber nicht vergessen, dass der Orang-Utan durchs Fenster in die Wohnung gelangte und auf diese Weise die Frauen schier zu Tode erschreckte. Ich wette, auf der Straße kann er richtig zutraulich sein, sogar possierlich wirken."

Wenn man Sir William so reden hörte, konnte man sich lebhaft ausmalen, wie die Frauen sich förmlich darum rissen, nachts auf der Straße einen Affen zu streicheln, dachte Swanson. Und bestimmt stünden sie Schlange, wenn er noch dazu ein Messer in den riesigen Pranken hielte. „Ich fürchte, wir werden das Thema ein andermal vertiefen müssen", sagte er dann nach einem raschen Blick auf seine Taschenuhr. „Es ist sehr spät geworden."

Sir William, der alles darangesetzt hatte, ihn zum Bleiben zu überreden, schob wie ein schmollendes Kind die Unterlippe vor, als sie nun in dem breiten Korridor an der Tür standen und Swanson sich verabschiedete. Unvermittelt schnippte Gull mit den Fingern. „Mir ist da grad ein großartiger Gedanke gekommen. Zufällig ist mir der Name des Kollegen bekannt, der die Tote im Hof neulich untersucht hat. Ich wette, sie hatte dicke, rötliche Haare unter den Nägeln. Was halten Sie davon, morgen Nachmittag mit mir nach Whitechapel zu fahren? Wir finden heraus, ob es zutrifft."

Swanson seufzte. „Sie kennen den Arzt, sagen Sie?" Ihm selbst war er nur aus den Berichten bekannt.

„Nun ja, nicht persönlich." Sir William schob selbstsicher die Brust vor. „Aber morgen ist Montag, und ich wette, wir werden herrlich Eindruck schinden – ein Chief Inspector vom Yard und der Leibarzt der Königin. Es ist also abgemacht? Ich werde Sie in meinem Wagen abholen. Sagen wir um zwei. Ich möchte Ihnen nicht zu viel versprechen, aber ich glaube, wir werden diese Haare finden."

Er besitzt die Gabe zu leugnen, was ist, und zu erklären, was nicht ist, dachte Swanson, als sich drei Minuten später die Türen von Brook Street hinter ihm schlossen und er in die kalte Nachtluft hinaustrat. Ein Satz, den er irgendwo aufgeschnappt hatte – er konnte sich nur nicht entsinnen wo.

Wie schmutzig grau und abstoßend das schmalbrüstige, zweigeschossige Haus in der Wentworth Street auch von der Straße her ausgeschaut haben mochte, drinnen war man von einer behaglichen Unordnung umgeben, die Montague John an die Baumhöhlen seiner Kindertage denken ließ.

An der Fensterseite des Zimmers stand eine mächtige hölzerne Staffelei. Sie war dermaßen mit Farbklecksen und -tupfen übersät, dass man die ursprüngliche Farbe des Holzgestells nur mit Mühe erahnen konnte. Bleistiftskizzen stapelten sich in Regalfächern und Schuhkartons oder lagen am Boden herum, und an den Wänden lehnend drehten einem gerahmte Bilder dutzendweise den Rücken zu.

Sickert hatte die Tür von innen verriegelt, seinen Hut und den Mantel achtlos über einen der Stühle geworfen und das ominöse Päckchen auf einen wackeligen kleinen Tisch in der Mitte des Zimmers gelegt. Jetzt kniete er mit einem Blasebalg vor dem Kamin und versuchte, das fast erloschene Feuer neu zu entfachen. Ein Aquarell, das er ohne hinzusehen vom Boden aufgeklaubt hatte, diente ihm dabei als Fidibus. Die Flammen ergriffen die frisch aufgelegten Holzscheite und züngelten bald gierig am Rost empor. „Das hätten wir", sagte Sickert und stand auf. „Legen Sie ab, John."

Montague John gehorchte. „Sie sind Maler."

„War nicht schwer zu erraten, was?" Strahlend breitete er die Arme aus. „Ich gebe zu, es ist nicht unbedingt mein schönstes Atelier, aber es ist billig, und es war das nächstgelegene."

„Das Bild, das Sie eben verbrannt haben ..." Der junge Anwalt hielt nichts von Zerstörung.

„Hm, wahrscheinlich ein Frühwerk." Sickert zuckte gleichgültig die Achseln. „Oder die grässliche Kopie einer grässlichen Kopie." Der Maler wanderte durch das Zimmer zum Tisch und wickelte schweigend das mitgebrachte Pappröhrchen aus. Es waren Pinsel darin, und er sortierte sie der Größe nach in drei eingestaubte Alegläser. Dann wandte er dem Anwalt sein scharfkantiges Künstlergesicht zu. „Wie wäre es mit Tee?"

„Wie wäre es mit ein paar erklärenden Worten?"

„Es geht natürlich um Marie." Der Name blieb wie eine Seifenblase im Raum schweben, als Sickert daraufhin einen mottenzerfressenen Vorhang teilte und ins Hinterzimmer stürzte, wo er mit dem Teegeschirr schepperte. Sekunden später steckte er den Kopf ins Atelier. „Sie sollten sich von ihr fernhalten."

Plopp! Die Seifenblase zerplatzte.

In geschickter Routine teilte Sickert die Tassen aus.

„Nehmen Sie Ihren Stuhl und kommen Sie her." Er ruderte mit den Armen wie ein Verkehrspolizist. „Mögen Sie Cachous?"

Montague John warf einen verachtenden Blick auf das schmierige Schälchen mit den Lutschpastillen und sah erschüttert dabei zu, wie der Künstler den Staub aus den angeschlagenen Tassen blies, ehe er den Tee ausschenkte. „Sie sind bereits der Zweite, aus dessen Mund ich diese verheißungsvollen Worte zu hören bekomme."

„Barnett war gröber neulich, nehme ich an."

„Barnett?" Der Barrister fragte sich, was zum Teufel der Reverend damit zu tun hatte.

„Der alte Joseph. Maries Ex-Liebhaber. Er soll Sie ganz schön in die Mangel genommen haben. Übler Bursche. Verbrechernatur, wenn Sie mich fragen. Sie hätte wirklich was Besseres verdient."

„Und dafür haben Sie mich hierhergeschleift?" Montague John hielt prüfend die Nase über den Tee, denn gerade Künstler konnten in ihrer Eifersucht sehr kreativ sein. „Um mir zu sagen, ich soll meine Finger von dem Mädchen lassen?"

„Vielleicht wollte ich Ihnen Gelegenheit geben, Ihre Haut zu retten", murmelte Sickert. Die Augen zu dünnen Strichen zusammengekniffen, lugte er abwartend über den Rand seiner Tasse. Als der Anwalt nichts darauf erwiderte, sagte er: „Sie ist schwanger."

„Sie erwartet ein Kind?" Montague John, desillusioniert und bekümmert, begriff nicht, was das eine mit dem anderen zu tun hatte. „Von Ihnen?"

„Himmel, nein! Ich bin verheiratet. Ziemlich glücklich sogar, wenn ich darüber nachdenke. Und was das Kind angeht, John – das wird sie nicht bekommen."

„Sie will es abtreiben lassen? Aber das ist lebensgefährlich!"

„Nein, John." Sickerts Miene verdüsterte sich. „Marie

will es um jeden Preis austragen. Und nur *das* ist lebensgefährlich für sie."

„Tut mir leid, ich kann Ihnen nicht folgen." Montague John ließ hilflos die Arme baumeln. „Ist sie etwa krank?" Hier saß er, im Haus eines Künstlers, von dem er und die Welt bislang noch nichts gehört hatten, und kam sich reichlich unbedarft vor. Amor schien, was ihn betraf, nur jede Menge Giftpfeile aus seinem Köcher zu ziehen. Dass Marie oder Mary, oder wie auch immer sie heißen mochte, eines anderen Mannes Kinder gebären würde, hatte Montague, mehr als alle Drohungen des Boxers, eines klargemacht: Es war an der Zeit, den Rückzug anzutreten. „Ich danke Ihnen, Walter. Ich bin schrecklich dumm gewesen. Sie haben mir die Augen geöffnet." Montague John schob die Tasse von sich und stand auf.

„Sitzen geblieben!", rief Sickert. Er streckte die Hand aus und drückte den Anwalt auf den Stuhl zurück. „Wie können Sie jetzt abhauen? Was sind Sie bloß für ein Waschlappen, John? Und ich hatte Sie für einen *Mann* gehalten." Empört warf er den Kopf hin und her.

„Ich weiß nicht, was Sie von mir wollen, aber eines habe ich begriffen ..."

„Nichts haben Sie begriffen! Gar nichts!", polterte der Maler dazwischen. „Und trinken Sie gefälligst diesen Tee da aus. Ich habe schließlich nichts zu verschenken."

„Hören Sie ..."

„Nein, zum Teufel, jetzt werden Sie mir zuhören!" Der Stuhl kippte nach hinten um, als Sickert aufsprang. Wie ein kopfloser Hahn rannte er fahrig von einer Seite des Ateliers zur anderen. Vor dem Fenster blieb er schließlich stehen. Mit ruckartigen Bewegungen krempelte er die Ärmel auf, während er in die Nacht hinausstarrte. Die Haare wirr in die Stirn gefallen, ruckte sein Kopf plötzlich herum. „Sie müssen Marie hier wegbringen, sie heiraten von mir aus."

Sie heiraten? Jetzt war er übergeschnappt, dachte der Barrister, war wie alle großen Künstler über den schmalen Grat gestolpert. Dieser verrückte Holländer van Gogh hatte sich sogar die Ohren abgeschnitten. Aber der war ja auch Einsiedler gewesen, kein Mensch hatte sich in seiner Nähe befunden. „Ich soll mich von ihr fernhalten, wenn mir mein Leben lieb ist. Sagten Sie das nicht?" Er stand ebenfalls auf, wobei er Sickert nicht aus den Augen ließ und zu dem Schemel zurückwich, auf welchem sein Mantel lag.

„Ach was, ich hatte gehofft, Sie seien eine Kämpfernatur." Mit beiden Händen stieß sich der Maler vom Fensterrahmen ab. „Bedeutet das Mädchen Ihnen denn so verdammt wenig, John?"

„Was zählt das schon?", fragte er verbittert und sackte, nun vollends verwirrt, auf den Schemel beim Kamin. „Sie erwartet ein Kind von diesem Schläger."

„Joseph Barnett gehört der Vergangenheit an. Er ist nicht der Vater." Mit großen energischen Schritten kam Sickert auf den Barrister zu und ging vor ihm in die Knie. „Sie müssen Marie helfen, sonst ..."

„Sonst was?"

„Sie wird sterben, John. Wegen des Kindes. Der Ruf des Vaters steht auf dem Spiel." Den Kopf gesenkt, schien er die Ritzen im Fußboden zu studieren. „Sie ist ein Risiko für diese Leute. Und sie werden sie umbringen, nur um einen Skandal zu vermeiden."

„Und wer sind diese Leute? Wessen Ruf steht auf dem Spiel? Der eines Geistlichen vielleicht?" Letzteres würde für einen handfesten Skandal genügen, überlegte er. Aber langte es auch für einen Mord? Schließlich lebten sie nicht mehr im Mittelalter. „Steckt etwa die Kirche dahinter?"

„Würde es sich lediglich um einen verfluchten Pfaffen handeln, hätten wir das Problem nicht", entgegnete

Sickert. „Darüber hinaus kann es mich den Kopf kosten, wenn herauskommt, dass ich Namen genannt habe."

„Solange Sie jedenfalls weiter um den heißen Brei herumreden, weiß ich wirklich nicht, was *ich* damit zu schaffen habe. Wenn Sie wissen, was passieren wird, warum gehen Sie dann nicht zur Polizei?"

Der Künstler stieß einen leisen Lacher aus. „Seien Sie nicht dumm. Denen gehört die Polizei, Sie Ärmster." Sickert hielt das ungerahmte Bild einer gesichtslosen Frau in Händen, das er gedankenverloren betrachtete. „Ein Fingerschnippen genügt, und Marie ist tot."

„Hören Sie endlich auf, in Rätseln zu sprechen", sagte Montague John so ruhig wie möglich, obgleich ihn das Gefühl der Hilflosigkeit fast überwältigte. Er schätzte Sickerts offensichtliche Vorliebe für Dramatik nicht besonders; sie machte ihm Angst. „Kommen Sie auf den Punkt. Wer ist der Vater des Kindes?"

Der Maler nuschelte irgendetwas von schmutzigen Kragen oder Manschetten. Und indem er sich umwandte, sagte er: „Sie ist von Albert Victor schwanger." Das Bild entglitt seinen Fingern und flatterte zu Boden. „Dem Enkel der Königin."

Swanson hatte sich zum Gordon Square fahren lassen. Auch wenn er für gewöhnlich nichts davon hielt, Amateure in die Polizeiarbeit einzubinden, würde er diesmal kaum umhinkommen, es zu tun. Er brauchte jemanden, den die Kollegen vor Ort nicht kannten und der über drei Dinge verfügte: einen klaren Verstand, detektivischen Spürsinn und ein Allerweltsgesicht.

Frederick Greenland lag ausgestreckt auf der Couch im Salon und döste vor sich hin, als Morton Donald Swanson ins Zimmer führte. Der schloss leise die Tür und sank in den bequemen Ohrensessel am Kamin. „Guten Abend, Mr Greenland."

„Chief Inspector!" Frederick setzte sich hocherfreut auf und gähnte. „Wie spät ist es?"

„Beinahe ein Uhr. Es tut mir leid, Sie zu so später Stunde noch zu behelligen ..."

„Papperlapapp! Ich bin doch froh über jede Abwechslung." Er rieb sich die Augen.

„Ich hätte Sie gern früher aufgesucht, aber ich kam heute Abend der Einladung Sir William Gulls nach. Der alte Knabe wollte mich einfach nicht gehen lassen." Swanson fuhr sich mit der Hand über das Gesicht. „Er hat mir eine schaurige kleine Geschichte über den Mord an zwei französischen Damen erzählt. Gull scheint allen Ernstes zu glauben, dass es sich bei dem Whitechapel-Mörder um einen Orang-Utan handelt."

„Die Morde in der Rue Morgue?" Frederick lachte, und Swanson nickte. „Ich fürchte, er will Sie auf den Arm nehmen, Chief Inspector."

„Da bin ich mir noch nicht so sicher. Morgen werden Dr. Gull und ich jedenfalls nach Whitechapel fahren und den zuständigen Polizeiarzt befragen." Er grinste amüsiert. „Und wir werden nach roten Haaren suchen."

„Sie glauben diesen Unsinn doch nicht etwa?"

„Nicht ein Wort, Mr Greenland. Aber es gibt da dieses unangenehme Gerücht, der Mörder sei Arzt, und ich möchte mal sehen, was dahintersteckt."

„Kann ich Sie begleiten?"

„Ich fürchte, das geht nicht", sagte Swanson und beugte sich über die Sessellehne. „Aber Sie könnten mir vielleicht einen kleinen Gefallen erweisen."

„Selbstverständlich." Frederick war gleich Feuer und Flamme. „Darf ich ein bisschen Detektiv spielen?"

Swanson nickte. „Ich erhielt heute ein Telegramm von Mr Druitt. Er hat Winslow in Whitechapel ausfindig gemacht. Aber offenbar hat er ihn gleich wieder verloren."

„Winslow ist in Whitechapel? Der Mann ist wohl unverbesserlich. Was soll ich tun?"

„Lassen Sie sich von Ihrem Butler ein paar Ihrer abgetragensten Kleider geben. Einen alten Mantel, möglichst geflickt und mit durchgescheuerten Ärmeln, und das älteste Paar Hosen, das er finden kann."

„Ich weiß gar nicht, ob ich solche Dinge besitze."

„Wenn nicht, soll er sie irgendwo auftreiben. Ich werde Ihnen dann morgen, ehe ich ins East End fahre, sagen, wo wir uns später damit treffen. Würden Sie das für mich tun?"

„Selbstverständlich. Ich langweile mich hier zu Tode." Er runzelte die Stirn. „Was ist mit Schuhen? Brauchen Sie die auch?"

„Oh, ja, natürlich. Wenn irgend möglich, sollten sie Gummisohlen haben und ziemlich abgewetzt sein. Aber stellen Sie sicher, dass Morton ihnen nicht mit Wichse und Bürste zu Leibe rückt." Swanson erhob sich mit einem tiefen Seufzer, ging zur Tür und blieb dort stehen. „Und achten Sie bitte darauf, dass Ihnen die Sachen auch einigermaßen passen."

Das Princess Alice an der Ecke Commercial und Wentworth Street trug seinen Namen zweifellos zu Recht; der Krach stampfender Füße, das asthmatische Schnaufen und Stöhnen unter einigen Tischen und die rauchgeschwängerte Luft erinnerten an einen Kesselraum mit zur Höchstleistung angetriebenen Dampfturbinen. Die Mehrzahl der Gäste schwankte durch die überfüllte Schänke, als bögen sich die Dielenbretter unter dem erbarmungslosen Druck hereinsprudelnder Wassermassen. Der Unterschied zu dem Unglücksdampfer gleichen Namens bestand einzig und allein darin, dass man hier nicht an brackigem Themsewasser, sondern an schalem Lager und Gin ertrank.

Der Mann, der einmal Forbes Winslow gewesen war, verscheuchte das bis zum Schritt entblößte Bein einer alternden Matrone, welches sich eben um seine Hüften geschlungen hatte, mit einem kräftigen Schlag auf ihren Schenkel, und die Dame suchte unter Flüchen und Verwünschungen das Weite. Mickeldy Joe saß an einem Tisch, ein Glas Bier und einen aufgeklappten Notizblock vor sich, und beobachtete die Türen.

Winslow hatte es aus mehreren Gründen für nötig befunden, sich einen falschen Namen zuzulegen; einer davon war sicherlich sein Bekanntheitsgrad gewesen. Er nahm zwar nicht an, dass der Durchschnitts-Cockney genügend Verstand besaß, um mit den Schriften eines Forbes Winslow vertraut zu sein, aber sein Name war in die Presse gelangt, und er hatte zu seiner Überraschung herausgefunden, dass sogar im Schatten von Bow Bells ab und an Zeitung gelesen wurde. In der Hauptsache allerdings war es Winslows neu erwachte Liebe zu Gesellschaftsstudien, die für die unbedeutende Namensänderung verantwortlich zeichnete. Er hatte die Identität des angesehenen West-End-Doktors für eine begrenzte Zeitspanne abgelegt und war in die Haut eines gänzlich anderen geschlüpft. Mickeldy Joe, der Gossendetektiv – eine Rolle, die er außerordentlich gut spielte, wie er fand. Die Historie war festgelegt – die traurige Kindheit, die nassen Küsse der Tanten, der Aufstieg, der Fall. Und an jeder Nuance seines neuen Charakters hatte er so lange gefeilt, bis er sich selbst nicht wiedererkannte. Das „Jekyll & Hyde"-Motiv faszinierte ihn in zunehmendem Maße, und mit diesem Fantasiegebilde hatte er das in die Tat umgesetzt, wovon Stevenson geträumt haben mochte; er hatte sich ein zweites Ich erschaffen.

Darüber hinaus hatte Winslow heute Morgen erst gelesen, dass der unheimliche Mörder – zumindest was die Tat von Hanbury Street betraf – angeblich außerordentliches chirurgisches Geschick bewiesen hätte. Lediglich ein Gerücht, aber immerhin eines, das die Annahme einer neuen Identität zu rechtfertigen schien.

Er rückte den Verband über seiner Nase zurecht und sah auf die Uhr. Pizer ließ auf sich warten; das gefiel ihm gar nicht. Seit einer halben Stunde war er überfällig, obwohl Mickeldy Joe ihm eingeschärft hatte, er solle diesmal pünktlich sein. Was, wenn die Polypen ihn sich geschnappt hatten? Pizer wurde schließlich als „Lederschürze" gesucht, und die Coppers standen jetzt an jeder Straßenecke herum.

Die Tür schwang auf. Aber es war nur ein armer Teufel auf Krücken. Von Jack Pizer keine Spur. Die zerlumpte, dürre Gestalt sah unsicher und schüchtern in die Runde, humpelte, sich ständig entschuldigend, an drängelnden Arbeitern vorbei zur Theke und lehnte die Gehhilfen dagegen.

Mickeldy Joe zog ein trockenes Stück Brot aus dem Beutel, in dem sich seine wenigen irdischen Güter befanden. Er war auch ein Freund der Kranken. „Hier, Kumpel!", rief er und warf es dem Mann zu. „Kannst was gebrauchen."

Der Angesprochene fing das krümelige Ding mit beiden Händen auf. Ein verlegenes Kopfnicken, und das Brot verschwand in der Tasche seines Mantels, als er sich wieder zum Tresen umdrehte.

„Ging nich schneller, Mickeldy Joe." Es war Pizer – endlich! Er plumpste auf den Stuhl und beugte sich weit über den Tisch.

„Wo ist die Frau?"

„Konnt die nich auftreiben, wirklich nich." Schafsmäßig wackelte er mit dem bärtigen Kopf. „War überall gewesen, war ich."

„Hör zu, Lederschürze!" Mickeldy Joes Faust fuhr auf die Tischplatte nieder. Das Bierglas hüpfte. „Du hast mein

Geld gekriegt, nicht? Du hast gesagt, du bringst sie her, diese Frau, die den Messerstecher angeblich kennt. Hast du das gesagt?"

Pizer zog den Kopf zwischen die Schulterblätter. „Nich den Spitznamen mehr sagen, bitte", flüsterte er. „Muss doch vorsichtig sein, muss ich jetzt. Wo alle sagen, Schuhmacher sei der. Und die sagen das von der Schürze im Hof."

„Ach, Unfug! Kein Mensch interessiert sich mehr für deinen Spitznamen. Die schreiben doch jetzt, er sei ein richtiger Arzt." Winslow kicherte verhalten. Dann fragte er: „Diese Frau, hat sie sich verkrochen, oder was?"

„War auf Flower & Dean gewesen, wo die sich rumtreibt sonst", sagte Pizer. „Die wär zum Pflücken weg, ham die gesagt."

„Zum Pflücken?"

„In Kent. Was alle machen. Pflücken den Hopfen da. Weißt schon. Um Geld zu verdienen."

Mickeldy Joe nickte. „Wie lange bleibt sie weg?"

Pizer verdrehte angestrengt die Augen und zählte seine Finger. „Was um den Achtundzwanzigsten käm die wieder."

„Wie heißt sie?"

„Catharine Eddowes meist. Nennt sich aber Kelly manchmal auch."

„Weißt du, wo sie schläft?"

„Immer Flower & Dean."

„Und die Hausnummer?"

„Da, wo ich die Leute gefragt hab nach ihr." Er beugte sich noch weiter zu Mickeldy Joe hinüber. „In der Nummer fünfundfünfzig." Ein silberner Shilling rollte auf Pizers behaarte Hände zu und kam zwischen ihnen zu liegen.

„Morgen, selbe Zeit", sagte der Gossendetektiv und entfernte sich.

Constable Phelps sah den Mann, der die Frechheit besessen hatte, ihm vor aller Augen das Brot zuzuwerfen, das
Pub verlassen.

Da Abberline ihn die ganze Zeit über wie Luft behan-
delte, hatte Phelps sich schließlich frustriert eine Handvoll
Dreck ins Gesicht geschmiert, sich einen alten Mantel und
Pearces Gehhilfen geschnappt und war auf eigene Faust
losgezogen, um sich in den Pubs ein bisschen unter die
Leute zu mischen.

Man hätte es Schicksal, Karma oder Fügung nennen
können, dass er überhaupt Fetzen ihres Gespräches
mitbekommen hatte; er selbst bezeichnete es als Glück –
das Glück eines ausgezeichneten Polizisten eben. Er war
einfach zur rechten Zeit am rechten Ort gewesen.

Und als der zweite Mann aufstand und zur Tür hinaus-
schlurfte, ließ Phelps sein halb volles Glas stehen, schob
sich die Krücken unter die Achseln und folgte „Lederschürze" hinaus in die Nacht.

KAPITEL 7

Rauch stieg an dem folgenden, ausgesprochen kühlen Spätsommertag aus dem Schornstein des Hauses Nummer zwei am Spital Square auf und wehte über die Dächer davon. Der Himmel war tiefblau und wolkenlos, die Luft klar und erfüllt von den Vorboten des ersten Frostes.

Swanson und Sir William Gull fanden die Praxis um drei Uhr nachmittags geschlossen, die Vorhänge zugezogen und George Bagster Phillips ausgestreckt auf dem Sofa liegend vor, als ein schmächtiges, strumpfloses Hausmädchen mit zerzausten Haaren und erstaunlich gesunder Gesichtsfarbe sie einließ und in die Privaträume des Polizeiarztes führte.

„Der Leibarzt der Königin, so, so", bemerkte Dr. Phillips, nachdem man sich miteinander bekannt gemacht und er seinen Bartschoner abgenommen hatte. Mitleidig sah er in Swansons chronisch übermüdete Augen. „Seltene Erkrankung des Hypothalamus, wie? Leiden Sie mitunter an Sehstörungen, mein Freund?"

„Leider nicht, Dr. Phillips", sagte Swanson. Aber er war zu sehr Gentleman, um ihn auf das Paar Damenstrümpfe hinzuweisen, das schamlos über der Sofalehne hing.

„Wie kann ich Ihnen helfen, Gentlemen?"

„Wir sind wegen dieser East-End-Morde hier", sagte Swanson. „Soviel ich weiß, haben Sie die Leiche untersucht."

„Nur die letzte; im Hof von Richardsons. Eine gewisse Annie Chapman." Phillips blickte besorgt von einem zum anderen. „Gab es Grund zur Beanstandung?"

„Oh nein, wo denken Sie hin", sagte Swanson mit einem entwaffnenden Lächeln. „Allein medizinisches Interesse, nichts weiter. Ich habe Ihren Bericht natürlich ausgiebig studiert. Sir William äußerte jedoch die Vermutung, dass gewisse Details eventuell nicht aufgezeichnet wurden.

Möglicherweise, weil sie Ihnen auf den ersten Blick unbedeutend vorkamen, da sie nichts mit den eigentlichen Verletzungen zu tun hatten."

„So nehmen Sie doch bitte Platz." Dr. Phillips nickte und wies auf zwei Stühle. Dann machte er einen Satz auf die Zimmertür zu und rief auf den Flur hinaus: „Julia! Tee und Muffins für drei!" Er horchte vergebens in die dumpfe Stille des Korridors, wartete auf eine Antwort, die ausblieb.

Swanson hatte unterdessen ein unverkennbares Stück Damenspitzen vom Stuhl geschnippt und sich gesetzt. „Lassen Sie nur, Dr. Phillips. Wir wollen nicht lange stören."

„Sind einfach nicht mehr, was sie mal waren, die Mädchen", klagte der Polizeiarzt. Er zog die Tür zu und kuschelte sich in die Sofaecke. „Eine Frage von Strenge und Disziplin. Kommt davon, wenn man sie nicht hart genug rannimmt." In Phillips' Augen trat ein verträumtes Glitzern. Er hüstelte. „Die Chapman-Mordsache also. Nein, ich denke nicht, dass ich Ihnen bedeutende Details vorenthalten habe."

Vorgebeugt und die Hände auf die Knie gestützt fragte Swanson: „Können Sie uns sagen, ob die Fingernägel untersucht wurden?"

„Selbstverständlich. Sogar die Nägel der Zehen. Wieso?"

„Ich bin der Ansicht, es könnten sich eventuell Haare darunter befunden haben", erklärte Sir William.

„Haare?"

„Rote", sagte Sir William und nickte.

„Partikel vom Haar ihres Mörders, Dr. Phillips", erklärte Swanson. „Die arme Frau wird sich zur Wehr gesetzt haben. Und wenn es zu einem Kampf auf Leben und Tod gekommen ist, hat sie ihrem Mörder unter Umständen welche ausgerissen."

„Es hat aber keinen Kampf gegeben", versicherte Phillips. „Und ebenso wenig haben wir Haare unter den

Nägeln gefunden. Im Gegenteil, Gentlemen, für eine Person dieser Profession waren sie erstaunlich sauber. Der Mörder muss sie überrascht haben. Keine Kampfspuren, keine Hilferufe. Er selbst hat vermutlich nicht mal einen Kratzer davongetragen. Aber wie kommen Sie darauf, dass es sich um einen Rothaarigen handeln könnte? Sie denken doch nicht etwa an einen gezielten Schlag der Fenier?"

„Die verfluchten Iren." Sir William nickte hastig und räusperte sich. „Ja, ja, genau daran dachte ich. Es gibt wohl keine Scheußlichkeit, die denen blutig genug wäre."

„Die Taten eines tollwütigen Affen könnten kaum schlimmer sein", sagte Swanson mit einem Lächeln und handelte sich einen giftigen Seitenblick vom Leibarzt der Königin ein.

„Affen, Fenier, was macht das schon für einen Unterschied?" Phillips lachte. Dann trat ein nachdenklicher Ausdruck in sein Gesicht. „Das würde sogar die merkwürdige Sache mit dem Kamm und den Münzen erklären."

„Die Gegenstände, die man zu Füßen der Leiche fand, meinen Sie?"

„Ganz recht, Chief Inspector. Wenn es stimmt, und die Fenier die Finger im Spiel haben, sehe ich endlich einen Sinn darin. Möglicherweise beabsichtigten sie zu demonstrieren, unter welch erbärmlichen Umständen das gemeine Volk unter englischer Regentschaft sein Leben fristet. Denn mehr als das Zeug, das sie am Leib trug, und die paar Dinge aus ihren Taschen, besaß die Tote schließlich nicht."

Swanson rieb sich die Stirn. Er bezweifelte sehr, dass die Iren jemals etwas anderes als Sprengstoff benutzen würden. Die Vorstellung von einem Fenier, der Hand an so schwache Geschöpfe wie East-End-Prostituierte legte, hielt er für ebenso abwegig wie Sir Williams Orang-Utan.

„Aber wenn Sie meine ehrliche Meinung darüber hören möchten", fuhr Phillips fort, „muss ich Ihnen sagen, dass allein die Tatzeit schon dagegenspricht. Die Iren sind vorsichtig. Sie gehen keine unnötigen Risiken ein. Und dieser Mord war ein einziges großes Risiko. Sehen Sie, der Hinterhof ist eine in sich abgeschlossene Parzelle, und es gibt nur eine Möglichkeit, hinein- und wieder herauszugelangen – den Flur, der durch das Haus zur Straße führt. Hätte jemand zwischen halb sechs und sechs den Hof betreten, wäre der Mörder auf frischer Tat ertappt und ihm die einzige Fluchtmöglichkeit abgeschnitten worden. Ihm hätten schon plötzlich Flügel wachsen müssen, um zu entkommen."

„Wenn ein Fallrohr und eine Regenrinne vorhanden waren", warf Sir William ein, „ist er vielleicht über das Dach geflohen."

„Nun, gut möglich, Dr. Gull. Aber er müsste schon sehr kräftig und ein geübter Kletterer sein, um das zu bewerkstelligen", meinte Phillips.

„Hab ich es doch gewusst!" Der Leibarzt der Königin schnippte mit den Fingern und grinste breit und zufrieden. „Also doch ein Affe!"

Dr. Bagster Phillips starrte ihn verständnislos an, und Swanson beeilte sich, das Thema zu wechseln. „Wenn ich mich recht erinnere, haben Sie der Presse gegenüber erwähnt, dieser Mord weise gewisse Anzeichen chirurgischen Geschickes auf, Doktor."

Phillips rutschte unbehaglich auf dem Sofa herum. „Nun, ja, ich erwähnte es wohl einmal in Gegenwart eines Reporters vom Star."

„Das hat für einige unschöne Gerüchte gesorgt", sagte Swanson und zog die Augenbrauen hoch. „In dem Bericht, den Sie für die Polizei angefertigt haben, konnte ich nichts darüber finden. Warum haben Sie uns Ihren Verdacht verschwiegen?"

„Aber das habe ich ja gar nicht. Ich sprach gleich mit Mr Abberline darüber. Allerdings wies er mich recht deutlich in die Schranken. Er gab mir unmissverständlich zu verstehen, dass es nicht meine Aufgabe sei, Schlüsse aus den Befunden zu ziehen. Er war nur an den Fakten interessiert."

„Verstehe." Swanson nickte. „Und welcher Art waren diese Anzeichen?"

„Nun, es gibt da gewisse Dinge, die – meiner Meinung nach – sehr deutlich darauf hinweisen." Phillips schaute zur Zimmertür, um sich zu vergewissern, dass sie verschlossen war. Dann zog er die Schublade eines kleinen, neben dem Sofa stehenden Schreibpultes auf und entnahm ihr einen dünnen Stapel zusammengehefteter Papiere, die er sich auf den Schoß legte. „Ich will Ihnen gegenüber ganz offen sein, Gentlemen. Der Gedanke, der Killer könne einer von uns sein, sogar den Hippokratischen Eid abgelegt haben, behagt mir natürlich ganz und gar nicht. Und vielleicht haben Sie ja eine Erklärung für all das, was er dieser Frau angetan hat, Sir William. Ich habe wieder und wieder über den besonderen Grund nachgedacht. Denn ich bin sicher, er *hatte* einen besonderen Grund für seine Tat."

„Ist das der Obduktionsbericht?", fragte William Gull.

Der Polizeiarzt nickte und schlug die erste Seite um. „Folgende Verstümmelungen wurden post mortem vorgenommen und dienen nicht der Feststellung der Todesursache", las er mit monotoner Stimme vor. „Der Unterleib war völlig geöffnet worden; die Eingeweide waren aus der Bauchfalte herausgetrennt, aus dem Bauch herausgehoben und auf die Schulter der Leiche gelegt worden, während aus dem Becken der Uterus und seine Anhänge mit dem oberen Teil der Vagina und den hinteren zwei Dritteln der Blase völlig entfernt worden waren. Von diesen Organen ließ sich keine Spur finden. Nun kommt, was mich stutzig macht: Die Schnitte waren allesamt sauber geführt, vermieden den Mastdarm und trennten die Vagina tief genug, um den Muttermund nicht zu verletzen. Offensichtlich handelt es sich hierbei um das Werk eines Experten – wenigstens aber um das einer Person, die genügend anatomische und pathologische Kenntnisse besitzt, um die Organe des Beckens mit einer Bewegung des Messers sicherzustellen." Phillips legte den Bericht auf den Tisch.

Großer Gott, dachte Swanson. Das war ja entsetzlich. Was, wenn Abberline doch richtig gelegen hatte und es falsch gewesen war, Dr. Winslow gehen zu lassen? Er musste unbedingt mit Druitt sprechen.

„Kein Mediziner würde solche Schnitte vornehmen", empörte sich Sir William lautstark. „Sie sind vollkommen sinnlos. Es muss Zufall gewesen sein, dass er die umliegenden Organe nicht verletzt hat."

„Ich wünschte, ich könnte Ihnen zustimmen, Dr. Gull", sagte der Polizeiarzt. „Aber nachdem ich die Verletzungen eingehend untersucht hatte, musste ich zu diesem Schluss gelangen. Was jedoch nicht unbedingt bedeutet, dass unser Mann zwangsläufig ausgebildeter Arzt ist. Es kann sich genauso gut um eine Person handeln, die ein, zwei Semester Medizin studiert und dann abgebrochen hat. Selbst der Sohn eines Arztes käme in Betracht, oder irgendein Leichenwäscher; die sind häufig genug bei Obduktionen zugegen. Wer weiß, am Ende stellt sich noch heraus, es ist eine Hebamme gewesen."

„Ich bitte Sie!" Sir William schüttelte entrüstet den Kopf. Sein Doppelkinn erbebte und sein Zeigefinger schoss mahnend empor. „Ich sage Ihnen: Keine Frau wäre eines so abscheulichen Verbrechens fähig."

„Dafür würde ich meine Hand nicht ins Feuer legen." Dr. Phillips' Blick fiel wieder auf die geschlossene Tür. Doch diesmal lächelte er. „Ich schätze, Sie kennen die Frauen nicht."

„Was für eine Waffe wurde benutzt?", fragte Swanson in das leise Grummeln William Gulls hinein.

„Eine, deren Klinge mindestens fünf oder sechs Inches misst. Nach Länge und Tiefe der Schnitte würde ich auf ein Amputationsmesser tippen."

„Wie lange hat er gebraucht, um sie dermaßen zu verstümmeln? Was schätzen Sie, Dr. Phillips? Länger als eine halbe Stunde?"

„Schwer zu sagen, Chief Inspector." Der Polizeiarzt blies die Wangen auf. „Er wird sich beeilt haben. Sie war höchstens eine Stunde tot, als ich sie untersuchte."

„Eine Leiche kühlt rapide aus, wenn der Korpus geöffnet ist und die Organe freiliegen", gab Sir William zu bedenken.

„Ihre Sachkenntnis in Ehren, Dr. Gull", entgegnete Phillips kühl, „aber Sie dürfen beruhigt davon ausgehen, dass solcherlei Umstände bei meiner Untersuchung Berücksichtigung gefunden haben. Ganz davon abgesehen untermauern die Zeugenaussagen meine Ergebnisse voll und ganz."

„Zeugenaussagen?", wiederholte der Leibarzt der Königin überrascht. „Ich wusste nicht, dass es überhaupt einen Zeugen gab."

„Für die Zeit vor und nach der Tat schon. Einer der Hausbewohner, ein Mr Richardson, hielt sich um vier Uhr fünfundvierzig kurz im Hof auf, ehe er sich auf den Weg zur Arbeit machte, und da lag die Leiche noch nicht dort, wie er versicherte. Und sogar für den Mord selbst gibt es einen Zeugen; nur einen Ohrenzeugen allerdings. Ein Zimmermann, der im Nachbarhaus wohnt, soviel ich weiß. An seinen Namen erinnere ich mich nicht. Jedenfalls suchte er gegen zwanzig nach fünf das Klosett im Hof auf, und als er an dem Holzzaun vorüberkam, der die beiden Grundstücke voneinander trennt, will er die Geräusche eines Handgemenges auf der anderen Seite vernommen haben. Er sagte aus, er habe, als er eben wieder ins Haus zurückgehen wollte, eine Frau ,Nein, nein' sagen hören, und anschließend einen Laut, als ob jemand schwer gegen den Zaun gefallen wäre. Jammerschade, dass diese Leute so abgestumpft sind und sich für nichts mehr interessieren. Er kehrte einfach in seine Wohnung zurück, als sei nichts geschehen." Dr. Phillips zog mit einem schiefen, unglücklichen Lächeln die Schultern hoch. „Nun, wenn man den Zeitpunkt des Todes also zwischen fünf Uhr fünfundzwanzig und fünf Uhr dreißig festmacht, bleiben – bis zur Entdeckung der Leiche um sechs – noch gut dreißig Minuten. In dieser Zeit kann man es durchaus schaffen, die Organe zu entnehmen. Ich behaupte: Ein erfahrener Chirurg hätte mindestens eine Viertelstunde dafür benötigt. Bei einer vorsichtigen Entnahme – im Zuge einer Obduktion beispielsweise – würde man wohl den größten Teil einer Stunde dazu brauchen." Kraftlos ließ er sich in die Polster des Sofas zurücksinken.

„Um sechs dürfte es bereits taghell gewesen sein", sagte Swanson. „Kaum vorstellbar, dass er nach dem Mord einfach so davonspazieren konnte. Irgendjemand muss ihn doch gesehen haben, als er den Hof verließ."

„Ich persönlich bin der festen Überzeugung, *dass* er beobachtet wurde", sagte Phillips. „Um diese Zeit herrscht auf den Straßen bereits ein ziemlicher Betrieb; da sind die Arbeiter auf dem Weg zum Blumenmarkt, dann die Händler mit ihren Karren. Und die Zeitungsjungen ..." Er seufzte schwer und strich sich über die glänzende Haut seiner wachsenden Stirn, den Blick auf einen Punkt irgendwo jenseits der geschlossenen Tür gerichtet.

„Wer weiß, Dr. Phillips", meinte Swanson und stand auf. „Vielleicht liegt ja in der Frage, *warum* der Mörder niemandem aufgefallen ist, sogar der Schlüssel zu dem Rätsel."

Reverend Samuel Augustus Barnett drapierte die Blumen in den hohen, schmucklosen Vasen, die in der Mitte des

Hauptaltars auf gestärkten weißen Deckchen standen, als Montague John unvermittelt neben ihn trat und ihn ansprach. „Haben Sie schon gehört, Reverend? Sie haben ihn gefasst!"

„Herrgott! Das darf doch nicht wahr sein!", entfuhr es Barnett, der erschrocken zusammengezuckt war und sich nun kurz stirnrunzelnd umwandte.

Der junge Anwalt sah ihn einigermaßen fassungslos an.

„Ich meine natürlich: großartig! Gefasst, sagen Sie?" Die mittlere der drei Vasen war umgefallen und ihr Inhalt hatte sich über den Altar ergossen. „Wie ungeschickt von mir! Hetty wird außer sich sein, wenn sie das sieht." Barnett schüttelte den Kopf, stellte mit einem Seufzer die Kanne ab und platschte mit den Händen fahrig auf den durchnässten Decken herum. „Wer hat wen gefasst, mein Junge?"

Montague ließ die Arme baumeln. „Scotland Yard hat den Frauenmörder geschnappt", sagte er.

„Den ..." Der Reverend sah überrascht aus. Ganz in Gedanken trocknete er sich die Hände an einem Zipfel des Deckchens ab.

„Ja, gestern am Abend bereits. Das Mädchen von Mr Biggs, dem Metzger, hat es mir eben erzählt. Sie haben ihn aufs Revier in der Leman Street gebracht."

„Armer alter Biggs", sagte Barnett mit zusammengekniffenen Lippen. „Und dabei sah er so hilflos aus; wo er doch nur noch einen Arm hatte. Wer hätte das gedacht? Man kann den Leuten eben nur vor den Kopf gucken."

„O, doch nicht Mr Biggs selbst, Reverend. Den Mann, den sie ‚Lederschürze' nennen. Es handelt sich um einen Juden namens Pizer. Er ist wohl Schuhmacher, wie es bereits vermutet wurde."

„Ein Jude, sagen Sie?" Die Tatsache, dass der Mörder kein Christ war, schien Barnett zu beruhigen. Dann riss er plötzlich die Augen auf und schnippte mit den Fingern.

„Aber natürlich! Zu dumm, dass ich nicht vorher darauf gekommen bin ..."

„Was meinen Sie?"

„Na, er musste ja Jude sein, mein lieber Junge. Schauen Sie sich doch um; wohin man auch sieht, immer hat man eine Synagoge vor sich. Nicht, dass ich etwas dagegen zu sagen hätte, aber die Juden machen nun mal den größten Teil der Bevölkerung hier aus. Und nach allem, was man so hört, wurden die Frauen schließlich geschächtet."

„Geschächtet?", fragte der Anwalt heiser, der die Bedeutung dieses schrecklich klingenden Wortes nicht kannte, sich seine Unwissenheit aber auch nicht anmerken lassen wollte.

„Niemand außer den Juden tut so etwas. Nun gut ..." Der Reverend wandte sich wieder den Altardeckchen zu. „Abgesehen von den oberen Freimaurerlogen vielleicht."

Montague John wurde nachdenklich. „Meinen Sie damit, dass auch die Freimaurer ..." Es war ihm fast unmöglich, diesen Satz zu Ende zu sprechen. Wie er wusste, gehörten viele bedeutende Männer diesem weitverzweigten Bund an. Männer, deren Namen man nicht so ohne Weiteres mit Mord in Verbindung brachte. Premierminister Salisbury, oder der Leibarzt Königin Victorias beispielsweise. „... einen Menschen töten würden?"

Barnett drehte sich unsicher lächelnd zu ihm um. „Ich will es nicht beschwören, mein Junge. Aber es gibt da jede Menge Gerüchte."

„Welcher Art?"

„Man spricht natürlich nicht offen darüber, aber ..." Er wich Montagues fragendem Blick aus und starrte an die gewölbte Decke. „Eines ist jedenfalls sicher, Mr Druitt: Die Freimaurer sind seit gut anderthalb Jahrhunderten die bei Weitem stärkste Macht des Empires. Sowohl im politischen als auch im religiösen Sinne. Sie agierten immer im Verborgenen, um ihre Ziele durchzusetzen, und wenn es um das Wohl des Landes ging, schreckten sie auch vor einem Mord nicht zurück. So manche unliebsame Stimme haben sie im Laufe der Jahre auf diese Weise schon verstummen lassen, das können Sie mir glauben."

Das Wohl des Landes, dachte der Anwalt. Ging es nicht gerade darum? Sickerts düstere Worte kamen ihm wieder in den Sinn: *Sie müssen Marie hier wegbringen ... Sie müssen Marie helfen ... Denen gehört die Polizei ... Ein Fingerschnippen ... Sie wird sterben ... Der Ruf des Vaters steht auf dem Spiel ...*

„Und Sie sind der Meinung, dass das auch heute noch so ist, Reverend?"

Barnett legte ihm sacht die Hand auf die Schulter. „Unser England ist sehr eigen, was seine Traditionen angeht, mein lieber junger Freund. Es hält praktisch ewig am Bewährten fest."

Während der nächsten Stunden ging Montague John nur sehr unwillig seinen Pflichten nach. Bis zum Abend hatte er vierundzwanzig mürrische Geschäftsleute aufgesucht und ganze vier Pfund und zweiunddreißig Pence für Barnetts Wohnungsbauprojekt zusammengebettelt. Außerdem war er – auf Drängen des Vikars – mit Mr George Lusk, einem Bauunternehmer aus Mile End, der vor wenigen Tagen erst das Schutzkomitee Whitechapel gegründet hatte, in nicht sehr vielversprechende Verhandlungen getreten.

Jetzt stand der Anwalt am Osteingang der Dorset Street, dem Britannia Pub gegenüber, und schaute unentschlossen zum schmalen Eingang des Miller's Court hinüber. Was sollte er tun? Er konnte schlecht einfach zu ihr gehen, sich Marie Jeanette unter den Arm klemmen und sie in eine bessere Welt entführen. Zwar hatte er sie noch ein paarmal wiedergesehen – im Queen's Head und in Toynbee Hall, wo sie zweimal wöchentlich beim Ausgeben der

Suppe half –, aber aus irgendeinem Grund schien sie ihm absichtlich aus dem Weg zu gehen, und ihre Adresse hatte Montague John erst von Sickert erfahren.

„Sie hat sich in Sie verliebt, John", hatte der ihm gestern Nacht versichert. „Man muss schon blind *und* taub sein, um das nicht zu bemerken. Sie spricht von Ihnen, als seien Sie ein mittleres Wunder. Aber sie hat Angst, wegen des Kindes. Und wenn auch Sie sie lieben, dann helfen Sie ihr da raus."

Was den Anwalt anging, so war es bei ihm Liebe auf den ersten Blick gewesen, und das hatte er dem Maler gesagt.

Zwei schlanke Hände legten sich plötzlich von hinten um Montagues Hüften, und der junge Anwalt fuhr erschrocken herum.

„Du bist aber ein ganz Süßer. Hast nicht Lust auf eine von uns?" Zwei ältere Frauen in schmutzigen Kleidern standen kichernd vor ihm. Beide waren offensichtlich betrunken. „Ich bin Elizabeth", stellte sich ihm die größere von ihnen vor. Sie gackerte wie ein junges Huhn und zog, scheinbar zur Begrüßung, ihren Rocksaum bis zu den Hüften hinauf. Darunter trug sie nichts. Montagues Schrecken schlug augenblicklich in leisen Ekel um.

„Sie ist noch Jungfrau", krähte die andere. Dann prusteten beide gleichzeitig los und bogen sich vor Lachen.

Das hier war sie, die Sorte Frauen, für die man sich bei Toynbee Hall so selbstlos einsetzte, dachte Montague John. Und während er sie stumm und entgeistert ansah, stieg ein Gefühl von tiefem Mitleid in ihm auf. Ihr Lachen klang kränkelnd und gequält in seinen Ohren, wie ein schlimmer Husten. Verwitterte, vom Wind zerfressene Vogelscheuchen, deren Körper zusehends zerfielen.

„Hier finde ich Sie also, Mr Druitt." Es war der Vikar. Er trat eben aus der Tür des Logierhauses Nummer 32. Traurig sah er in die Runde. Die Frauen zupften ihre Kleider zurecht und blickten unschuldig zu ihm auf. „Dorset

Street ist kein ungefährliches Pflaster, mein Junge. Hat man Sie belästigt?"

Montague John sah keinen Grund, die Frauen unnötig in Schwierigkeiten zu bringen, und er schüttelte lächelnd den Kopf.

„Nett waren wir zu ihm, Rev'rend Barnett." Die Dame, die sich ihm als Elizabeth vorgestellt hatte, hob zum Schwur die rechte Hand. „Wirklich nett. Wir haben uns nur nett unterhalten."

„Er ist ja auch so nett gewesen, der junge Gentleman", fügte ihre Begleiterin hastig hinzu. Und sie nickten beide eifrig um die Wette.

Barnett seufzte schwer. Ein solches Übermaß an Nettigkeiten ging ihm dann doch ans Herz. Er griff in seine Hosentasche und förderte ein paar glänzende Pennymünzen zutage. „Kauft euch eine anständige Mahlzeit davon. Und wenn ich eine von euch nachts auf der Straße schlafen sehe, sorge ich persönlich dafür, dass sie ins Arbeitshaus gebracht wird. Habt ihr verstanden?"

Wieder wurde eifrig genickt.

„Hier, nehmt." Die Münzen fielen klimpernd in ihre ausgestreckten Hände. „Vergesst nicht, was ich gesagt habe."

„Oh, bestimmt nicht! Gott schütze Sie, Rev'rend!", riefen sie halblaut. Ihre aufrichtige Dankbarkeit war fast beschämend.

„Und Gott schütze auch Sie, Sir", sagte Elizabeth sehr leise und schaute Montague John dabei an. „Sie sind ein wirklich Netter." Dann hakten sich die Frauen unter und gingen zur Commercial Street davon.

„Sie werden es natürlich für Gin ausgeben", stellte Barnett verbittert fest.

„Nur zu verständlich", meinte Montague John. „Er vertreibt ihnen immerhin für eine Weile die Sorgen."

„Aber er lindert nicht im Mindesten ihre Not", widersprach ihm der Vikar und blickte ihn traurig an. „Heute Nacht werden wir sie wieder zuhauf in irgendwelchen Hauseingängen finden. Sie liegen dort herum; vollkommen schutzlos, betäubt vom Alkohol. Was, wenn nicht wir von Toynbee Hall es sind, die sie wachrütteln? Was, wenn es ein Mann mit einem Messer tut? Wie sollen sich diese Frauen denn zur Wehr setzen, wenn sie so betrunken und entkräftet sind, dass sie sich nicht mal auf den Beinen halten können?"

„Aber es sieht doch so aus, als hätte man den Verrückten gefasst."

Barnett faltete die Hände wie zum Gebet und schüttelte sie. „Wir können nur zu Gott beten, dass sie tatsächlich den Richtigen in Haft genommen haben, mein Junge. Und solange seine Schuld nicht einwandfrei festgestellt ist, werden wir auch mit unseren Patrouillen fortfahren."

„In dem Fall würde ich mich gern wieder daran beteiligen", sagte Montague John. „Wenn ich den lieben langen Tag nichts anderes tue, als ein paar lächerliche Pennies aus dickbäuchigen Geizkrägen zu pressen, werde ich noch verrückt. Kaum jemand scheint einsehen zu wollen, wie nötig diese Reform ist, Reverend."

„Sie haben doch Fortschritte gemacht, mein Junge", sagte der Vikar und klopfte dem Barrister aufmunternd auf die Schulter. „Man darf sich nur nicht entmutigen lassen, nicht wahr? Denn ein Penny kommt schließlich zum anderen." Barnett lächelte. „Aber wenn Sie glauben, noch mehr tun zu können, dann würde ich mich jederzeit freuen, Sie einer unserer Nachtstreifen zuteilen zu dürfen."

„Ich wollte Sie bitten, mich für eine bestimmte Straße vorzusehen, wenn das möglich ist."

Der Reverend beäugte ihn. Die Augen zusammengekniffen, die hohe Stirn gekräuselt. „An welche dachten Sie, mein Junge?"

„Dorset Street", sagte Montague John. Mit ausgebreiteten Armen trat er an den Rinnstein vor. „Hier möchte ich meinen Dienst tun."

„Verstehe." Ein milder, verklärter Ausdruck trat in seine Augen, als er mitfühlend Montagues Unterarm drückte. „Es ist wegen Miss Kelly, hm?"

Der Anwalt nickte schwach. Wenn er nur verhindern konnte, dass ihr etwas zustieß ... „Sie halten mich wahrscheinlich für ziemlich egoistisch."

„Überhaupt nicht! Überhaupt nicht! Marie ist ein gutes, kluges Mädchen. Kümmern Sie sich um sie."

„Danke, Reverend."

„Du lieber Gott!" Der Vikar tippte sich unvermittelt mit den Fingern an die Stirn. „Ich hatte vollkommen vergessen, weshalb ich nach Ihnen gesucht habe. Sie werden ja im Pfarrhaus erwartet."

Eine glänzende schwarze Kutsche mit strahlenden Messinglampen fuhr klappernd und rasselnd auf der Commercial Street an ihnen vorbei. Montague John blieb stehen und schaute ihr nach. Auf Höhe der Christuskirche hielt sie an. Der Kutscher sprang vom Bock, öffnete die Tür des Wagenschlages und half seinem korpulenten Fahrgast beim Aussteigen. Das hier war ganz sicher kein Mietwagen. Er konnte sich irren, aber die Kutsche sah genauso aus wie das elegante und teure Gefährt, in dem Dr. Gull sie damals mitgenommen hatte.

„Was haben Sie denn?" Der Vikar, der achtlos weitergelaufen war, kam schnaufend zurück und zupfte an Mr Druitts Jackenärmel.

„Gar nichts wahrscheinlich", murmelte er. Er strengte sich an, die Gestalten zu identifizieren, aber es war bereits zu dunkel, und im Gegenlicht der Lampen war es gänzlich unmöglich, ihre Gesichter zu erkennen. Nun verschwanden sie hinter den Gebäuden der Brushfield Street. Montague schüttelte den Kopf und ging weiter. „Ich dachte nur, ich hätte einen flüchtigen Bekannten gesehen."

KAPITEL 8

Nachdenklich betrachtete Mrs Barnett das Gewürzbord über der Spüle und entschied sich schließlich für ein kleines rundes Metalldöschen ohne Deckel. „Wir mögen ja ohne Dichtung, Musik und Kunst auskommen", zwitscherte sie fröhlich, während sie nun hingebungsvoll eine Prise Salz in den Teig ihres Yorkshire Puddings rührte, „aber zivilisierte Menschen können nicht ohne Köche leben. Nicht wahr, Chief Inspector?"

„Da ist sicher was Wahres dran, Mrs Barnett." Donald Swanson lächelte die Vikarsgattin zustimmend an. Er lehnte in der behaglichen Enge der Pfarrhausküche am Tisch und atmete die köstliche Süße des halb fertigen Teiges, die sich mit dem kräftigen, der glühenden Bratröhre entsteigenden Bratenduft vereinte.

„Oh, was bin ich unhöflich!" Sie ließ die Schüssel stehen, fuhr herum und wischte sich die mehligen Hände in ihrer Schürze ab. „Ich habe Sie nicht mal gefragt, ob Sie eine Tasse Tee möchten, wo Sie doch schon so lange warten müssen. Möchten Sie?"

„Ich bin wirklich nicht hergekommen, um Ihnen Umstände zu machen."

„Aber das tun Sie ja gar nicht, Chief Inspector." Mrs Barnett klatschte in die Hände. Wie eine emsige kleine Biene summte sie durch die Küche, klapperte mit bunten Teedosen und dem Geschirr für zwei Personen herum und setzte dann den Wasserkessel auf. Es ging alles unglaublich schnell. Nur ein paar Augenblicke später saßen sie sich bereits am gedeckten Tisch gegenüber.

„Ich liebe diese Ingwerplätzchen", sagte sie und tauchte frohlockend einen Keks in ihre Tasse. „Man muss sie nur gut stippen. Das ist gesünder für die Zähne, wie ich hörte." Im selben Augenblick läutete die Türglocke, und

Mrs Barnett sprang in heller Freude auf. „Das werden bestimmt mein Mann und Mr Druitt sein."

Sie waren es, und man begab sich in das Arbeitszimmer des Vikars, wo sich unvollendete Bittbriefe auf dem Schreibtisch stapelten und schwere, bronzene Kruzifixe die ansonsten kahlen Wände zierten.

Mrs Barnett stellte Stühle bereit, verteilte Ingwerbierflaschen an ihren Gatten und seine Gäste, zog die Vorhänge zu und tänzelte dann in die Küche davon, um die Teigschale auszulecken.

„Sie ist eine bemerkenswerte Frau, Ihre Gemahlin, Reverend Barnett", sagte Swanson. „Sie ist ausgesprochen fleißig und gastfreundlich. Während ich hier auf Sie wartete, ist es ihr gelungen, die Küchenarbeit eines ganzen Tages zu erledigen und trotz allem noch einen Tee mit mir zu nehmen. Sie scheint zehn Hände zu haben."

„Nicht wahr?" Der Vikar hob die Flasche. „Sie ist so emsig wie eine ganze Ameisenarmee. Bei allem, was sie tut. Nicht, dass ich der Meinung wäre, eine Frau gehöre an den Herd, Chief Inspector. Aber sie ersetzt das Hauspersonal vollkommen, und ich kann wahrhaftig von einem Segen sprechen, dass sie mich damals nicht abgelehnt hat."

Montague John sagte: „Ich nehme an, Sie sind wegen der Nachricht gekommen, die ich Ihnen geschickt habe, Chief Inspector."

Swanson nickte. „Sie haben Dr. Winslow ausfindig gemacht?"

„Wo er jetzt ist, weiß ich nicht", sagte Montague John und zog mit leisem Schauder die Mundwinkel herunter. „Ich traf ihn vor ein paar Tagen. Das muss am Abend nach dem Mord gewesen sein. Er hatte eine gebrochene Nase und sah auch sonst nicht sehr gut aus. Erst wollte ich es ja für mich behalten, aber ehrlich gesagt hielt ich es dann für das Beste, Sie zu benachrichtigen."

„Ein Arzt? Ist er verdächtig?" Der dünne Bart des Vikars schleifte über die Briefe auf dem Schreibtisch, und ein paar von ihnen flatterten zu Boden, als er sich neugierig hinüberbeugte. Er hob sie auf und stopfte das schief sitzende Beffchen hastig in den Kragen seines Talars zurück. „Nun, ich sollte wohl nicht so neugierig sein. Bitte entschuldigen Sie. Doch wenn ich irgendwie helfen kann ..."

„Darum wollte ich Sie eben bitten, Reverend Barnett", sagte Swanson. „Ich gedachte für drei, vier Tage in Whitechapel zu bleiben und wäre Ihnen sehr dankbar, wenn Sie mir eines der weniger stark frequentierten Gasthäuser oder Hotels empfehlen könnten, wenn Sie verstehen, was ich meine."

„Sie würden es schwierig finden, in dieser Gegend überhaupt etwas Ehrbares zu bekommen", meinte Barnett fast belustigt. Er strahlte von einem Ohr zum anderen, als er mit ausgebreiteten Armen sagte: „Wenn Sie sich mit einem warmen Bett in unserem bescheidenen Haushalt zufriedengeben und überdies nichts dagegen haben, sehr zeitig vom Klang einer alten Kirchenglocke geweckt zu werden, dann seien Sie mein Gast."

„Ihr Angebot ist sehr verlockend", sagte Swanson. „Allerdings muss ich noch einmal aufs Revier Leman Street und komme auch sonst zu sehr unchristlichen Zeiten nach Hause. Ich würde Sie mitten in der Nacht aufwecken müssen. Kann ich das von Ihnen verlangen?"

„Aber sicher können Sie das. Sie bekommen natürlich einen Schlüssel; dann können Sie kommen und gehen, ganz wie es Ihnen beliebt. Und es ist ja nicht so, dass ich Ihretwegen jetzt in der Sakristei schlafen müsste. Hetty wird sofort ein Bett für Sie herrichten." Der Vikar war mit drei Schritten bei der Tür. „Benötigen Sie noch etwas? Eine Nachtmütze vielleicht?"

„Danke, sehr liebenswürdig." Swanson schüttelte den Kopf und deutete zufrieden auf die schwarze Ledertasche neben seinem Stuhl. „Es mag Ihnen vielleicht komisch vorkommen, aber alles, was ich brauche, trage ich meistens mit mir herum."

Nebelhafte Gestalten huschten in der Dunkelheit an ihm vorbei und flohen vor Nässe und Wind in das nur einen knappen Steinwurf entfernte Public House an der Ecke. Lauter platschende Schritte von Leuten, die vorübereilten.

Ein feiner Nieselregen, der von eisigen Böen in jeden Winkel getragen wurde, hatte vor gut einer Dreiviertelstunde eingesetzt, und obwohl Frederick Greenland sich mehr oder minder erfolgreich in den Schutz eines Hauseinganges drückte, waren seine Kleider doch mittlerweile unangenehm klamm und entsetzlich schwer geworden. Es war halb eins in der Nacht, er saß in Wentworth Street frierend auf einem alten Leinensack voller abgetragener Kleider, und in Anbetracht des Regens und Swansons Verspätung wurde er langsam ungeduldig.

Die Fenster des Pubs waren hell erleuchtet. Laut singende Stimmen drangen aus der sich öffnenden und wieder schließenden Tür. Wahrscheinlich gab es dort einen Kamin, in dem wärmend ein prasselndes Feuer brannte. Frederick bildete sich fast ein, die Holzscheite knacken und knistern zu hören. Ein Hort der Gemütlichkeit. Wenn er doch wenigstens unter dem Vordach hätte warten können. Aber nein, der Chief Inspector schien ja unbedingt eine Geheimkonferenz aus ihrem Treffen machen zu müssen.

Wieder platschende Schritte – eilig und rhythmisch.

„Mr Greenland? Sind Sie da?" Das war Swansons Stimme. Es wurde auch allmählich Zeit.

„Stets zur Stelle, für Königin und Vaterland", sagte Frederick. Er klemmte sich den Leinensack unter den Arm und trat auf den Gehsteig hinaus, wo Swanson und Montague John mit hochgezogenen Schultern standen. Keiner von ihnen hatte einen Schirm bei sich.

„Tut mir wirklich leid, Mr Greenland." Swanson klopfte ihm auf die Schulter. „Wir wollten längst hier sein."

„Guten Abend, Mr Greenland", sagte Montague John, der am Rinnstein hockte und eine mitgebrachte Blendlaterne entzündete.

„Jetzt erklären Sie mir mal", sagte Frederick, „warum in drei Teufels Namen wir uns nicht in diesem Pub dort drüben treffen konnten?"

„Damit niemand Sie wiedererkennt, natürlich", sagte Swanson.

Frederick kniff die Augen zusammen und schaute die beiden Männer fragend an. „Wer soll mich denn wiedererkennen? Hier kennt mich doch niemand."

„Sie sagen es, Mr Greenland. Ich möchte lediglich sichergehen, dass sich daran nichts ändert." Swanson wandte sich um und wies lächelnd die Straße hinunter. „Und jetzt kommen Sie erst mal mit ins Trockene."

Die beiden Männer standen sich im Dämmerlicht des prunkvoll gekachelten Waschraumes gegenüber. Zwei Gaslampen flackerten müde über den Spiegeln. Draußen unter den hohen Fenstern rasselte der nächtliche Verkehr über die regennasse Great Queen Street.

„Wir waren bei ihr, Mylord", sagte der kleinere der beiden. Er hatte sein Jackett ausgezogen und die Ärmel hochgekrempelt. Ohne aufzusehen balancierte er die Seife zwischen seinen plumpen Fingern und drehte die modernen Wasserhähne auf. Sie waren aus Messing und glänzten im Schein der Lampen wie Gold. „Sie weigert sich nach wie vor, das Problem bereinigen zu lassen."

„Ich fürchte, Sie stellen sich nicht geschickt genug an, Doktor."

„Ich habe mein Möglichstes getan. Sie scheint das alles für einen großen Spaß zu halten. Sie lässt sich nicht einschüchtern, und Geld will sie nicht. Das hat sie mir ins Gesicht gesagt. Was sie will, ist, das Kind behalten. Aber sie hat versprochen, den Namen des Vaters nicht preiszugeben."

„Das ist lächerlich. Wollen Sie sich auf das Wort einer ehemaligen Hure verlassen? Ich will es nicht." Der zweite Mann sprach ruhig und mit fester Stimme. Unverkennbar jemand, der es gewohnt war, Befehle zu erteilen. „Was ist mit diesem Maler Sickert? Ich dachte, wir unterstützen ihn, weil er einen gewissen Einfluss auf das Mädchen hat."

„Er tut sein Bestes, Mylord. Ist ein heller Kopf."

„Das reicht mir nicht. Es ist einfach zu gefährlich. Wir müssen Maßnahmen ergreifen."

„Sie meinen ..."

„Ich meine gar nichts." Geringschätzig schmunzelnd strich er sich über den vollen Bart und polierte dann fast beiläufig mit dem Handrücken den Rubin des „Zirkel & Winkel"-Abzeichens auf seinem Revers. „Es wird einfach ein weiteres Opfer in einer Reihe von Morden geben. Ein trauriger Zufall. Sie ist eine Ehemalige; vergessen Sie das nicht, Doktor."

Der Arzt war bemüht, seine Bestürzung zu verbergen. „Das wird nicht einfach zu bewerkstelligen sein, denn sie bewohnt ein kleines Zimmer im Miller's Court. Sie lebt nicht auf der Straße wie die anderen." Er spürte, wie seine Stimmbänder mit jedem Wort starrer wurden.

„Ein Zimmer, sagen Sie?"

„Jawohl. Es hat zwar einen separaten Eingang, aber sie hat die Angewohnheit, sich einzuschließen."

„Dann bringen Sie den Schlüssel in Ihren Besitz."

„Außerdem ist sie selten allein", meinte der Arzt und musste sich räuspern. „Da gibt es zum Beispiel eine Freundin, die sie manchmal bei sich aufnimmt, und einen jungen Rechtsanwalt, der ihr den Hof macht."

„Weiß er über ihren Zustand Bescheid?"

„Ich glaube nicht, Mylord."

„Dann verschaffen Sie sich Gewissheit."

„Jawohl, Mylord."

„Ich gehe davon aus, dass Sie die Sache in den nächsten Tagen in Ordnung bringen, mein Guter. Was ist übrigens mit diesem Chief Inspector, der die Ermittlungen in Whitechapel führt? Kann er unsere Sache gefährden?"

„Swanson?" Der Doktor winkte ab. „Nicht im Geringsten, Mylord. Er fischt im Trüben, wie all die anderen. Ich hatte Gelegenheit, ihn ein bisschen näher kennenzulernen. Er weiß nichts."

„Neugierige Leute machen mich immer ein wenig nervös", sagte sein Gegenüber. „Haben Sie auch auf ihn ein Auge."

„Machen Sie sich deshalb keine Sorgen."

„Es ist meine oberste Pflicht, mir Sorgen zu machen, Doktor." Ein müdes Lächeln ließ seinen rauschenden Bart erzittern. „Ich habe schließlich ein Land zu regieren. Auf Wiedersehen, Doktor." Er streckte die Hand aus.

Der Arzt ergriff sie, und ein spitzer Daumennagel grub sich in die Kluft zwischen Zeige- und Mittelfinger. „Auf Wiedersehen, Mylord." Er wandte sich zur Tür.

„Ach, Doktor ..."

„Ja, Mylord?"

„Haben Sie an die neuen Papiere gedacht?"

„Oh ja, das hätte ich beinahe vergessen." Er zog das weiche Toilettenpapier aus der Tasche und reichte es rasch weiter.

Der große bärtige Mann nahm es dankbar entgegen. „Ich wusste, auf Sie kann man sich verlassen, Doktor."

Und zufrieden klinkte er eine der Klosetttüren auf und schloss sich ein.

Der Regen trommelte auf das undichte Dach des Holzschuppens und suchte sich seinen Weg ins Innere. Irgendeine freundliche Seele hatte an mehreren Stellen Eimer drapiert, aber das Wasser platschte haltlos in dicken Tropfen hinein und brachte sie zum Überlaufen.

Mr Druitt schloss hinter sich die grob gezimmerte Tür und deutete mit einer übertrieben einladenden Geste auf ein paar wacklige Teekisten. „Leider gibt es nicht sehr viel ungenutzten Wohnraum in dieser Gegend." Der junge Anwalt suchte im Dämmerlicht nach einem geeigneten Platz für die Laterne.

„Es ist großartig für unsere Zwecke, Mr Druitt, danke." Swanson nahm auf einer der Kisten Platz. „Kommen Sie, Mr Greenland, machen Sie es sich gemütlich."

Greenland lehnte den mitgebrachten Kleidersack an einen der Stützpfeiler und setzte sich. „Ist vielleicht einer der Gentlemen bereit, mir zu sagen, was hier eigentlich vorgeht?" Im Grunde aber ahnte er schon, was ihm bevorstand. Weder Swanson noch Mr Druitt hatten seine Konfektionsgröße, und die abgetragenen Kleider im Sack waren kaum für einen Kirchenbasar bestimmt. Frederick bemerkte, dass der Anwalt, der die Blendlaterne sicher an einem Deckenbalken befestigt hatte, es ganz offensichtlich vermied, ihn direkt anzusehen, als er jetzt zurückkam und auf eine der feuchten Teekisten neben ihm sank. Das – und die krause Stirn des Chief Inspectors – verhieß nichts Gutes.

„Es geht um Winslow", sagte Swanson schließlich. „Ich fürchte, er hat sich abermals in Schwierigkeiten gebracht."

„Das wundert mich nicht. Er scheint ein ziemliches Talent auf dem Gebiet zu sein."

„Aus irgendeinem Grund ist er hier in Spitalfields untergetaucht. Und das offenbar gleich, nachdem ich ihn aus dem Polizeigewahrsam entlassen habe."

„Das war der Tag, an dem wir ‚Jekyll & Hyde' gesehen haben, nicht wahr?"

„Ganz recht. Und außerdem war es der Tag vor dem Mord in der Buck's Row", fügte der Anwalt mit düsterer Stimme hinzu.

„Der gute Doktor treibt sich also seitdem hier irgendwo unter falschem Namen herum", sagte Swanson. „Mr Druitt ist ihm neulich Nacht zufällig über den Weg gelaufen. Was sagten Sie noch gleich, wie er sich nennt?"

„Mickeldy Joe", sagte der Anwalt und grinste schief. „Winslow sah furchtbar aus. Seine Nase war gebrochen, glaube ich, und er hatte einen blutigen Verband darum gewickelt. Er behauptete, den Mann zu kennen, den sie jetzt verhaftet haben – diese ‚Lederschürze'. Aber der Doktor war steif und fest davon überzeugt, dass die Polizei nach dem falschen Mann sucht. Lederschürze sei sein bester Informant, sagte er. Darüber hinaus war sich Winslow unglaublich sicher, dem wahren Mörder dicht auf den Fersen zu sein."

„Warum sind Sie nicht gleich zur Polizei gegangen?"

„Weil ich ihm versprechen musste, niemandem von unserer Begegnung zu erzählen. Schließlich stand ich in seiner Schuld." Und der Anwalt schilderte ihnen kurz, wie es zu der Auseinandersetzung mit Miss Kellys eifersüchtigem Exfreund gekommen war.

„Winslow hat Ihnen demnach das Leben gerettet, was?" Frederick konnte kaum glauben, was er da hörte.

„Na ja, ich weiß nicht, ob es zum Äußersten gekommen wäre ..." Druitt zuckte die Achseln. „Vermutlich schon."

„Hat er Ihnen gegenüber erwähnt, was ihn so sicher machte, auf der Spur des Whitechapel-Mörders zu sein?"

„Hat er nicht, nein." Die Ellenbogen auf die Schenkel

gestützt saß er da. Nach einer Weile meinte er: „Jetzt, wo sie diesen Pizer verhaftet haben, wird Winslow natürlich denken, *ich* hätte ihn verpfiffen."

„Machen Sie sich deshalb mal keine Gedanken", sagte Swanson. „Er wird wissen, dass er sich auf Ihr Wort verlassen kann. Haben Sie eine Ahnung, wobei er sich die Nase gebrochen haben könnte?"

„Als ich Dr. Winslow auf die Verletzung ansprach, sagte er lediglich, er sei in Hanbury Street gewesen und habe sich die Leiche angesehen. Ich erinnere mich so genau daran, weil ich seine Antwort, gelinde gesagt, merkwürdig fand. Tote Frauen schlagen einem schließlich nicht die Nase ein, nicht wahr?"

„Tote wohl nicht", meinte Swanson, der sich allmählich fragte, ob er richtig daran getan hatte, Winslow so leichtfertig von der Liste der Verdächtigen zu streichen.

„Wollen Sie damit sagen ..." Montague John blieben die Worte im Halse stecken.

Swanson konnte Druitts Entsetzen durchaus verstehen. Winslow war immerhin sein Mandant. Doch auch Swanson fühlte mittlerweile bittere Zweifel in sich aufsteigen. So sehr es ihm auch widerstrebte, Abberline recht zu geben, er musste sich eingestehen, dass einiges für Winslow als den Täter sprach. *Einiges*, dachte er dann, musste hingegen nicht *alles* bedeuten. Schließlich sagte er: „Zumindest scheidet er für mich nicht mehr vollkommen aus. Die ganze Geschichte hat schließlich mit ihm angefangen. Eine Frau wird ermordet, und Dr. Winslow ist ganz zufällig in der Nähe. Eine zweite Frau wird in ihrem Blut gefunden, und wieder bewegt sich Winslow im Dunstkreis des Verbrechens. Sehr viele Zufälle, finden Sie nicht?"

„Möglicherweise war die gebrochene Nase sogar eine direkte Folge des Angriffs auf die Frau", meinte Frederick. „Sie wird versucht haben, sich zu verteidigen."

Swanson schüttelte den Kopf. „Laut Dr. Phillips hatte sie keine Gelegenheit mehr dazu, sich zu verteidigen."

„Ist das der Polizeiarzt, den Sie und Gull heute besucht haben?", fragte Druitt.

„Richtig. Er ist der Meinung, die Frau sei von ihrem Mörder überrascht worden. Und er vermutete außerdem, der Täter selbst habe nicht mal einen Kratzer abbekommen. Allerdings sagte er auch, ein Nachbar habe etwa zur Tatzeit ein Handgemenge im Hof gehört."

„Hat der Mann etwas gesehen?", fragte Frederick.

„Leider nicht. Aber er will die Stimme einer Frau gehört haben, die ‚Nein, nein' sagte."

„Vielleicht hat sie sich also doch gewehrt. Was wiederum bedeutet, dass sie Winslow sehr wohl die Nase gebrochen haben kann." Frederick stand auf. Er begann in dem kleinen verfallenen Schuppen auf und ab zu gehen. Als niemand etwas erwiderte, blieb er abrupt stehen. „Es sieht nicht sehr gut aus für Winslow. Zumal der Mörder ja angeblich medizinische Fachkenntnisse besitzt." Er schaute zu Swanson hinüber. „Was ist denn eigentlich dran an den Gerüchten?"

Nur sehr widerwillig gab Swanson zu, dass Dr. Phillips sie weitestgehend bestätigt hatte. Auch, dass dem Opfer Organe entnommen worden waren, verschwieg er ihnen nicht. Um welche es sich dabei handelte, müsse er aus ermittlungstaktischen Gründen aber für sich behalten.

„Wie entsetzlich", sagte Druitt. „Und der Mörder hat die Organe tatsächlich mitgenommen?"

Als Swanson nickte, fragte Frederick: „Wie hat er sie bloß vom Tatort weggeschafft? Was hat er benutzt? Irgendeinen Behälter? Einen Eimer? Wie viel war es denn?"

„Nicht mehr, als einen Cocktailbecher füllen würde, um es mit Dr. Phillips' Worten auszudrücken", sagte Swanson. „Ein Behälter wäre also nicht nötig gewesen. Er hätte sie ebenso gut in die Tasche stecken können. Aber wir wissen zumindest zwei Dinge: Die fragliche Person ist aller Wahrscheinlichkeit nach Arzt oder hat medizinische Kenntnisse. Und sie ist Linkshänder."

„Damit scheidet Winslow natürlich aus", warf Druitt ein. „Denn er ist Rechtshänder."

„Aber er ist Mediziner", sagte Greenland. „Eine Tatsache, die sich nicht so einfach wegdeuteln lässt, Mr Druitt."

„Da können Sie genauso gut Sir William Gull verdächtigen", entgegnete Druitt. „Gull käme dabei sogar noch schlechter weg als Winslow. Auch er tauchte im Dunstkreis der Ermittlungen auf. Und im Gegensatz zu Winslow ist er Linkshänder."

Und die Geschichte mit dem Affen hat er sich ausgedacht, um den Verdacht von sich selbst abzulenken, dachte Swanson belustigt. Die linke Schulter an einen der Holzpfosten gelehnt sagte er: „Das bringt doch alles nichts, Gentlemen. Die einzige Person, die wir gegenwärtig mit den Morden direkt in Verbindung bringen können, ist nun mal Ihr guter alter Winslow. Und ehrlich gesagt ist es mir egal, ob er Rechts- oder Linkshänder ist. Wer weiß, ob er uns nicht etwas vorgespielt hat? Talentiert genug scheint er jedenfalls zu sein, nach allem, was man so hört."

„Möglicherweise haben Sie vollkommen recht", sagte Druitt. „Ich verstehe nur überhaupt nicht, was für einen Grund er dafür haben sollte."

„Das weiß Gott allein", sagte Greenland. „Als er uns damals verließ, faselte er irgendetwas von einem ‚lustigen, kleinen Experiment'. Möglicherweise gibt es da einen Zusammenhang."

„Mal angenommen, Winslow hat wirklich etwas mit diesen Morden zu tun – warum hätte er Ihnen dann diese Geschichte mit dem Überfall auftischen sollen?", fragte Druitt. „Wenn er nach der Tat einfach schnurstracks nach

Hause spaziert wäre, anstatt Sie aufzusuchen, hätte das weniger Verdacht erregt."

„Im Gegenteil", meinte Swanson. „Er musste Mr Greenland sogar aufsuchen."

„Tut mir leid, Chief Inspector", sagte Druitt, „ich kann Ihnen nicht folgen."

„Wenn Sie sich in Winslows Lage versetzen, schon", sagte er. „Nehmen wir einfach an, der Doktor sei überhaupt nicht überfallen worden – rein hypothetisch, versteht sich. Nehmen wir weiter an, Winslow arbeitete tatsächlich an irgendeinem Experiment, bei dem es um Persönlichkeitsveränderungen durch Alkohol ging. Wenn sich ein Wissenschaftler eine bestimmte Frage stellt, will er auch eine Antwort darauf haben, davon kann man ausgehen. Also, Winslow probierte eventuell ein bisschen mit seinen Ratten herum. Vielleicht gab er ihnen Alkohol zu trinken. Vermutlich stellte er Reaktionen an ihnen fest, die man von den meisten Menschen her kennt: Die im nüchternen Zustand eher zurückhaltenden legen unter dem Einfluss des Alkohols oftmals ein ungehobeltes, bisweilen sogar angriffslustiges Wesen an den Tag. Und die aggressivsten werden manchmal zahm wie Lämmer; lachen, weinen oder brabbeln das kindischste Zeug."

Druitt massierte seine Schläfen. „Sie meinen, als Winslow das Experiment dann an sich selbst durchführte, brach die Mordlust hervor?"

„Wie gesagt, alles rein hypothetisch. Pure Fantasie, wenn Sie so wollen", meinte Swanson. „Was täten Sie wohl, Mr Druitt, wenn Sie im Alkoholrausch eine Frau getötet und dabei Ihre Brieftasche verloren hätten?"

„Ich würde vermutlich hingehen und alles gestehen."

„Und aufgehängt werden?" Frederick schüttelte den Kopf. „Also, ich bestimmt nicht. Ich würde alles daransetzen, meinen Hals zu retten. Ich würde das verräterische Ding suchen. Was aber mache ich, wenn alles Suchen vergebens ist? Da liegt meine Brieftasche ungemein verdächtig irgendwo in der Nähe einer Leiche herum, und ich kann davon ausgehen, dass man beides findet; die Brieftasche höchstwahrscheinlich spätestens bei Tagesanbruch. Will ich den Galgen vermeiden, benötige ich dringend eine halbwegs glaubhafte Geschichte. Die Kratzer, die mir das Opfer im Todeskampf beigebracht hat, muss ich natürlich erklären, außerdem noch den Verlust der Brieftasche. Wie ich ins East End gekommen bin, kann ich getrost auslassen. Der Alkohol kommt mir dabei zugute. Ich begebe mich auf dem schnellsten Weg zu den Leuten, mit denen ich getrunken habe, und stammle meinen Bericht herunter. Die Tatwaffe lasse ich einfach unterwegs irgendwo verschwinden."

„Klingt sehr logisch, was Sie da sagen. Und obwohl ich mich mit der Vorstellung selbst nicht sonderlich anfreunden kann, haben Sie vielleicht sogar recht." Swansons Blick ruhte für Sekunden auf dem Leinensack, den Frederick mitgebracht hatte. „Wenn wir Gewissheit wollen, was Winslow betrifft, haben wir keine Alternativen. Ich sehe da nur eine Möglichkeit. Man muss ihn auf Schritt und Tritt beobachten."

„Dazu müssten wir ihn erst einmal finden", sagte Greenland.

„Das dürfte nicht schwierig sein", meinte Montague John. „Er hat mir zwei Pubs genannt, in denen er häufiger verkehrt. Die Ten Bells und den Queen's Head. Beide in Spitalfields, unweit der Kirche."

„St. Jude's?", fragte Swanson.

„Nein, nein. Ich meine die Christuskirche. Den Hallen vom Blumenmarkt gegenüber. Aber bei den vielen Kirchen kommt man sehr leicht durcheinander."

„Kein Wunder. Mir kommt es so vor, als stünde hier an jeder Straßenecke eine herum." Für jemanden, der sich erst seit Kurzem in Whitechapel aufhielt, war Mr

Druitts Ortskenntnis beneidenswert gut, fand Swanson. Da konnte man nur staunen. Wieder sah er den Leinensack an.

„Dann ist es jetzt wohl an der Zeit, die Arbeiten zu verteilen", meinte Frederick.

Swanson schaute zu Druitt hinüber, aber der junge Anwalt studierte hingebungsvoll ein Astloch in der Decke. Nur der nächtliche Septemberregen war zu hören, der weiterhin auf das marode Holzdach fiel und rund um die Eimer seine Pfützen bildete. Während Swanson noch überlegte, wie er Frederick Greenland möglichst schonend beibringen konnte, welche Aufgabe er ihm dabei zugedacht hatte, bemerkte er, dass dieser einen Bleistift gezückt hatte und etwas auf einen Zettel kritzelte.

„Ich weiß, was Ihnen durch den Kopf geht, Chief Inspector", sagte er. „Um den Doktor beschatten zu können, muss jemand Unauffälliges her. Jemand, der sich unters Volk mischt, nicht wahr? Ich fürchte, Mr Druitt ist durch seine Arbeit für die gute Sache mittlerweile zu bekannt. Und Sie scheiden ebenfalls aus." Greenland legte Zettel und Stift beiseite und sagte mit einem zerknirschten Grinsen: „Also habe *ich* mir die Namen der Pubs aufgeschrieben. Oder haben Sie angenommen, ich hätte auch nur eine Sekunde lang geglaubt, dass dieser verbeulte Kleidersack da allein aufstehen und loslaufen wird, um Winslow zu suchen?"

Inspector Abberline und Sergeant Godley waren ausgegangen, als Donald Swanson die kleinen Wache in der Leman Street aufsuchte. Die Sergeants Pearce, Caunter und Thick machten lange Gesichter. Pearce, weil es ihm trotz des Gipsbeins verwehrt worden war, in den Krankenurlaub zurückzukehren; Caunter, weil dieser Constable vom Yard Pizer gefunden hatte, und Thick, weil Chief Inspector Swanson gerade eben im Begriff stand, die Unschuld des einzigen Verdächtigen zu beweisen, den sie außer Dr. Winslow überhaupt vorzuweisen hatten.

Der Chief Inspector saß mit ihnen am Tisch; neben sich eine kalte Tasse Tee und tief über ein Blatt Papier gebeugt, auf das er die Umrisse eines menschlichen Körpers zeichnete.

„Er heult immer noch", sagte Caunter. Er kam, sich die Haare raufend, aus dem Zellenbereich und schob sich einen Stuhl an den Tisch. Neugierig warf er einen Blick auf das Blatt. „Was wird denn das? Der Koloss von Rhodos?"

Swanson legte den Bleistift beiseite. Dann schnappte er sich die kleine, krakelige Zeichnung und stand auf. „Eine Art Fragebogen, Sergeant. Den wird Pizer jetzt ausfüllen. So, wie es aussieht, ist der wirkliche Mörder Arzt, oder er besitzt zumindest chirurgische Kenntnisse. Wenn Pizer unser Mann wäre, müsste er wissen, wo die Innereien liegen, oder?"

„Entschuldigen Sie, Sir", sagte Thick mit tief beleidigter Stimme. „Wir alle verstehen nicht recht, wozu Sie uns überhaupt auf diese ‚Lederschürze' angesetzt haben. Wir waren immer der Meinung, man sollte sich auf Forbes Winslow konzentrieren. Es ist ja nicht so, dass wir auf Orden aus sind, aber ..."

„Gut, der Mann. Ich weiß das zu schätzen, Sergeant", sagte Swanson. Ihm war klar, dass Abberline seine Männer ganz und gar auf Forbes Winslow eingeschworen hatte. Er deutete über seine Schulter hinweg mit dem Daumen zum Gang, wo die Zellen lagen. „Kommen Sie, Phelps, ich höre, er rüttelt schon an den Gitterstäben."

Und Swanson behielt recht. Pizers chirurgische Kenntnisse beschränkten sich auf das Filetieren von Kippers und das seltene Köpfen eines sonntäglichen Frühstückseies. Mit der Zeichnung und der Aufgabe konfrontiert, die Organe in die Skizze einzutragen, brach er erneut in Tränen aus.

Phelps nahm ihm den Zettel und den Bleistift aus der Hand und bedeutete dem zitternden Pizer mit einer Handbewegung, sich wieder auf die Pritsche zu setzen. „Wir haben jede Menge Messer in Ihrer Wohnung gefunden. Was sagen Sie dazu?"

„Brauch die fürs Arbeiten, brauch ich die doch", jammerte er und wischte sich Schweiß und Tränen aus dem Gesicht. „Bin doch Schuhmacher. Ich mach doch Hüte auch."

„Wo verbrachten Sie die frühen Morgenstunden des 7. August, Mr Pizer?", fragte Swanson freundlich.

Der kleine Mann zog schwach und stumm die Schultern hoch.

„Und wo waren Sie in der Nacht vom 30. zum 31. August?" Phelps ging vor ihm in die Hocke. Zu Swansons Entsetzen begann er, sich die Ärmel aufzukrempeln. Seine Augen funkelten. „Wenn Sie Ihren Arsch retten wollen, überlegen Sie, Mann!"

„Das Feuer!", kreischte Pizer, und sie hörten, wie im Vorraum Stühle umkippten. „Hab ich doch gesehn, das Feuer da."

„Phelps", sagte Swanson. „Das reicht." Auch wenn der junge Constable einer der hellsten Köpfe war, mit deren Ausbildung er in den letzten fünf Jahren betraut worden war, hatte er noch eine Menge zu lernen. „Sie machen dem Mann Angst."

„Ein Feuer, Sir?" Caunters breites Gesicht tauchte abgehetzt im Rahmen des vergitterten Türfensters auf. „Wohin mit dem Wasser?"

„In die Blumen, Sergeant", sagte Swanson. Er trat nahe an die Tür heran, steckte sich gemächlich eine Zigarre in den Mund und schob sie zwischen den Gitterstäben hindurch, wo Caunter sie ihm kommentarlos anzündete.

„War doch in den Docks, das Feuer." Pizer reckte flehend die Arme in die Luft, sodass die schweren Ketten klirrten.

„Kanns beweisen. Mit einem von euern Kerls geredet hab ich. Unten in Seven Sisters Road. Übers Feuer."

Die „Kerls" überhörte Swanson großzügig und sagte zu Phelps: „Sie müssen das überprüfen. Fragen Sie nach, wer dort in der Nacht Streife hatte." Dann wandte er sie wieder dem verschüchterten Schuhmacher zu. „Was ist mit dem letzten Mord?"

„Hab doch keinen Mord gemacht, hab ich nicht."

„Vorletzten Samstag wurde in Hanbury Street auf bestialische Weise eine Frau ermordet, Mr Pizer. Daran werden Sie sich vielleicht erinnern."

„Wir fanden eine Ihrer verdammten Lederschürzen am Tatort!", fügte Phelps hinzu.

„War nich meine, war's nich!", heulte er.

„Haben Sie ein Alibi für die Zeit zwischen fünf und sechs Uhr morgens?" Der Constable hatte sein Gesicht so dicht an das des Schuhmachers gebracht, dass ihre Nasen sich fast berührten. Und selbst Swanson konnte John Pizers Angstschweiß riechen.

„Fragt mal den Mickeldy Joe", sagte er mit einem glücklichen Kinderlächeln. „Mein Freund iss das. Warn in Dosset Street. Dem helf ich doch immer mal."

„Helfen?", fragte Swanson. „Wobei denn?"

„Ein Detektiv iss der", antwortete Pizer geheimnisvoll. „Helf ihm was suchen. So Leute eben."

„Ich denke, das reicht", sagte Swanson. Auch wenn Phelps mit seiner Verhaftung großartige Arbeit geleistet hatte – der Mann war unschuldig, das sagte ihm sein Gefühl. Blieb nur noch festzustellen, ob sie hier einen Rechts- oder Linkshänder vor sich hatten. „Eine Frage noch, Mr Pizer: Mit welcher Hand schreiben Sie Ihre Rechnungen?"

Erstaunen machte sich auf seinem Gesicht breit. „Mein Bruder schreibt die doch."

„Und Liebesbriefe?"

„Oh nein, Sir, nee." Verlegen schaute Pizer die Ritzen im Boden an, und seine Wangen färbten sich rot. „Muss man doch selber schreiben sowas."

Swanson lächelte ihn an. „Und mit welcher Hand, Mr Pizer?"

„Mit der hier." Er streckte ängstlich die rechte aus.

„Also kann er es nicht gewesen sein, Phelps. Hängt euch an diesen Mickeldy Joe. Findet heraus, wo er sich rumtreibt, und schafft ihn her, damit er das Alibi bestätigt", sagte Swanson und ließ eiligen Schrittes die Zelle, das Revier und den ganzen Lederschürzen-Unsinn hinter sich, um ins Pfarrhaus zurückzukehren.

KAPITEL 9

Ein Becher Tee am frühen Morgen und eine mickrige Kartoffel, die sie in ihrem Zimmer über dem offenen Feuer gegart hatte und die nicht wesentlich größer als eine frische Pflaume gewesen war – daraus hatte ihr Frühstück bestanden. Ein geradezu königliches Mahl, fand sie, wenn man bedachte, wie wenig doch andere hatten.

Jetzt stand Mary Jane vor dem emaillierten Kohleherd in der blitzsauberen Küche von Toynbee Hall und nahm den schweren Kupferdeckel vom Topf mit dem dampfenden Wasser.

Wie schön Mrs Barnett gestern am Abend schon alles vorbereitet hatte. Die Rinderknochen lagen in einer großen Schüssel unter dem Spülbecken bereit, der Lauch war geputzt und in feuchtes Tuch gewickelt, und die teuren Gewürze standen köstlich duftend auf dem schmalen Bord über der Arbeitsplatte rechts vom Ofen. Die zwei Körbe auf dem Tisch enthielten Brot, und Mrs Barnett hatte karierte Tücher darüber gedeckt, damit es nicht zustaubte.

Mary Jane bückte sich und zog den Vorhang unter der Spüle beiseite. Heute würde die Suppe besonders kräftig sein, denn Biggs, der Metzger, war sehr großzügig gewesen. Oben auf den Knochen, von denen er ihnen immer reichlich gab, lagen diesmal sogar ein paar ganz gute Rindfleischstücke. Sie hob die Schüssel auf und wuchtete sie auf die Arbeitsplatte.

Was für eine riesige Menge, dachte sie, während sie Stück für Stück, Knochen für Knochen in das kochende Wasser warf. Sie hätte Mr Biggs küssen mögen.

Doch bei dem Gedanken an ihr eigenes Frühstück und angesichts der im blubbernden Wasser hin- und herwirbelnden Fleischstücke befiel sie augenblicklich eine leichte Übelkeit.

190

Wie viel Zeit mochte vergangen sein, seit sie Kartoffel und Tee genossen hatte? Eine Stunde? Zwei? Die Übelkeit nahm zu.

Auf ihrer Stirn begann eisiger Schweiß zu perlen, und ihr Magen krampfte sich plötzlich schmerzhaft zusammen.

Mary Jane legte den langen Holzlöffel aus der Hand, schloss die Augen und stützte sich mit dem rechten Arm an der Kante der Arbeitsplatte ab. Die Übelkeitsattacken würden schon irgendwann vorübergehen. Sie nahm ein paar tiefe Atemzüge, dann stieß sie sich ab und ließ sich auf den Holzschemel am Tisch sinken. Den Kopf in den Nacken gelegt saß sie da und versuchte durch das lauter werdende Rauschen in ihren Ohren hindurch auf das Knistern der Briketts im Ofen zu achten.

Das half. Nach kurzer Zeit schon fühlte sie sich besser. Sie blieb noch eine Weile so sitzen – die Augen geschlossen und das morgendliche Sonnenlicht genießend, das durch die hohen Bleiglasfenster schon angenehm warm auf ihr Gesicht fiel.

Unvermittelt hörte sie, wie die Küchentür geschlossen wurde. Mit dem schrecklichen Gefühl, beim Faulenzen ertappt worden zu sein, öffnete sie die Augen und stieß geräuschvoll den Atem aus.

„Guten Morgen, Mary Jane." Es war der Vikar. Er lächelte freundlich.

„Oh, guten Morgen, Reverend." Hastig sprang sie auf und griff nach dem Kochlöffel. „Ich war gerade dabei ..."

„Sie sehen ja schrecklich blass aus." Das Lächeln in Barnetts Gesicht war einem sorgenvollen Stirnrunzeln gewichen. Sanft berührte er ihre Schulter. „Ist Ihnen nicht gut, mein Kind?"

„Nein, nein. Ich glaube, ich habe bloß zu wenig im Magen." Sie lächelte gequält und legte beide Hände flach auf den Bauch. „Weiter nichts."

„Na sowas. Jetzt setzen Sie sich erst mal hier an den

Tisch und nehmen ein ordentliches Frühstück ein." Er sah sie kopfschüttelnd und mit ernster Miene an. „Wo kämen wir hin, wenn Englands Köche vor dem vollen Topf verhungern müssten!"

„Ja, aber ..."

„Kein ‚aber', mein Kind." Reverend Barnett drückte Mary Jane mit sanfter Gewalt auf den Schemel am Tisch. Dann, nachdem er einen der Brotkörbe abgedeckt und ein großes Stück Räucherschinken aus dem Vorratsschrank geholt hatte, wirbelte er herum und zog diverse Schubladen auf. Mit einem Holzbrettchen in der linken und einem Messer in der rechten Hand kehrte er schließlich an den Tisch zurück. „Wer nichts isst, kann nichts werden", sagte er streng und fing an, das Brot und den Schinken aufzuschneiden.

Im Pfarrhaus hatte eine fröhlich singende Mrs Barnett das Frühstück zubereitet. Zwei Eier auf Toast mit knusprig gebratenem Speck und dampfenden Bohnen. Es war – wie nicht anders zu erwarten – in seiner traditionellen Schlichtheit reichhaltig und ausgezeichnet gewesen, und die Vikarsgattin hatte es im Wohnzimmer serviert.

„Wenn Sie morgen lieber etwas anderes möchten, lassen Sie es mich wissen", trällerte sie jetzt augenzwinkernd, während sie die leeren Teller abräumte und leichtfertig mit den Bestecken herumfuchtelte. „Ich bin für alles zu haben." Sie kicherte und schielte beiläufig auf Montague Johns Serviette hinunter, die züchtig seine Schenkel bedeckte.

„Danke, Mrs Barnett", sagte Swanson und hob beide Hände. „Sie machen sich bereits genug Umstände."

„Nicht doch. Vielleicht ein paar Pilze oder Aal in Aspik?", fragte sie schwärmerisch und fügte dann mit Leidensmiene hinzu: „Nur Nierchen kann ich Ihnen nicht anbieten. Leider. Mein Mann hält nichts davon."

„Macht nichts", meinte Swanson, der nun aufstand und seinen Stuhl an den Tisch schob. „Ich habe immer schon gefunden, dass Nieren eher etwas für vernaschte Kätzchen seien."

Mrs Barnett lachte kindlich und ging schnurrend zur Tür hinaus. „Wahrscheinlich haben Sie recht, Chief Inspector."

„Wie heißt denn das Mädchen, über das Sie unbedingt mit mir sprechen wollten?", fragte Swanson, als sich in einiger Entfernung die Küchentür schloss und die Frau des Vikars zum Klappern der Teller zu singen begann.

Montague John saß noch immer am Tisch – das Gesicht so dicht über seine Teetasse gebeugt, als könne er die Antwort aus ihrem Bodensatz herauslesen. „Marie Jeanette", sagte er schließlich sehr leise, lehnte sich zurück und blies die Wangen auf. „Reverend Barnett nennt sie Mary Jane. Wie dem auch sei, sie arbeitet manchmal für ihn; drüben in Toynbee Hall." Druitt starrte einem vom Tassenrand ablaufenden Tropfen nach.

Swanson, der alt genug war, um diesen entrückten Ausdruck von Trauer in den Augen eines Menschen zu erkennen, verbiss sich ein Schmunzeln. Erst auf den zweiten Blick wurde ihm klar, dass der Anwalt nicht einfach an simplem Liebeskummer litt. Er sah deutlich die Sorgenfalten in Druitts Gesicht. „Kommen Sie", sagte er. „Lassen Sie uns draußen ein paar Schritte gehen."

Montague John stürzte den Tee hinunter. „Ausgezeichnete Idee."

„Oh, Mr Druitt!" Sie waren eben auf den Flur hinaus getreten, als die Küchentür aufflog und Mrs Barnett mit einer Schüssel voller Obst auf sie zugewatschelt kam. „Ob Sie wohl so nett wären, das hier nach drüben in die Suppenküche zu bringen?" Und sie schmiegte sich unverschämt vertraulich an Montague Johns Seite.

„Aber natürlich." Er griff rasch nach der Schüssel.

Irgendwie gelang es ihm dann, ohne zu stolpern den wallenden Falten ihres Kleides auszuweichen und mit dem Knie die Tür aufzuklinken.

„Sie sind ein Schatz, Mr Druitt." Ihre glänzenden Augen tasteten ihn von oben bis unten ab, ehe sie sich umwandte und wieder in der Küche verschwand.

„Sieh an, sieh an." Swanson grinste. „Sie scheinen das Zeug zu einem richtigen Herzensbrecher zu haben, Mr Druitt."

„Ach was." Der junge Anwalt hüstelte verlegen. „Das hat nichts zu bedeuten. Wirklich gar nichts."

Schon wenig später überquerten sie den Hof und schlenderten die Commercial Street hinauf. Wortlos schritten sie nebeneinander her, bis Swanson meinte: „Sie knabbern da doch an irgendetwas herum, Mr Druitt. Wenn Sie Kummer haben und ich Ihnen irgendwie behilflich sein kann, dann immer raus mit der Sprache. Geteiltes Leid ... und so weiter."

Der Anwalt blieb stehen. Er wuchtete die Obstschüssel hoch, um sie besser im Griff zu haben. Die Nase zwischen den Äpfeln sagte er: „Das Mädchen, dem ich mich ... sozusagen verbunden fühle. Sie ist in fürchterlicher Gefahr."

„Inwiefern?"

„Ich fürchte, man trachtet ihr nach dem Leben", sagte Montague John und sprach sich die Sorgen von der Seele. Er erzählte Swanson von Sickert, dem Maler, der ihm den bevorstehenden Tod Mary Janes prophezeit hatte, berichtete von der angeblichen Vaterschaft des Prinzen und vergaß auch nicht, sein Gespräch über die Freimaurer mit Reverend Barnett zu erwähnen.

„Tja, und als ich dann gestern Abend Sir William Gull aus dieser Kutsche steigen sah, war ich beinahe überzeugt davon, dass alles zusammenpasst. Schließlich gehört er den Freimaurern an. Außerdem hat er die nötigen Verbindungen, von denen Sickert gesprochen hat."

„Ziemlich haarsträubend, das Ganze, Mr Druitt." Swanson war den Ausführungen des Anwalts bis hierher schweigend und mit einem gewissen Maß an Skepsis gefolgt. Immerhin gehörte auch er den Freimaurern an. „Gut möglich, dass Sie ihn gesehen haben. Ich war gestern mit ihm hier. Wir haben am Nachmittag diesen Kollegen besucht, aber das wissen Sie ja. Wo und wann sahen Sie ihn denn?"

„In der Nähe der Dorset Street. Bei Einbruch der Dunkelheit. Gegen halb elf, ehe ich mit dem Vikar ins Pfarrhaus zurückkehrte."

„Gegen halb elf?" Er und Gull hatten sich am späten Nachmittag getrennt. „Das wäre durchaus merkwürdig."

„Aber ich bin mir ja nicht einmal sicher, ob er es überhaupt gewesen ist." Druitt presste die Lippen aufeinander und wackelte mit dem Kopf. „Ich sah lediglich zwei Silhouetten und einen Wagen, der auf die Entfernung dem von Dr. Gull glich. Vielleicht bilde ich mir auch alles nur ein, und es ist überhaupt nichts daran."

„Vielleicht", sagte Swanson. „Passen Sie auf alle Fälle auf das Mädchen auf. Haben Sie eigentlich schon mit ihr über die Angelegenheit gesprochen?"

Montague John verneinte und fügte hinzu: „Ich habe das Gefühl, sie geht mir aus dem Weg."

„Dann holen Sie das mal schleunigst nach, mein Lieber. Sie wird schließlich am besten wissen, wer sie bedroht. Und selbst wenn sie die Namen nicht kennt, wird sie die Leute möglicherweise beschreiben können. Wo, sagten Sie noch gleich, hat dieser Wickert sein Studio?"

„Sickert", korrigierte ihn der Anwalt und nannte ihm Straße und Hausnummer. „Sie haben vor, ihm auf den Zahn zu fühlen?"

„Sie kennen doch diese riesigen, lebensgroßen Ölporträts stattlicher Männer, die überheblich und eitel von den Kaminsimsen großer Häuser blicken, um die Besucher einzuschüchtern", meinte Swanson mit einem Augenzwinkern. „Ich wollte schon immer so eines von mir machen lassen."

Swanson verabschiedete sich mit einem Gruß und wandte sich um. Den Hut tief ins Gesicht gezogen wanderte der Chief Inspector nach Westen.

„Hallo."

Ein ausgesprochener Laut der Überraschung, der die schwüle Stille der dampfgeschwängerten Küche durchbrach wie ein Donnerschlag.

„Monty!" Sie stand – nicht minder überrascht, ihn hier zu sehen – wie erstarrt am Herd. Den Kochlöffel in der halb erhobenen linken Hand, sah sie ihn an. Ihre Blicke huschten unruhig und verlegen hin und her.

„Guten Morgen, Marie Jeanette." Montague John stellte die Schüssel mit dem Obst neben die Brotkörbe auf den Tisch. Er schaute ihr unverwandt in die Augen, während er mit dem Rücken zum Fenster am Tisch lehnte. „Oder sollte ich besser Mary Jane sagen?"

Bei seinen letzten Worten löste sich ihre Starre augenblicklich auf. Sie drehte sich ruckartig zum Herd um und begann sofort mit eckigen, steifen Bewegungen in der Suppe zu rühren.

„Ich war bei Sickert." Er trat hinter sie.

Seine Stimme schien von sehr weit her zu kommen, obgleich er so nahe bei ihr stand, dass sie die Wärme seines Körpers an ihrem Rücken und seinen Atem in ihrem Nacken spüren konnte.

„Er hat mir einiges erzählt", sagte Montague John und versuchte, so ruhig wie möglich zu bleiben.

„Ach ja?", stieß sie patzig hervor und fing an, noch heftiger zu rühren. „Ich mag es nicht, wenn man mir nachspioniert!"

196

„Das habe ich nicht, Marie." In einer raschen Bewegung fasste er nach ihrem Handgelenk und hielt es fest. „Das musst du mir glauben."

Sie hatte aufgehört, die Suppe mit dem Löffel zu durchpflügen, befreite ihren Arm aus seinem Griff und glitt an ihm vorbei zum Tisch, wo sie, den Holzlöffel noch in der Hand, stehen blieb und Montague John feindselig musterte. „Was willst du?"

„Was ich will?", rief er heiser und prellte sich heftig die Handballen, als er in hilfloser Wut gegen die eiserne Herdeinfassung hinter sich schlug. „Das fragst du noch? Verdammt noch mal, ich liebe dich, Mary Jane!" Jetzt war es heraus, dachte er beinahe erleichtert; ein für alle Mal.

Sie schaute ihn kurz an und dann zum Fenster hinaus.

„Du kannst nicht immer so tun, als hättest du alles im Griff, Mary. Mir kannst du aus dem Weg gehen, wenn du wirklich glaubst, dass das die richtige Entscheidung ist. Aber *sie* werden dich nicht davonkommen lassen. Nicht mit dem Kind. Und das weißt du sehr genau." Er stieß sich ab und machte einen Schritt auf sie zu. „Ich will dir helfen, Mary."

„Und ich will deine Hilfe nicht", hauchte sie halbherzig. Sie blinzelte, fing an zu zittern. Ihre Arme hingen wie tot und nicht zu ihr gehörig herab. „Ich komme zurecht ... Ich brauche deine Hilfe nicht." Der Holzlöffel entglitt ihren Fingern, prallte senkrecht auf den Boden, sprang zur Seite und kippte um.

„Ich verstehe, dass du das Kind möchtest", sagte er sanft. Seine Hände lagen jetzt auf ihren Oberarmen. „Aber dann gib uns eine Chance. Bitte lass es uns gemeinsam durchstehen – wie es auch kommen mag."

Mary Jane sah seitlich an ihm vorbei auf den rissigen Steinfußboden. „Es gehört ihnen nicht." Sie begann zu weinen. „Es ist doch mein Kind."

Er berührte ihr Haar. „Ich werde euch beide lieben."

Tränen tropften von ihrem bebenden Kinn auf seine Hemdbrust, als sie ihm plötzlich die Arme um den Hals schlang und ihn fest an sich zog. Er hielt ihren Kopf, während er sie gleichfalls an sich drückte und sacht ihren Rücken streichelte.

„Schon gut", flüsterte er. „Schon gut." Und auch seine Augen füllten sich mit Tränen. Niemals würde er sie in die scheußliche Welt da draußen entlassen, niemals einen Schritt ohne sie tun.

Niemals.

Eine dickbäuchige, vulgär aussehende Person offenbar weiblichen Geschlechts kam Frederick Greenland an diesem Morgen auf der Treppe des Logierhauses No. 55 entgegen und drückte sich schnaufend an ihm vorbei.

„Guten Morgen." Er tippte sich mit zwei Fingern an die Stirn, wobei er lächelnd die Augen zusammenkniff. Die Frau betrachtete ihn sekundenlang verdutzt, zog dann verächtlich die Nase hoch und murmelte irgendeine provokante Bemerkung, die Frederick nicht verstand, um schließlich auf den Gehsteig wankend im Straßengewimmel unterzutauchen.

Frederick hatte die Nacht in einem halbwegs trockenen Winkel des Schuppens verbracht, nachdem Chief Inspector Swanson und Mr Druitt in die Gemütlichkeit des Pfarrhauses zurückgekehrt waren. Geschlafen hatte er nicht, höchstens ein wenig gedöst, und die Stunden bis zum Morgengrauen waren lang gewesen. Er hatte sie genutzt, um sich eine geeignete Strategie zurechtzulegen. Als der Regen endlich aufgehört hatte und das Plätschern rings um ihn allmählich verstummte, war er aufgestanden und hatte den Seesack ausgepackt.

Jetzt stand er in lumpigen Kleidern auf der Schwelle von Cooney's Logierhaus in Flower & Dean Street, wo Mickeldy Joe – nach Auskunft der blassen Bedienung des

Queen's Head – manchmal ein Bett für die Nacht reservierte, und versuchte, wie einer von *ihnen* auszusehen. Er trat ein.

Der Raum, in den er gelangte, war in Halbdunkel getaucht. Fleckige gelbe Tapeten, deren Nähte mit den Jahren einen hässlichen Braunton angenommen hatten, schienen das wenige Licht, das zur Tür und durch ein winziges quadratisches Fenster rechts von ihm hereinfiel, aufzusaugen wie ein Schwamm. Die Uhr im Eingangsbereich gleich neben einem schmalen Treppenaufgang zeigte halb sechs, aber sie war irgendwann im Krönungsjahr der Königin stehen geblieben. Direkt darunter, hinter einem klotzigen, grob gezimmerten Tresen, saß ein übergewichtiger Mann in Hemdsärmeln – vermutlich der Hauswart – und las in der neuesten Ausgabe des Star.

„Morgen", sagte Frederick.

Keine Reaktion. Der Mann leckte lediglich seinen Daumen an und blätterte um.

„Sind Sie Mr Cooney?"

„Wer will das wissen, Mister?"

„Ich, Sir", meinte Frederick fröhlich. „Heiße Green, Freddy Green."

„Cooney ist tot", brummte der Mann, machte sich aber nicht die Mühe, von seiner Lektüre aufzusehen.

Pech gehabt, Freddy, dachte Greenland. Wahrscheinlich die falsche Parole. Aber irgendwie würde er das Interesse des halsstarrigen Fettwanstes dort drüben wecken müssen, sonst würde er niemals Anschluss finden. Dann lachte er gekünstelt und sagte: „Erinnert mich an diesen dämlichen Witz, wissen Sie?"

Der Dicke ließ die Zeitung sinken. Die haarigen Arme auf die Platte des Tresens gestützt sah er Frederick an. „Kommt drauf an, welchen Sie meinen."

Aha! Das klappte schon besser.

„Na, den mit den zwei Freunden." Er kicherte. „Die, wo

sich treffen und der eine fragt: ‚Sag mal, wo ist eigentlich Jim?'" Er kicherte wieder und nickte seinem Gegenüber aufmunternd zu.

„Und weiter?"

„Der andere sagt daraufhin: ‚Der musste ganz plötzlich zu 'ner Beerdigung.' Und der erste fragt: ‚Oh, wer ist denn gestorben?' Da sagt der andere: ‚Na, Jim!'"

Der Dicke blähte vor lauter Überraschung die Wangen auf und schlug mit der Faust auf den Tresen. Dann prustete er los, wobei die Speckringe seines Bauches ein Eigenleben zu führen schienen. Einmal in Wallung gebracht hüpften und sprangen sie wie Gummireifen auf und ab. „Wer ist denn gestorben?", rief er lachend. „Der Jim, der ist gestorben! Ha, ha! Das ist gut, Mister! Ha, ha! Das ist verdammt gut sogar!"

Frederick lachte mit, so gut es sein schauspielerisches Talent zuließ, und sah erleichtert das anhaltende Grinsen im Gesicht des Dicken.

„Du kannst mich Ben nennen, witziger Freddy." Er griente. „Was läuft denn so?" Und als Frederick ihn nur dümmlich anlächelte, weil er mit dem Slang der arbeitenden Klassen nicht sehr vertraut war: „Was du machst, mein ich. Komiker, oder was?"

„Oh, nein. Fischmarkt." Das Nächstbeste, was ihm einfiel, und er hoffte, es sei seinem neuen Freund Auskunft genug.

„Aber nicht von hier, oder?" Bens Augenbrauen rückten ein Stück näher zusammen. „Hab dich nämlich noch nie hier gesehen."

„Stimmt. Bin gestern erst angekommen. Aus Deutschland. Muss mich noch umsehen, ob mich jemand brauchen kann."

„Deutscher", murmelte Ben. „Sind einige von euch Leuten hier. Lachen wenig. Mich hat mal einer beim Spiel beschissen. Er hatte ein Messer, aber genützt hat's ihm nichts. Dem hab ich's mächtig gegeben. Schmidt hieß der. Vergess ich nicht, sowas." Er krempelte seinen Ärmel hoch und präsentierte Frederick stolz eine zentimeterlange Narbe, die seinen Oberarm zierte.

„Mit ‚tt' oder ‚dt' am Ende?"

„Am Ende?", echote Ben. Er sah Frederick an wie ein Schaf. „Was meinste damit?"

„Der Name", erklärte er. „Hieß er Schmitt oder Schmidt? Die mit ‚dt' sind nämlich *alle* Verbrecher."

„Bist echt ein Witzbold, Komischer Freddy", sagte er lahm. Dann langte er unter den Tresen und förderte eine staubige Flasche und zwei Holzbecher zutage. „Na, was ist, willst du einen?"

„Was ist denn das?"

„Gesund", versicherte Ben.

Skeptisch beäugte Frederick die grünlich-braune Flüssigkeit, die nun in die beiden Becher schwappte. Er nahm den Becher, der ihm hingehalten wurde. Der Hauswart trank in einem Zuge aus, und Frederick blieb nichts weiter übrig, als seinem Beispiel zu folgen.

Verblüfft stellte er den leeren Becher hin. „Das ist ja Tee!"

„Pfefferminztee." Die Flasche wurde zugeschraubt und verschwand wieder unter dem Tresen. Ben gackerte zufrieden. „Was hast du geglaubt, wo du bist? In einer Kneipe? Wir sind hier ein anständiges Haus, Komischer Freddy. Ha, ha!"

Großartig, das war der Punkt, an dem er ansetzen konnte. „Dann bin ich ja genau richtig", meinte er. „Wie viele Zimmer habt ihr denn?"

„Zimmer?" Die Frage hielt er wahrscheinlich für einen erneuten Scherz des Komischen Freddy, denn er lachte hustend und kam hinter dem Tresen hervor. Er winkte Frederick zu sich und zeigte auf die Treppe. Die Schultern gestrafft, den Bauch eingezogen und die flache Nase übertrieben in die Höhe gereckt deklamierte Ben in bester

Bühnenmanier: „Kommen Sie, Sir Freddy. Ich zeige Ihnen die *Zimmer*. Zweihundertdreißig und jedes bestens ausgestattet. Ha, ha."

Frederick folgte ihm stirnrunzelnd die Treppe hinauf.

Ein einzelner großer Raum, in dem dicht gedrängt sicherlich mehr als fünfzig Betten standen; die meisten davon verwaist. Keines war gemacht. Ein unerträglicher Gestank nach Schweiß, Urin und körperlichem Verfall hing wie unsichtbarer Nebel in der Luft.

Das war die Brutstätte der Seuchen, dachte Greenland, von Ekel überwältigt, doch er riss sich zusammen. Wenn er sich hier übergab, war seine schöne Maskerade zum Teufel.

Einen Finger an die Lippen gelegt stieß Ben Frederick mit dem Ellenbogen an. Lakonisch wies er auf ein rhythmisch knarrendes Bett, unter dessen dünner Decke es sich lebhaft bewegte.

Unter zornigem Geschrei sprang der Hauswart unvermittelt vor, streckte die Hände aus, und die Decke flatterte in hohem Bogen neben das Bettgestell, auf dessen eingesunkener Matratze zwei nackte, zitternde Körper zum Vorschein kamen, die jetzt schreiend nach allem Möglichen griffen, um ihre Blöße zu bedecken.

„Hört mit den Sauereien auf, verdammt!", keifte Ben, der in Sekundenschnelle seinen Gürtel herausgezogen hatte und ihn drohend über ihren Köpfen schwang. „Schert euch raus hier! Los! Los! Macht, dass ihr wegkommt!"

„Blöder alter Hahn!", krakeelte die Frau. Ihr Fuß hatte sich im Laken verfangen, und bei dem Versuch aufzustehen fiel sie kopfüber vom Bett. Als sie sich endlich befreit und ihre Kleider zusammengerafft hatte, da jagte der Mann bereits die Treppe hinunter – Hemd und Hose an sich gepresst. Sie folgte ihm keuchend und stolpernd.

In einigen anderen Betten regte es sich nun auch. Die Herrschaften waren aufgewacht. Rechts und links gab es gemurrte Proteste. Man wolle seine Ruhe – man habe immerhin dafür bezahlt –, man wolle schlafen, man wolle sterben. In einer Nische ganz hinten war man vermutlich eben damit beschäftigt. Ein Röcheln, dann Husten, dann nichts mehr.

Der Hauswart legte den Gürtel wieder an und lachte gehässig. „Was sagst du zu den Betten, Freddy? Vier Pence, wenn man sauber ist. Andernfalls setzt es Prügel. Ganz anständig, was?"

„Kann ich eins reservieren?", fragte Frederick, der durch den Mund atmend die verrammelten Fenster registrierte. Ob es wohl zischte und gurgelte, wenn man sie öffnete und die halbwegs saubere Luft der Straße hereinließ? „Besser gleich zwei, wenn das möglich ist. Falls ich meinen Kumpel noch finde, heißt das."

„Klar doch. Wie ist denn der Name von deinem Kumpel? Kann ja sein, dass ich ihn kenne."

„Mickeldy Joe", sagte Greenland. „Sagt dir das was?"

„Hm, schon möglich." Ben kaute auf seiner Unterlippe herum. „Hab ihn vielleicht mal hier gesehen."

„In letzter Zeit?"

„Was willst du von ihm?"

Frederick bemerkte den misstrauischen Unterton sofort. „Ben, sehe ich so aus, als würd' ich ihn abmurksen wollen?"

„Das ist kein schlechter Kerl, der Joe." Nebenbei spuckte er Haut von seiner Lippe auf den Boden. „Wär schade drum."

„Um ehrlich zu sein, ich habe ein paar Informationen für ihn." Das klang gut, fand Frederick. Vage und verbindlich zugleich. „Ich könnte es dir ja erzählen, aber ich weiß nicht, ob es Joe schmecken würde."

„Hat gestern hier geschlafen", ließ er sich erweichen. „Hat aber nicht gesagt, wo er hinwollte. Seine Freundin war vor 'ner guten Stunde etwa da."

„Seine Freundin?" Frederick war nicht in der Lage, sein Erstaunen zu verbergen. Die Vorstellung, dass Winslow mit einer Frau aus der Gegend angebandelt haben sollte, erschien ihm absurd. „Ich fürchte, das ist nicht der Joe, den ich meine."

„Klar ist er das", widersprach ihm der Hauswart und wischte den Einwand mit einer ärgerlichen Handbewegung beiseite. „Es gibt nur einen Mickeldy Joe. Entweder du suchst ihn, oder du suchst ihn nicht. Hat 'nen seltsamen Bart, wenn du weißt, was ich meine. Und da stehn die Weiber nun mal drauf."

Das konnte passen. Frederick hätte ihn am liebsten nach der gebrochenen Nase gefragt, doch wenn er das tat, würde er dem Komischen Freddy damit automatisch den Gnadenstoß verpassen. Dummerweise hatte er behauptet, erst gestern in London eingetroffen zu sein. „Na ja, Leute ändern sich. Wie lange hat er die Frau denn schon?", fragte er. Und mit einem lang gezogenen Seufzer setzte er hinzu: „Na, wahrscheinlich hat er Martha doch noch mal rumgekriegt, und sie ist wieder zu ihm zurück."

„Die Alte, mit der er rumläuft, heißt jedenfalls Kelly." Ben nickte in Richtung Treppe. „Die hat nämlich ein Bett bestellt für heute Nacht. Den Vornamen kenne ich nicht. Komm, ich zeig dir den Eintrag."

„Sag mal, du komischer Vogel", meinte Ben als sie die Treppe wieder hinuntergestiegen waren und nebeneinander vor dem Tresen standen. Nachdenklich blätterte er in seinen Unterlagen. „Hast du nicht gesagt, du wärst Deutscher?"

„Stimmt."

„Aber Green ist kein deutscher Name." Er blätterte zwei Seiten weiter. Dann verharrte er. Seine Augenlider klappten hoch, als hätte er eine Erscheinung gehabt. Er drehte sich zum Komischen Freddy um. „Du heißt gar nicht Green, was?"

Der Groschen ist also gefallen, dachte Frederick amüsiert. Das hatte aber lange gedauert. „Stimmt", sagte er.

„Sondern?"

„Vielleicht bin ich ein Schmidt", flüsterte der Komische Freddy bis über beide Ohren grinsend.

Ben sah ihn bemitleidenswert dämlich von unten her an. „Ein Schmidt mit ‚dt'?", fragte er.

Und Frederick brach in schallendes Gelächter aus.

Das winzige Lädchen, in dem die Post untergebracht war, lag versteckt in einer zugigen, von der Whitechapel Road abgehenden Seitengasse, Swanson war nach jeder Menge Fragerei und ebenso vielen widersprüchlichen Auskünften letzten Endes mehr oder weniger durch Zufall darauf gestoßen. Es fungierte gleichzeitig als Geschäft für Krimskrams und Schreibwaren und wurde von einer rundlichen älteren Dame geführt, die zwischen Bergen vergilbter Papiere kaum genug Luft zum Atmen hatte und inmitten all der Briefumschläge hockte wie eine Glucke in ihrem Nest.

Freudestrahlend hatte sie sich nach seinen Wünschen erkundigt und ihm dann das Telegrammformular und einen Bleistift hingeschoben.

Noch nie zuvor hatte Swanson ein solches Maß an Unordnung auf so beengtem Raum gesehen, und ob von dort aus abgesandte Telegramme jemals ihre Adressaten erreichten, blieb abzuwarten. Er konnte nur hoffen, dass Annie es bekam, damit sie wenigstens wusste, wo er sich gegenwärtig aufhielt.

Das Atelier des Malers zu finden, war dagegen wesentlich einfacher gewesen. Das windschiefe Haus mit den schmalen Fenstern, vor dem Swanson jetzt stehen blieb, stand von der Mittagssonne beschienen im westlichen Teil der Wentworth Street. Ein handgemaltes Schild in einem der unteren Fenster verkündete, dass hier der Kunstmaler Walter Sickert seiner Tätigkeit nachging. Termine nach Vereinbarung.

Swanson klopfte mit dem Griff seines Stockes an die Tür. Es tat sich nichts. Und nachdem ihm auch nach nochmaligem Anklopfen niemand öffnete, beugte er sich vor und spähte durch die blitzsauberen Fensterscheiben in die Dunkelheit des Ateliers. Viel war freilich nicht zu erkennen. Nur ein paar Rollen Leinwand, diverse Pinsel, die überall in verbeulten Blechdosen herumstanden, und eine farbverkrustete Staffelei, die, von innen gegen das Fenster lehnend, einen Großteil der Sicht versperrte.

Termine nach Vereinbarung, dachte er, während hinter ihm schwer beladene Pferdekarren über das Kopfsteinpflaster rumpelten. Fragte sich nur, wo Sickert diese Vereinbarungen traf.

„Der iss nich da, Sir!", hörte er eine quengelige Kinderstimme gegen den Straßenlärm anrufen, drehte sich jedoch erst um, als die zur Stimme gehörende Hand aufgeregt an einem Zipfel seines Übermantels herumzupfte.

Die fünf barfüßigen Jungen – alle zwischen sieben und acht Jahre alt, wie er schätzte – zuckten sichtlich zusammen. Sie wichen zunächst einen guten Meter zurück, um sich dann vor ihm auf dem Gehsteig im Halbkreis zu formieren.

„Wie schade", meinte Swanson. „Habt ihr vielleicht eine Idee, wo ich ihn finde?"

Der Kleinste trat mutig einen Schritt vor. Sein ausgestreckter Zeigefinger wies auf das Pub schräg gegenüber. „Drüben im ...", sagte er, kam aber nicht mehr dazu, den Namen des Lokals auszusprechen, da ihm sogleich zwei der älteren Jungen unter wütenden Schschtt- und Pssst-Lauten ihre Hände auf den Mund pressten.

„Idiot!", zischte der eine.

„Selber Idiot!", giftete der Kleine zurück und machte sich zappelnd von ihnen los. Schweigend reihte er sich wieder in den Halbkreis ein, wo man ihn mit Gerempel begrüßte.

„Ich verrats Ihnen, wo der iss", ergriff ein anderer das Wort. Vor lauter Aufregung bohrte er in der Nase, während er sprach. „Iss aber nich ganz billig, Sir." Zustimmendes Gemurmel aus den Reihen seiner furchtlosen Kameraden war die Folge.

„Na schön. Ihr habt mich in der Hand", sagte Swanson, redlich darum bemüht, das Opfer zu spielen. „Mit wie viel muss ich rechnen? Was meinst du?"

„Also mindestens ..." Hier verließen ihn abrupt die Worte. Langsam war dem kleinen Mann wohl klar geworden, welche Verantwortung da nun auf ihm lastete. Er zog blinzelnd den Finger aus der Nase und versenkte seine Hände in den Hosentaschen. Entweder pure Verlegenheit, oder aber er bewahrte dort seine Preislisten auf.

„Nun?"

„Also ..." Hilfe suchend warf er einen letzten Blick zurück über die Schulter. Aber seine Freunde standen wie eine Kompanie kleiner Marmorzwerge da – ernsthaft, stumm und erstarrt. Dann platzte er – frei von jedem Cockney-Akzent – mit „Mindestens einen halben Penny, Sir!" heraus.

Fünf Augenpaare waren gespannt auf Swanson gerichtet. Und für die Dauer einiger atemloser Sekunden blinzelte keines von ihnen.

„Abgemacht, Jungs", sagte er grinsend.

Ein Jubelgeschrei brach los. Hände wurden geklatscht, und Füße tanzten und sprangen auf dem Gehsteig umher, was erst ein Ende hatte, als Swanson seine Brieftasche aufklappte.

Ungläubiges Staunen, als er nicht nur dem Wortführer

den ausgemachten halben Penny, sondern jedem von ihnen einen ganzen Shilling in die Hand drückte.

Er wollte schon gehen, nachdem er sich dankend von ihnen verabschiedet hatte, wurde aber sogleich lautstark zurückgepfiffen.

„He, Sir! Wo woll'n S'n hin? Wir ham Ihnen doch noch gar nüschts verraten."

Gütiger Himmel, wie konnte er nur so ein Spielverderber sein. Sie mussten sich ja wie eine Horde kleiner Idioten vorkommen. Er schlug sich mit der Hand gegen die Stirn. „Wie dumm von mir! Hätte fast vergessen, was ich wollte", sagte er. „Da wäre ich nachher schön im Kreis rumgelaufen."

Diese Vorstellung rief einiges Gelächter hervor.

„Drüben in den Smuggler's Arms", klärte ihn der Wortführer in konspirativem Flüsterton auf. „Da iss der nachmittags immer."

Die übrigen vier bezeugten ihrerseits ihr Wissen durch eifriges Kopfnicken.

„Und wie sieht er aus? Rennt er vielleicht immer mit einem Pinsel hinter dem Ohr herum?"

Diesmal gab es nur leises Gekicher. „Nee, Sir. Der hat immer so'n Hut auf. So'n Zylinder. Da erkenn' Sie ihn dran."

„Ich möchte auch mal so was haben, Sir", meldete sich der kleinste von ihnen wieder zu Wort, wobei er keineswegs Swansons Bowler meinte, denn den rechten Zeigefinger hatte er nach Swansons Brieftasche ausgestreckt. Die Sonnenstrahlen fingen sich matt in den verfilzten blonden Haarsträhnen des Jungen, die dadurch noch staubiger wirkten, als sie es ohnehin schon waren. Seine blauen, ehrfürchtigen Augen hingegen glänzten. „Da iss 'ne Polizeimarke drin. Die ist doch echt, oder?"

Eines der schönsten Komplimente, die er als Polizeibeamter jemals bekommen hatte, fand Swanson. Seine

Antwort jedoch wurde vom Lärm eines vorüberrumpelnden Fuhrwerkes verschluckt, als er dem Jungen aufmunternd durchs Haar strich, sich endgültig umwandte und die Straße überquerte.

Um diese Tageszeit herrschte in den Smuggler's Arms wenig Betrieb.

Außer einem grauhaarigen Gentleman, der an einem Tisch in der Mitte saß und so konzentriert in sein Aleglas starrte, als zähle er die langsam zerplatzenden Bläschen darin, hielten sich nur drei Männer im Schankraum auf. Sie lehnten an der Theke. Jeder hatte ein Getränk vor sich und einen Hocker neben sich stehen, doch keiner von ihnen trug einen Zylinder.

Da sogar die sehr gemütlich aussehende Bank in der Ecke unbesetzt war, steuerte Swanson sie an, legte Hut und Stock auf die roten Samtpolster und begab sich unverzüglich an die Bar.

„Angenehmer Tag, nicht wahr?" Wenn man zu einer fremden Gruppe stieß, war es immer besser, mit einer unverbindlichen Floskel zu beginnen. Auf diese Weise, das hatte Swanson die Erfahrung gelehrt, trat man niemandem unfreiwillig auf die Füße. Das falsche Wort zur Tagespolitik war schon umsichtigeren Leuten zum Verhängnis geworden, und Sätze wie: „Ich bin Chief Inspector Swanson vom Yard, wo finde ich Sickert, den Maler?", konnten einen Mann, der ganz auf sich allein gestellt war, in dieser Gegend ins Grab bringen.

„Sie sollten Whitechapel im Frühling sehen, Mister. Ein richtiger Traum", meinte grinsend der Mann, der ihm am nächsten stand. Er beugte sich weit über die messingumrahmte Einfassung der Theke und rief: „Joe! Joe, komm mal her! Ein echter West End Gentleman. Sowas hast du noch nicht gesehen!"

Irgendwo im Nebenzimmer hörte man Joe grunzen, er hätte schon *alles* gesehen.

Swanson rang sich ein Lächeln ab. „Ich suche übrigens Mr Sickert, den Maler. Man sagte mir, ich würde ihn hier finden. Haben Sie eine Ahnung, wo er steckt?"

„Ich bin Sickert", sagte derselbe Mann, der eben nach Joe gerufen hatte. „Was kann ich für Sie tun?"

„Mein Name ist Donald Sutherland", sagte Swanson, seinen mittleren Namen benutzend, und streckte dem Maler die Hand entgegen. „Ich hörte, Ihre Bilder seien schwer im Kommen, und da wollte ich mir eines sichern, bevor sie unerschwinglich werden."

Sickert lachte auf. „Schwer im Kommen? Von wem haben Sie denn den Unsinn, Mr Sutherland?"

„Hätten Sie die Zeit, mich zu porträtieren?", fragte Swanson und wich damit seiner Frage aus. „Jetzt gleich?"

Sickert rieb seine Handflächen an den Hosenbeinen, während er eingehend Mr Sutherlands ehrbaren Straßenanzug begutachtete. „Klar, warum nicht? Sie sehen aus, als könnten Sie einen halbwegs vernünftigen Preis zahlen."

Leinwandrollen und Zeichenpapier lagen stapelweise in den Regalen, auf dem kleinen Tisch in der Mitte und am Boden verstreut herum, und der schwere, durchdringende Geruch von Ölfarben und Terpentin hing in der Luft.

Sickert wuselte geschäftig durch sein Atelier. Jetzt schaffte er ein wenig Ordnung, indem er ausgetrocknete Farbtöpfe mit dem Fuß aus dem Weg räumte und die Staffelei in eine günstige Position zum Fenster brachte. Licht, verkündete er währenddessen, sei das Allerwichtigste. Ohne das richtige Licht könne man auch gleich mit verbundenen Augen malen.

Swanson wartete geduldig, bis er von Sickert schließlich die Anweisung erhielt, auf einem dreibeinigen Holzschemel am Fenster Platz zu nehmen.

„Lebensecht, haben Sie gesagt." Der Maler war quer durchs Zimmer gehüpft. Mit einer Farbpalette in der

Hand trat er nun an die Staffelei. Voller Tatendrang einen Spachtel erhoben, meinte er: „Ich bin so weit. Wenn Sie dann jetzt den Bowler abnehmen könnten ..."

Swanson gehorchte und Sickert begann den Spachtel zu schwingen.

In scheinbar andächtiges Schweigen versunken sah der Chief Inspector ihm zu. Pinsel und Spachtel unterschiedlichster Form und Größe wechselten einander in rascher Folge ab, derweil Swanson darüber nachdachte, wie er am besten auf das Mädchen zu sprechen kam.

Draußen wurden die Schatten allmählich länger.

„Darf ich Sie eigentlich ansprechen, während Sie malen", fragte er. „Oder ist dann alles für die Katz?"

„Wenn Sie den Kopf weiter gerade halten, geht das in Ordnung. Aber wackeln Sie um Himmels willen nicht immer so herum."

„Wie lange, glauben Sie, wird es dauern?"

„Heute werden wir sicherlich nicht fertig. Das Licht wird zu schlecht. Vielleicht morgen, wenn ich mich ranhalte."

„Das meine ich nicht", sagte Swanson. Er beugte sich vor, die Hände auf die Knie gestützt.

„So wird das nichts!" Sickert seufzte verdrossen. „Ihr Gesicht ist ja ein einziger Schatten." Er fuchtelte mit beiden Händen vor Swansons Nase herum, doch der Schatten blieb.

„Wie lange werden diese Leute das Mädchen noch am Leben lassen, Mr Sickert?"

Der Künstler runzelte irritiert die Stirn. Dann prallte er so heftig zurück, als hätte man ihm ein Zentnergewicht vor die Brust gestoßen. „Mädchen? Mädchen?" Er warf den Pinsel auf die Ablage der Staffelei, um sich die Finger an einem Tuch abzuwischen, das aus seiner Hosentasche baumelte. „Was soll das? Ich weiß nichts von einem Mädchen!"

„Reden Sie doch keinen Unsinn!" Swansons Stimme klang fast liebenswürdig, wenn auch eine Spur schärfer; seine grauen Augen aber funkelten hart und kalt wie Eis. „Sie wissen sehr genau, von wem ich spreche."

„Wer sind Sie? Etwa ein Polyp?"

„Ein Freund von Mr Druitt", sagte Swanson. „Sie kennen ihn doch, nicht wahr?"

Sickert blickte ihn vorsichtig an. Uneinig mit sich, ob es besser war, diese Bekanntschaft zu leugnen oder zuzugeben.

„Glauben Sie mir, ich bin auf Ihrer Seite", versicherte ihm der Chief Inspector. Nach allem, was er von Druitt gehört hatte, ging er zumindest davon aus, dass dies zutraf. Als der Maler noch immer keine Anstalten machte, etwas zu erwidern, stand Swanson vom Schemel auf. „Hören Sie, ich möchte Sie wirklich nicht in Schwierigkeiten bringen ..."

„Ach nein?", unterbrach ihn Sickert gereizt. Seine dunkel umrandeten Lider flatterten, als er zum Fenster ging. Er sah nach rechts und links die Straße hinunter. „Wieso kommen Sie dann her und stellen mir solche Fragen?"

„Weil Sie Mr Druitt nahegelegt haben, das Mädchen – diese Marie – von hier fortzubringen. Wie er das aber anstellen soll, ohne zu wissen, von wem die Gefahr überhaupt ausgeht, oder vor wem er sich in Acht nehmen muss, darüber haben Sie sich offenbar nicht den Kopf zerbrochen."

„Was wissen Sie denn schon davon?", sagte der Maler. Er sank am Fenster nieder, bettete den Kopf auf die angezogenen Knie und rieb sich die Schläfen. „Sie denken wohl, mich kümmere das nicht, wie? Verdammt, ich weiß ja bald selbst nicht mehr, wem ich noch trauen kann!"

Druitt hatte also keinesfalls übertrieben, dachte Swanson. „Wie ernst ist es, Mr Sickert?"

Der Maler sah auf – die Augen rot, das Gesicht voller Falten.

„Todernst", sagte er. „Und es ist alles meine Schuld."

Später an diesem Abend saßen Swanson und Druitt bei Kaffee und Gurkensandwiches im Dachzimmer des Barnett'schen Pfarrhauses beieinander. Draußen verschwand die Sonne – wie schon so oft in diesem Spätsommer – als blutroter Ball hinter den schmucken Türmchen von Toynbee Hall.

„Mehr als das, was wir ohnehin schon wissen, werden wir aus Sickert nicht herausbekommen." Swanson reichte Druitt, der mit zerrauften Haaren und geöffnetem Hemdkragen auf dem Bett saß, den Teller. „Er war ganz außer sich vor Angst. Meinte, ich würde ihn um Kopf und Kragen bringen mit meinen Fragen. Er redete, als hätten die Wände Ohren. Niemandem dürfe man trauen, hat er gesagt. Aber mit den Namen wollte er auch nicht rausrücken. Und wenn Marie, wie Sie sagen, ebenfalls nicht bereit ist, Namen zu nennen ..."

„Einen haben wir zumindest", sagte der Anwalt, der den Teller auf die Matratze gestellt und sich ein Sandwich genommen hatte. Er betrachtete es freudlos. „Wir wissen immerhin, wer der Vater des Kindes ist."

„Ja, aber wenn es sich dabei tatsächlich um den Enkel der Königin handelt", meinte Swanson, „wird er wohl kaum selbst in Erscheinung treten. Bei welcher Gelegenheit haben sich Marie und der Duke eigentlich kennengelernt?"

„Sickert kannte Marie Jeanette ja bereits. Sie hat ab und an als Modell für ihn gearbeitet, wie sie sagt. Und so, wie ich es verstanden habe, hat Sickert irgendwann den Auftrag bekommen, Albert Victor im Umgang mit Farbe und Pinsel zu unterweisen. Weiß der Himmel, wie die Königin auf ihn aufmerksam geworden ist. Tja, und eines

Tages trafen Marie und Albert Victor dann eben zusammen."

„Sie verliebten sich?"

„Ich bitte Sie!" Angewidert warf Montague John das Sandwich auf den Teller zurück. „Haben Sie den Mann denn niemals gesehen, Chief Inspector? Diese riesigen hervorquellenden Augen, wie bei einem Lurch? Der Mann ist hässlich wie die Nacht! Bestenfalls hatte *er* sich in sie verliebt."

„Dann hat er sie ...?" Swanson wagte nicht, es auszusprechen.

Der Anwalt nickte. „Ganz recht. Marie sagt, er habe sie mit Chloroform betäubt."

„Haben Sie etwas über die Männer, die sie bedrohen, aus ihr herausbekommen?"

„Nur so viel, dass es sie gibt", seufzte der Anwalt. „Obwohl sie sich vor ihnen fürchtet, glaubt sie nicht, dass man sie töten wird."

„Ziemlich naiv, wenn Sie mich fragen." Als Beamter ihrer Majestät mochte sich Swanson eine Verstrickung des Königshauses in diese Sache kaum vorstellen. Doch wenn Sickert die Wahrheit gesagt hatte, war das Mädchen in großer Gefahr. „Wenn man bedenkt, dass der Duke vielleicht eines Tages auf dem englischen Thron sitzen wird, kann sich das Königshaus einen solchen Skandal nicht leisten. Ich könnte mir vorstellen, dass man sich einfach gezwungen sieht, Mutter und Kind zum Schweigen zu bringen."

„Sie hat versprochen, mit niemandem über den Vater zu sprechen." Montague John blickte müde aus dem Fenster.

Swanson erhob sich und legte dem Anwalt eine Hand auf die Schulter. Aufmunternd sagte er: „Wir werden sie in Sicherheit bringen, Mr Druitt. Es kann doch nicht so schwierig sein, einen geeigneten Ort zu finden, wo Sie drei in Frieden leben können. So lange allerdings müssen wir die Gegenseite – wer immer das sein mag – in dem Glauben lassen, nur Marie selbst wisse von dem Kind." Lange jedoch würde Marie Jeanette die ersten Anzeichen ihrer Schwangerschaft nicht mehr verbergen können, dachte Swanson. Selbst wenn sie noch so weite Kleider trug. „Bis wir diesen Ort gefunden haben, sollten Sie in ihrer Nähe bleiben."

„Ich könnte sie in meiner Kanzlei verstecken", rief der Anwalt und schnippte mit den Fingern. „Was halten Sie davon?"

„Nichts, Mr Druitt. Überlegen Sie mal, wie verdächtig das aussehen würde. Solange wir nicht mit Sicherheit wissen, von welcher Seite die Gefahr ausgeht, dürfen wir nichts unternehmen, was den Schluss nahelegt, es sei eine Flucht geplant, verstehen Sie? Wenn es so einfach wäre, hätte ich Ihre Marie als Hausmädchen in Mr Greenlands Obhut ..."

„Was haben Sie?" Montague John blickte Swanson an, der am Fenster stand und zu der wachsenden Gruppe von Männern hinunterstarrte, die sich im Hof um Reverend Barnett zur Nachtpatrouille versammelte. Gemeinsam mit dem von George Lusk gegründeten Schutzkomitee würden sie Whitechapel und die angrenzenden Gemeinden auf der Suche nach dem Whitechapel-Mörder durchstreifen.

„Ihre Freundin versorgt doch häufig in Toynbee Hall die Küche, nicht wahr?"

„Ja, warum?"

„Es gibt aber auch jede Menge im Pfarrhaus zu tun. Und Mrs Barnett wird nicht jünger." Swanson war ganz in Gedanken versunken. „Meinen Sie nicht auch, der Vikar hätte für ein talentiertes Hausmädchen Verwendung, Mr Druitt?"

Der Vikar war schlichtweg begeistert. Miss Kelly verließ ihr Zimmer im Miller's Court und zog in das Pfarrhaus ein.

Dann wurde es Herbst. Er kam mit Regen und schlechten Nachrichten.

Die erste trug das Datum vom 25. September und lautete:

Lieber Boss,

*ich höre andauernd, die Polizei hat mich geschnappt, aber sie wird mich jetzt noch nicht fassen. Ich habe gelacht, als sie so gescheite Gesichter machten und darüber sprachen, sie seien auf der **rechten** Spur. Der Witz mit Lederschürze hat mir wirklich einen Lachkrampf eingetragen. Ich bin auf Huren heruntergekommen und ich werde nicht aufhören, sie aufzuschlitzen, bis ich schließlich doch eingelocht werde. Großartige Arbeit war die letzte Sache. Ich habe der Dame keine Zeit gelassen zu quietschen. Wie könnten sie mich da jetzt schnappen? Ich liebe meine Arbeit und möchte von Neuem anfangen. Sie werden bald von mir und meinen drolligen kleinen Spielen hören. Beim letzten Mal hatte ich mir in einer Ingwerbierflasche etwas von dem richtigen **roten** Zeug aufgehoben, um damit zu schreiben, aber es wurde dick wie Leim, und ich kann's nicht benutzen. Rote Tinte ist auch ganz passend, hoffe ich. **ha. ha**. Bei der nächsten Sache, die ich mache, werde ich der Dame die Ohren abschneiden und sie an die Polizei schicken, bloß zum Spaß, würde Ihnen das gefallen? Halten Sie diesen Brief zurück, bis ich ein bisschen mehr gearbeitet habe, dann geben Sie ihn gleich heraus! Mein Messer ist so hübsch scharf, dass ich sofort wieder an die Arbeit gehen will, sobald ich eine Gelegenheit finde. Viel Glück,*

Ihr ergebener
Jack the Ripper

Es macht Ihnen doch nichts aus, dass ich meinen Firmennamen angebe.

Der Brief war in einer sauberen, fast gestochen wirkenden Handschrift abgefasst. Darunter befand sich ein zweites Postskriptum. Dieses indessen war hastig hingekritzelt worden. Es lautete:

Ich konnte den Brief nicht eher zur Post bringen, bis ich mir all die rote Tinte von den Händen gewaschen hatte; verdammt. Bisher kein Glück. Jetzt sagen sie, ich sei Arzt. **ha. ha**.

Was Swanson zuallererst auffiel, waren die Anrede „Lieber Boss" und das Wort „eingelocht". Amerikanismen, die kaum ein Engländer benutzte. Wer immer diesen Brief geschrieben hatte, er war entweder Amerikaner, oder er hatte sich längere Zeit dort aufgehalten.

Constable Phelps, den rechten Ellenbogen auf die Tischkante gestützt, sah Swanson eindringlich an. „Was meinen Sie dazu, Sir?"

„Jack the Ripper. Jetzt hat er also einen neuen Namen. Natürlich ein gefundenes Fressen für die verdammte Presse. Das hat uns gerade noch gefehlt: ein größenwahnsinniger Scherzbold, der Briefe über seine Taten an die Zeitungen verschickt." Der Chief Inspector schnaufte. „Werden die das drucken?"

„Die Daily News haben die Rechte gekauft. Aber wir haben ihr Wort, dass sie noch ein paar Tage damit warten."

„Damit er noch ein bisschen mehr arbeiten kann, wie er hier schreibt, ja?"

„Abberline hält ihn für echt. Was glauben Sie, Sir?", fragte Phelps. „Glauben Sie, der Whitechapel-Mörder hat ihn geschrieben?"

„Ich weiß es nicht", sagte Swanson und massierte müde seine Nasenwurzel. „Es wird sich zeigen."

Und es zeigte sich.

KAPITEL 10

Tiefer konnte ein Mann nun wirklich nicht sinken. Dieser Meinung war Frederick Greenland, als er sich am Morgen des 29. September aus seinen Decken wickelte und Hals und Ohren notdürftig in einer alten Regentonne wusch, während sein einziger Luxus, ein Stückchen Seife, langsam, aber sicher zur Neige ging.

Nach etwas mehr als einer Woche in Whitechapel war jegliche Ähnlichkeit Fredericks mit dem distinguierten Gentleman aus Bloomsbury, der es gewohnt war, seinen Tee morgens von einem Butler am Bett serviert zu bekommen, verschwunden. Sein Haar hing ihm in wilden Strähnen in die Stirn, während ein hässlicher Bart, der wie Unkraut auf Kinn und Wangen wucherte, sein Gesicht entstellte. Auf ein Rasiermesser hatte Frederick vorsichtshalber verzichtet, da sich in Zeiten wie diesen, wo man alle paar Wochen eine weitere Frau mit durchschnittener Kehle auffand, Lynchjustiz der allergrößten Beliebtheit erfreute. Erst gestern Nacht hatten sie einen älteren Mann zwei Meilen die Whitechapel Road hinaufgejagt, nur weil er einem Mädchen die Hälfte eines Apfels angeboten hatte; dummerweise hatte er ihn mit einem Messer geteilt.

Fredericks Magen knurrte, als er an Äpfel dachte.

Nach einer Woche war sein Bart fast länger als sein Haar, und trotz einer Vielzahl von Informationen, die er in seiner Verkleidung als Freddy Green bereits gesammelt hatte, war es Frederick bislang noch nicht gelungen, Forbes Winslow zu finden. Die hoffnungsvolle Möglichkeit, über Mickeldy Joes angebliche Freundin, diese Mrs Kelly, an Winslow heranzukommen, hatte sich als Flop herausgestellt. Trotz ihrer Bettreservierung in Cooney's Logierhaus hatte sie sich dort nicht wieder blicken lassen. Aber Ben, der Verwalter, hatte versprochen, die Augen offen zu halten und Frederick Bescheid zu geben, sobald die Frau oder Joe selbst auftauchen sollte.

Was den Queen's Head an der Ecke Fashion und Commercial Street anging, so hatte Frederick lediglich in Erfahrung gebracht, dass Mickeldy Joe zwar regelmäßig dort gewesen sei, man ihn jetzt aber schon eine ganze Weile nicht mehr gesehen hätte. In den Ten Bells war es nicht besser gewesen. Immerhin hatte ihm hier der Wirt den Rat gegeben, es einmal mit Crossingham's Logierhaus in Dorset Street oder dem Princess Alice Public House an der Wentworth Street zu versuchen. Zwei der Orte, an denen Mickeldy Joes Freundin – eine Cathy Eddowes, nicht Kelly, wie der Wirt versicherte – häufig auf Kundenfang ginge. Und genau an dem Punkt würde er weitermachen. Nach dem Essen.

Da es zum Frühstücken bereits zu spät war, suchte Frederick um halb zwölf eine Armenküche in Thrawl Street auf. Dort nahm er ein einfaches Mittagessen aus Bohnensuppe und fade schmeckendem Brot zu sich. Erst beim Tischgebet stellte er fest, dass es sich um eine rein jüdische Einrichtung handelte, aber dank seines Bartes fiel er nicht weiter auf. Die Leute waren nett, wenngleich er ihr Gemurmel auch nicht verstand, und niemand nahm Anstoß daran, dass er während des Essens als Einziger keinen Hut trug.

Timothy Donovan, Verwalter von Crossingham's Logierhaus in Dorset Street, war ein Geschichtenerzähler, der zur Weitschweifigkeit neigte. Ja, er kenne Mickeldy Joe. Ja, auch Mrs Kelly sei ihm bekannt, ebenso jene Mrs Eddowes. Aber er hatte auch Annie Chapman gekannt, von der er beharrlich als „Siebchen" sprach. Sich über dieses Thema auszulassen, schien den Verwalter bei Weitem mehr zu interessieren, als Fredericks Fragen zu beantworten.

„Fand sie nachts um halb zwei unten in der Gemeinschaftsküche", erklärte er eben. „Da war sie betrunken und aß eine gebackene Kartoffel. Und als ich sie nach ihrem Geld fragte, behauptete sie natürlich, sie hätte keines. Bat mich darum, eine Nacht umsonst schlafen zu dürfen, weil sie krank sei; zu schwach, welches zu verdienen. ‚Siebchen‘, sagte ich zu ihr, ‚du musst bezahlen, wenn du bleiben willst.‘ ‚Halt mir mein Bett frei, Timmy‘, sagte sie. ‚Ich komme wieder, wenn ich es mir verdient habe.‘"

„Und dann ist sie gegangen?"

„Ja, und hat ihren Mörder getroffen. Zack!" Mr Donovan schlug sich klatschend mit der Faust auf die Handfläche. „Schlimm, nicht? Hätte ich ihr erlaubt zu bleiben, wär sie wohl noch am Leben."

Frederick nickte mitfühlend. „Jetzt haben Sie natürlich Gewissensbisse."

„Ach, nein, nein. Für Siebchen ist es besser so." Er strich mit dem Daumen seine Kehle entlang. „Ging schneller auf diese Weise, verstehen Sie?"

Frederick verstand nicht. Er sah den Verwalter entsetzt an.

„Sie war todkrank, müssen Sie wissen. Spuckte immer wieder Stücke von ihrer Lunge aus, Mr Green."

Frederick fragte sich, ob Donovan sie deshalb „Siebchen" nannte. Sein Entsetzen wuchs. Seiner Meinung nach waren Tod und Krankheit nichts, worüber man Possen riss.

„Siebchen hätte es vielleicht noch drei Monate gemacht", versicherte Donovan. „Allerhöchstens ein Vierteljahr."

Frederick enthielt sich eines Kommentars und schaute auf die Uhr. Hier vertrödelte er nur seine Zeit. „Sie haben bestimmt etwas zu tun, Mr Donovan. Ich möchte Ihnen nicht noch mehr Ihrer kostbaren Zeit stehlen."

„Oh, das tun Sie nicht." Er räkelte sich genüsslich und lehnte sich bequem in seinem alten Sessel zurück. „Bis jetzt hat er sich ja nur solche herausgepickt."

„Er?"

„Na, der Mörder. Polly Nichols hatte irgendein tödliches Herzleiden – das hat sie mir mal gesteckt. Dann Siebchen. Und die Alte vom George Yard litt an Verfettung." Er breitete die Arme aus. „Die kannte ich vom Sehen. Schleppte sich mächtig ab."

Frederick sah die Chance gekommen, doch noch zu seinen ursprünglichen Fragen zurückzufinden. „Sie kennen offensichtlich sehr viele Leute aus der Gegend."

„Die meisten." Dann beugte er sich plötzlich vor und grüßte einen an der Tür vorbeispazierenden Mann mit stolzem Schnurrbart, Zylinder und zynischen Augen. „Oh, hallo, Mr Maybrick! Wieder mal die Rattenplage in Liverpool?"

„So ist es, Mr Donovan. So ist es." Er trug ein ledergebundenes Journal unter dem Arm und winkte mit einer Apothekertüte zurück, ehe er davonging.

„Da können Sie mir sicher sagen", meinte Frederick, als Donovan sich wieder in die knarrenden Polster zurückfallen ließ, „wo ich meinen alten Kumpel Mickeldy Joe am ehesten finde. Sie sagten vorhin, Sie würden ihn kennen."

Zu Fredericks Erstaunen sagte er: „Klar, Mann. Den kennt jeder hier. Ist einer unserer Stammkunden." Der Verwalter formte einen Trichter mit seinen Händen und flüsterte: „Siebchen soll ja auch von 'nem Stammkunden um die Ecke gebracht worden sein – von einem jedenfalls, den sie gut genug gekannt haben muss, um ihm zu vertrauen."

„Sie meinen, sie hat ihren Mörder gekannt?"

„Da können Sie fragen, wen Sie wollen", sagte Donovan. „Alle meinen das. Sonst wäre sie doch nie mit ihm in diesen Hinterhof gegangen. Wenn es ein Fremder gewesen wär ..." Er winkte ab. „Da hätte sie die Hosen voll gehabt, das kann ich Ihnen sagen. Wie oft hat sie hier gesessen und gejammert! Hat den jungen Hühnern die Ohren vollgesabbelt, bloß nicht mit Fremden in abgelegene Ecken gehen und so."

„Und wenn er ihr nun besonders viel Geld angeboten hätte?", gab Frederick zu bedenken.

„Im Leben nicht", versicherte er. „Sie war nicht grade eine Schönheit, Mr Green, und das wusste sie. Wenn er ihr mehr als den üblichen Preis geboten hätte, wäre Siebchen stutzig geworden. Sie war nicht dumm, müssen Sie wissen."

Frederick nickte. „Was ist mit Cathy Eddowes oder auch Kelly?", fragte er. „Ist sie besonders hübsch?"

„Catharine doch nicht!" Er verzog das Gesicht, als habe er in eine Zitrone gebissen. „Ihre Haut ist so gelb wie uraltes Pergament. Irgendeine schlimme Nierengeschichte. Kommt vom Saufen. Also, wenn ich der Whitechapel-Mörder wäre ..." Er schüttelte sich. In schwärmerischem Ton setzte er dann hinzu: „Da ist die Kelly ganz was anderes, Mr Green. Blutjung, knackig, was für sonntags. Sie verstehen?"

Diesmal verstand Frederick sehr genau. Was ihn jedoch zunehmend verwunderte, war, dass es sich bei Winslows Freundin nicht um eine, sondern um zwei verschiedene Frauen handeln sollte. Aber vielleicht war der Doktor ja zu den Mormonen übergelaufen. „Und welche von beiden bevorzugt Joe?"

„Hab ihn mal mit der Eddowes gesehen. Unten im Princess Alice. Da findet man ihn eigentlich immer."

Frederick hatte erfahren, was er erfahren wollte. „Unangenehm, diese dumme Sache mit meinen Beinen", log er. Er erhob sich ächzend und humpelte ungeschickt zur Tür. „Wenn ich zu lange sitze, schlafen sie ein."

„Genau wie bei meiner seligen Großmama." Donovan schwang sich auf die Füße, um für kurze Zeit im Hinterzimmer zu verschwinden. „Warten Sie, Mr Green. Irgendwo hier hinten muss ich ein Album haben."

Als er zurückkam, hatte Mr Green allerdings bereits das Weite gesucht.

„Oh! Sie kommen mir verdammt ungelegen, Mister ... äh." Sickert hatte die Tür seines Ateliers nur einen Spaltbreit geöffnet. Den Kopf zwischen Türblatt und -rahmen, sah er Swanson schreckensbleich an. Auf seiner Stirn perlte Schweiß. Er sprach so leise, als sei es mitten in der Nacht und er liefe Gefahr, schlafende Anwohner zu wecken, wenn er die Stimme erhob.

„Ich wollte mich lediglich nach meinem Gemälde erkundigen", entschuldigte sich Swanson. Automatisch passte er sich Sickerts Geflüster an. „Ich wusste ja nicht ..." Dass Sie Besuch haben? Dass Sie bereits zu Bett gegangen waren? Dass Sie – was? Da ihm keinerlei Formulierung einfallen mochte, die nicht peinlich und indiskret geklungen hätte, ließ er den Satz unvollendet. Stattdessen sagte er mit einem Schulterzucken: „Ich werde ein andermal wiederkommen, Mr Sickert. Was halten Sie von morgen Nachmittag? Meinen Sie, Sie schaffen es bis dahin?"

„Es schaffen?" Der Maler hatte offensichtlich gar nicht zugehört.

„Das Porträt", half Swanson ihm auf die Sprünge. „Ich bin nämlich schrecklich neugierig, wie es wohl aussehen wird."

Sickert nickte – seltsam erleichtert, wie es ihm schien. „Das ist fertig. Fast fertig", fügte er rasch, aber immer noch im Flüsterton hinzu. „Morgen können Sie es abholen. Sagen wir ab neun. Wenn Sie später kommen, wissen Sie ja, wo Sie mich finden." Er machte eine vage Bewegung mit den Fingern der Hand, die das Türblatt umklammerte, in Richtung der gegenüberliegenden Straßenecke. Swanson schloss daraus, dass Sickert das Smuggler's Arms damit meinte.

Als der Maler den Kopf ins Zimmer zurückzog, um die

Tür zu schließen, trat Swanson rasch vor und stellte den Fuß dazwischen. „Warten Sie, Mr Sickert!"

„Hören Sie, ich habe eine Dame da drin. Eine Kundin", sagte Sickert, dessen Stimme nun noch ein wenig leiser und dessen Gesicht noch ein wenig fahler geworden war.

Eine Kundin? Swanson war nicht entgangen, dass die Vorhänge der Atelierfenster zugezogen waren. Eigentlich war er hergekommen, um ihn noch einmal wegen der Hintermänner zu befragen, doch so, wie es aussah, war die augenblickliche Situation eine recht ungünstige. Er konnte kaum annehmen, dass Sickert ihm jetzt, zwischen Tür und Angel gewissermaßen, die Namen nannte, über die er sich bei ihrem letzten Treffen so beharrlich ausgeschwiegen hatte. Unter normalen Umständen war es schon schwierig genug, überhaupt ein Wort aus Sickert herauszubekommen. Sicherlich tat er besser daran, den Maler jetzt allein zu lassen. Er zog den Fuß zurück.

Sickert nickte ihm dankbar zu. „Also bis morgen." Er schloss die Tür.

Swanson konnte hören, wie sie von innen verriegelt wurde. Nachdenklich trat er zurück und ging an den beleuchteten Fenstern vorbei zur Commercial Street hinunter.

Gemalt hatte Sickert mit Sicherheit nicht, denn in dem Fall wären die Vorhänge offen geblieben, und an heimlichen Damenbesuch mochte er auch nicht glauben. Ein Mensch, den man in einer pikanten Situation erwischte, wurde nicht leichenblass und schwitzte. Allenfalls bekäme er rote Ohren vor lauter Verlegenheit.

Warum also hatte Mr Sickert wirklich geflüstert?

Und – viel interessanter noch – warum hatte er es so offensichtlich vermieden, Swanson beim Namen zu nennen?

„Wer ist das gewesen?" Sir Charles Warren glitt behände an der aufgestellten Staffelei vorbei zum Fenster. Seine behandschuhte Linke schob vorsichtig die schwere Übergardine ein Stück beiseite. Außer ein paar angetrunkenen Arbeitern, die sich mitten auf der Straße zum Spaß ihre speckigen Mützen um die Ohren schlugen, war niemand zu sehen. Der Staub kitzelte unangenehm in seiner Nase, und er wandte sich um. „Sagten Sie nicht, Sie erwarten niemanden?"

„Wette, das war nicht der Zeitungsjunge, mein lieber, guter Walter", sagte Sir William Gull, der Zigarre rauchend auf einem wackeligen Stuhl am Tisch saß, das schwammige Gesicht gerötet und den Mund zu einem Grinsen verzogen. „Zwanzig Pfund, dass deine Frau keinen blassen Schimmer davon hat."

Sickert, dem bei den ersten Worten das Herz bis zum Hals geschlagen hatte, atmete erleichtert auf. „Der verdammte Vermieter", sagte er und hoffte, dass es unbekümmert klang. „Ich bin mit ein paar Wochenmieten im Rückstand."

Warren strich seinen Schnäuzer glatt und durchmaß den Raum. Neben dem Maler blieb er stehen. „Solche Überraschungen können wir uns nicht leisten, Mr Sickert", sagte er und eine Hand tauchte in das Jackett seines dunklen Abendanzuges.

„Es wird nicht wieder vorkommen, Sir."

„Ganz recht, das wird es auch nicht." In einer einzigen schnellen Bewegung zog er einen schmalen silberglänzenden Gegenstand aus der Innentasche.

Das Messer!, schoss es dem Maler wie ein greller Blitz durch den Kopf, als er den blutroten Widerschein des Kaminfeuers darauf gewahrte.

„Da, nehmen Sie", knurrte Warren und klappte sein Zigarrenetui auf, dem er ein zusammengerolltes Bündel Pfundnoten entnahm. „Bringen Sie die Sache in Ordnung.

Wenn es scheitert, dann liegt es nicht am Geld." Dann warf er die Geldscheine mit einer herrischen Geste auf den Tisch und nieste.

Es war halb acht, als Frederick im Princess Alice ein halbes Pint Guinness bestellte. Er setzte sich an einen kleinen runden Einzeltisch gleich rechts von der Theke mit Blick auf den schwach beleuchteten Gehsteig der Commercial Street. Auf diese Weise war es ihm möglich, beide Türen im Auge zu behalten – jene links von ihm, und die zweite, die auf die Wentworth Street hinausführte.

Im Schankraum lümmelten sich vielleicht drei Dutzend Männer und Frauen an Tischen und Theke. Am Tisch hinter ihm kniete ein Mann vor einer hysterisch kichernden Frau auf dem Boden – den Kopf unter den schweren Stoffbahnen ihres Kleides verborgen – und zählte wahrscheinlich die Falten ihrer Unterröcke. Auf der belagerten Eckbank zupften sich zwei Damen gegenseitig die Läuse aus den Haaren.

Von Winslow war nirgends eine Spur zu sehen.

„Hallo, Mr Greenland", sagte eine Stimme hinter ihm, und Forbes Winslows zerzauster Kopf tauchte neben Fredericks Schulter auf, eine fusselnde Pfauenfeder zwischen den Zähnen. Die Dame hinter ihm hatte aufgehört zu kichern, wie Frederick registrierte. Winslow klopfte sich den Staub von den Hosenbeinen, zog sich einen Hocker heran und nahm die Feder aus dem Mund. „Sie sehen ganz schön runtergekommen aus."

„Haus und Hof verloren", grinste Frederick.

„Wirklich?" Winslow sah ihn grimmig an. „Zufällig weiß ich, dass Sie hinter mir her sind. Sie verfolgen mich seit Tagen. Warum?"

„Weshalb sind Sie zurück ins East End gegangen?", fragte Frederick. „Ihnen muss doch klar sein, welchen Verdacht Sie damit wecken, Doktor."

Winslow legte zischend einen schmutzigen Finger an die Lippen. „Seien Sie still, Mann! Hier bin ich kein Arzt."

„Ich weiß. Wäre auch nicht ungefährlich."

„Willst du uns nicht bekannt machen, Joe?" Winslows Freundin schnappte sich die Feder vom Tisch und strich Frederick damit um die bärtigen Wangen. Sie schaute ihn augenzwinkernd an.

„Nicht jetzt, Catherine", grunzte Winslow. „Wir sehen uns nachher."

„Dann eben nicht." Sie lüpfte den Saum ihrer karierten Schürze ein Stück, machte einen Knicks und kniff Joe spielerisch ins Ohr. „Bis nachher dann." Sie verschwand durch die Tür. Draußen auf dem Fußweg stehend klopfte sie gegen die Fensterscheibe und streckte Winslow die Zunge heraus.

„Was macht die Nase?" Frederick nippte an seinem Glas.

„Nase?" Der Doktor verstand nicht gleich. Dann stieß er ein kleines Lachen hervor. „Ach so. Druitt hat ein bisschen gepetzt, wie?"

„Er hat sich Sorgen um Sie gemacht. Wie wir alle. Schließlich sind Sie mal Hauptverdächtiger in einem Mordfall gewesen. Was war es, eine Schlägerei?"

„Nicht ganz." Er berührte sanft die Spitze seiner Nase, die immer noch etwas schief stand. Fortan würde er sich nur noch von der Seite fotografieren lassen. „Ich war damals in Hanbury Street, um mir ein Bild von dem Verbrechen zu machen. Die Polizei hatte den Hof, wo die Leiche lag, verständlicherweise abgeriegelt, aber der Nachbar verdiente sich ein paar Pennies dazu, indem er Schaulustige auf seinen Hof ließ. Ich war auch darunter – in meiner Funktion als Wissenschaftler natürlich. Wenn man etwas über den Geisteszustand eines Mörders erfahren will, muss man die Verletzungen seiner Opfer studieren. Ich stand mit einigen anderen am Zaun und fertigte eine genaue Skizze der Schnitte und Verstümmelungen an, als Abberline auftauchte. Er langte über den Zaun und schlug wahllos in die Menge. Unglücklicherweise traf er mich, weil ich dermaßen in meine Zeichnungen vertieft war, dass ich ihn gar nicht kommen sah."

„Das hätte Ihnen eine Lehre sein sollen", sagte Frederick. „Das hier ist keine Gegend für Sie, Wins... äh ... Joe. Was hat Ihnen die ganze Sache eingebracht – außer einer gebrochenen Nase?"

„Jede Menge!" Winslow bäumte sich auf. Seine Augen funkelten im trüben Licht der Wandbeleuchtung. „Ich bin dem Mörder nie näher gewesen als heute. In den letzten Wochen habe ich Tag für Tag, Nacht für Nacht in diesen Slums verbracht. Alle Herbergswirte und auch die armen Kreaturen auf der Straße kennen mich. Angsterfüllt stürzen sie mit jedem bisschen Information, das für mich von Wert sein könnte, zu mir. Ich bin die Hoffnung der verängstigten Frauen. In meiner Gegenwart fühlen sie sich sicher. Sie heißen mich in ihren schäbigen Behausungen willkommen und befolgen willig meine Anweisungen, Mr Greenland. Diese Leute sind meine Informanten. Nun gut, sie finden nur Bruchstücke der Informationen, die ich brauche, aber sie finden sie. Das alte Mädchen zum Beispiel, das uns eben verlassen musste; sie behauptet, mich zum Mörder führen zu können. Vielleicht werde ich seinen Namen noch vor Ablauf dieser Nacht erfahren." Er hatte sich richtiggehend in Schweiß geredet. Mit einem tiefen Seufzer ließ er sich zurückfallen.

In meiner Gegenwart fühlen sie sich sicher, wiederholte Frederick Winslows Worte in Gedanken, und etwas, das Mr Donovan zu ihm gesagt hatte, zog wie eine gewitterschwere Wolke hinter seiner Stirne auf. Ermordet von einem, den sie gut genug gekannt haben muss, um ihm zu vertrauen ...

„Was sehen Sie mich so komisch an, Mr Greenland?" Der Doktor rümpfte die Nase. „Sie bezweifeln, dass es mir gelingt, ihn zu stellen, was? Ich werde Ihnen etwas zeigen. Unter der Prämisse, dass Sie es für sich behalten und meine Operationen nicht gefährden."

Operationen, dachte Greenland und schluckte mühsam. Das wurde ja immer interessanter. „Was ist es?"

„Nicht hier." Er stand auf und zupfte an Greenlands Ärmel. „Kommen Sie."

Gehorsam folgte Frederick dem Doktor auf die Commercial Street hinaus, die sich um diese Zeit einsam und finster nach rechts und links erstreckte. Winslow bugsierte ihn unter eine nahe gelegene Straßenlaterne. Nachdem er sich vergewissert hatte, dass niemand in der Nähe war, fischte er einen knitterfaltigen Zettel aus seiner Jackentasche. „Ich habe einen teuflisch guten Plan, Greenland, falls die Sache mit Catherine in die Hose geht." Er räusperte sich. „Was Sie gleich sehen werden, ist der Text einer Anzeige, die ich in allen großen Zeitungen der Stadt aufgeben werde."

Frederick nahm den Zettel und las: *Ein Gentleman, der der Anwesenheit gefallener Frauen in den Straßen Londons entschieden ablehnend gegenübersteht, sucht die Zusammenarbeit mit Gleichgesinntem, um dem ein Ende zu machen.* Frederick sah Winslow sorgenvoll an.

„Verteufelt schlau, nicht wahr?" Der Doktor nahm ihm den Zettel wieder ab und schlug sich vor die Brust. „Ich denke mir, es gelingt, wenn man noch eine Adresse angibt und sechs bis zehn Kriminalbeamte dort postiert. Wen meine Annonce anspricht, der wird erscheinen – und festgenommen!"

In der Ferne schlug dumpf eine Kirchenglocke.

„Die Zeitungen werden sich gar nicht erst darauf einlassen", flüsterte Greenland. „Geschweige denn die Polizei. Es wäre besser, Sie würden die Angelegenheit aus den Händen geben. Wenn Sie jedes Mal in der Nähe sind, wenn ein Mord verübt wird, macht Sie das umso verdächtiger."

„Unsinn!" Winslow streckte die Hände vor. „Diese Hände halten das Netz, das sich um den Whitechapel-Mörder zusammenzieht, Greenland. Noch heute Nacht."

„Dann will ich dabei sein."

Winslow kicherte mitleidig. „Hören Sie auf, Mr Greenland. Ich weiß Ihr Angebot zu schätzen. Aber, danke. Gehen Sie nach Hause, und trinken Sie Ihren Tee." Er wollte davonmarschieren, aber Frederick hielt ihn zurück.

„Das ist kein Angebot, Winslow", sagte er ernst. „Ab jetzt werde ich nicht mehr von Ihrer Seite weichen."

„Bitte vergeben Sie mir, Greenland", wisperte der Doktor. „Aber ich kann nicht anders. Sie gefährden meine Arbeit." Winslow umschlang Fredericks Oberkörper mit beiden Armen und fing jäh an zu kreischen.

„Was ist hier los?" Ein uniformierter Constable kam augenblicklich angerannt.

„Sie müssen mir helfen, Officer", rief Winslow. Er stieß Frederick grob von sich. „Dieser Mann ist betrunken. Er belästigt mich."

Greenland riss die Arme hoch, als der Constable seine Handgelenke ergreifen wollte. „Das ist ein Missverständnis, Sir." Und als der Doktor langsam davonschlenderte, die Hände in den Taschen, rief Frederick: „Winslow, warten Sie! Das können Sie doch nicht tun!"

„Weiß nicht, von wem Sie reden", kam die Antwort von weit her zurück.

„Machen Sie bitte keine Zicken, Sir." Der Constable drehte ihm den Arm auf den Rücken. „Sie kommen jetzt schön brav mit."

„Ich bin vollkommen nüchtern", flehte Frederick. „Verstehen Sie doch, ich muss diesem Mann folgen."

„Ja, ja", sagte der Constable in einem unangenehm beruhigenden Tonfall. „Irgendwem müssen wir alle folgen."

Verdammt! Bis jetzt hatte sie kein Glück gehabt, und nun begann es zu allem Überfluss auch noch zu nieseln. Elizabeth Stride zupfte an dem engen Stehkragen ihres Kleides herum, als könne sie ihn tatsächlich noch weiter aufstellen und so den Regen und die Kälte abhalten. Ein erfolgloser Versuch, denn das steife Ding rührte sich nicht einen Millimeter. Stattdessen zog sie ihr Umschlagtuch aus dem Ärmel, wickelte es sich lose um ihren schlanken Hals und machte zwei feste Knoten in die Enden.

Berner Street war eine schmale Straße mit schäbigen, zweigeschossigen Häusern, die von der Commercial Road abging und südwärts führte. Elizabeth hatte diese Richtung eingeschlagen, weil sie die Gassen südlich der belebten Durchgangsstraße nach Stepney für ungefährlicher hielt. Sie legte es nicht unbedingt darauf an, den kalten Stahl einer Messerklinge zu spüren. Aber das Terrain des unheimlichen Mörders lag im Norden, da war sie sich ziemlich sicher, denn schließlich waren all seine Opfer in der Gegend von Spitalfields und Whitechapel gefunden worden. Dies hier war St. George-in-the-East, ein halbwegs friedlicher Bezirk, in dem größtenteils polnische Juden und Deutsche lebten – Zigarettendreher und Schuhmacher zumeist. Und zum anderen war sie hier vor den Patrouillen der Studenten von Toynbee Hall sicher. Diese Leute konnten einem mächtig auf die Nerven gehen mit ihrem frommen Getue und den wohlmeinenden Ratschlägen, die Nacht doch besser im Arbeitshaus zu verbringen. Elizabeth schätzte, dass von denen noch keiner eines von innen gesehen hatte. Für einen Kanten Brot, einen Becher abgestandenes Wasser und ein verwanztes Bett hatte man geschlagene zehn Stunden zu schuften und sich von den Aufsehern schikanieren zu lassen. Nein, wer dort hinging, musste entweder total verrückt oder aber dem Hungertod nah sein.

Nirgendwo, so schien es, gab es einen Platz, wo man

sich eine Zeit lang unterstellen konnte. Wenn Sie doch nur ihren Hut nicht versetzt hätte, dachte sie ärgerlich. Doch der war gestern für einen Topf Reis mit Kohl draufgegangen. Bei dem Gedanken daran lief ihr das Wasser im Mund zusammen. Die Sixpence, die sie für die Reinigung zweier Räume im ersten Stock des Logierhauses Nr. 32 in Flower & Dean Street heute Morgen von Mrs Tanner bekommen hatte, waren nach Elizabeths Besuch im Queen's Head auf lächerliche eineinhalb Pence zusammengeschrumpft. Sie würde schleunigst Geld verdienen müssen.

Dem neuen Schulgebäude gegenüber blieb sie im Regen stehen. Aus dem Haus hinter ihr drangen die Geräusche einer lebhaften Feier. Sie vernahm vereinzeltes Lachen, Applaus und dann den Gesang einer Männerstimme.

Elizabeth drehte sich um, als sie Schritte auf dem Trottoir hörte. Drei in scheinbar gleichförmiges Schwarz gekleidete Gestalten kamen von der Commercial Road die abschüssige Berner Street herunter. Sie schritten nebeneinander her und hielten direkt auf Elizabeth zu.

Vielleicht würde sie einen von ihnen zu einer schnellen Nummer im Stehen überreden können, dachte sie. Möglicherweise sogar alle drei. Dann jedoch verdrehte sie desillusioniert die Augen, als sie die Männer erkannte, und ließ sich mit dem Rücken schwer gegen das Holztor hinter sich plumpsen. Sie seufzte. Die Heiligen Drei Könige hatten ihr gerade noch gefehlt.

Reverend Barnett war der Einzige von ihnen, der durchweg Schwarz trug. Bei den beiden Männern in seiner Begleitung handelte es sich um Mr Druitt, in den sie sich neulich fast ein bisschen verguckt hatte, und diesen aufgeblasenen Bastard Lusk, dessen sogenanntes „Schutzkomitee" in manchen Fällen so weit gegangen war, die auf der Straße aufgelesenen Frauen zu vergewaltigen, anstatt sie zu einer Unterkunft zu begleiten.

Der Vikar verlangsamte seinen Schritt. Traurig den Kopf schüttelnd blieb er vor ihr stehen. „Mädchen, Mädchen, Mädchen. Es ist nicht gut, um diese Zeit allein hier herumzustreifen. Das wissen Sie doch."

Das wissen Sie doch! Das wissen Sie doch!, äffte Elizabeth ihn in Gedanken nach. Sie konnte dieses Schulmeistergerede nicht ertragen. „Was wissen *Sie* denn schon?"

„Sie werden morgen todkrank sein, wenn Sie hier weiterhin im Regen stehen bleiben." Barnett berührte sacht ihr Kinn und hob ihren Kopf an, um ihr in die Augen zu sehen. „Aber der Regen ist noch nicht das Schlimmste."

„Kommen Sie schon, Reverend", quengelte Lusk, der Bauunternehmer. Ungeduldig nahm er die Zigarre, auf der er bislang mit seinen kurzen Rattenzähnen herumgekaut hatte, heraus und spuckte in hohem Bogen in den Rinnstein. „Sie sehen doch, was los ist. Es regnet, wir haben keinen Schirm und meine Zigarre geht aus."

„Wenn das all Ihre Sorgen sind", sagte Mr Druitt. Der Blick, mit dem er den Bauunternehmer maß, war unverhohlene Feindseligkeit. Er wandte sich ab und schlug den Kragen seines Pepper & Salt Cutaways hoch. Es regnete stärker.

Lusk grunzte. Er betrachtete kurz den tropfenden Stumpen in seiner linken Hand, dann ließ er ihn zu Boden fallen.

„Gehen Sie schon vor, George", sagte Barnett. Im Stillen jedoch fragte er sich, weshalb sie über das Ergebnis der Petition an die Königin unbedingt nachts um halb zwölf beraten mussten. Vermutlich, dachte er, wollten die ehrenwerten Herrschaften vermeiden, dass ihnen wichtige Tagesgeschäfte durch die Lappen gingen. „Sie und Mr Druitt können einen kleinen Freundschaftstrunk gebrauchen." Er lächelte. „Ich komme in zehn Minuten nach. Ich weiß ja, wo es ist. Na, gehen Sie schon."

Lusk nickte stumm, steckte die Hände in die Taschen und ging. Grummelnd setzte sich auch Mr Druitt in Bewegung.

„Ein netter Mann." Elizabeth sah den Männern nach, bis sie nach links in die Fairclough Street abbogen. „Mr Druitt, meine ich", setzte sie erklärend hinzu, damit gar nicht erst Missverständnisse aufkamen. „Der andere ist schrecklich."

„Sie können ja richtig umgänglich sein", meinte der Vikar mit einem Schmunzeln. Dann wurden seine Züge ernst. „Haben Sie Geld für eine Übernachtung?"

Elizabeth schüttelte kurz den Kopf. „Hab ich nicht, nein."

„Dann möchte ich, dass Sie nach Toynbee Hall gehen. Sagen Sie Mrs Barnett, ich hätte Sie geschickt. Sie soll Ihnen einen Platz zum Schlafen geben. Sie wird Sie im Versammlungsraum unterbringen, nehme ich an. Und wenn Sie unterwegs noch andere ..." Er stockte. „Frauen ..." Er hüstelte.

„Huren?", unterbrach sie ihn keck.

„Frauen Ihres Gewerbes treffen", fuhr Barnett pikiert fort, „dann nehmen Sie sie mit dorthin."

„Ist nett von Ihnen, aber ..." Dort gibt es keinen Gin, hätte sie um ein Haar gesagt, denn nur um einen Platz zum Schlafen ging es ihr nicht. Aus dem Augenwinkel sah sie einen uniformierten Constable auf seiner Streife vorübermarschieren. Wohl kein geeigneter Klient, überlegte sie. Oder vielleicht doch? Bei einem Polizisten hatte sie es noch niemals versucht. „Hören Sie, das ist nicht Ihre Gegend hier. Und es ist nicht die Gegend des Whitechapel-Mörders. In Whitechapel sucht er sich seine Opfer; deswegen heißt er ja so. Um mich brauchen Sie sich da mal keine Sorgen zu machen."

Solch blauäugige Einwände ließ der Vikar nicht durchgehen. „Niemand kann voraussehen, wo er das nächste

Mal zuschlagen wird. Als die Polizei diesen Schuhmacher Mr Pizer verhaftete, da haben alle gejubelt und geglaubt, der Mörder sei gefasst. Vor ein paar Tagen haben sie ihn wieder freilassen müssen, weil er ein Alibi hatte." Er schaute sie eindringlich an. Wasser tropfte von seinem Bart in eine Pfütze auf dem Gehsteig. „Seien sie vernünftig."

„Es hat aufgehört zu regnen", sagte sie so fröhlich, als hätten sie beide über nichts anderes gesprochen als das Wetter. Sie breitete die Arme aus, die Handflächen nach oben, und blinzelte in den nachtschwarzen Himmel.

„Gehen Sie nach Toynbee Hall", wiederholte Reverend Barnett. Er stützte sich mit der Hand an der Mauer ab. „Bitte."

„Nein, heute Nacht nicht, ein andermal." Sie blickte einem vorbeilaufenden Fußgänger nach – noch ein potenzieller Kunde, der ihr dank Barnett durch die Finger geglitten war. „Mich kriegt der nicht so schnell. Kratzen kann ich wie 'ne Katze. Und Sie sollten mich mal rennen sehen. Und überhaupt, einen Mörder erkenn' ich auf den ersten Blick."

„Da wäre ich mir nicht so sicher." Der Vikar stemmte die Fäuste in die Hüften. „Jeder, der Ihnen begegnet, kann der Mörder sein. Ich, Mr Lusk, Mr Druitt. Sogar wir alle drei. Noch ist nämlich nicht sicher, ob es nicht sogar mehrere sind; möglicherweise eine ganze Bande, die zusammenarbeitet. Denken Sie daran."

„Die zehn Minuten sind um. Sie müssen los", meinte sie daraufhin und streckte ihre Hand aus, um Reverend Barnetts Beffchen zurechtzurücken. „Ihre Mörderbande wartet."

„Ich wünschte, Sie würden das alles etwas ernster nehmen." Ein eisiger Windstoß blähte den Talar des Vikars auf, und es fing erneut an zu tröpfeln.

„Werde ich", versicherte sie. „Und wenn es mir zu kalt wird, gehe ich eben nach Toynbee Hall. Versprochen."

„Gut so." Barnett nickte ihr zu und hob die Hand. „Ich muss jetzt wirklich gehen, sonst ist die schöne Versammlung beendet, ehe ich da bin. Gute Nacht." Der Vikar machte sich im Laufschritt davon.

Elizabeth blieb an die Mauer gelehnt stehen, das „Tapp! Tapp! Tapp!" des Regens und den ausgelassenen Gesang der feiernden Arbeiter in den Ohren.

„Worum geht es eigentlich bei dieser Versammlung, Mrs Barnett?" Swanson faltete raschelnd den East London Observer zusammen, in dem er die letzte halbe Stunde gelesen hatte, ohne auch nur ein Wort aufzunehmen. Er hatte Buchstaben gesehen, mehr nicht. Andere Dinge gingen ihm wild im Kopf herum, und er hatte nicht vermocht, sich auf etwas so Banales wie das Lesen einer Zeitung zu konzentrieren.

Die Vikarsgattin sah von ihrer Handarbeit auf – einer Stickerei mit christlichen Motiven, die als Deckchen für die Kanzel in St. Jude's gedacht war. Sie ließ den Stickrahmen in den Schoß fallen und blickte in die lodernden Flammen des gemütlich im Kamin prasselnden Feuers, an dem sie beide saßen. „Eine Petition, Mr Swanson. Mein Mann und dieser Mr Lusk vom Schutzkomitee Whitechapel haben an die viertausend Unterschriften gesammelt und an den Buckingham Palace geschickt, damit man endlich eine Belohnung für die Ergreifung des Frauenmörders aussetzt. Bislang ist das immer abgelehnt worden. Die Herren in White Hall auf ihren hohen Rössern sind der Meinung, Belohnungen brächten nichts. So ein Unsinn; ich kenne mindestens zwei Fälle, in denen man das mit Erfolg getan hat."

„Und, hat man schon Antwort?"

„Ich denke ja." Sie stieß einen Seufzer der Zufriedenheit aus. „Mr Lusk hat mir zwar kein Sterbenswörtchen verraten – ich nehme an, er hält nichts davon, in Gegenwart von Damen über Geschäftliches zu sprechen – aber so eilig, wie er getan hat, muss das Gesuch wohl ein Erfolg gewesen sein."

Swanson hatte die Zeitung auf den kleinen, samtbezogenen Schemel neben seinem Sessel gelegt. „Haben Sie etwas dagegen, wenn ich rauche?" Seit er hier war, hatte er es vermieden, sich eine Zigarette im Wohnzimmer anzustecken. Jetzt hatte er das Gefühl, einen guten Shag gebrauchen zu können. Das würde ihn entspannen und vielleicht – ganz vielleicht – die rostigen Räder in seinem Kopf in Gang setzen. „Doch wenn es Sie stört, gehe ich ins Arbeitszimmer hinüber."

„Oh, nein, nein", rief Mrs Barnett und im nächsten Augenblick hatte sie sich auch schon ihres Stickzeugs entledigt und war mit rauschenden Röcken aufgesprungen. „Tun Sie es nur. Mein Mann tut es ja auch; wenn auch nicht sehr oft", fügte sie hinzu und kicherte, während ein Anflug von Röte sich auf ihren Wangen zeigte. „Das Rauchen, meine ich." Sie schwebte zu einem einfachen hölzernen Bord neben der Wohnzimmertür und kam mit einer Streichholzschachtel zurück, die sie ihm reichte.

„Selbst geklebt." Die Vikarsgattin hatte wieder Platz genommen. Sie blickte Swanson Beifall heischend an. „So etwas muss man wenigstens einmal ausprobieren, um zu wissen, wie schwer es diese armen Leute haben, die damit ihren Lebensunterhalt verdienen."

Die Schachtel begutachtend in den Händen drehend fragte er: „Sagen Sie mal, Mrs Barnett, wie gut kennen Sie Miss Kelly?"

Mary Jane hatte sich auf ihr Zimmer zurückgezogen, nachdem sie gemeinsam mit der Frau des Vikars das Abendessen abgetragen hatte, und Swanson wollte die Gelegenheit nutzen, um ein wenig mehr über das Mädchen zu erfahren. „Sie arbeitet doch schon eine Weile für Sie."

„Das ist richtig. Obgleich ich zugeben muss, dass ich,

bevor sie zu uns ins Haus kam, nicht sehr häufig mit ihr zu tun hatte. Höchstens in der Küche oder nach dem Gottesdienst habe ich ein paar Mal mit ihr gesprochen. Alles, was ich über sie weiß, habe ich von meinem Mann. Mary Jane ist nicht sonderlich aufgeschlossen, wissen Sie? Spricht wohl nicht gern über sich selbst. Was ja auch eine Tugend sein kann." Der Ton in ihrer Stimme ließ keinen Zweifel daran, dass sich Mary Janes Tugenden in ihren Augen damit auch schon erschöpft hatten.

Kein Wunder, dass sie nichts von sich preisgab, fand Swanson. Wem hätte sie sich anvertrauen sollen, seit das neue Leben unter ihrem Herzen heranwuchs? Unter Umständen war sie der Meinung, je weniger andere über sie wüssten, desto sicherer sei sie. Er fragte sich allerdings, ob nicht viel eher das genaue Gegenteil der Fall wäre. „Sie hat einen ganz leichten Akzent, haben Sie den bemerkt?"

„Wwwlllss", murmelte Mrs Barnett. Sie hatte eine beträchtliche Anzahl Nadeln zwischen ihren Lippen. Eine nach der anderen zog sie sie heraus und steckte sie in die Holzeinfassung des Stickrahmens. „Soweit ich sagen kann, ist sie in Wales aufgewachsen, nachdem sie noch als Kleinkind mit ihren Eltern aus Irland fortging. Mit sechzehn Jahren heiratete sie in Carmarthenshire einen Bergmann, das arme Ding. Aber die Ehe nahm ein unglückliches Ende. Ihr Mann kam nur Monate später bei einer Grubenexplosion ums Leben." Sie wischte sich die Augen. „Das ist leider schon alles, was ich über sie weiß. Irgendwann wird es Sie dann nach London gezogen haben, wo das Gold bekanntlich auf den Straßen herumliegt."

„Und die Sonne niemals untergeht", setzte Swanson mehr zu sich selbst sprechend hinzu. Er zog an seiner Zigarette und sah den sich zur Decke kräuselnden blauen Rauchschwaden nach. Unvermittelt fragte er in die entstandene Stille hinein: „Ist Ihnen in letzter Zeit an dem Mädchen irgendetwas besonders aufgefallen?"

Sie schaute weiter auf ihre Handarbeit, vollendete einen Kreuzstich und fegte mit dem Handrücken einen Fussel beiseite. „Von der Tatsache, dass sie in Umständen ist, abgesehen, meinen Sie? Nichts Besonderes, nein."

„Sie wissen davon?"

„Na, hören Sie mal. Ich bin eine Frau, Mr Swanson." Mrs Barnetts Gesichtsausdruck schwankte zwischen Belustigung und Empörung. „Ich muss nicht erst einen Bauch sehen, um zu wissen, dass ein Mädchen schwanger ist."

Und genau das hatte Swanson befürchtet.

Verdammte Mistkerle!

Elizabeth hätte laut schreien mögen, so wütend war sie.

Im ersten Moment hatte es beinahe so ausgesehen, als wäre heute doch ein Glückstag für sie. Nach einer Stunde, die sie sich nun schon in Berner Street im Regen herumgedrückt hatte, waren – nach einem dickbäuchigen Fatzke im schnieken Abendanzug, der, ohne sie auch nur eines Blickes gewürdigt zu haben, zur Commercial Road hinaufgegangen war, und einem angeblichen Arzt namens Fred, der ihr kostenlos irgendwelche Pillen hatte andrehen wollen und entsetzlich geschielt hatte – zwei Männer aufgetaucht. Sie waren anfangs sehr zuvorkommend gewesen und hatten Elizabeths großzügiges Angebot, für Sixpence mit beiden ein bisschen herumzuspielen, ohne Umschweife zugestimmt. Doch als sie darauf bestand, im Voraus bezahlt zu werden, waren die Kerle grob geworden, hatten sie beschimpft und geschlagen und sie am Ende zu Boden geschleudert. Dann waren sie davongerannt.

Elizabeth lag noch immer im feuchten Schmutz des Trottoirs, als sie erneut Schritte vernahm. Diesmal kamen sie von der gegenüberliegenden Straßenseite. Sie sah einen Mann im dunklen Mantel stehen bleiben. Er blickte nach links und rechts, dann kam er schnellen Schrittes auf sie zu.

Ihr linker Arm schmerzte etwas, und sie versuchte, ihre schlammbesprenkelten Röcke ordnend, auf die Beine zu kommen, indem sie sich auf den rechten stützte.

„Ist Ihnen etwas passiert?" Unmittelbar vor ihr blieb der Mann stehen, die Stirne kraus. Er reichte ihr seine Hand.

„Nein", sagte sie abweisend. Mühsam rappelte sie sich auf. Sie verdrehte seufzend die Augen. „Ich bin in Ordnung." Dann etwas milder: „Da waren zwei Männer." Sie winkte ab. Was ging ihn das an? An den Rüschen ihres Ärmels zupfend blinzelte sie zu ihm auf.

Er bückte sich nach einem kleinen Tütchen, das oben geöffnet, aber durch Umfalzen des Papiers wieder geschlossen worden war. Er hielt es ihr hin. „Sind das Ihre?"

„Oh, ja." Elizabeth nahm sie. „Cachous. Mögen Sie welche?"

Ihr Begleiter schüttelte lediglich den Kopf. „Scheint eine Party im Gange zu sein, was?" Er lächelte und berührte ihren Arm. Dann deutete er auf die offene Tür in dem großen zweiflügeligen Holztor hinter ihnen. *„W. Hindley, sack manufacturer, and A. Dutfield, van and cart builder"*, stand in hohen, weißen Lettern darauf. Rechts davon brannte Licht in einem der Fenster. „Sie haben sich wohl drinnen aufgewärmt?"

„Nein."

Er schüttelte den Kopf. „Es ist gefährlich hier draußen. Was hätten Sie denn gemacht, wenn ich der Whitechapel-Mörder gewesen wäre?"

Sie lachte beinahe, als sie sagte: „Gebetet vermutlich."

„Ich schätze, Sie hätten alles andere getan, als zu beten", meinte er, als jemand auf der anderen Straßenseite vorüberging. „Hören Sie, da singt jemand. Ich liebe Gesang. Wollen wir kurz hingehen und zuhören?"

Befremdet sah sie ihn an. „Wir?"

„Ja. Haben Sie Lust?" Er nahm sie bei den Schultern. Mit sanftem Druck schob er sie vor sich her, bis sie durch die Tür in den dunklen Hof getreten waren.

Lust. Ein Wort, das ein Mann gewöhnlich benutzte, um den hastigen, kurzen Moment leidenschaftsloser Vereinigung zu beschreiben, für den er sie bezahlte. Aus seinem Mund hingegen klang es so vollkommen anders. Eine fast vergessene, atemlose Aufregung ergriff von ihr Besitz.

Rechts befand sich eine Mauer. Sie konnte so gut wie nichts erkennen. Allein das gelbe Rechteck der Tür, durch welche das Licht vom Gehsteig hereindrang, und die erleuchteten Fenster im zweiten Stock des Hauses vermochte sie zu sehen.

Lust, dachte sie, und ein Schwall brennender, verbotener Gefühle, für die sie augenblicklich tiefe Scham empfand, durchflutete ihre Lenden und kitzelte ihre Magengrube. Doch als sie die rauen Backsteine mit ihren körnigen Fugen dazwischen vor sich in der Dunkelheit ertastete, ergriff sie wie automatisch die Aufschläge ihrer Röcke, raffte sie in den Hüften zusammen und stützte sich dann mit beiden Händen an der Hauswand ab.

Er stand hinter ihr. Sein rechtes Knie zwischen ihren Beinen. Sie spürte den leichten Druck seines warmen Schenkels unter ihren Gesäßbacken, seine linke Hand an den Bändern ihres Mieders, den etwas süßlichen Geruch von Ingwerbier in seinem Atem.

Ihre Skrupel fielen mit einem Mal wie eine Maske von ihr ab. War es am Ende nicht egal, an wen sie ihre Gunst verschenkte?, fragte sie sich beinahe erheitert, als seine linke Hand sich warm auf ihre Stirne legte. Was für eine seltsam verdrehte Welt. Heute war eben doch ihr Glückstag.

Ruckartig bog er ihren Kopf zurück. Und das blitzende Messer in seiner Rechten durchschnitt ihren Hals wie ein Stück Butter.

KAPITEL 11

Tagein, tagaus hatte Inspector Frederick Abberline nichts anderes getan, als in Spitalfields nach Dr. Winslow zu suchen und sich mit jenem Brief zu beschäftigen, den ihm der Yard vor einigen Tagen zur Überprüfung hatte zukommen lassen. Angeblich stammte er vom Mörder. Im Gegensatz zu Chief Inspector Swanson, der den Brief für das Produkt eines übereifrigen Journalisten zu halten schien, war Abberline zu der Überzeugung gelangt, mit diesem Schriftstück nunmehr die Handschrift des Whitechapel-Mörders zu besitzen. Gut, Swanson mochte da anderer Meinung sein, aber der war ein Idiot; das hatte er mit der Freilassung Winslows hinlänglich bewiesen.

Als der Hansom in Berner Street vor Dutfield's Yard stoppte und der Gaul schnaubend und mit dampfenden Nüstern dreckspritzend auf der Stelle trat, glänzten die Flanken des Tieres vom Schweiß der Anstrengung.

Abberline stieg, den Brief mit der prahlerischen Unterschrift „Jack the Ripper" in der Tasche, von Sergeant Godley begleitet aus. Ein Constable trat ihnen vom Tor her entgegen.

„Einen guten Morgen, Sir", begrüßte er den Inspector und salutierte.

„Wohl kaum." Ein Blick auf die Schultern des Constables genügte, um Abberline stutzig zu machen. „252-H", stellte er fest. „Wie heißen Sie?"

„PC Henry Lamb." Erneut schlugen die Fersen seiner eisenbeschlagenen Stiefel zusammen. Schlamm spritzte. „Metropolitan Police, Sir."

„Stehen Sie bequem, Lamb. Entgegen anderslautenden Gerüchten sind wir nicht bei der Armee", sagte Abberline. „Sie gehören zum Bezirk Whitechapel. Was haben Sie dann hier so weit südlich zu suchen?"

„Offenbar war ich der einzige Polizist, den man finden konnte. Ich war auf meiner gewöhnlichen Runde über die Commercial Road, als man mich rief." Er musterte Sergeant Godley. Der hatte seinen Notizblock aufgeklappt und wartete – die Bleistiftspitze bereits angriffslustig auf dem Papier. „Drei Männer holten mich zwischen Christian und Batty Street ein. Sie schrien, ich solle herkommen, da sei schon wieder ein Mord geschehen. Als ich hier eintraf, stand das Tor zum Hof offen, und jede Menge Leute rannten dort herum. Ich wies sie dann an zurückzubleiben, weil ich befürchtete, sie könnten sich mit dem Blut besudeln und Ärger bekommen."

„Wo sind diese Leute jetzt?", fragte Godley.

„Im Haus. Ich ließ das Tor schließen, damit niemand fortkonnte. Sie halten sich im Versammlungsraum auf."

„Es fand eine Versammlung statt?" Godleys Bleistift fuhr kratzend über das Papier.

„Ein paar Sozialisten, Sir, die gefeiert haben", erklärte Lamb.

Abberline nickte. Obgleich er den Sozialisten im Allgemeinen alles zutraute, bezweifelte er doch, den Mörder unter ihnen zu finden. Einen Mord zu begehen war nicht gerade eine ausgesprochen soziale Tat. „Dann zeigen Sie uns jetzt mal die Leiche, Lamb." Und während der Constable die Holztür aufsperrte, fragte Abberline: „Haben Sie bemerkt, ob sie Ohren hatte?"

„Äh, Ohren? Äh, nein, Sir." Der Constable erbleichte im Schatten seines Helmes. „Ich habe nicht darauf geachtet, fürchte ich. Aber ehrlich gesagt würde es mich doch sehr wundern, wenn sie keine hätte, Sir."

Der Hof wurde mittels zweier Blendlaternen, die am Boden standen, und einer zischenden Gaslampe an der Hintertür des Hauses erleuchtet.

Die tote Frau lag beinahe mitten in der Einfahrt. Den Kopf auf der Fahrspur, den Mund leicht geöffnet, die

Beine in den Knien angewinkelt, mit den Füßen nahe an der rechten Hauswand; keinen Meter weit vom Tor entfernt. Ihr linker Arm war am Ellenbogen gebeugt, die Handfläche wies nach oben. Der rechte Arm lag auf ihrer Hüfte, und auf dem Rücken der Hand waren verschmierte Blutspuren zu entdecken. In ihrem Hals klaffte ein langer Schnitt, der halb von einem seidenen Tuch verdeckt wurde, dessen Enden verknotet waren.

Vier Männer hielten sich zurzeit im Hof auf. Abberline kannte sie alle. Da waren die Inspectors West und Pinhorn, die ihm für die Zeit der Ermittlungen in Leman Street unterstanden; Dr. Phillips, der Bezirksarzt, und Dr. William Blackwell, den man höchstwahrscheinlich zuerst benachrichtigt hatte, da er nicht einmal zweihundert Yards vom Tatort entfernt an der Commercial Road wohnte.

„Was können Sie mir über die Dame sagen, Gentlemen", fragte Abberline mit einem Blick, der alle Anwesenden einschloss. „Todeszeitpunkt, Todesursache, Tatwaffe etc."

Blackwell und Phillips, ihre aufgeklappten Arzttaschen neben sich stehend, hockten noch immer bei der Leiche. Nun standen sie gleichzeitig auf.

„Als ich um sechzehn Minuten nach ein Uhr eintraf", begann Blackwell, „da muss es eben vorbei gewesen sein. Sie blutete noch immer aus der Halswunde, und Hals und Brust der Frau waren noch warm; ebenso die Beine. Ihr Gesicht war warm, aber nicht sehr. Ihre Hände fühlten sich kalt an."

„Was meinten Sie damit, es muss eben vorbei gewesen sein?" Abberline ging in die Hocke und schob das nasse Haar der Toten ein Stück zur Seite. Die Ohren waren noch da.

„Ich würde sagen, sie starb höchstens eine Viertelstunde vor meinem Eintreffen", sagte der Arzt.

„Gegen ein Uhr demnach." Abberline erhob sich ächzend, die Hände gegen seinen Steiß gepresst. Er wurde mit den Jahren nicht jünger, und die harten Pritschen des CID forderten langsam ihren Tribut. „Wie ist *Ihr* Eindruck, Dr. Phillips?"

„Ich kam erst etwa zwanzig bis dreißig Minuten nach Dr. Blackwell an. Einige Körperteile der Leiche waren immer noch warm. Bauch und Oberarme – von der Kleidung bedeckte Partien eben. Die Totenstarre hat bislang noch nicht eingesetzt. Daraus schließe ich, dass der Tod vor weniger als anderthalb Stunden eintrat." Er warf einen Blick auf seine Taschenuhr. „Es ist nicht besonders einfach, eine genaue Zeitangabe allein anhand der Temperatur zu machen, Inspector. Ich denke jedoch, sie starb zwischen zwölf Uhr vierzig und ein Uhr. Keinesfalls viel früher."

„Sie haben die Leiche im Mordfall Chapman untersucht, Dr. Phillips", sinnierte Abberline. „Was sagen Sie? Derselbe Täter?"

„Schwer zu sagen", gestand der Bezirksarzt ein. „Außer dem Halsschnitt gibt es keine weiteren Verstümmelungen. Aber wenn Sie sich einmal den Schnitt ansehen, werden Sie feststellen, dass er wie in der Chapman-Mordsache von links nach rechts verläuft." Er machte eine nachdenkliche Pause, ehe er sagte: „Ich nehme also an, es handelt sich um denselben Täter."

„Wurde er gestört?"

„Möglicherweise, ja."

„Wer hat die Leiche der Frau gefunden?"

Inspector West hob wie ein Schüler die Hand.

„Wenn Sie pinkeln müssen, gehen Sie ins Haus, West", grinste der Inspector.

„Ha, ha, ha." West sah wenig amüsiert nach Osten und Abberline an. „Ihre Witze werden von Tag zu Tag schlechter." Er ging auf ihn zu. Auf halbem Wege blieb er abrupt stehen und riss die Augen auf. „Oh, mein Gott,

Abberline", rief er entsetzt. „Sehen sie doch, die Frau bewegt sich wieder!"

Erschrocken zusammenfahrend schaute der Inspector zu der Hauswand und der Leiche hinüber. Die Tote rührte sich nicht – selbstverständlich nicht.

West schlug sich hämisch lachend auf die Schenkel. Nach einer Schrecksekunde erklang das unangemessene Glucksen Inspector Pinhorns, der sich anstandshalber abgewandt hatte. Und letztendlich bogen sich selbst die beiden Ärzte vor Lachen. Sogar Godley kicherte, wenngleich er es auch hinter einem plötzlichen Hustenanfall zu verbergen suchte.

„Schön, Gentlemen", knurrte Abberline halbherzig, „ich danke Ihnen für die gelungene Vorstellung. Wer also hat die tote Frau als Erster entdeckt?"

„Ein Mann namens Diemschütz", erklärte West, der in Sekundenschnelle den angemessenen Ausdruck dienstmäßiger Ernsthaftigkeit auf sein Gesicht gezaubert hatte. „Er hält sich im Haus für Sie bereit."

„Charles", rief Abberline Inspector Pinhorn zu, der einen neuerlichen Lachanfall niederkämpfte, indem er sich lautstark in eine Mauernische erbrach. „Wenn Sie damit fertig sind, möchte ich, dass Sie ein Auge auf die Leiche haben! Und du, George", wandte er sich an seinen Sergeant, „nimmst dir erst mal die Sozialisten da oben vor. Diese Leute haben ihre Augen für gewöhnlich überall."

Dann folgte er Inspector West ins Haus, um sich diesen Diemschütz vorzunehmen.

Ein gellender Schrei, entsetzlich laut und lang gezogen, riss Donald Swanson unvermittelt aus tiefem Schlummer. Noch halb vom Schlaf benommen drehte er das glimmende Gaslämpchen über dem Kopfende seines Bettes heller und schlug die schwere Daunendecke zur Seite.

Der Regen trommelte gegen die Fensterscheiben.

Das Geschrei hielt an. Es schien von unten aus der Diele zu kommen. Swanson fuhr sich müde und verwirrt durch das nach allen Seiten abstehende Haar, schwang sich aus dem Bett, griff nach seinem Tranter Revolver und war mit einem Satz auf der Treppe, wo er in absoluter Finsternis die Stufen hinuntersprang. Nichts sonst rührte sich im Haus. Miss Kelly, die das Zimmer neben ihm bezogen hatte, schien über einen bemerkenswert tiefen Schlaf zu verfügen. Das Schreien verstummte, als er den Hausflur erreichte und mit einem weichen Körper zusammenprallte, der wie ein Mehlsack umkippte und dann dumpf auf die Dielenbretter plumpste.

Es war die Vikarsgattin, was Swanson am schweren Thymiangeruch ihrer Nachtcreme erkannte. „Du meine Güte, Mrs Barnett! Ich bitte vielmals um Entschuldigung. Sie haben sich doch nichts getan? Was ist geschehen? Hatten Sie einen schlechten Traum?"

„Da!" In der Dunkelheit stach ihr ausgestreckter Zeigefinger zitternd gegen Swansons Stirn, der sich heruntergebeugt hatte, um der gefallenen Dame aufzuhelfen. „Draußen vor der Tür ... Oh, so ein entsetzlicher Mann!"

„Gibt es denn hier nirgendwo Licht?" Swanson stand auf und zog Mrs Barnett gleich mit hoch, die sich schlotternd an ihn klammerte.

„Chief Inspector!", rief eine bekannte Stimme von der Haustür her, gefolgt vom Donnern des schmiedeeisernen Türklopfers. „Chief Inspector! Machen Sie auf!"

Es war Frederick Greenland. Was um alles in der Welt trieb ihn nur mitten in der Nacht hierher? Swanson schob sich an Mrs Barnett vorbei und entriegelte die Tür. Großer Gott! Greenland in regennassen Kleidern und mit wirrem, blonden Bart sah aus wie der Graf von Monte Christo. Swanson war entsetzt. „Sie sehen ja fürchterlich aus. Kommen Sie rein."

Mrs Barnett hatte sich zwischenzeitlich in den Flur davongemacht und die Lampen entzündet. Ihren seidenen Morgenmantel über dem bebenden Busen zusammenhaltend, kehrte sie zu ihnen an die Tür zurück. „Ist das ein Bekannter von Ihnen, Mr Swanson?"

„Das ist Mr Greenland. Ein Kollege sozusagen. Lassen Sie sich nicht von dem Bart und den Lumpen täuschen. Eine Marotte von ihm." Er lächelte sie verbindlich an.

„Sie werden sich noch zu Tode erkälten", säuselte Mrs Barnett. „Ich bringe Ihnen ein Handtuch. Und dann mache ich Ihnen erst mal einen schönen heißen Tee."

„Sehr freundlich, Madam. Aber dafür ist leider keine Zeit", sagte Frederick. „Es wäre besser, Sie würden sich anziehen, Chief Inspector. Vor ungefähr sechs Stunden habe ich unseren Freund Winslow ausfindig gemacht. Eigentlich war es eher umgekehrt. Nicht ich habe ihn gefunden, sondern er fand mich. Tauchte plötzlich aus dem Nichts auf und beschwerte sich darüber, dass ich ihm hinterherschnüffle. Der Kerl ist verdammt gerissen. Die Hacken habe ich mir nach ihm abgelaufen, und die ganze Zeit über hat er gewusst, dass ich versuchte, ihn zu finden."

„Wo ist er jetzt?"

„Das wüsste ich auch gern." Frederick folgte Swanson auf dessen Zimmer. „Da war eine Frau, mit der er sich später treffen wollte. Sie würde ihn zum Whitechapel-Mörder führen, sagte er. Als ich ihm daraufhin klarmachte, ich käme mit und würde ihn ab jetzt keine Minute mehr aus den Augen lassen, da hat er es mit der Angst zu tun bekommen und ein riesen Theater veranstaltet. Er schrie wie am Spieß. Es gab eine kleine Rangelei, woraufhin ich wegen angeblicher Trunkenheit festgenommen wurde. Und Dr. Winslow verschwand im sprichwörtlichen Nebel. Das alles wäre halb so schlimm, wenn nicht ..."

„Wenn nicht *was*?"

„Wenn der Mörder nicht ausgerechnet heute Nacht erneut zugeschlagen hätte."

Mr Diemschütz war kaum ansprechbar gewesen. Mehr als hemmungsloses Schluchzen war im Augenblick aus dem Mann nicht herauszubekommen. Sollte sich doch später einer der Sergeants mit ihm herumschlagen. Inspector Pinhorn stand wie eine Salzsäule bei der Leiche, als Abberline frustriert in den Hof zurückkehrte. Die Ärzte Blackwell und Phillips standen am Tor, in eine rege Diskussion verwickelt.

Abberline ging zu ihnen, und sie verstummten. „Was haben Sie, Gentlemen?"

„Lediglich einen kleinen *Dissens*", entgegnete Dr. Blackwell, die Nase hoch in der Luft.

Abberline konnte nur hoffen, dass es sich, was immer es sein mochte, nicht auf ihn übertrug. „Worum handelt es sich?"

„Es geht um ein Päckchen Lutschpastillen." Blackwell warf Phillips einen vernichtenden Seitenblick zu. „Ich entdeckte sie in der linken Hand der Toten und nahm sie an mich."

„Das trifft nicht ganz zu, fürchte ich", erregte sich Phillips. „Sie haben doch die ganze Zeit unter ihren Rock geschaut und die Welt um sich herum vergessen. Ich bemerkte die Cachous. Sie haben sie nur, weil ich sie Ihnen gab."

„Wie dem auch sei", sprach Abberline in Dr. Blackwells geziertes Hüsteln hinein. „Halten Sie die Dinger für wichtig?"

„Nicht im Mindesten, wenn Sie *meine* Meinung interessiert." Blackwell umfasste den Griff seiner Tasche. „Sie erhalten morgen meinen ausführlichen Bericht, Inspector. Guten Abend." Er berührte steif die Krempe seines Zylinders. Dann stakste er o-beinig davon.

„Entschuldigen Sie, Sir." Swanson hielt den o-beinigen Gentleman an, der Greenland und ihm im nördlichen Teil der Berner Street wutschnaubend entgegenkam. „Können Sie uns sagen, wo wir Dutfield's Yard finden?"

Der Mann ließ einen Grunzlaut vernehmen und deutete unwirsch mit seiner schaukelnden Tasche vage die Straße hinab.

Eigentlich hatte Greenland Glück im Unglück gehabt, denn seine Festnahme hatte ihm Informationen aus erster Hand eingebracht. Durch das plötzliche Erscheinen eines aufgewühlten Constables, der die diensthabenden Beamten vom Mord in der Berner Street unterrichtet hatte, war das Commercial Street Revier in helle Aufregung versetzt worden. Frederick und zwei Seemannslieder grölende Matrosen hatte man anscheinend nur deshalb gehen lassen, weil man mit der schnellen Verhaftung einer ganzen Schar von Mördern rechnete und die Zellen benötigte.

Wenn sie nun schnell genug waren, dachte Swanson, während er die finstere Straße hinuntereilte, würden sie den Mörder vielleicht noch verfolgen können.

Vor dem Tor von Dutfield's Yard stand ein junger Streifenpolizist stramm und reglos auf seinem Posten. Als Swanson auf ihn zutrat, stellte er sich ihm in den Weg und streckte abwehrend einen Arm aus. „Hier können Sie nicht rein, Sir."

„Wer ist hier zuständig?", fragte Swanson und hielt ihm seinen Dienstausweis hin.

„Inspector Abberline ist bereits hier, Sir. Ich bringe Sie gleich zu ihm."

„Chief Inspector Swanson, nicht zu glauben." Abberline sah nicht sehr erfreut aus. Er deutete auf Frederick und fragte: „Und wer ist der Kerl?"

„Ein Praktikant."

„Woher zum Teufel wissen Sie eigentlich von der Sache? Ich dachte, man hätte Sie von dem Fall abgezogen."

„Die Spatzen pfeifen es bereits von allen Dächern", log Swanson. „Ich möchte mir die Leiche gern ansehen."

Abberline fuchtelte mit der Hand. „Also schön. Kommen Sie mit."

Der Hof lag still im Halbdunkel. Zwei Laternen warfen ihre Lichtkegel auf die ausgestreckte Leiche der Frau. Eine Lache geronnenen Blutes hatte sich um ihren Hals herum gebildet. Daneben wachte ein Mann in Zivil.

„Chief Inspector Swanson? Was für eine Überraschung", rief Dr. Bagster Phillips erfreut. „Und ich dachte, man hätte Ihnen den Fall entzogen."

Swanson lächelte nur, obgleich er sich fragte, woher Phillips diese Information haben mochte.

Abberline nickte Swanson eisig zu. „Dass das bloß unter uns bleibt, Gentlemen. Wenn meine Vorgesetzten Wind davon bekommen, kann ich am Euston Bahnhof Blumen verkaufen."

Swanson kniete neben der Leiche nieder, besah sich die Halsverletzung und beugte sich über das Gesicht der toten Frau. Dann nahm er ihre Hände. Ein wenig Blut klebte daran.

„Ihre Hände", sagte er. „Sie riechen nach Pfefferminz. Nicht aber ihr Mund. Nahm der Mörder es mit, oder wo ist es geblieben?"

„Cachous." Bagster Phillips schwenkte ein weißes Papiertütchen. „Als man die Leiche entdeckte, hielt sie es noch in der Hand."

„Das würde zu den fehlenden Abwehrspuren an ihren Handflächen passen", meinte Swanson nachdenklich. „Wie ist er Ihrer Ansicht nach vorgegangen?"

Frederick Greenland lehnte am Tor. Die Arme verschränkt, hörte er schweigend zu.

„Wirkliche Gewissheit werden wir natürlich nie haben", begann Phillips. „Aber ich denke, der Angriff des Mörders kam für die Frau ganz und gar überraschend. Wie im Hanbury-Street-Fall fehlen jegliche Hinweise auf einen Kampf. Daher vermute ich, er hat sie am Hals gepackt, ihr Mund und Nase zugehalten und sie in diese Einfahrt geschleppt, wo es stockfinster gewesen sein muss. Während er neben oder über ihr kniete – mit dem Knie auf ihrer Brust wäre denkbar – und ihr weiterhin eine Hand auf den Mund presste, verursachte er mit der anderen die Halsverletzung, die zum Tod der Frau durch Verbluten führte."

„Der Schnitt geht von links nach rechts, nicht wahr?" Eine überflüssige Frage, denn Swanson hatte sich längst selbst davon überzeugt. „Derselbe linkshändige Mann demnach?"

„Oder Frau", versetzte Phillips. „Derselbe Täter jedenfalls. Und er ist Linkshänder. Davon gehe ich aus."

„Ich wäre in der Tat geneigt, Ihnen zuzustimmen, Dr. Phillips", bemerkte Swanson, „wären da nicht diese Minzbonbons, die uns eine andere Geschichte erzählen."

„Schießen Sie los", ermunterte ihn der Arzt. „Auf mich brauchen Sie keine Rücksicht zu nehmen."

„Wenn die Cachous noch in ihrer Hand lagen, als die Tote gefunden wurde", überlegte Swanson, „frage ich mich, wieso? Sie hätte sie doch wegwerfen können, um die Hände freizuhaben, als er sie packte und zu Boden warf. Warum tat sie es nicht? Ich glaube, sie tat es nicht, weil kein Anlass dazu bestand. Sie muss sich absolut sicher gefühlt haben. Denn hätte der Mörder sie frontal angegriffen, wäre er mit Sicherheit auf Widerstand gestoßen. Oder wollen wir wirklich annehmen, dass dieser Frau ein kleines Tütchen billiger Atemerfrischer mehr wert gewesen sein soll als ihr eigenes Leben? Daraus schließe ich, dass die Frau ihm aus freien Stücken hierher in die Einfahrt folgte und er hinter ihr stand, als er sie tötete. Aus diesem Grund verläuft der Schnitt von links nach rechts. Und es ist die einzige Erklärung dafür, weshalb sie mit dem Tütchen in der Hand starb."

„Mein Gott, selbstverständlich!" Phillips klatschte bewundernd in die Hände. „Sie haben recht."

„Ich höre Sie reden und reden und komme doch nicht dahinter", sagte Abberline. „Was genau soll das zu bedeuten haben?"

„Es bedeutet", sagte Swanson und erhob sich, „dass der Mann, den wir suchen, in Wahrheit Rechtshänder ist, Abberline."

„Wegen der Cachous? Nicht, wenn er ihr die Dinger erst anschließend in die Hand gedrückt hat", hielt Abberline dagegen.

„Oh, doch. Sie vergessen das Fehlen der für eine Abwehrreaktion so typischen Schnitte an den Händen." Swanson sah Phillips an, der ihm kopfnickend beipflichtete. „Außerdem, worin hätte der Sinn bestanden, sie nachträglich hineinzulegen?"

„Worin besteht der Sinn, Frauen umzubringen, Chief Inspector Swanson?"

Die Frage hatte sich Swanson selbst wieder und wieder gestellt. „Ich würde gern denjenigen sprechen, der sie gefunden hat."

„Von mir aus", sagte Abberline und hielt ihm und Frederick Greenland die Tür auf. „Versuchen Sie Ihr Glück."

Louis Diemschütz, der Hausmeister des Internationalen Sozialistischen Arbeitervereins, auf dessen Grundstück die Leiche lag, kämpfte mit den Tränen. Unablässig „Mein Frau, mein Frau" wiederholend.

Doch soweit Swanson unterrichtet war, kannte der Mann die Tote in der Einfahrt überhaupt nicht. „Was ist los mit Ihnen, Mr Diemschütz?", fragte er. Er saß dem am Tisch kauernden Mann von Angesicht zu Angesicht gegenüber. „Ist das etwa Ihre Frau da unten?"

Diemschütz zog schniefend die Nase hoch. „Nicht mein Frau", schluchzte er. „Aber hätt' sein können mein Frau."

Swanson, der durchaus ein Mann mit Herz war, nickte teilnahmsvoll. Er suchte in den ausgebeulten Taschen seines Übermantels nach einem Tuch, fand ein unbenutztes und reichte es über den Tisch. „Ihr Dialekt, Mr Diemschütz. Sie sind Deutscher?"

„Nicht deutsch. Russe." Der Hausmeister schniefte abermals. Das Taschentuch hatte er auseinandergefaltet und vor sich auf den Tisch gelegt. Jetzt schnäuzte er hinein, indem er abwechselnd das rechte und das linke Nasenloch mit dem Daumen verschloss und aus der Entfernung zielsicher in die Mitte traf.

Swanson sah zur wurmstichigen Holzdecke auf und schloss die Augen. Eine Spinne zwirbelte in der Zimmerecke ihre Fäden, als er sie wieder öffnete. „Sie entdeckten die Leiche, Mr Diemschütz. Würden Sie mir bitte sagen, wann genau das war und wie es sich abgespielt hat?"

„Das war, als ich kam von Westow Hill Market am Crystal Palace", erwiderte er. „Hab verkauft mein Schmuck dort. Um ein Uhr ich hab aufgemacht das Tor, als ich kam nach Hause. Pferd scheute vor irgendwas in Hof. Ich mit Streichelholz machte dann Licht. Da denk ich, guck ich richtig nicht, als ich seh Frau."

Eine riesenhafte Schabe krabbelte auf das Netz zu, und die Spinne verkroch sich ängstlich in eine Ritze. Swanson senkte den Blick. Der Tisch war leer, das Taschentuch fort. „Was taten Sie dann?"

„Laufen in Haus. Sehen nach mein Frau."

„Haben Sie die Leiche angerührt?" Er rieb sich den Nacken.

„Anrühren? Ich?" Diemschütz' Augen weiteten sich vor Entsetzen. „Ich nichts anrühren! Niemand etwas anrühren!"

„Schon gut. Bemerkten Sie etwas Verdächtiges? Einen

oder mehrere Männer, die davonrannten? Einen Fremden im Hof oder im Haus vielleicht?"

„Nein. Ich gleich reingelaufen und gerufen mein Frau." Er lächelte schwach, aber sichtlich froh. „Mein Frau gesund."

„Fein." Der Chief Inspector erhob sich. „Danke, Mr Diemschütz, Sie haben mir sehr geholfen. Bitte halten Sie sich zur Verfügung. Einer unserer Beamten wird Ihre Aussage zu Protokoll nehmen. Meine Empfehlung an Ihre Gattin." Er schob den Stuhl ordentlich an den Tisch, gab Frederick, der still in der Ecke gesessen und zugehört hatte, ein Zeichen und ging zur Tür hinaus.

Angenehm kühle Nachtluft empfing sie draußen im Hof. Es regnete nicht mehr.

„Und?" Abberline sah Swanson fragend an.

„Der Mann hat nichts gesehen", sagte er. „Was meinen Sie, warum der Killer sie diesmal nicht verstümmelt hat?"

„Er wurde gestört, als Diemschütz kam", sagte Abberline. „Vielleicht versteckte er sich sogar noch hier im Hof und konnte deswegen seine Blutlust nicht stillen."

„Das wäre schlimm", meinte Swanson nachdenklich. „Denn dann ist er womöglich noch nicht zufrieden."

Das schrille Kreischen einer Polizeipfeife durchbrach jäh die eingetretene Stille. Draußen von der Straße her drang das Rattern und Hufgetrappel eines heraneilenden Hansoms in den Hof.

Die Lattentür flog auf, und ein hohlwangiger Constable, der wild mit den Augen rollte, purzelte herein. „Inspector Abberline, Sir! Sie müssen sofort mitkommen! Zum Mitre Square! Man hat noch eine tote Frau gefunden!"

Mitre Square war ein ehrbarer, kopfsteingepflasterter Platz am Rand des Bankenviertels. An allen vier Seiten von den Teewarenhäusern der Messrs Kearley & Tonge und Walter Williams & Co. umstanden, glich er in seiner Geschäftigkeit bei Tage einem wimmelnden Ameisenhaufen. In der Nacht jedoch war Mitre Square ein stiller, verwaister Ort, der – obwohl er geographisch noch zur City of London gehörte – mit seiner Nord- und Ostseite bereits an Whitechapel grenzte und regelmäßiger Überwachung bedurfte. Alle fünfzehn Minuten patrouillierte ein Constable der City Police über den schlecht beleuchteten Platz. Um ein Uhr dreißig, als PC Edward Watkins ihn in dieser Nacht das letzte Mal überquert hatte, war alles ruhig gewesen. Keine fünfzehn Minuten später hatte er die Leiche gefunden.

Es gab drei Möglichkeiten, um auf den Mitre Square zu gelangen; die breite Zufahrt, die von der Mitre Street abging, dann ein schmaler Durchgang in der nördlichen Ecke des Platzes, der zwischen Kearley & Tonges Warenhäusern zum St. James's Place führte, und schließlich die Church Passage im Osten.

Alle drei Zugänge waren bereits von der City Police abgesperrt worden, als der heillos überladene Hansom der Metropolitan Police von der Aldgate High Street kommend in die Mitre Street abbog und ein weißbärtiger Mann in blauer Uniform ihn an der Einfahrt des Squares stoppte.

„Wer von Ihnen ist für den Berner-Street-Mord zuständig?", fragte der Weißbärtige.

„Mr Abberline hier", sagte Swanson und deutete neben sich.

Abberline straffte sich. „Inspector, wenn's recht ist! Und Sie sind ...?"

„Smith", sagte der Weißbärtige freundlich. „Major Henry Smith, um genau zu sein, Commissioner der City Police."

„Oh, Sir." Abberline schluckte. Er sprang vom Wagen, und Swanson ertappte ihn dabei, wie er die Hacken zusammenschlug. „Entschuldigen Sie. Ich habe Sie nicht gleich erkannt."

„Ach Gott, Abberline", sagte Smith. „Tun Sie mir den

Gefallen, und nennen Sie mich Henry. Das tun bei uns sowieso alle – vom Inspector bis runter zur Putzfrau. Ich kann dies militärische Gehabe nämlich nicht ausstehen, wissen Sie? Das ist was für Ihren Commissioner, Warren. Wenn General Warren, so wie ich, in der Cloak Lane Wache am Themseufer seine Nächte verbringen müsste, wären ihm seine Höhenflüge auch längst vergangen."

Cloak Lane, das wusste Swanson, lag in der Nähe des Güterbahnhofs und grenzte an das Grundstück eines Kürschners. Wer dort seinen Dienst tat, war kaum in der Lage zu sagen, was einem mehr zu schaffen machte: der Krach der vorüberdonnernden Züge, das Ächzen und Stampfen der schweren Verladekräne oder der Übelkeit erregende Gestank der rohen Pelze, der wie giftiges Gas durch die dünnen Wände sickerte.

Frederick Greenland war ebenfalls ausgestiegen. Swanson stellte ihn dem Major vor. „Zivilist. Aber ich habe den Gentleman mitgebracht, weil ich mir von ihm in gewisser Weise Hilfe erhoffe."

„Na, dann kommen Sie mal." Smith winkte sie mit zwei Fingern hinter sich her.

Die Leiche lag in der südlichen Ecke des Platzes, unter den Fenstern eines leer stehenden Hauses. Das Gesicht der Frau hatte man durch v-förmige Schnitte und eingeritzte Kreuze auf den Wangen entstellt, ihre Augenlider waren eingeschnitten und die Nase abgetrennt worden. Die Kleider hatte man ihr bis über die Brust hinaufgeschoben. Der Mörder hatte ihr den Bauch aufgeschnitten, die Eingeweide herausgezogen und sie der Leiche auf die rechte Schulter gelegt. Ein tiefer Schnitt in der Kehle schien zum Tod der Frau geführt zu haben. Dampf stieg wie kondensierender Atem von der Stelle auf. Überall lagen abgerissene Knöpfe herum.

Frederick, der zur Zeit des Krimkrieges ein kleiner deutscher Junge gewesen war und am zweiten Afghanistan-

Feldzug nicht hatte teilnehmen dürfen, war den Anblick verstümmelter Körper einfach nicht gewohnt. Während Swanson und Abberline Major Smith zur Leiche folgten, um mit dem anwesenden Polizeiarzt zu sprechen, blieb er nach einem flüchtigen Blick auf all das Blut in einer dunklen Ecke auf der anderen Seite stehen. Mit dem Rücken an der Hauswand sank er zu Boden. Er fragte sich, wie die Polizei es nur schaffte, angesichts eines solch entsetzlichen Mordes dermaßen kaltblütig zu bleiben. Die Beamten standen so gefasst um den Leichnam herum, als betrachteten sie ein paar ungewöhnliche Farbkleckse am Boden und plauderten darüber, wo all die komplizierten Muster herkämen.

„Um halb zwei sahen Sie nichts Ungewöhnliches, wie Sie sagen", meinte Swanson und zog Schreibblock und Bleistift hervor. Da er Phelps nicht dabeihatte und Sergeant Godley in der Berner Street geblieben war, kam er nicht umhin, sich selbst Notizen zu machen. „Wann passierten Sie die Stelle das nächste Mal?"

„Gegen ein Uhr fünfundvierzig, Sir", sagte Constable Watkins.

Swanson sah auf die Uhr. „Vor einer halben Stunde also."

„Ja, Sir. Ich betrat den Platz von Mitre Street aus, bog an Mr Taylors Geschäft rechts ab und leuchtete mit meiner Laterne in die dunkle Ecke am Zaun. Da lag sie vor mir."

„Wie kommt es, dass Sie ausgerechnet zuallererst in dieser Ecke nachsahen? Rechneten Sie denn damit, etwas zu finden?"

„Gewiss nicht, Sir!" Watkins trat auf der Stelle. „Reine Gewohnheit. Ich gehe immer auf dem Fußweg entlang. Die ganze Strecke. Leadenhall Street, dann links herum in die Mitre Street, rüber auf die andere Seite, rechts herum in den Square, wieder rechts herum ..."

„Und so weiter, Watkins. Verstehe." Swanson wurde allmählich schwindelig. „Was taten sie dann?"

„Sie war aufgeschnitten wie ein Schwein auf dem Markt, Sir. So was habe ich in den langen Jahren, die ich jetzt dabei bin, noch niemals gesehen. Hätte mir fast in die Hosen gemacht, Sir. Ich rannte gleich rüber zum Warenhaus, weil ich wusste, dass der alte Morris dort als Nachtwächter arbeitet. Der war früher selbst bei der Polizei. Ich zeigte ihm die Tote, und er lief los und rief zwei Kollegen herbei. Harvey und Holland."

„Sie blieben bei der Frau?"

Der Constable bejahte und fügte hinzu, dass er niemanden in die Nähe des Leichnams gelassen hatte, bis Dr. Brown, der amtliche Arzt der City Police, eingetroffen war.

Swanson ließ sich Watkins' Aussage von Mr Morris bestätigen und steckte seinen Notizblock ein. Abberline und Major Smith unterhielten sich angeregt mit Dr. Gordon Brown, als Swanson zu ihnen trat und nach Einzelheiten fragte.

„Sie ist noch nicht sehr lange tot", sagte Dr. Brown. „Eine halbe Stunde vielleicht. Sie starb durch Verbluten infolge der massiven Halsverletzung. Die Schnitte weisen auf ein scharfes und äußerst spitzes Messer mit langer, gerader Klinge hin. Ich würde auf ein Amputationsmesser tippen. Keine Anzeichen für einen Kampf."

„Ein Amputationsmesser", wiederholte Abberline. „Denken Sie, er ist Arzt?"

„Jeder kann sich ein solches Messer besorgen, Mr Abberline", entgegnete Dr. Brown. „Allerdings hat der Mörder ihr in kürzester Zeit zwei Organe entnommen, die beide verschwunden sind. Den Uterus und die linke Niere. Zumindest die Niere ist für einen Laien nicht leicht zu finden, da sie von einer Membrane bedeckt wird. Seine anatomischen Kenntnisse müssen nach meinem Dafürhalten schon ein wenig weitreichender sein als die eines Schlachters."

Das war Wasser auf Abberlines Mühlen.

Swanson sagte: „Wenn der Mord erst vor etwa einer halben Stunde verübt worden ist, sollten wir uns ranhalten, Gentlemen."

„Die ganze Gegend wimmelt von Polizisten", meinte der Major strahlend. „Wir haben eine uniformierte Hundertschaft losgeschickt, die alle Wege und Gassen im Umkreis von einer Meile durchkämmt. Und einige von unseren Jungs sind in Zivil unterwegs. Es müsste schon mit dem Teufel zugehen, wenn wir ihn nicht zu fassen bekämen."

„Er muss nur so vor Blut triefen", sagte Abberline. „Es dürfte nicht allzu schwierig sein ..." Der Inspector unterbrach sich, und alle fuhren herum, als auf der gegenüberliegenden Seite des Platzes heftige Stimmen laut wurden. „Was zum Teufel ist da hinten los?"

In einem der Häuser waren die Lichter angezündet worden. Die Haustür stand offen, und ein junger, wütend gestikulierender Mann im Morgenmantel kam mit großen Schritten auf sie zu. „Ruhe, verdammt! Verschwinden Sie! Wer soll denn bei dem Krach schlafen können?"

„Mach mal halblang, Junge!", brüllte Abberline und stieß dem Mann beide Handflächen vor die Brust. Dann packte er den Rückwärtstaumelnden am Kragen. „Dich kenne ich doch."

„Richard!", ertönte kurz darauf eine scharfe Stimme, und die Umrisse einer Gestalt auf Krücken erschien in der Tür des Hauses. Es war Sergeant Pearce, den Swanson erst erkannte, als der Sergeant dem Jungen seine Gehhilfen in die Seite rammte. „Wie oft habe ich dir gesagt, du sollst die verdammten Augen aufmachen? Das sind unsere Leute hier!"

„Unsere?" Der Junge sackte sichtlich in sich zusammen.

„Guten Morgen, Sirs." Sergeant Pearce stützte sich schwer atmend auf seine Krücken und blinzelte Swanson verlegen an. „Das ist mein Neffe. Constable bei der City; leider ein hundsmiserabler. Hat wahrscheinlich im Dunkeln die Uniformen nicht erkannt und sie für die der Heilsarmee gehalten. Wir haben den Lärm gehört. Was ist passiert, Sir?"

„Eine Frau, Pearce. In Stücke geschnitten, während Sie schliefen. Und das keine dreißig Meter vom Tatort entfernt."

Der Sergeant reckte den Hals, um besser zu sehen. „Der Whitechapel-Mörder, Sir?"

„Sind das die Kleider, die Sie heute getragen haben, Pearce?", fragte Swanson, ohne die Frage zu beantworten.

„Nein, Sir." Der Sergeant blickte an sich hinunter. „Das ist Unterwäsche."

„Hätte mich auch gewundert", sagte der Chief Inspector und rief einen Constable herbei. „Gehen Sie mit diesem Mann und seinem Neffen ins Haus, Harvey. Er soll Ihnen erzählen, womit er seinen Tag verbracht hat. Untersuchen Sie seine Kleider auf Blutspuren. Ach, und prüfen Sie, ob das Gipsbein da echt ist."

Pearce starrte ihn mit offenem Mund an.

„Jawohl, Sir." Harvey machte Anstalten, beide Männer unterzuhaken.

„Sie haben mir nie erzählt, wo Sie wohnen." Swanson hielt Pearces ungläubigem Blick stand. Zwar konnte er sich nicht vorstellen, dass der Mann etwas mit dem Mord zu tun hatte, aber er konnte es auch nicht ausschließen, nur weil es sich um einen Polizisten handelte. „Wiedersehen, Sergeant. Ich muss arbeiten." Und er drehte sich um.

„Er hat mächtig an ihr herumgeschnitten", sagte Major Smith. Er wartete neben Abberline und Greenland am abfahrbereiten Hansom, als Donald Swanson sich zu ihnen gesellte. „Die Nase, die Augenlider, die Ohren. Nur so zum Vergnügen, und alles innerhalb der kurzen Spanne von höchstens fünfzehn Minuten."

„Moment mal." Abberline sah aus, als hätte er ein Gespenst gesehen. „Sie erwähnten die Ohren. Was ist damit?"

„Genau genommen meinte ich nur ein Ohr. Das rechte. Der Mörder hat es ihr fast abgeschnitten. Es hängt nur noch an einem seidenen Faden. Das linke ist in Ordnung."

„Jack the Ripper", sagte Abberline und zog den Brief aus der Manteltasche.

„Jack wer?" Der Major verstand nicht.

„Dieser Brief ist uns vor wenigen Tagen zugespielt worden", erklärte der Inspector. Er reichte ihn an Smith weiter. „Unterzeichnet mit ‚Jack the Ripper'. Beachten Sie die Zeile, wo er die Ohren erwähnt."

„Bei der nächsten Sache, die ich mache", las der Major laut, „werde ich der Dame die Ohren abschneiden und sie an die Polizei schicken, bloß zum Spaß, würde Ihnen das gefallen?"

„Darf ich mal sehen?" Swanson streckte die Hand aus. Bislang war er davon ausgegangen, ein geschäftstüchtiger Journalist habe den Brief geschrieben. Jetzt jedoch erschienen ihm die Worte in einem ganz anderen Licht.

Smith gab ihm den Brief und sagte: „Er hat es aber nicht *ab*geschnitten. Das Ohr ist noch da. Wenn der Brief echt ist, warum nahm er es nicht mit?"

„Wer weiß? Könnte sein, dass er zu spät daran dachte und Reißaus nahm, als er Watkins' Schritte hörte", schlug Abberline vor.

„Dieses andere Organ ..." Der Major räusperte sich, denn es war in jeder Hinsicht unschicklich, solche intimen Partien anzuschneiden. „Und auch die Niere hat er ja wohl mitgenommen. Dafür reichte ihm die Zeit immerhin."

„Ich an Ihrer Stelle würde mich jetzt nicht daran festbeißen", meinte Swanson. Er gab Abberline den Brief zurück. „Es wird immer später. Sieht so aus, als sei er durch die Passage zum St. James's Place gelaufen. Mit Ihrem Wagen werden Sie da nicht hindurchpassen. Fahren Sie außen um den Platz herum. Wir treffen uns dann auf der anderen Seite."

Als der Hansom dort ankam, kniete Swanson am Boden; in der Hand sein Taschentuch, mit dem er die Steine betupfte.

„Was gefunden?", rief Abberline, der sich gefährlich weit herausbeugte.

„Blutstropfen", sagte Swanson und gab ihnen Zeichen weiterzufahren. Während der Chief Inspector langsam vorausging, folgten ihm die drei Männer in einem Abstand von wenigen Metern mit dem Wagen. Major Smith hielt lose die Zügel in der Hand. Sie überquerten die Duke Street im Schritttempo, bogen nach rechts in den Houndsditch ab und blieben erst stehen, als Swanson an der Abzweigung zur Gravel Lane den Arm hob. Nach ein bis zwei Minuten, die er damit zubrachte, einen Berg Abfall zu untersuchen, setzte sich die kleine Prozession erneut in Bewegung.

Sie ließen ein Labyrinth schmutziger, verwinkelter Gassen hinter sich, und die Lampen der Middlesex Street tauchten vor ihnen auf. Die Fensterläden der meisten Häuser waren geschlossen. Leere Handkarren standen an die Hauswände gelehnt, die verzogenen Räder in der Luft. Eine geradezu friedliche Stille lag über allem. Noch waren die Marktstände nicht aufgebaut, doch in ein paar Stunden würden Händler aller Nationen hier ihre Waren feilbieten, und ihr reges Treiben würde die Straße spürbar mit Leben erfüllen.

Sie durchfuhren eine weitere Querstraße und gelangten zur Goulston Street, wo ihnen mitten auf der Fahrbahn ein junger Streifenpolizist entgegengelaufen kam.

„Halt! Stehen bleiben!", rief er und zog seinen Schlag-stock aus dem Gürtel. „Wer sind Sie?"

Swanson blieb stehen. „Hören Sie auf zu schreien. Und benehmen Sie sich wie ein Engländer. Ich bin Chief Inspector Swanson, und dieser Mann da ist Major Smith, der Commissioner der City Police."

„Oh!" Der Constable nahm Haltung an. „PC Alfred Long, Sir. Eigentlich ist Abteilung A in Westminster meine Division. Hatte gleich kein gutes Gefühl dabei, als sie mich gestern für H einteilten. Das ist meine erste Nacht in Whitechapel. Und für einen Augenblick habe ich wirklich gedacht ..."

„Schon gut." Swanson kannte die Angst, die einen in solchen Nächten begleitete. „Verdammt dunkel in White-chapel so ganz allein, was?"

„Und unheimlich, Sir", gestand Long. „Irgendwie habe ich gewusst, dass es heute passieren würde."

Abberline war aus dem Wagen gesprungen und starrte den Constable an. „Was gewusst?"

„Na, das mit der blutigen Schürze, Sir, und der Schrift an der Wand."

„Schürze?" Die Augen des Inspectors wurden immer größer, sein Brustkorb immer breiter.

Long trat ängstlich einen Schritt zurück. „Sind Sie denn nicht deswegen hier? Ich habe nämlich sofort nach Scotland Yard geschickt."

„Wir sind hinter einem Mörder her, Sie Idiot!", brüllte Abberline und stieß ihn an. „Wenn Sie etwas gefunden haben, dann labern Sie nicht rum – zeigen Sie es uns!"

Das karierte Stück Schürze lag keine hundert Yards entfernt im Eingangsbereich eines der Häuser, die in Goulston Street unter dem Namen Wentworth-Modell-Wohnungen bekannt waren, und war von der Straße aus nicht zu sehen. Darüber an der schwarzen Wand standen die mit Kreide geschriebenen Worte:

The Juwes are
The men That
Will not
be Blamed
for nothing

„Die Juden sind die Leute, denen man nicht umsonst die Schuld gibt", las Abberline.

„Das Wort ‚Juden' ist falsch geschrieben", bemerkte Long, der den stockdunklen Treppenaufgang mithilfe seiner Blendlaterne erleuchtete.

Swanson hatte das blutige Stückchen Stoff inspiziert. Er ließ es liegen und erhob sich. „Sie haben recht. Es müsste ‚Jews' heißen, nicht ‚Juwes'."

„Was sagen Sie zu der Schürze, Abberline?" Im Licht der Lampe verglich Swanson die Schrift an der Wand mit der im Brief. „Stammt sie vom Mitre Square?"

„Zweifellos. Dasselbe Muster. Und sie ist voller Blut."

„Und die Schriften?", fragte Major Smith. „Stimmen sie überein?"

„Schwer zu sagen. Auf den ersten Blick würde ich sagen, nein. Aber der Brief wurde in aller Ruhe geschrieben; diese Schmiererei hier nicht. Er wird sich sicherlich nicht lange damit aufgehalten haben. Wir haben es mit einem Mörder auf der Flucht zu tun, da können Sie keine Schönschrift erwarten."

„Abgesehen davon", gab Swanson zu bedenken, „macht es einen ziemlichen Unterschied, ob man etwas mit Tinte oder mit Kreide schreibt. Der Untergrund spielt dabei eine Rolle, und die Größe der Buchstaben."

Frederick, der immer noch sehr blass aussah, schob sich an Constable Long und Major Smith vorbei. Er beugte sich zu Swanson hinunter und fragte leise: „Sie sind wirklich sicher, dass das ein Stück ihrer Schürze ist?"

„Absolut." Swanson sah ihn an. Da war etwas in Greenlands Stimme, ein unterschwelliger Ton, der ihn irritierte. „Was haben Sie?"

„Ich weiß nicht recht. Auf das Gesicht der Toten habe ich nicht geachtet, und bestimmt gibt es Schürzen mit diesem Muster an jeder Straßenecke zu kaufen. Dennoch ..." Er presste die Lippen zusammen, bis sie beinahe ebenso blutleer waren wie seine Wangen. „Ich bilde mir ein, sie heute schon einmal gesehen zu haben. In Dr. Winslows Begleitung."

Das Poltern eisenbeschlagener Stiefel unterbrach sie. Dann erschien ein dräuender, hoch aufragender Schatten im Eingang, dem ein kleinerer schweigsam folgte, und trug den eindringlichen Geruch von Terpentin mit sich ins Treppenhaus. „Wo ist dieser Maulwurf Abberline?"

„Hier, Sir." Er steckte den Brief ein und drehte sich gemächlich um. „Bei der Arbeit."

Der große Schatten nieste. „Wieder eine Spur zu spät dran, was?" Sir Charles Warren, der Commissioner der Metropolitan Police, trat in den Lichtkegel der Blendlaterne, wobei er Swanson und Greenland beiseiteschob, als teile er einen Vorhang. Der kleinere Schatten – im Licht der Lampe jetzt bärtig und geisterhaft farblos – folgte im Kielwasser des Commissioners. Schüchtern blieb er hinter ihm stehen.

„Wir waren ihm dicht auf den Fersen, als Constable Long uns verständigte", gab Abberline zurück. Er deutete auf die Schürze. „Die gehört der Frau, die wir auf dem Mitre Square gefunden haben. Und das da ..." Abberlines Zeigefinger wanderte nach oben. „... ist sein Todesurteil."

„Die Juwes sind die Leute, denen man nicht umsonst die Schuld gibt?" Warrens Nase zuckte, als er vortrat und sich mit einer Grimasse sein Monokel ins Auge klemmte. „Juwes? Wer soll das sein? Das ist Unsinn. Solche Leute existieren nicht."

„Wenn ich etwas anmerken dürfte, Sir ..." Constable

Long blickte den Commissioner unterwürfig an. „Er könnte die Juden gemeint haben, aber die Orthographie stimmt nicht."

„Oder aber es handelt sich um ein Synonym", warf der Major ein. „Als Bezeichnung für eine bestimmte Personengruppe. Als eine Verballhornung oder Abkürzung von etwas, das mit ‚Ju' beginnt, vielleicht."

„Unfug! Natürlich meint er die Juden", blaffte Warren unerwartet scharf. „Er will von sich ablenken und uns weismachen, sie trügen die Schuld an den Morden! Wischen Sie das aus!"

„Es auswischen?" Swanson begann, am Verstand des Commissioners zu zweifeln. „Das ist ein Beweismittel, Sir Charles! Beinahe unser einziges. Wir müssen es fotografieren lassen."

„Daraus wird nichts!" Warren stampfte mit dem Fuß auf, um seine Worte zu unterstreichen, sodass der kleine Mann hinter ihm furchtsam zusammenzuckte. „Die Stimmung gegen diese armen Leute ist schon jetzt schlecht genug. Doch wenn die Juden mit den Whitechapel-Morden in Verbindung gebracht werden, können Sie sich auf einen Tumult gefasst machen." Dann zogen sich seine Augenbrauen zusammen. „Was tun Sie überhaupt hier, Swanson? Dies ist nicht länger Ihre Angelegenheit."

„Decken Sie es mit einem Tuch ab. Das ist das einfachste", schlug Major Smith vor. „Wir lassen das Treppenhaus bewachen, bis der Fotograf seine Arbeit erledigt hat, und entfernen die Schrift anschließend."

„Sie scheinen allen Ernstes zu glauben, ich ließe mich auf Diskussionen ein, Smith", fauchte Warren, dessen imposanter Bart eindrucksvoll zitterte. „Ich möchte Sie daran erinnern, dass Sie in diesem Bezirk keinerlei Befugnisse haben!" Seine Hand schoss vor, und er deutete auf den Ausgang. „Gehen Sie, und hüten Sie Ihre City!"

„Die Leiche der Frau wurde in meinem Bezirk gefunden", entgegnete der Major wenig beeindruckt. „Sie werden wohl oder übel mit mir kooperieren müssen, Sir Charles."

„Ich schlage vor", versuchte Abberline beschwichtigend einzuwirken, „wir entfernen einfach das Wort ‚Juwes'. Damit wären die Juden erst mal aus dem Schneider."

„Gentlemen." Swanson verschränkte die Arme vor der Brust. „Wir verschenken kostbare Zeit."

„Sehr richtig", sagte Warren. „Wir werden diese Schmiererei bis auf den letzten Kreidestrich auslöschen." Die Muskeln seines Kiefers traten deutlich hervor. Mit zwei, drei Schritten war er bei der Mauer. Doch Swanson war schneller. Ehe der Commissioner den Arm ausgestreckt hatte, um, in Ermangelung eines Tuches, die Schrift an der Wand mit dem Ärmel seiner Uniform auszuwischen, war der Chief Inspector dazwischengetreten und hatte sich vor ihm aufgebaut. Die beiden Männer blickten sich unverwandt an. Der Commissioner knirschte mit den Zähnen. „Gehen Sie aus dem Weg!"

Swanson rührte sich nicht von der Stelle. „Long!"

„Ja, Sir?" Der Constable schob sich den Riemen seines Helms ordnungsgemäß unters Kinn und reckte den Kopf.

„Nehmen Sie Ihren Notizblock, und machen Sie eine Kopie." Obgleich er die Worte an den Constable richtete, sah er weiterhin Warren an. Sein Gesicht war ausdruckslos.

Long zögerte. Dann, nach einem kurzen inneren Kampf, klappte er endlich seinen Notizblock auf. „Jawohl, Sir."

„Das ist Befehlsverweigerung, Swanson."

„Wenn Sie es so nennen wollen, Sir Charles."

„Das wird Sie Ihren Rang kosten!" Warrens Augen sprühten Funken. „Sie werden beim C.I.D. kein Bein mehr auf die Erde bekommen."

Swanson schwieg.

Dann sagte Long sehr leise: „Erledigt, Sir."

Und Donald Swanson nickte und glitt beiseite.

An das Geländer des Treppenaufgangs gelehnt stand Major Smith und schmunzelte. Als heimlicher Bewunderer Alphonse Bertillons und der Sûreté hatte er ein ausgesprochenes Faible für Männer mit Courage.

Der Commissioner stürzte zur Schrift an der Wand und wischte sie aus.

Die kleine, geisterhafte Erscheinung in Warrens Begleitung zitterte. Die ganze Zeit über hatte der Mann bei ihnen gestanden, ohne ein Wort zu sprechen. Jetzt machte er auf sich aufmerksam, indem er haltlos vor und zurück schwankte und die Augen zur Decke verdrehte, als wolle er in Ohnmacht fallen. „Drei Mann!", schrie er. Er zuckte wie unter Stromschlägen zusammen, ging halb in die Knie und straffte sich wieder. Die Luft um ihn herum knisterte, und sein Backenbart sträubte sich elektrisiert. „Drei Mann!", schrie er abermals, dann begann er unter Zuckungen die Arme kreisen zu lassen, bis sie in der Enge des Treppenhauses wie Mühlräder rotierten.

Im ersten Moment waren die übrigen Männer vor Schreck wie versteinert.

„Du liebe Güte", säuselte Long, der entsetzt zur Wand zurückwich. „Ich glaube, er hyperventiliert."

„Um Gottes willen!", rief Warren, sprang vor und wurde rückwärts geschleudert, als er den herumwirbelnden Armen des Mannes zu nahe kam und eine schallende Ohrfeige ihn traf. Mit blutender Lippe sackte der Commissioner zu Boden.

„Wer zum Teufel ist das?", fragte Abberline, den der Zwischenfall dermaßen verwirrt haben musste, dass er sogar beide Arme ausstreckte, um Warren aufzuhelfen. „Ein Irrer?"

„Der spirituelle Begleiter Ihrer Majestät." Der Commissioner zog sich, widerwillig einen Dank murmelnd, an Abberline hoch.

Swanson war verblüfft. Aus irgendeinem Grund hatte er sich den Liebhaber der Königin kräftiger vorgestellt, und weit weniger labil. Aber so konnte es gehen, wenn ein Highlander versehentlich die Grampian Mountains überschritt und unvermittelt Britanniens Zivilisation entdeckte. „Dieser Mann ist John Brown?"

„Dieser Mann ist Mr James Lees. Das berühmte Medium", presste Sir Charles Warren unter Schmerzen hervor, die nicht allein von seiner gesprungenen Lippe herrührten. „Mit seiner außerordentlichen Begabung für die Psychometrie wird er uns zum Whitechapel-Mörder führen."

„Drei Mann!", schrie Mr Lees ein drittes Mal, wobei Speichel von seinen Lippen spritzte, als er den Kopf hin und her warf. „Blut! Blut! Ich kann es sehen! So viel Blut! Drei Mann gegen ..." Er brach zusammen und sabberte.

Swanson ging neben dem Mann in die Hocke, hob dessen Kopf und klopfte ihm auf die blassen Wangen.

„Agneta, mein Schatz?" Mr Lees, die schlanken weißen Hände erhoben, berührte zärtlich Swansons Wangen und blinzelte die Schleier der Benommenheit fort. Seine Augen glänzten voll Traurigkeit. „Ach, nein. Du bist gegangen."

„Mr Lees", sagte er. „Geht es Ihnen besser?"

Das Medium lächelte verträumt. „Ich glaube schon."

„Hören Sie, Lees", Warren beugte sich über ihn, „Sie müssen mir erzählen, was Sie da eben gesehen haben. Sie hatten eine Ihrer Visionen, nicht wahr?"

„Diese Schürze", sagte Lees geschwächt und erhob sich stöhnend.

„Sie sahen sie", meinte Warren aufgeregt, „und das löste die Vision in Ihnen aus?"

„Das viele Blut darauf", hauchte Lees. „Einfach ekelhaft. Und dann die Männer dicht gedrängt um mich herum. Da bin ich wohl durchgedreht. Ich leide an Platzangst, wissen

Sie?" Dann sah er Donald Swanson an und sagte: „Aber Sie, Sir. Sie sind ihm schon begegnet, nicht wahr?"

„Wem, Mr Lees?"

„Dem Arzt, der das Mädchen töten wird."

„Welches Mädchen?"

„Ich habe ihn gesehen, als ich im Bus von Clapham nach Mayfair saß. Wie eine Seemöwe wird er herabstoßen und ihr die Eingeweide auspicken. Und er hat mächtige Verbündete."

„Das reicht, Lees", ging Warren dazwischen. „Sie reden ja irre."

Auch Swanson wurde dieses Affentheaters allmählich überdrüssig. Er stand auf, schritt auf den Ausgang zu und sagte: „Kommen Sie, Gentlemen. Wir sind auf dem besten Weg, unseren Mann zu verlieren."

„Warten Sie!", rief Lees verzweifelt. Er eilte ihm nach und bekam einen Ärmel zu fassen. „Ich weiß, Sie glauben mir nicht, aber meine Visionen können Ihnen eine große Hilfe sein. Ich wurde mit einer göttlichen Gabe ausgestattet, Chief Inspector. Wie Moses, der das Wasser geteilt hat."

Zugegeben, Swanson war nicht dabei gewesen, als Moses das Wasser geteilt hatte, aber er durfte sich immerhin zu jenen vier Sicherheitsbeamten zählen, die Jesus von Nazareth damals an einem eisigen Dezembertag vor fünf Jahren in die Heilanstalt von Broadmoor eingeliefert hatten. Eine Erfahrung, die ausgereicht hatte, seinen kindlichen Glauben an Wunder ein für alle Mal auszulöschen. „Entschuldigen Sie mich jetzt bitte." Er schüttelte die Hand des Mediums ab. „Um die Seemöwen kümmere ich mich im Sommer wieder. Jetzt habe ich einen Mörder zu fangen, Mr Lees."

Sie folgten der Straße und erreichten ein paar Minuten später das graue Gebäude der Armenküche in Crispin Street. Geradeaus lag dunkel und still der Blumenmarkt.

Einer plötzlichen Eingebung folgend bog Swanson nach rechts in die Dorset Street ab.

Was, wenn Lees doch keinen Schwachsinn geredet hatte? Was, wenn diese Morde mit jenen Männern in Zusammenhang standen, die nach Sickerts Aussage Miss Kelly nach dem Leben trachteten? Was, wenn alles darauf hinauslief? Immerhin beriet Lees das Königshaus. Selbst wenn es sicher nicht die Geister gewesen waren, die es ihm eingeflüstert hatten, so konnte er bei einem seiner Besuche im Buckingham Palace zufällig ein vertrauliches Gespräch belauscht haben.

„Miller's Court", stand auf dem Schild über dem Rundbogen des engen Ganges, in dem Miss Kelly ein Zimmer hatte. Eine einzelne Laterne beleuchtete zischend den Court. Ihr flackerndes Gaslicht ließ die Schatten der vier Männer ins Riesenhafte verzerrt an den schmutzigen Wänden tanzen. Die meisten Anwohner schienen zu schlafen oder ausgegangen zu sein. Lediglich in einem der Erdgeschossfenster brannte noch Licht hinter den Vorhängen.

Swanson stützte sich mit beiden Händen auf die Steineinfassung des Hofbrunnens, den er in einer Nische entdeckt hatte. „Hier endet es."

„Was soll das heißen?", fragte Abberline. Er trat neben ihn und starrte in den blutverschmierten Abfluss, als vermute er ernsthaft, der Mörder habe seine Flucht in der Kanalisation fortgesetzt.

„Es heißt", meinte Swanson seufzend, „dass er sich hier das Blut von den Händen gewaschen hat, Gentlemen. Jetzt ist er sauber."

„Verdammt!" Abberline schlug mit der flachen Hand gegen den Pumpenschwengel. „Hätten wir uns nur nicht so lange mit diesem Schwachkopf Warren aufgehalten."

„Den ‚Schwachkopf' hat natürlich niemand gehört", meinte Major Smith. „Wenigstens wissen wir jetzt, in welche Richtung der Mörder geflohen ist."

„Wahrscheinlich besitzt er hier in der Gegend ein Zimmer oder eine Wohnung", meinte Frederick Greenland. „Einen Ort, an den er sich zurückziehen und wo er in aller Ruhe seine Kleider wechseln kann. Er könnte sogar in diesem Court hier leben."

Eine Theorie, für die einiges sprach und die es zu überprüfen galt. Abberline klopfte an das erhellte Fenster von Nummer 13.

Die Gardine wurde beiseite gezogen, und ein gerötetes Gesicht blickte ihnen entgegen. Es war das von Mr Druitt.

Nein, versicherte der Anwalt erschrocken, nachdem man ihn herausgebeten und ihm die Fakten geschildert hatte, er habe gar nichts gesehen. Und von den Morden hatte er bislang nicht einmal gehört. Er sei, nachdem er eine Versammlung in den Docks verlassen habe, mit Miss Kelly in ihrem Zimmer zusammen gewesen, und das den ganzen Abend über.

Ob er denn ungewöhnliche Geräusche im Court vernommen habe, fragte ihn Swanson. Oder vielleicht, wie jemand die Pumpe betätigt hatte? Der junge Anwalt ging nicht ins Detail, gab aber zu, der Welt da draußen eine ganze Weile weniger Aufmerksamkeit als gewöhnlich geschenkt zu haben, und dass er es nicht einmal mitbekommen hätte, wäre draußen ein Komet niedergegangen.

Bei einem halben Dutzend weiterer Bewohner, die Swanson und Major Smith herausklopften, war es nicht anders. Niemand hatte etwas gesehen oder gehört. Man konnte es drehen und wenden, wie man wollte, die Spur des Killers verlor sich im Miller's Court.

Was das Opfer vom Mitre Square betraf, so handelte es sich tatsächlich um dieselbe Frau, die Frederick Greenland am Abend in Forbes Winslows Begleitung gesehen hatte, wie ein Besuch in der Leichenhalle noch in der Nacht zweifelsfrei bestätigte.

Problematisch war nur, dass Forbes Winslow trotz allem nicht als Täter infrage kam. Auf der Wache in der Commercial Street erfuhren sie nämlich, dass der Doktor gegen elf Uhr auf dem Polizeirevier erschienen war und die Beamten zu überreden versucht hatte, einen Mann zu verhaften, den er für den Whitechapel Mörder hielt. Voller Leidenschaft hatte er offenbar über seine Annonce und den Einsatz von Fangnetzen gesprochen und war daraufhin die ganze Nacht lang festgehalten worden. Erst im Morgengrauen hatte man ihn wieder auf freien Fuß gesetzt – eine Tatsache, an der sich nicht rütteln ließ. Wenn aber der Doktor nichts mit den Morden zu tun hatte, wer dann?

VIERTER TEIL

Thurso

Donnerstag. – Maat erlaubt zu gehen. Hinweis in den Leserbriefspalten, dass das Verbrechen nachweislich auf das Konto eines Verrückten geht. Bemerkte einen alten Herrn, der eine Ausgabe von Maiwa's Rache erwarb. Nahm ihn fest.

Punch, 22. Sept. 1888,
Ein Kriminalbeamten-Tagebuch à la mode

KAPITEL 12

Jack the Ripper!

Am Montag schrien heisere Zeitungsjungen in ganz Großbritannien diesen Namen. Die Daily News hatten mit der Veröffentlichung des Briefes an den „Lieben Boss" nicht nur ihre Auflage um ein Vielfaches gesteigert, sondern darüber hinaus das ganze Land in einen Zustand schlimmster Hysterie gestürzt. Was mal wieder bewies, wie Constable Walter Dew bemerkte, dass der Stift noch immer mächtiger war als das Schwert. Ganze Familien verließen London Hals über Kopf, um auf dem Land Schutz zu suchen und bis zur Verhaftung des Rippers auszuharren.

Als Chief Inspector Donald Swanson nach einer durchwachten Nacht und einem hastig eingenommenen Frühstück um halb elf im Yard erschien, war er todmüde und frustriert. Abgesehen von dem vagen Gefühl, die Morde des Rippers könnten mit der Schwangerschaft Marie Jeanettes zu tun haben, war er mit seinen Ermittlungen nicht allzu weit gekommen. Daher war er umso erstaunter, als Sergeant Penwood ihm ganz aufgeregt mitteilte, man habe heute Morgen südlich der Themse einen Verdächtigen aufgegriffen. Er habe zwei Frauen mit einem Messer attackiert und befände sich in Superintendent Cutbushs Büro. Doch der Superintendent war allein.

„Guten Morgen, Sir", sagte Swanson und schloss verwundert die Tür. „Man sagte mir, Sie hätten einen Verdächtigen hier."

„Nein, nein, Swanson. Das hat sich bereits erledigt", murmelte Cutbush. „Es handelte sich um meinen Neffen Thomas. Der arme Junge ist völlig harmlos."

Der Superintendent sah nervös aus, fand Swanson. „Wo haben Sie ihn hingebracht?"

„Wir ließen ihn nach Hause gehen."

Swanson glaubte, sich verhört zu haben. „Dürfte ich fragen, wer das veranlasst hat?"

„Ich selbst habe es veranlasst. Ich fühle mich für Thomas verantwortlich." Er stand auf. „Ich versichere Ihnen, er ist im Schoß seiner Familie am besten aufgehoben. Dort fühlt er sich am wohlsten."

„Bei allem Respekt, Sir. Er soll zwei Frauen angegriffen haben."

„Das ist doch Unsinn. Das waren doch bloß zwei hysterische Frauenzimmer, die sich wer weiß was eingebildet haben. In Zeiten wie diesen reicht es ja schon, wenn man eine Frau zu lange ansieht, und sie schreit nach der Polizei." Er setzte sich wieder und wischte sich den Schweiß von der Stirn. „Ich kenne meinen Neffen. Er ist ein bisschen einfältig. Aber er war nie ein schwieriges Kind. Ich würde meine Hand für ihn ins Feuer legen."

„Wenn Sie nichts dagegen einzuwenden haben, würde ich ihn mir trotzdem mal ansehen", sagte Swanson und schnappte sich seinen Hut. „Wo wohnt er?"

„Albert Street", sagte Superintendent Cutbush. „Aber machen Sie ihm bitte keine Angst."

Swanson kannte die Straße. Albert Street lag in Kennington, demselben respektablen Stadtteil, in dem auch er lebte, keine zehn Minuten Fußmarsch von seinem eigenen Haus am Kennington Park entfernt.

Thomas Hayne Cutbush sah Swanson aus wirren, blutunterlaufenen Augen an. Er erkannte ihn sofort wieder. Es war derselbe Mann, der ihn damals bei seinem ersten Besuch in Toynbee Hall zu Reverend Barnett geführt hatte.

„Ich habe nichts Ungesetzliches getan." Er hielt ein Blatt Papier in die Höhe, auf das er Collagen mehrerer Frauen geklebt hatte – die einzelnen Körperteile offensichtlich aus Illustrierten ausgeschnitten. Swanson erinnerte sich, dass Reverend Barnett den Jungen als Kunststudenten bezeichnet hatte. Eine krasse Fehleinschätzung, wie er nach einem Gespräch mit Miss Hayne, Thomas' Stiefschwester, herausgefunden hatte. Cutbush war, ehe er sich den Studenten von Toynbee Hall angeschlossen hatte, für verschiedene Firmen im Teehandel tätig gewesen. Wegen mangelnder Arbeitsmoral war er jedoch stets rasch wieder entlassen worden.

„Wozu all die rote Farbe?", fragte Swanson und tippte auf das Bild einer Dame mit gespreizten Beinen, aus deren Unterleib ganz augenscheinlich Unmengen von Blut flossen.

„Das ist eine Köchin, Sir. Sehen Sie doch", sagte Cutbush lächelnd. „Hat sich mit Tomatensauce bekleckert."

Swanson begann, in dem engen Zimmer herumzugehen. Überall an den Wänden hingen dicht an dicht weitere Collagen. Mit ihren roten Hälsen und blutigen Bäuchen ähnelten sie auf beklemmende Weise den Opfern des Rippers.

„Verdammt viel Tomatensauce, finden Sie nicht?"

„Ich mag Tomatensauce", sagte Cutbush und entblößte grinsend die Zähne.

„Das alles wäre halb so wild, mein Junge. Aber Sie stehen in dem Verdacht, zwei Frauen mit dem Messer angegriffen zu haben. Das ist eine sehr ernste Angelegenheit."

„Ach, das ist doch alles Quatsch. Ich hielt es nur ungeschickt in der Hand und stolperte versehentlich vorwärts. Die Platten des Gehsteigs waren uneben, wissen Sie? Glauben Sie wirklich, ich wäre so verrückt, jemanden auf offener Straße anzufallen?"

Swanson glaubte es. „Wenn es ein Unfall war, warum sind Sie dann weggerannt?"

„Weil ich Angst hatte, man würde mich verhaften,

natürlich. Die haben ja gleich losgekreischt. Dabei waren sie gar nicht verletzt."

Swanson wusste aus den Berichten, dass das stimmte. Er fragte: „Arbeiten Sie noch für Reverend Barnett?"

„Ja, Sir. Aber er meint, ich sei ein pfiffiger Junge und könnte nicht ewig für das wenige Geld arbeiten. Er will mir ein Empfehlungsschreiben geben, damit ich Kunst studieren kann."

„Denken Sie, es wird ihm gefallen, wenn er hört, dass Sie die Frauen angegriffen haben?"

„Es war wirklich ein Versehen", versicherte Cutbush und schob die Unterlippe vor. „Ehrlich. Wenn ich jemanden umbringen wollte, würde ich nachts losziehen. Bitte sagen Sie dem Reverend nichts."

„Und wo waren Sie in den Mordnächten, Mr Cutbush?", fragte Swanson. „Hier zu Hause? Haben Sie jemanden, der für Ihr Alibi bürgen kann?"

„Sie meinen in den Nächten, als die Frauen geschlachtet wurden?" Er schüttelte den Kopf. „Da war ich nicht zu Hause. Da war ich immer in Toynbee Hall. Wir sind Nacht für Nacht auf Streife gegangen, um den Mörder zu finden. Bitte fragen Sie Reverend Barnett. Er wird es Ihnen bestätigen. Ich habe nichts Schlimmes gemacht. Glauben Sie mir das?"

„Ich werde natürlich Ihre Alibis überprüfen", sagte Swanson.

„Natürlich. Natürlich. Und ich verrate Ihnen was", flüsterte Cutbush und kam ganz nahe an Swanson heran. „Sie müssen es nur für sich behalten." Er sah ihn mit großen Augen an. „Versprechen Sie es."

Swanson nickte. „Also schön. Ich verspreche es", sagte er. „Schießen Sie los."

„Meine Stiefschwester ..." Cutbush warf einen prüfenden Blick zum Fenster. „Sie will ..." Und er trat mit schnellen Schritten zur Tür und riss sie auf, nur um dann den leeren Korridor hinunterzuspähen. „Sie will mich für verrückt erklären und entmündigen lassen. Und wissen Sie warum?"

„Sie vermuten, sie hat es auf das Haus und das Geld Ihrer Mutter abgesehen?"

„Nein. Um Gottes willen, nein." Cutbush schüttelte über so viel Dummheit den Kopf, warf sich auf den Boden und sah unter das Bett. „Das Erbe interessiert sie überhaupt nicht. Sie will mich einsperren lassen, um den Nachtisch ganz für sich allein zu haben. Das ist offensichtlich. Das sagt einem doch der gesunde Menschenverstand. Aber sie bekommt ihn nicht. Ich habe ihn nämlich versteckt." Er rieb sich kichernd die Hände und deutete mit dem Kopf auf eine Holztruhe am Fußende des Bettes, die er mit einem schweren Vorhängeschloss gesichert hatte.

Swanson nickte. Dieser Mann war ohne Zweifel verrückt. Doch war er deswegen auch gleich ein Mörder? Bislang gab es dafür keine stichhaltigen Beweise. Er würde ihn im Auge behalten, dachte er, als er wieder auf dem Flur stand. Und er hörte, wie sich hinter ihm der Schlüssel im Schloss drehte.

Miss Hayne begleitete Swanson zur Tür. „Thomas ist nicht gefährlich", sagte sie. „Aber er ist ein sehr kranker Mann. Und sein Zustand verschlechtert sich zusehends. Mutter meint, wir müssten jetzt immer ein Auge auf ihn haben."

„Ja", sagte Swanson, der das ebenfalls für ratsam hielt. „Falls in nächster Zeit irgendetwas in seinem Verhalten Anlass zur Sorge bietet, setzen Sie sich bitte sofort mit mir in Verbindung."

Sie standen bereits auf der Türschwelle, als Miss Hayne ihn mit gesenkter Stimme fragte: „Sagen Sie, Chief Inspector, Sie haben nicht vielleicht zufällig gesehen, wo mein Bruder seinen Nachtisch versteckt hat?"

Swanson tippte an seinen Hut, wünschte ihr einen guten Tag und empfahl sich.

Als er zum Yard zurückkehrte, erwartete ihn eine Überraschung. Wie Sergeant Penwood ihm mitteilte, hatte man gestern Nacht unweit des Spitalfield Blumenmarktes noch zwei weitere Männer verhaftet.

„Von oben bis unten ..." Penwood stockte angewidert.

„In Blut getränkt?", beendete Swanson den Satz.

„Schlimmer, Sir", sagte Penwood. „In Frauenkleidern. Ganz bunt geschminkt und mit Perücken. Sie könnten der Ripper sein."

„Sie denken, es sind zwei verschiedene Killer? Die zusammenarbeiten?"

„Ich war immer der Meinung, es seien zwei, Sir. Wegen der wenigen Zeit, die sie jedes Mal haben. Einer wird Schmiere stehen, während der andere sie umbringt."

„Kein schlechter Gedanke, Penwood", sagte Swanson und öffnete die Tür. „Wo sind die Männer?"

„Wir haben sie gehen lassen, Sir."

„Sie gehen lassen?" Ein Déjà-vu. Swanson wurde es flau im Magen. Ärgerlich warf er seinen Hut auf den Schreibtisch. „Das höre ich heute nun schon zum zweiten Mal, Penwood. Ist das hier Scotland Yard oder ein Kindergarten? Wer waren diese Männer?"

„Ein Mr Wilde und jemand anders. Ich habe den Namen vergessen", sagte Penwood. „Commissioner Warren meinte, wir könnten es nicht riskieren, sie in eine Zelle zu stecken. Das würde für eine schlechte Presse sorgen. Sind wohl beide schrecklich berühmt."

Was die schlechte Presse anging, war Warren der Fachmann, dachte Swanson bei sich. Erst im letzten Frühjahr hatten ihn die Zeitungen in der Luft zerrissen, als er Soldaten auf dem Trafalgar Square hatte aufmarschieren lassen, um eine friedliche Demonstration von Arbeitslosen zu beenden. Es war Blut geflossen. Und ein Mann war gestorben. Müde sank Swanson auf einen Stuhl. „Ich könnte einen Tee vertragen, Penwood. Und dann brauche ich die Adressen."

Charles Lutwidge Dodgson, der berühmte Mann, dessen Namen Penwood vergessen und von dem Swanson noch nie gehört hatte, war nach Oxford abgereist. Daher ließ sich der Chief Inspector zunächst in die Tite Street fahren.

Es regnete, als er auf den Türvorleger von Nummer 16 trat und die Glocke betätigte. Eine hübsche Frau, an deren Rockzipfel zwei kleine Jungen in Matrosenanzügen hingen, öffnete ihm und fragte ihn nach seinen Wünschen.

„Donald Sutherland Swanson, Ma'am", sagte er diskret und tätschelte die beiden wuscheligen Köpfe der Kinder, die mit leuchtenden Augen zu ihm aufsahen. „Ich möchte zu Ihrem Gatten."

„Die Treppe hoch und dann rechts", sagte sie und schlug die Augen nieder. „Oscar hat wieder mal Besuch."

Der Besuch, ein blonder Jüngling in Unterwäsche, sprang wie eine aufgescheuchte Katze vom Schoß des großen Mannes mit den dunkelbraunen Haaren und den sinnlichen Lippen und verschwand im Nebenzimmer.

„Mr Wilde?", sagte Swanson und schloss hinter sich die Tür. „Ich bin Chief Inspector Swanson und würde mich gern mit Ihnen unterhalten. Leider traf ich Sie nicht mehr im Yard an. Man sagte mir, Sie seien zu berühmt, um Sie dortzubehalten."

„Viel beschäftigt trifft es vielleicht", sagte Wilde. „Aber berühmt? Nun, möglicherweise auch das. Immerhin habe ich zwei Sekretäre – einen, der meine Autogramme schreibt, und einen anderen mit braunem Haar, der Locken von seinem Haar an all die vielen jungen Damen schickt, die mir schreiben und mich um eine Locke bitten – bald ist er kahl."

„Den Damen aus Whitechapel schreiben Sie selbst, nehme ich an", sagte Swanson.

„Mr Swanson, ich bitte Sie", meinte Wilde mit einem süffisanten Lächeln. „Ich schreibe grundsätzlich nichts, was mir nicht wenigstens ein Abendessen und eine interessante Unterhaltung einbringt. Und ich bin mir sehr sicher, dass die armen Frauen dort weder das eine noch das andere zu bieten haben."

„Trotzdem waren Sie mit einem Herrn namens Dodgson dort unterwegs. Man hat Sie in Frauenkleidern aufgegriffen."

„So merkwürdig Ihnen das auch vorkommen mag, die Verkleidung hat im East End ungemeine Vorteile. Selbst Ihre Kollegen haben uns für Bordsteinschwalben gehalten." Er hüstelte affektiert.

„Was hatten Sie überhaupt in der Gegend zu suchen, Mr Wilde? Ich gehe davon aus, dass Sie und Ihr Kollege nach etwas anderem suchten als Inspiration."

„Nun, ehrlich gesagt ist es mir etwas peinlich, darüber zu sprechen. Ich war in einer äußerst delikaten Angelegenheit unterwegs."

„Vor mir können Sie frei sprechen", versicherte ihm Swanson. „Solange es sich nicht um Mord handelt, kann ich so manches verzeihen." Er lächelte verbindlich.

Wilde seufzte missverstanden. „Mr Dodgson ist ein sehr unterhaltsamer Mann und ein exzellenter Autor. Aber er hat da diese kleine, persönliche Schwäche. Ich nahm an, ein Ausflug nach Whitechapel könne ihn auf andere Gedanken bringen."

„Was für eine Schwäche meinen Sie?"

„Ach, nun – Mädchen, Sir. Sehr, sehr junge Mädchen. Selbst seine wenigen Studentinnen sind ihm noch zu alt. Ich dachte, wenn ich ihn ein bisschen herumführen würde ..."

„Sie sprechen von Minderjährigen, Mr Wilde?"

„Fürchterlich, was?"

„Und deswegen suchten sie die übel beleumdeten Viertel im East End auf?"

„Es ist nicht recht, sich an Kindern zu vergreifen", sagte Wilde betroffen. „Und er tut es nur aus Angst, glauben Sie mir. Er stottert immer schrecklich, wenn er einer Frau gegenübertritt. Ich zeigte ihm, dass man keine Angst vor erwachsenen Frauen haben muss."

Swanson, der an den jungen Mann dachte, der von Wildes Schoß gehüpft war, fragte: „Haben Sie Angst vor erwachsenen Frauen?"

„Ich bitte Sie", sagte Wilde und schlug die Beine übereinander. Eine unbewusste Abwehrreaktion, wie Swanson feststellte. „Ich bin jetzt seit vier Jahren verheiratet. Constance hat mir zwei Kinder geboren. Prachtvolle kleine Knaben. Sie sind mein Ein und Alles. Aber die Ehe, da wollen wir uns nichts vormachen, ist nur am Anfang reizvoll. Nachdem sie Kinder in die Welt gebracht haben, werden die Frauen plump um die Hüften. Und ich frage Sie: Wo bleibt da der Reiz, wenn erst mal alle Anmut dahin ist, hm?"

Swanson dachte an Annie, die ihm vier Kinder geschenkt hatte und nun abermals guter Hoffnung war. Er liebte sie noch immer mit derselben Leidenschaft wie am Anfang ihrer Ehe. „Wenn mich nicht alles täuscht, war das auf Ihrem Schoß keine andere Frau, sondern ein junger Mann."

„Junge Männer haben den Vorteil, nicht schwanger zu werden", schmunzelte Wilde. „Und sie sind auch sonst eine ganz neue Erfahrung. Sie sollten es auch mal probieren, Chief Inspector."

„In dem Punkt bin ich sehr konservativ", entgegnete Swanson. „Ich mag keine großen Veränderungen."

„Ich selbst würde für eine neue Erfahrung alles geben – den Scheiterhaufen besteigen, wenn es nötig wäre", sagte Wilde.

„Auch ein paar gefallene Frauen aufschlitzen?" Swanson sah ihm direkt in die blauen Augen.

„Der Tod ist nicht mein Metier. Wovon ich spreche, ist das Leben. Man kann mit Leidenschaft lieben und leben. Aber im Tod ist jede Leidenschaft verloren."

Swanson war da nicht so sicher. „Jack the Ripper scheint das anders zu sehen. Seine Leidenschaft ist offenbar das Töten."

„Vermutlich der Hauptgrund, weswegen Jack und ich nicht miteinander auskommen würden", sagte Wilde. „Aber wenn ich der Mörder wäre, ich würde eine von drei Möglichkeiten wählen, um unentdeckt zu bleiben."

„Nun?"

„Das liegt doch auf der Hand, nicht wahr? Entweder würde ich mich Mr Lusks Schutzkomitee anschließen und mich selber jagen, oder ich trüge eine Polizeiuniform."

„Eine Uniform ist schwer zu beschaffen", sagte Swanson.

„Nun ja – es sei denn, man ist Polizist, habe ich recht?" Er lächelte breit.

„Und die dritte Möglichkeit?"

„Frauenkleider natürlich. Sie würden sich wundern, was man mit ein wenig Schminke und einer Perücke hinzaubern kann. Ich versichere Ihnen, auf diese Weise ließe sich auch Jack the Ripper überführen. Sie müssen Ihre Polizisten nur als Frauen verkleidet durch Whitechapel spazieren lassen. Über kurz oder lang wird er einen von Ihren Männern anfallen und geschnappt werden."

Swanson fand, dass das gar keine schlechte Idee war. Wenngleich auch mit Problemen behaftet. „Die meisten Beamten tragen imposante Bärte. Man würde sie kaum dazu bringen können, sie abzurasieren."

„Ja, die müssten wohl runter", stimmte Wilde ihm zu. „Aber es ist ja für eine gute Sache, nicht wahr? Und im Gegensatz zu abgeschnittenen Hälsen wachsen Bärte in kurzer Zeit nach."

„Sie müssen um jeden Preis das letzte Wort haben, was, Mr Wilde?"

„Niemals auf Kosten einer geistreichen Pointe", versicherte Wilde.

Die Tür öffnete sich, und das Gesicht des jungen Mannes, der zuvor auf Wildes Schoß gesessen hatte, erschien. Jetzt trug er einen Morgenmantel.

„Dann bleibt mir nichts weiter, als Ihnen eine gute Nacht zu wünschen", sagte Swanson und verabschiedete sich. Erst als er vor dem Haus wieder im Regen stand, ging ihm auf, dass Wilde nichts darauf erwidert hatte.

Da Donald Swanson zu beschäftigt war, um selbst hinzufahren, schickte er am folgenden Tag Constable Phelps nach Oxford. Zwar bezweifelte er nach seinem Gespräch mit Mr Wilde, dass es etwas brachte, doch Commissioner Warren bestand darauf, auch dieser Spur nachzugehen.

Phelps jedenfalls war begeistert. Die Wochen der Untätigkeit, die er auf Inspector Abberlines Revier in Whitechapel verbracht hatte, hatten ihn zermürbt, und nun war er froh, endlich wieder ordentliche Polizeiarbeit leisten zu dürfen.

Er nahm den Zehn-Uhr-fünfzig-Zug ab Paddington und traf Mittags in Oxford ein. Er brauchte fast den ganzen Nachmittag, um Mr Charles Lutwidge Dodgson zu finden. Und als er ihn endlich gefunden hatte, stellte sich sehr schnell heraus, dass der kleine stotternde Mann für die meisten Tatzeiten ein Alibi hatte. Er gab zu, mit Wilde im East End gewesen zu sein. Und ja, die Frauenkleider seien Oscars Idee und ein böser Fehler gewesen. Er hätte sich niemals darauf einlassen sollen. Auch aus der Tatsache, dass er zeitweilig einen falschen Namen benutzte, ließ sich in seinem Fall wohl kaum ein Strick drehen. Denn „Lewis Carroll" war das Pseudonym, unter dem er sehr erfolgreiche Kinderbücher verfasste, in denen Katzen grinsten, Hasen Tee tranken und Karten spielende Mädchen hinter Spiegeln verschwanden.

Die alte Bibliothek, in der Phelps ihn aufgestöbert hatte, war wesentlich unheimlicher als der Mann selbst. Nur zu gut konnte er sich vorstellen, dass zwischen den deckenhohen, staubigen Regalreihen die Geister vergangener Jahrhunderte ihr Unwesen trieben. Fehlten nur noch ein paar Zauberschüler, die dort mit spitzen Hüten und Zauberstäben uralte magische Schriften studierten.

Einziger Lichtblick war ein weißhaariger Professor namens D'Onston Stephenson gewesen, der sich tatsächlich mit magischen Ritualen beschäftigte. Erstaunlicherweise hatte er eine Karte von Whitechapel vor sich, auf der er mit roter Tinte vier Punkte markiert hatte. Es waren die Tatorte der Ripper-Morde, wie Phelps auf den ersten Blick bemerkte. D'Onston, der Oxford seit Monaten nicht verlassen hatte, meinte, der Ripper habe seiner Meinung nach die herausoperierten Organe hinter seiner Krawatte versteckt, und zeigte Phelps, was geschah, wenn man die Tatorte durch Striche miteinander verband. Es entstanden vier Dreiecke. Die Zeichen eines schwarzmagischen Rituals, wie ihm der Professor mit erhobenem Zeigefinger versicherte. Doch Phelps bezweifelte das. Sein kriminalistisches Auge sah eindeutig etwas anderes darin. Und das alles erzählte er Donald Swanson am Abend bei seiner Rückkehr nach London.

„Es ist ein Dolch, den man sieht, wenn man die Linien gezogen hat, Sir", beendete Phelps seinen Bericht. „Ist das nicht unglaublich? Dieser D'Onston meint, ein verrückter Magier würde diese Frauen töten. Ein neuer Ansatz. Darüber sollten wir vielleicht mal nachdenken, was?"

„Sehr interessant." Swanson, der an magischen Ritualen nicht interessiert war und gar nicht richtig zugehört hatte, ging zu seinem Schreibtisch. „Ich habe noch etwas zum Nachdenken für Sie, Phelps." Mit diesen Worten reichte er ihm eine Postkarte über den Tisch. Sie war mit roter Tinte geschrieben, und ein verwischter, blutiger Daumenabdruck war darauf zu erkennen.

Sie trug den Datumsstempel des gestrigen Tages.

Ich scherzte nicht, lieber alter Boss, als ich Ihnen den Tipp gab. Sie werden morgen vom Werk des unverschämten Jack hören. Ein Doppelereignis diesmal. Nummer eins quiekte ein wenig, konnte sie nicht gleich fertigmachen. Hatte keine Zeit, die Ohren für die Polizei zu nehmen. Danke, dass Sie den Brief zurückgehalten haben, bis ich wieder an der Arbeit war.

Jack the Ripper

„Damit hätten wir also die Fortsetzung." Nachdenklich drehte Phelps die Karte zwischen den Fingern. „Wenn sie vorgestern eingeworfen wurde, kann sie nur vom Mörder stammen, denn die Öffentlichkeit hat gestern Morgen überhaupt erst von der Existenz des ersten Ripper-Briefes erfahren. Niemandem war der Inhalt bekannt, und außer einigen wenigen hier im Yard kannten nur die Mitarbeiter der Nachrichtenagentur seinen Namen."

„Sie sagen es, Phelps."

Der Constable gab Swanson die Karte zurück. „Wenn ich mich nicht irre, habe ich Sie neulich noch sagen hören, der Brief sei ein Fleet-Street-Scherz."

„Auch ich bin nicht unfehlbar", sagte Swanson.

In diesem Augenblick klopfte es, und Police Constable Stewart Evans von der Abteilung Recherche und Archiv streckte den Kopf zur Tür herein. „Entschuldigen Sie die Störung, Sir, aber Inspector Littlechild lässt fragen, was er mit diesem Amerikaner Mr Tumblety anfangen soll, den er seit zwei Wochen überwacht."

Doktor Tumblety, dachte Swanson bei sich. Er schichtete einige Aktenstapel um, blätterte in einer Mappe, die er dazwischen gefunden hatte, und zog einen eng beschriebenen Papierbogen hervor. Rasch überflog er die Notizen. Dr. med. Francis Tumblety. Ein Mann, der im Verdacht stand, mit einem geheimnisvollen Briefeschreiber identisch zu sein, der sich – mit dem Wunsch, weibliche Geschlechtsorgane zu kaufen – wiederholt an Londoner Krankenhäuser gewandt hatte. Eben jene Organe, die ein weiterer Briefeschreiber jetzt aus den Leichen seiner Opfer herausschnitt. Beiläufig, ohne aufzublicken, murmelte Swanson: „Der Mann aus Batty Street, nicht wahr, mein Junge?"

„Jawohl, Sir."

„Weiß man, wo er sich am Tag des Doppelmordes aufgehalten hat, Evans?"

„Jawohl, Sir." Der Constable setzte eine wichtiges Gesicht auf. Bei so jungen, aufstrebenden Leuten ein sicheres Zeichen, dass Sie jedes Wort auswendig gelernt hatten. „Den Vormittag verbrachte er im London Hospital ..."

Swanson schnalzte lautstark mit der Zunge. „Wo er sich nach einem ganz bestimmten weiblichen Organ erkundigte, wie?"

„Wo er einen eingewachsenen Zehnagel behandeln ließ, Sir." Evans hüstelte. „Gegen zwölf Uhr dreißig ..."

„Sagen Sie mir einfach", unterbrach ihn Swanson, die flache Hand Einhalt gebietend vorgestreckt, „was Mr Tumblety am Abend zwischen, sagen wir, zwanzig Uhr und morgens um sechs getan hat."

Evans war aus dem Konzept. Er musste eine Weile nachdenken, ehe er antwortete: „Bakkarat, Sir. Er spielte Bakkarat in einem Club in Westminster, von halb neun Uhr an bis morgens um vier. Danach fuhr er zurück in seine Wohnung."

„Damit scheidet er ebenfalls aus." Swanson klappte die Mappe zu. „Schnappen Sie sich Constable Gainey, und zeigen Sie ihm am Beispiel Tumblety, wie man einen ordentlichen Abschlussbericht verfasst. Leiten Sie den Bericht an Inspector Littlechild weiter, und dann vergessen Sie die Geschichte."

Nachdem sich der junge Beamte mit steifen Schritten entfernt hatte, meinte Phelps: „Die Postkarte scheint in Eile geschrieben worden zu sein. Dieselbe Handschrift wie in dem Brief an den ‚Lieben Boss', was?"

„Die Handschrift des Mörders", stellte Swanson fest.

„Haben wir denn wirklich gar keinen Anhaltspunkt?", fragte Phelps. „Wir können schlecht losgehen und Schriftproben sammeln, Sir."

„Natürlich nicht." Swanson schloss für einen Moment die Augen und massierte seine Schläfen. „Wir haben jede Menge Leichen, aber niemanden, der als Täter infrage kommt. Lassen Sie uns mal überlegen, wo wir zurzeit stehen."

Phelps begann im Zimmer auf und ab zu gehen. „Wir haben bislang fünf tote Frauen. Vieren wurde die Kehle durchtrennt. Zweien hat der Killer sogar Organe entnommen. Soweit wir wissen, Sir, besitzt der Mörder medizinische Kenntnisse. Und er ist Rechtshänder. Nicht zu vergessen, dass er sich in dem Straßengewirr von Whitechapel sehr gut auskennt; was für den Mörder natürlich unerlässlich ist."

„Er weidet sie regelrecht aus. Warum tut er das? Warum nimmt er die Gebärmutter mit und die Nieren?"

„Weil er wahnsinnig ist, Sir?"

„Das reicht mir nicht", sagte Swanson. „Er nimmt diese Organe aus einem bestimmten Grund mit. Das ist auch das Motiv für die Morde. Und dann die Dreistigkeit, mit der er vorgeht. Die vielen Polizisten scheinen ihn gar nicht zu kümmern, als ob er sich unsichtbar machen könnte. Er mordet an öffentlichen Plätzen, setzt sich der Gefahr einer Entdeckung aus. Aber in keinem der Fälle gibt es Augenzeugen."

„Ein paar schon", entgegnete Phelps und klappte seinen Notizblock auf. „Eine Freundin von Annie Chapman hat ausgesagt, sie habe Annie kurz vor ihrem Tod mit einem Mann in Hanbury Street gesehen."

Swanson winkte ab und sah Phelps eindringlich an. „Ich kenne all diese Aussagen. Aber sie ergeben keinen Sinn. Sogar Charly Stedman habe ich nach Whitechapel geschickt, damit er die Augen der Frauen fotografiert."

„Hat er was gefunden?"

„Nein. Unsere Augen sind eben doch keine Fotoplatten. Ich denke, das Ergebnis hat seine Theorie widerlegt. Wir stehen nach all den Wochen noch immer mit leeren Händen da. Und mir sitzt der Commissioner im Nacken."

„Wie ich hörte, gab es in Goulston Street einen unangenehmen Zwischenfall, Sir", sagte Phelps und nahm auf der Schreibtischkante Platz. „Sind Sie wirklich mit Sir Charles Warren aneinandergeraten?"

„Der Mann war drauf und dran, Beweismaterial zu vernichten", sagte Swanson und hob beide Arme. „Ich musste etwas unternehmen!"

Phelps unterdrückte ein Schmunzeln. „Wenn Sie mir die Bemerkung erlauben, Sir, ich bin sehr stolz auf Sie. Penwood und Wilson haben es im ganzen Yard herumerzählt. Trotzdem sollten Sie achtgeben, mit wem Sie sich anlegen. Wenn Sie sich mit Warren messen, werden Sie immer den Kürzeren ziehen. Nehmen Sie es mir nicht krumm, Sir; Ihr Arm mag ja der kräftigere sein, aber *seiner* reicht bis ins Königshaus."

„Ich weiß, Phelps, ich weiß." Swanson sank mit einem tiefen Seufzer auf seinen Bürostuhl. „Ich werde wohl etwas Obacht geben müssen."

„Warum er wohl darauf bestand, diese Nachricht auszuwischen?"

„Das frage ich mich auch, Phelps", sagte Swanson. „Und ich frage mich, ob James Lees nicht vielleicht recht hatte."

„James Lees?" Phelps hatte den Namen nie zuvor gehört.

„Ein Medium", erklärte Swanson. „Er ist Hellseher. Berät sogar das Königshaus. Warren brachte ihn mit in die Goulston Street."

„Natürlich ein Spinner, Sir", stellte Phelps fest.

„Da bin ich mir nicht sicher. Er sagte etwas, das mir seitdem nicht mehr aus dem Kopf will. Er sagte, ich sei dem Arzt, der das Mädchen töten wird, schon einmal begegnet."

„Und welches Mädchen hat er gemeint?" Phelps knibbelte an der trockenen Haut seines rechten Daumens herum. „Die Frauen waren doch alle im fortgeschrittenen Alter."

„Möglicherweise handelt es sich um eine ganz bestimmte Frau", sagte Swanson so vage wie möglich. „Es gibt da jemanden in Whitechapel – ein junges Mädchen, das sich mit dem falschen Mann eingelassen hat. Sie steckt in Schwierigkeiten. Die Wahrscheinlichkeit ist groß, dass man sie beseitigen will."

„Und das hat Ihnen der Hellseher gesagt?" Phelps sah Swanson eigenartig an. „Sie werden doch jetzt nicht anfangen, an Wahrsager zu glauben, Sir?"

„Natürlich nicht. Aber der Mann treibt sich im Dunstkreis der Mächtigen herum. Womöglich hat Lees das, was er für Eingebungen hält, rein zufällig irgendwo aufgeschnappt."

„Verstehe. Und welchen Arzt könnte er gemeint haben?"

„Die einzigen Ärzte, denen ich in letzter Zeit begegnet bin", überlegte Swanson, „sind Killeen, Winslow, Llewellyn, Phillips und Gull."

„Das sind schon eine ganze Menge, finden Sie nicht auch?"

„Ja, aber nur einer von ihnen verfügt auch über Verbindungen zum Königshaus", sagte Swanson und stand auf. „Und das ist Sir William Gull."

Stück für Stück gingen sie während der nächsten Stunden die Akten durch. Wenn man den Mord an Martha Tabram Anfang August einmal außer Acht ließ, hatten sämtliche Opfer des Rippers an unheilbaren Krankheiten gelitten, genau, wie Mr Donovan von Crossingham's Logierhaus es Frederick Greenland gegenüber behauptet hatte. Die Berichte der Polizeiärzte lagen ihnen vor und bestätigten dies. Doch andere Verbindungen schien es nicht zu geben. Und schon gar keine, die in den Buckingham Palace führten.

Es war in der ersten Oktoberwoche, als Arbeiter während der Ausschachtungsarbeiten für das neue Polizeigebäude am Embankment morgens jenen kopf- und armlosen Torso einer Frau fanden, der als das ungelöste Whitehall-Mysterium in die Geschichte eingehen sollte. Es war in der ersten Oktoberwoche, als ein Themsefischer die dazugehörenden Arme im Netz seines Kutters entdeckte und die Presse wieder mal lautstark nach Jack the Rippers Kopf rief. Und es war noch immer Oktober, als Sir Charles Warren im Hyde Park die Bluthunde einsetzte. Niemand wusste, wer ihn auf diese Idee gebracht hatte, doch viele bezweifelten, dass es seine eigene gewesen war. Das ganze Unternehmen stellte sich als Fehlschlag heraus. Bei dem Versuch, Warrens Fährte aufzunehmen, verirrten sich die Hunde und mussten stundenlang gesucht werden.

Den ganzen Monat hindurch patrouillierten Polizisten in Frauenkleidern in den Straßen von Whitechapel. Man erkannte sie nur an ihren steifen Hälsen und hoch aufgerichteten Köpfen. Etwas, das sich nicht vermeiden ließ, denn sie trugen Stahlkragen, die sie bei einem Messerangriff schützen würden.

Und sie schienen Erfolg zu haben. Denn auch, wenn sie Jack the Ripper nicht in die Finger bekamen, so fand er doch kein neues Opfer. Zwar ging das Gerücht, einige Constables würden die Situation ausnutzen und auf diese Weise ihr Salär aufbessern, doch es gab niemals Beweise, dafür aber jede Menge vorübergehende Festnahmen. Die Verdächtigen schienen ihnen jetzt nur so vor die Füße zu purzeln, dachte Swanson, der fand, dass Oscar Wildes Idee bei Weitem besser funktionierte als die des Commissioners. Da waren William Pigott, der mit blutverschmierten Händen in einem Pub aufgetaucht war und behauptete, eine Frau habe ihn gebissen; Michael Ostrog, ein fünfundvierzigjähriger russischer Arzt mit einem ausgeprägten Hass auf Frauen; Aaron Kosminski, ein polnischer Friseur, der sich seit Jahren nicht gewaschen hatte und jede Nahrung verweigerte, die nicht zumindest einmal im Rinnstein gelegen hatte. Die Ärzte stuften ihn als gefährlich und geisteskrank ein.

Doch keiner von ihnen hielt einer genaueren Überprüfung stand. Entweder konnten sie für die fraglichen Nächte ein Alibi vorweisen, oder sie besaßen ein so erschreckendes Äußeres, dass keine der Frauen sie auch nur in ihre Nähe gelassen hätte. Der Ripper aber musste jemand sein, der zumindest am Anfang in der Lage war, ihnen ein gewisses Maß an Vertrauen einzuflößen. Alle Opfer waren freiwillig mit ihm gegangen. Keines hatte geschrien.

Später in dieser Woche erschien Frederick Greenland im Yard. Er hatte ein beunruhigendes Telegramm von Mr Druitt erhalten, in dem es hieß, Sickert, der Maler, habe sein Atelier aufgelöst und sei untergetaucht – sicher kein gutes Zeichen. Da Swanson mit seinen Ermittlungen nicht weiterkam und er ohnehin vorgehabt hatte, nach Miss Kelly zu sehen, fuhren Greenland und er am Nachmittag gemeinsam nach Whitechapel.

„Ich wollte Sickert aufsuchen, aber er war nicht mehr da", sagte Montague John eben. Sie hatten sich in Barnetts Wohnzimmer versammelt, und die Gattin des Vikars hatte ihnen einen Tee gemacht.

„Die Ratten verlassen das sinkende Schiff", sagte Swanson. Er hatte in einem Sessel am Fenster Platz genommen, und seine Blicke ruhten auf dem jungen Anwalt, der an der Kamineinfassung lehnte und nervös an seiner Unterlippe kaute. Dann wandte er sich an den Vikar: „Sie unterhielten sich doch neulich mit Mr Druitt über die Freimaurer, Reverend Barnett. Mich würde Ihre Meinung zu dem Thema interessieren."

Barnett atmete tief ein. „Sie sind also unterdessen auch schon dahintergekommen, Chief Inspector."

„Dahintergekommen? Wie meinen Sie das?"

„Na, dass entweder die Juden oder die Freimaurer bei diesen abscheulichen Morden hier die Finger im Spiel haben", sagte Barnett. „Für mich liegt das auf der Hand. Entweder die Juden mit Ihren grässlichen Schlachthäusern oder die geheimen Logen mit ihren Intrigen."

„Was genau ist es", fragte Swanson, „was Sie zu dieser Meinung gelangen lässt?"

„Vermutlich dieselben Umstände, die Sie zu Ihrer Frage veranlassten, denke ich mir." Barnett breitete die Arme aus. „Die Art und Weise, wie diese armen Frauen getötet wurden, selbstverständlich. Den Zeitungen zufolge wurden sie ja regelrecht geschlachtet und ihre geöffneten Leiber geradezu zur Schau gestellt." Seine Arme sanken herab. „Warum sollte jemand so etwas tun, frage ich mich? Aus Spaß an der Freud? Oder weil er einfach wahnsinnig ist?" Heftig schüttelte er den Kopf.

„Ich hätte Ostlondon sehr gerne kennengelernt, als es noch unberührtes, von plätschernden Bächen durchzogenes Weideland war", fuhr Barnett fort. „Diese Zeiten sind leider vorbei. Als ich vor gut fünfzehn Jahren nach Whitechapel kam, um diese Gemeinde zu übernehmen, war das East End bereits seit Jahrzehnten ein Hexenkessel – ein Sündenpfuhl, in dem Mord und Totschlag an der Tagesordnung waren. Nein, Gentlemen, Morde, vor allem an Kindern und Frauen, waren und sind nichts Ungewöhnliches in dieser Gegend. Ich habe schon Paare in St. Jude's erlebt, die wollten sich trauen lassen, und noch im Laufe der Zeremonie zog die Frau plötzlich einen Totschläger aus der Tasche und streckte den Bräutigam nieder, einfach weil er beim Jawort zögerte. Weibsbilder prügeln sich auf offener Straße und reißen einander unter den Augen ihrer Kinder die Kleider vom Leib, bis sie barbusig im Schmutz der Gosse liegen und sich die Augen auskratzen. Und Männer und Frauen schlagen sich hier gegenseitig die Schädel ein, schneiden sich sogar die Kehlen durch, wenn sie betrunken genug sind. All dies ist nicht besonders schön, Gentlemen, aber auch nicht sonderlich ungewöhnlich." Reverend Barnett erhob den Zeigefinger. „Ungewöhnlich ist das, was dieser ‚Jack the Ripper', wie er sich nennt, veranstaltet. Die Taten haben etwas von einem Ritus. Und das ist es, was mich auf die Freimaurer bringt, Chief Inspector."

„Allmächtiger", flüsterte Montague John. Er löste sich vom Kamin, stolperte fast durchs Zimmer auf einen freien Sessel zu und ließ sich hineinfallen.

„Ein Ritual?", fragte Swanson. „Sie glauben, die Morde laufen nach einem bestimmten Muster ab?"

„Gewiss."

„Aber das würde bedeuten, die Morde an den Frauen waren geplant."

„Davon würde ich ausgehen", sagte der Vikar. „Wie

sonst gelingt es dem Mörder wohl jedes Mal aufs Neue, ungesehen davonzukommen? Wenigstens muss er sich mit den Runden der Constables auskennen und sehr genau darüber informiert sein, wie viel Zeit ihm für seine Tat zur Verfügung steht."

„Also jemand, der Whitechapel wie seine eigene Westentasche kennt", sagte Swanson.

Der Vikar wackelte leicht mit dem Kopf. „Das ist nicht ganz richtig, Mr Swanson. Ich meine jemanden, der sehr genau darüber Bescheid weiß, wann ein Constable auf seinem Rundgang eine bestimmte Stelle passieren wird und wann er dort ganz sicher *nicht* zu erwarten ist. Da ist ein Unterschied. Denn die Patrouillen der Beamten sind nicht immer gleich, nehme ich an. Es wird Dienstpläne geben. Aber darüber wissen Sie besser Bescheid."

„Die gibt es", stimmte Swanson ihm zu.

„Sehen Sie", sagte Barnett. „Und jemand legt diese Dienstpläne fest. Verstehen Sie, was ich meine?"

Das wurde ja immer besser, dachte Swanson. Erst waren es die Freimaurer und nun die Polizei selbst. Er sagte: „Sie denken, der Mörder sei Polizist?"

„Oh, ganz sicher kein gewöhnlicher Streifenpolizist, Mr Swanson", meinte Barnett, sein dünnhaariges Kinn vorgestreckt. „Ich denke da eher an die höheren Instanzen. Nur wenige der ranghohen Beamten tragen kein Winkelabzeichen, das auf ihre Mitgliedschaft in der Freimaurerloge hinweist."

„Gibt es eine Möglichkeit herauszufinden, wer ihnen angehört?", fragte Frederick. „Existieren – wie soll ich sagen – irgendwelche Mitgliederlisten?"

Swanson schwieg. Er war gespannt, was Barnett daraus machte.

Der Vikar schmunzelte. „Von vielen bedeutenden Männern des Landes ist ihre Mitgliedschaft im Orden ja allgemein bekannt. Aber es existiert tatsächlich so etwas wie ein Code, an dem sie sich als Maurer-Brüder erkennen, wenn sie einander fremd sind."

„Er ist Ihnen bekannt?", fragte Swanson.

„Nur ein paar Grundzüge wie die Begrüßung", meinte Barnett. „Wenn ein Freimaurer Ihnen beispielsweise die Hand gibt, wird er, seinem Rang entsprechend, seinen Daumen zwischen einen Ihrer Fingerknöchel legen. Gehören Sie ebenfalls der Bruderschaft an, erwidern Sie den Gruß, indem auch Sie Ihren Daumen an eine bestimmte Stelle seiner Hand legen. Eine zweite Möglichkeit besteht darin, jemandem eine Nachricht zukommen zu lassen, deren erstes Wort mit einem ‚A' beginnt. Ist der Querstrich deutlich als Winkel zu erkennen, handelt es sich bei dem Verfasser um einen Freimaurer. Verstehen Sie mich nicht falsch, ich möchte die Freimaurerei durchaus nicht verurteilen. Diese Leute tun sehr viel Gutes für unser Land. Manchmal greifen sie jedoch zu ziemlich unorthodoxen Mitteln."

„Was genau bedeutet das Wort ‚schächten', Reverend?", fragte jetzt der Anwalt. „Sie benutzten es neulich, als wir über die Morde sprachen."

Barnett wirkte nachdenklich. „Die Juden benutzen es für ein Schlachtritual. Es ist an sich nichts Böses daran. Es reinigt das Fleisch eines geschlachteten Tieres und macht es in ihrem Glauben für den Menschen genießbar."

„Aber Sie erwähnten es im Zusammenhang mit den Morden", beharrte Montague John. „Sie sagten, die Frauen seien geschächtet worden."

„Nun, ja. An sich eine vollkommen harmlose Sitte, wie ich schon sagte. Aber ich kann nicht umhin, die Verletzungen der toten Frauen damit zu vergleichen, Mr Druitt. Sehen Sie, der jüdische Glaube verlangt, dass lediglich koscheres, reines Fleisch gegessen werden darf; blutleeres Fleisch. Daher schneiden sie den Tieren bei lebendigem Leib und ohne Betäubung die Kehlen durch.

Das Herz des Tieres schlägt weiter und pumpt das Blut aus dem Körper. Danach wird das geschlachtete Tier aufgeschnitten und die Organe entfernt."

„Ich verstehe nicht, wie Sie das mit dem Orden der Freimaurer in Verbindung bringen", bemerkte Swanson. „Ich gehöre selbst dazu. Und ich kann Ihnen versichern, dass wir nicht herumlaufen und Leuten den Hals durchschneiden, Reverend Barnett."

„Oh, aber jede Menge der Zeremonien haben mit Mord zu tun, da müssen Sie mir recht geben", sagte der Vikar. „Zum Beispiel die drei Freimaurer Jubela, Jubelo und Jubelum."

Swanson, der mit der Geschichte bestens vertraut war, konnte sich nicht helfen: Aus Barnetts Mund klang es wie ein Kinderreim. „Fahren Sie fort, Reverend", sagte er.

„Sie töteten ihren Meister Hiram Abiff, den mythischen Baumeister des Salomonischen Tempels, indem sie ihm die Kehle durchschnitten, seinen Leib öffneten und ihm seine Organe über die linke Schulter legten, Gentlemen." Barnett sah in die Runde, als erwarte er Applaus.

Swanson schluckte. Die Erinnerung an den dampfenden Leib vom Mitre Square kehrte zurück. Der Mörder hatte seinem Opfer die inneren Organe tatsächlich über die Schulter gelegt, er entsann sich nur nicht, über welche. Und die Schrift an der Wand kam ihm wieder in den Sinn, und eine Bemerkung, die Major Smith über das Wort „Juwes" gemacht hatte, fiel ihm ein: „Oder aber es handelt sich um ein Synonym. Als Bezeichnung für eine bestimmte Personengruppe. Eine Abkürzung von etwas, das mit ‚Ju' beginnt." Wenn man die Morde in diesem Licht betrachtete, klangen Barnetts Verdächtigungen fast logisch. Die Verstümmelungen der Opfer, William Gulls an den Haaren herbeigezogene Geschichte über Affen und seine Anwesenheit im East End; die Schrift an der Wand in Goulston Street und Commissioner Warrens Bestreben, den Kreidetext schnellstmöglich auszuwischen, ergaben selbst für Swanson langsam ein vollständiges, sinnvolles Bild. Und da war Sickert, dachte er. Dieser Mann besaß womöglich den Schlüssel zur Lösung des Problems.

„Verzeihung, Mr Druitt." Die pikierte Stimme gehörte Mrs Barnett, die, wer weiß woher gekommen, plötzlich im Zimmer stand und den jungen Anwalt von Kopf bis Fuß beäugte. „Ich kann mir beim besten Willen nicht erklären, wie Miss Kelly darauf kommt, aber sie lässt Sie fragen, ob Sie zufällig ihre Schlüssel für ihr Zimmer im Miller's Court eingesteckt haben? Die scheinen nämlich verschwunden zu sein, aber ich bin sicher, das arme Ding wird sie einfach verlegt haben."

„Ich weiß nicht, was Sie wollen", sagte Mary Jane. Sie saß auf ihrem Bett im Pfarrhaus, ein Kissen auf dem Schoß, über dem sie ihre Arme verschränkt hatte. Scheinbar war es ihr unbegreiflich, weshalb man so viel Aufhebens um das Verschwinden zweier Schlüssel machte. Ein wenig ratlos schaute sie zunächst den jungen Anwalt und dann Chief Inspector Swanson an. „Irgendwie dachte ich einfach, Monty hätte sie genommen. Denn als wir ..." Sie blinzelte verlegen. „Als er von dieser Versammlung kam und wir zum Miller's Court gingen, da waren sie noch da."

Montague John stieß einen Seufzer aus. „Aber warum hätte ich sie denn nehmen sollen, Marie?"

Sie sah noch ratloser aus, als sie sagte: „Weil ich dir gezeigt habe, wo ich sie gewöhnlich verstecke, vielleicht."

„Sie trugen sie also nicht ständig bei sich?", fragte Swanson.

„Nein. Nur den einen. Es sind nämlich sehr sperrige, alte Schlüssel."

„Wenn Sie den einen bei sich trugen, wo versteckten Sie den anderen?"

„Neben der Tür gibt es einen Spalt zwischen zwei Steinen", erwiderte sie.

„Und wer wusste davon?"

Sie überlegte einen Moment. „Monty natürlich; ihm habe ich das Versteck neulich gezeigt. Und Joe."

„Joe?", fragte Swanson.

„Ein alter Bekannter", entgegnete Mary Jane knapp.

Kein sehr guter mehr, schloss Swanson aus ihrer Reaktion und nickte. „Das sind alle, Miss Kelly?"

Sie runzelte die Stirn. Dann sagte sie: „Nein, Walter habe ich sie damals auch gezeigt. Der ist Maler; einer, der es mal weit bringen wird. Aber er ist ein wirklich guter Freund. Hat mich mal mit nach Paris genommen und alles bezahlt, obwohl er selbst nichts hatte."

„Und was ist mit dem Schlüssel, den Sie ständig bei sich trugen? Wo bewahrten Sie den auf?", fragte Swanson. „In einer Tasche?"

„In meinem Hut", erklärte sie. „Im Futter."

„Und beide kamen gleichzeitig abhanden, ja?"

„Ich denke schon." Mary Jane zog die Schultern hoch. „Gestern Abend hatte ich sie noch. Erst heute Morgen, als ich sie Alice geben wollte, ließen sie sich nicht mehr finden."

„Miss Kelly." Swanson legte ihr eine Hand auf den Arm. „Halten Sie mich nicht für hysterisch, aber wenn Sie ganz sicher sind, dass Sie die Schlüssel nicht selbst verlegt haben, dann ist ihr Verschwinden bestimmt kein gutes Zeichen." Er blickte ihr in die Augen. „Wer immer die Schlüssel besitzt, hat jetzt zu jeder Tages- und Nachtzeit Zugang zu Ihrem Zimmer. Und Sie wissen selbst, was das bedeutet."

Abrupt entzog sie sich seiner Berührung, blickte rasch zum Fenster. „Nichts hat es zu bedeuten. Gar nichts!"

„Sie wissen, dass das nicht stimmt, nicht wahr?"

Ohne sichtbare Reaktion blickte sie weiterhin zum Fenster hinaus.

„Marie, du musst darüber sprechen, verdammt!" Der junge Anwalt raufte sich die Haare. „Mr Swanson möchte dir helfen – dich von hier fortbringen." Er neigte sich ihr zu und nahm ihre Hände. „Wir könnten an einem sicheren Ort leben, das Kind aufwachsen sehen, Marie. Du und ich."

Mary Jane presste die Lippen aufeinander und schloss die Augen. Ihre rotblonden Locken schimmerten golden im Licht der Nachmittagssonne, das durch das kleine Sprossenfenster ins Zimmer fiel, als sie stumm den Kopf schüttelte.

„Nehmen wir mal an", begann Swanson, „Sie behalten recht, und es hat wirklich nichts zu bedeuten; wer von den dreien, die Kenntnis von den versteckten Schlüsseln hatten, zöge einen Vorteil aus ihrem Besitz?"

Sie dachte eine Weile nach, ehe sie antwortete, sie wisse es nicht. Niemand habe etwas davon, fuhr sie fort, da sich die Tür auch ohne Schlüssel ganz leicht öffnen ließe, wenn man nur durch die zerbrochene Glasscheibe neben der Tür griff und den Schnappriegel anhob.

Swanson sah sie sehr ernst an und fragte: „Und lässt sich dieser Schnappriegel immer noch anheben, wenn Sie die Tür mit dem Schlüssel zusperren, Miss Kelly?"

„Nein, natürlich nicht. Dann ..." Sie schwieg abrupt.

Die Schlüssel waren nicht einfach abhandengekommen, dachte Swanson bei sich. Sie waren gestohlen worden; und zwar aus dem einzigen denkbaren Grund. „Es gibt nur zwei Möglichkeiten, Miss Kelly", sagte er schließlich und hasste sich selbst für die Härte seiner Worte. „Entweder Sie sagen uns, wer Sie bedroht, und wir sind in der Lage, Sie in Sicherheit zu bringen, oder Sie behalten es für sich, und eines Nachts wird Jack the Ripper in Ihrem kleinen Zimmer im Miller's Court stehen und Ihnen – im Schlaf, wenn Sie Glück haben – die Kehle durchschneiden!"

Montague Johns Kopf flog herum – Entsetzen im Blick.

Wie können Sie dermaßen grausam sein?, schien er fragen zu wollen. Dann besann er sich und schaute das Mädchen an. „Er hat recht, Marie. Du musst dich uns anvertrauen."

„Nein, Monty", flüsterte sie. „Ich kann nicht."

„Marie! Marie, verdammt!" Der junge Anwalt rutschte auf seinem Stuhl herum, erhob in hilfloser Wut seine linke Faust und biss so heftig hinein, dass sie zu bluten anfing. In seinen Augen schimmerten Tränen, die nicht von den Schmerzen herrührten. „Warum nicht, Marie? Warum denn nicht?"

Mary beugte sich vor, beide Hände ausgestreckt, und berührte sacht sein Gesicht. Sie wischte die Tränen, die jetzt seine Wangen hinabliefen, mit den Daumen fort und sagte: „Ich täte es, Monty. Ich täte es ja, wenn ich nur könnte." Sie senkte Stimme und Blick. Und als er sie flehend ansah: „Aber ich habe ihnen auf die Bibel schwören müssen. Bei Gott habe ich geschworen, mit niemandem darüber zu sprechen."

„Wir müssen Sie von hier wegbringen, Miss Kelly", sagte Swanson. „So schnell wie möglich. Am besten noch heute Nacht. Wie lange brauchen Sie, um zu packen?"

Es klopfte an der Tür und Reverend Barnett kam ins Zimmer. In seiner Begleitung Frederick Greenland und ein stiernackiger kleiner Mann mit schwarzen Haaren und Schnurrbart, den er als Mr George Lusk, Bauunternehmer und Vorsitzender des Whitechapel Schutzkomitees vorstellte. Druitt begrüßte ihn herzlich. Sie schienen sich zu kennen.

„Kam heute mit der Post", sagte Lusk und hielt Swanson ein kleines Päckchen hin. „Ich würde es vorsichtig aufmachen, wenn ich Sie wäre."

„Was ist drin?", fragte Swanson, der im Laufe seiner Karriere schon Schachteln geöffnet hatte, aus denen Giftpfeile hervorgeschossen waren. „Ist es gefährlich?"

„Es ist scheußlich", sagte Lusk. „Es lag ein Brief dabei.

Vielleicht sollten Sie ihn lesen, bevor Sie sich die Sauerei ansehen." Und er gab dem Chief Inspector einen zusammengefalteten Zettel.

Swanson faltete ihn auseinander und las:

Aus der Hölle
Mr Lusk
Sör

schicke ich Ihnen die Hälfte einer Niehre die ich von einer Frauen genommen und für Sie aufgehohben hab Das andre Stück hab ich gebraten und gegessen War sehr guht Ich schicke Ihnen vielleicht das blutige Messa, mit dem ich sie rausgeschnitten hab wenn Sie nur noch eine Weihle länger waten.

Gezeichnet   *Fang mich wenn*
            Du kannst
            Mishter Lusk

Swanson vermied es, in das kleine Päckchen zu sehen. Er wusste, was sich darin befand. Und er wusste, an wen er sich zu wenden hatte. An den Mann, den selbst Charly Stedman aufsuchte, wenn er oben in seiner Dachkammer nicht weiterkam. Dr. Thomas Horrocks Oppenshaw, den Kurator vom anatomischen Museum des London Hospital.

Die Unterarme auf die schwarze Eiseneinfassung gestützt, beugte sich zur selben Zeit am Victoria Embankment ein Mann im schwarzen Astrachanmantel über das Geländer und blickte den braunen Schaumkronen nach, die sich an den Holzpfeilern der Westminster Pier brachen und im trägen Strom des Flusses abwärts trieben. Er blickte nicht zur Seite, als er ein Niesen und sich nähernde Schritte vernahm und zwei sehnige Hände, die aus akkurat geplätteten blauen Ärmeln hervorlugten, sich neben ihm auf das Geländer legten.

Warren ließ seinen Blick ebenfalls über das Wasser schweifen. Dann fragte er: „Haben Sie ihn?"

Und wortlos wechselte ein Schlüssel den Besitzer.

„Wann ist es so weit?", fragte der Maler. Er bemühte sich um einen gleichgültigen Tonfall.

„Das frage ich mich auch", erwiderte Warren, wobei er sich herumdrehte und den schwitzenden Arbeitern auf der gegenüberliegenden Straßenseite zuschaute. „Wie lange wird es wohl dauern, bis sie endlich mit den Ausschachtungsarbeiten fertig sind und die Mauern hochziehen? Sie hatten es ursprünglich als Opernhaus geplant, wussten Sie das? Als ob London nicht schon genug grässliche Opern hätte. Wäre wirklich jammerschade gewesen. Denn die Büros dort werden wesentlich geräumiger sein, und ich mag den Entwurf für die Türmchen, wissen Sie?"

„Und das Mädchen aus dem Miller's Court?"

„Also wirklich, Mr Sickert! Ich bin verheiratet. Als würde ich mich für irgendwelche Mädchen interessieren." Die Nase des Mannes zuckte belustigt, als er den Schlüssel einsteckte, sich vom Geländer abstieß und dem Maler im Weggehen einen „Guten Tag" wünschte.

Sickert wartete ab, bis sich das blaue Jackett außer Sichtweite befand, und zog einen zweiten, identischen Schlüssel aus der Tasche, den er einen Augenblick lang in der Hand abwog, ehe er ihn in hohem Bogen in die Themse warf.

Dann streckte der Maler die Hand aus und hielt eine Droschke an.

Das Laboratorium im London Hospital war dunkel und stickig, die Wände vom Ruß der Gaslampen geschwärzt, die versuchten, den großen, fensterlosen Raum mit ihren gelben Flämmchen zu erhellen.

Dr. Oppenshaw klappte die Pappschachtel auf und warf einen Blick hinein.

„Ekelhaft", sagte er. „Sie werden eine Lebensmittelvergiftung bekommen, wenn Sie sie nicht gut durchbraten." Dann wandte er sich wieder seiner Arbeit zu.

„Sie kam mit der Post", sagte Swanson. „Ich möchte, dass Sie sie für uns untersuchen."

„Oh, das ist natürlich etwas anderes. Menschlich?"

„Sagen Sie es mir, Doktor."

„Natürlich." Er nahm das Organ mithilfe zweier Pinzetten auf und legte es auf eine gläserne Unterlage. Dann nahm er eine Lupe zur Hand und betrachtete angewidert das große dunkle Stück Fleisch. „Scheint die Hälfte einer menschlichen Niere zu sein, die man in Weingeist konserviert hat. Es hängt noch ein Stück der Schlagader daran."

„Können Sie noch mehr sagen?", fragte Swanson.

„Mal sehen." Oppenshaw zog eine Schublade auf und entnahm ihr eine Art Gabel und ein Seziermesser. Dann schnitt er eine hauchdünne Scheibe der Niere ab und legte sie unter sein Mikroskop. Es dauerte eine Weile, bis er das Okular eingestellt hatte. Er sah hindurch und sagte: „Eine Trinkerniere. Zweifelsohne die Bright'sche Krankheit."

Frederick, der auf einem kleinen Schemel saß und dem Ganzen aus sicherer Entfernung zusah, fragte: „Lässt sich sagen, ob es sich um eine weibliche Niere handelt?"

„Es sind also noch mehr Laien anwesend." Oppenshaw schenkte ihm einen angewiderten Seitenblick. „In hundert Jahren vielleicht. Noch ist es unmöglich. Alles, was ich dazu sagen kann, ist: Diese Niere ist menschlich. Sie wurde vor nicht mehr als einem Monat entnommen und kurz nach ihrer Entnahme in Alkohol eingelegt."

„Wie ein Fachmann sie einlegen würde?", fragte Swanson.

„Wohl kaum", sagte Oppenshaw, dessen Tonfall deutlich machte, dass die Audienz beendet war. „Ein Fachmann hätte sie sicherlich in Formaldehyd konserviert."

Abgesehen von Swanson, Greenland und Mr Druitt wussten nur das Ehepaar Barnett und Reverend McIntire, der Geistliche in Thurso, in dessen Obhut Swanson das Mädchen geben wollte, von den Plänen, Marie Jeanette nach Schottland zu bringen.

Um halb zehn am Abend des 7. November fuhr Swanson in einem von Frederick Greenland gemieteten Einspänner in den Hof von Toynbee Hall, um Miss Kelly und Mr Druitt abzuholen.

Sie waren eben eingestiegen und hatten ihren kleinen Koffer verstaut, als Miss Kelly plötzlich noch etwas einfiel. „Um Gottes willen, ich habe vergessen, Alice zu warnen." Und sie stieg wieder aus. „Sie wohnt doch jetzt in meinem Zimmer. Sie kann nicht dort bleiben, Monty. Es ist zu gefährlich."

Druitt schob sie mit sanfter Gewalt in den Wagen zurück. „Das geht nicht, Marie", sagte er. „Es ist zu spät."

„Er hat recht, Miss Kelly", sagte Swanson, der ihren Koffer festschnallte. „Wir müssen uns ranhalten. Sonst verpassen wir den Zug."

„Ich muss Alice warnen", beharrte sie. „Sie kann doch die Tür nicht absperren. Ich könnte es nicht ertragen, wenn ihr etwas zustieße."

„Wenn es schon sein muss, dann gehe ich", sagte Montague John. „Es ist ja nicht weit. Ich komme später nach. Wartet am Zug auf mich. Ich nehme einfach eine andere Droschke." Und noch ehe Swanson oder Miss Kelly protestieren konnten, eilte der junge Anwalt über den Hof davon und verschwand in der Dunkelheit.

Doch Mr Druitt kam nicht.

Sie warteten bis Viertel nach elf am Bahnhof Victoria und bestiegen als Letzte den Nachtzug nach Glasgow.

„Vielleicht nimmt er einfach einen späteren Zug", sagte sie, als der Elfuhrfünfzehn stampfend und Dampf spuckend die Victoria Station verließ und Richtung Norden ratterte. Sie sah Swanson hoffnungsvoll an.

„Ganz bestimmt, Miss Kelly", sagte er und tätschelte aufmunternd ihren Arm. „Machen Sie sich keine Sorgen. Mr Druitt passt schon auf sich auf."

Swanson sah sorgenvoll zum Fenster hinaus. Reifbedeckt und bruchstückhaft zog die nächtliche Landschaft vorbei. Miss Kelly war längst eingeschlafen, als sie die Stadtgrenzen hinter sich gelassen hatten. Und auch als sie am folgenden Abend in Thurso ankamen, schlief sie wieder. Er weckte sie sanft und führte sie auf den Bahnsteig hinaus, wo Reverend McIntire schon auf sie wartete.

„Ich habe hier eine kostbare Fracht, Andrew", sagte Swanson, während er seinen alten Freund umarmte. „Gib mir gut auf sie acht."

Er reichte Miss Kelly zum Abschied die Hand und versprach, sich umgehend nach Mr Druitts Verbleib zu erkundigen.

Dass der Ripper in dieser Nacht erneut zugeschlagen hatte, erfuhr Swanson erst aus der Zeitung, als sein Zug anderntags am späten Nachmittag wieder in London einfuhr.

WIEDER EIN SCHRECKLICHER MORD IN WHITECHAPEL. JACK THE RIPPER FINDET SECHSTES OPFER IM MILLER'S COURT. JUNGE FRAU BIS ZUR UNKENNTLICHKEIT VERSTÜMMELT.

Was die Zeitungen verschwiegen hatten, las er später im Bericht des Polizeiarztes.

Der Körper lag nackt auf dem Bett ... Die Haut des Bauches und der Oberschenkel waren vollständig entfernt und die Organe entnommen worden ... Die Brüste waren abgeschnitten ... und das Gesicht durch unzählige Schnitte entstellt. Der Hals war bis zur Wirbelsäule durchtrennt ... Die Körperteile wurden an verschiedenen Stellen im Raum gefunden ... der Uterus und die Nieren zusammen mit einer Brust unter dem Kopf, die andere Brust beim rechten Fuß, die Leber zwischen den Füßen, die Gedärme auf der rechten Seite und die Milz auf der linken Seite des Leichnams. Die Hautstücke vom Bauch und den Schenkeln lagen auf dem Tisch. Stücke der Lunge waren herausgebrochen und das Herz fehlte ...

Swanson legte den Bericht beiseite. Er würde ihn später zu Ende lesen müssen. Wer immer diesen Mord begangen hatte, er wollte sichergehen, dass nichts mehr von der jungen Frau übrig blieb. Und eines war klar – er musste ganz und gar wahnsinnig sein.

Wie Swanson aus einem weiteren Bericht erfuhr, hatte ein Mann namens Bowyer die Tote um Viertel vor elf am heutigen Morgen gefunden. Und auch wenn die Zeitungen mutmaßten, dass es sich bei der Toten um eine Miss Kelly handelte, war Swanson klar, dass es Marys Freundin sein musste, die dort an ihrer Stelle den Tod gefunden hatte.

Swanson rieb sich die Stirn. Er hatte versagt. Wieder war es Jack the Ripper gelungen, den Hundertschaften zu entkommen, die jede Nacht durch Whitechapel streiften. Wie ein teuflischer Schatten war er aufgetaucht, hatte getötet und war wieder verschwunden. Langsam begann selbst Swanson an übersinnliche Mächte zu glauben.

Und was war mit Mr Druitt geschehen? War ihm auf dem Weg zum Miller's Court etwas zugestoßen? Oder hatte er in letzter Minute doch noch kalte Füße bekommen und war vor der Verantwortung, die eine Frau und ein Kind mit sich brachten, geflohen?

Die Antwort erhielt er gut eine Woche später. Zuvor hatte er noch die Verbindungen Mary Kellys zu den Männern zu ergründen versucht, die sie zur Abtreibung hatten bewegen wollen. Doch er stieß überall gegen Wände. Sickert blieb nach wie vor verschwunden. Sir Charles Warren war noch am Tag des Miller's-Court-Mordes zurückgetreten. Offiziell hieß es, er wende sich anderen Aufgaben zu, doch Swanson wusste, dass der Innenminister Warren für das Scheitern der Polizei im Ripper-Fall verantwortlich machte und einen neuen Mann an der Spitze wollte, um die aufgebrachte Öffentlichkeit zu beruhigen. Und Sir William Gull, dem er aufgrund von Lees' Andeutungen den Mord noch am ehesten zutraute, hatte einen weiteren Schlaganfall erlitten und war nicht mehr ansprechbar. So, wie es aussah, würde das Rätsel um die Identität Jack the Rippers für immer ungelöst bleiben.

Es klopfte.

Phelps stand in der Tür, das Gesicht grau. „Ich fürchte, ich habe schlechte Nachrichten, Sir", sagte er. „Sie haben Mr Druitts Leiche im Fluss gefunden."

„Wann?"

„Schon am Montag, Sir. Ein Flussschiffer hat ihn auf der Höhe von Thorneycrofts Torpedowerk aus der Themse gezogen. Es tut mir sehr leid. Sie kannten ihn, nicht wahr?"

Swanson musste sich setzen. „Und es handelt sich ganz sicher um Mr Druitt?"

„Es gibt wohl keinen Zweifel", sagte Phelps, der seinen Vorgesetzten noch nie so niedergeschlagen gesehen hatte. „Nach gewissen Papieren, die man bei der Leiche fand, ist an Freunde in Bournemouth telegrafiert worden. Die Totenschau findet heute statt. Aber ich glaube, sein Bruder hat ihn bereits identifiziert."

„Danke, Phelps", sagte Swanson. „Tun Sie mir einen Gefallen, und lassen Sie mich eine Weile allein."

„Kann ich sonst noch etwas tun, Sir?"

„Nein, Phelps. Danke. Sie können gehen." Als der Constable die Tür hinter sich geschlossen hatte, begann Swanson zu weinen.

KAPITEL 13

Wimborne Minster in Dorset zeigte sich an diesem Nachmittag regnerisch, kalt und von seiner abweisenden Seite. Keine Spur von Hardys romantischer Egdon-Heide. Nur in der Ferne ragte majestätisch das alte Münster in den tristen, wolkenverhangenen Himmel auf, der wie zur Trauer seine Schleusen geöffnet zu haben schien.

Der Friedhof von Wimborne lag auf einem Hügel, der sich etwas außerhalb des Ortes rechts an der Straße nach Blandfort erhob. Ein breiter Kiesweg teilte den Friedhof in der Mitte und führte steil zu den beiden grauen Steinkapellen auf dem Gipfel der Anhöhe hinauf.

Der Beerdigungsgottesdienst für den jungen Anwalt war kurz und fand in der anglikanischen Kapelle zur Linken statt. Es waren nicht sehr viele Leute anwesend. Und die wenigen, die dem Sarg nach dem Gottesdienst ans Grab gefolgt waren, traten jetzt, unter ihren Regenschirmen Schutz suchend, in kleinen Grüppchen den Rückweg an.

Chief Inspector Donald Sutherland Swanson, Frederick Greenland und Dr. Forbes Winslow hatten mit keinem der Angehörigen gesprochen. Lediglich der Geistliche hatte überhaupt Notiz von ihnen genommen. Nachdem jedoch all seine Bemühungen gescheitert waren, sie dazu zu überreden, der Trauergemeinde doch in das Ettricke's Inn zu folgen, wo man einen warmen Lunch vorbereitet hatte, war auch er gegangen. So blieben sie als Einzige oben in der Kapelle zurück, um wenigstens die schlimmsten Regenschauer abzuwarten.

Es war still und kalt, als sie auf einer der Bänke in der ersten Reihe Platz nahmen.

„Ich kann von mir nicht behaupten, dass ich sonderlich gerne zu Beerdigungen gehe", meinte Winslow, dessen Stimme im Dachgebälk dumpf nachhallte. „Eigentlich habe ich schon vor Jahren damit aufgehört. Nach so etwas bin ich meist tagelang niedergeschlagen. Die Lieder und die Predigt. Der Sarg mit den Blumen." Der Doktor seufzte. „Es ist alles immer so traurig."

Frederick beugte sich vor. Die Ellenbogen auf seine Knie gestützt, blickte er zu dem leeren Platz hinüber, wo noch einige herabgefallene Lilienblüten und Nelkenblätter lagen und vor einer halben Stunde der polierte Holzsarg gestanden hatte. Dann sagte er: „Mr Druitt ist niemals freiwillig in diesen Fluss gesprungen, Gentlemen. Das steht für mich ohne jeden Zweifel fest."

„Ich hätte nichts dagegen gehabt, deswegen ein paar Worte mit seinem Bruder zu wechseln", sagte Swanson.

„William war gar nicht anwesend, Chief Inspector." Die Stimme kam aus den Schatten der hinteren Sitzreihen, und Swanson erkannte sie sofort.

Dann ruckten die Köpfe der drei Männer herum, und Winslow sprang als Erster auf. „Großer Gott!" Seine Wangen waren aschfahl geworden, während sein hin und her huschender Blick den hinteren Bereich der Kapelle absuchte. „Das ist doch nicht möglich!"

Stille ...

Das vernehmliche Knarzen von Holz folgte, und die schlanke Gestalt des jungen Anwalts löste sich aus den Schatten und kam auf dem Mittelgang auf sie zu.

„Druitt!" Swanson sah, dass Greenland sich an der Rückenlehne der Holzbank festhalten musste, um nicht das Gleichgewicht und die Fassung zu verlieren. Swanson, der sich nie für einen sentimentalen Mann gehalten hatte, spürte, wie seine Augen sich mit Tränen füllten. Sein Innerstes schien ihm mit einem Mal wie zu Glas erstarrt. Und einen Augenblick lang war ihm, als müsse er zerbrechen.

„Guten Tag, Gentlemen." Montague John lächelte schief.

„Verdammt noch mal, Druitt", krächzte Swanson. „Sie haben uns alle zu Tode erschreckt."

Unter Tränen begann er zu lachen.

Schwere dunkle Wolken zogen über ihnen dahin, als sie wenig später am frischen Grabhügel standen, aber es regnete nicht mehr.

„Armer Kerl, wer immer er gewesen sein mag", meinte Montague John. Er bückte sich, um die vom Wind verdrehten Schleifenenden eines Kranzes glatt zu streichen. „Denn ich lebe, und ihr sollt auch leben. Joh 14, 19", stand darauf. Unvermittelt fragte er: „Wie geht es Mary? Ist sie ...?"

„Sie ist in Sicherheit", sagte Swanson und legte ihm eine Hand auf die Schulter. „Es geht ihr gut."

„Weiß sie schon, dass ich tot bin?"

„Hören Sie auf damit." Winslow vergrub schockiert die Hände in den Taschen seines Mantels. „Sie machen einem ja Angst."

Der Anwalt sah ihn niedergeschlagen an. „Aber so ist es doch. Montague John Druitt ist tot. Seine Familie hat ihn eben beerdigt." Er machte eine Pause. „Es wird meiner Mutter das Herz brechen."

„Wollen Sie damit andeuten, dass niemand ...?" Frederick verstummte.

Der Anwalt nickte. „Ganz recht. Außer Ihnen weiß nur mein Bruder William, dass ein Fremder in diesem Grab dort liegt. Wir wollten kein Risiko eingehen, nach allem, was passiert war."

„Jetzt müssen Sie uns aber erzählen, was damals in der Nacht geschehen ist, als Sie verschwanden", sagte Frederick.

Ein kalter Windstoß fuhr Montague John in die Kleider, und er erschauerte. „Sie wissen sicher, dass Mary es sich in den Kopf gesetzt hatte, dieses Mädchen zu warnen, dem sie ihr Zimmer überlassen hatte", begann er. „Das war, bevor Sie in St. Jude's eintrafen, um uns abzuholen."

„Viel genützt hat es wohl nicht, wie man so hört", sagte Forbes Winslow.

„Dorset Street ist nachts nicht gerade ein ungefährliches Pflaster; auch ohne den Whitechapel-Mörder", fuhr der Anwalt fort. Die überaus unpassende Bemerkung des Doktors überging er stillschweigend. „Ich hatte gleich kein sehr gutes Gefühl dabei, so kurz vor der Abreise. Irgendwie hielt ich es für ein schlechtes Omen. Doch Mary wollte ich auf gar keinen Fall gehen lassen. Nicht in dieser Nacht. Also tat *ich* es." Er zuckte gleichmütig die Achseln. „Der Weg ist nur kurz, und ich betrat den Court schon etwa fünf Minuten, nachdem ich das Pfarrhaus verlassen hatte. In Mary Janes Zimmer brannte Licht. Der Vorhang war offen. Ich sah die Frau hinter der Gardine. Sie stand mit dem Rücken zum Fenster, wobei sie mit den Armen gestikulierte, so als spräche sie mit jemanden. Ich nehme an, diese andere Person muss dicht bei der Eingangstür gestanden haben, da ich sie von draußen nicht sehen konnte." Sein Blick schweifte für Sekunden über die Gräber. „Ich war gerade im Begriff anzuklopfen, als ich ohne Vorwarnung von hinten am Hals gepackt und rückwärts gezogen wurde. Da war diese Mauer, die auf mich zukam, und ich weiß noch, dass ich versuchte, die Arme hochzureißen, um meinen Kopf zu schützen. Dann nichts mehr."

„Haben Sie eine Ahnung, wer Ihr Angreifer gewesen sein könnte?", fragte Swanson.

„Als er mich herumwirbelte, habe ich für eine Sekunde sein Gesicht gesehen", sagte Montague John. „Es war Joe, Marys Verflossener. Mit ihm hatte ich schon einmal das Vergnügen gehabt."

Winslow erhob wie ein Schulmeister den Zeigefinger. „Der Kerl, vor dem ich Sie gewarnt hatte, nicht wahr, Druitt?"

„Den Sie damals sehr effizient außer Gefecht setzten, Doktor", korrigierte er Winslow mit einem breiten Grinsen. „Nur hatte ich beim zweiten Mal nicht so viel Glück, Sie in der Nähe zu haben."

„Wir befürchteten schon ...", hob Greenland an, doch ein Blick Swansons genügte, um ihn verstummen zu lassen.

... die Freimaurer hätten Sie geschnappt? Genug damit, dass Winslow Druitt zu Gesicht bekommen hatte, fand Swanson. Da war es nicht nötig, ihn auch noch über das Mordkomplott zu informieren. Der gute Doktor würde es in seiner Begeisterung fertigbringen und ein Buch darüber schreiben. „Ihnen ist natürlich klar, Gentlemen, dass nichts von dem, was hier unter uns gesprochen wird, jemals an die Öffentlichkeit dringen darf", meinte Swanson.

Auf Forbes Winslows Gesicht machte sich jähe Enttäuschung breit. Doch nach einigem Zögern nickte auch er. „Erzählen Sie nur weiter, Druitt", sagte er patzig. *„Ich werde der Letzte sein, der etwas verrät."*

„Als ich wieder zu mir kam ..." Der Anwalt errötete leicht. „Es ist mir etwas unangenehm, wissen Sie? Ich war ... wie soll ich mich ausdrücken?" Er zupfte seine Manschetten zurecht und räusperte sich. „Mir fehlten ein paar meiner Kleidungsstücke."

„Sie waren ...?", polterte Winslow und hätte um ein Haar seine teure Erziehung vergessen. Dann besann er sich aber, und fügte ein schlichtes „Verstehe." hinzu.

„Er hat Ihnen ... die Kleider abgenommen?" Auch Frederick rang nach Worten. „Weshalb hat er das getan, was meinen Sie?"

„Seine Art, Rache zu üben, nehme ich an", sagte Montague John. „Ich überlegte also, was ich als Nächstes tun und wohin ich gehen konnte. St. Jude's kam nicht infrage – der Zug war abgefahren, wenn Sie verstehen, was ich meine – und Mrs Barnett ..." Er räusperte sich verlegen. „Nun ja,

irgendwie gelang es mir letzten Endes, einige Lumpen auf-
zutreiben, um meine Blöße zu bedecken und ohne großes
Aufsehen den Tempel zu erreichen. Wie ich feststellte, hatte
sich jemand Zugang zu meinen Räumen auf dem Kings
Bench Walk verschafft. Auf dem Tisch im Arbeitszimmer
fand ich einen Brief mit meiner Unterschrift darunter. Er
lautete in etwa: ‚Seit Freitag fühle ich, dass ich allmählich
wie Mutter werde, und das Beste für mich ist, zu sterben.'"

„Du lieber Gott!" Winslows Augen waren ganz groß
geworden.

„Irgendetwas stimmte hier nicht", fuhr der Anwalt fort.
„Jemand wollte meinen Tod, das durfte als sicher gelten.
Bis auf einen Mantel, den ich überzog, rührte ich nichts
an und machte mich so schnell es ging aus dem Staub. Um
die großen Bahnhöfe zu vermeiden, lief ich bis Reigate
Junction zu Fuß. Von dort aus nahm ich einen Zug nach
Bournemouth, wo mein Bruder lebt. Wir hielten es für das
Beste, einfach abzuwarten – mich zu verstecken, bis die
Wogen sich geglättet hätten. Es war eine entsetzliche Zeit
des Wartens, Gentlemen. Einige Male war ich versucht,
an Reverend Barnett in Whitechapel zu schreiben oder
Sie sogar am Gordon Square aufzusuchen, da ich ja keine
Ahnung hatte, ob Mary sich in Sicherheit befand oder die
Flucht vielleicht fehlgeschlagen war." Den Kopf gesenkt,
scharrte er mit dem Fuß in den Kieselsteinen des Weges
herum. „Doch ich wollte kein Risiko eingehen, deshalb
ließ ich es. Als aber schließlich die Nachricht von meinem
vermeintlichen Tod in den Zeitungen erschien, konnte ich
nicht mehr länger tatenlos dasitzen und zuschauen, wie
die Dinge sich entwickelten. Ich musste Gewissheit haben,
wer dort an meiner Stelle gestorben war, und warum. Also
setzte ich mich in den Zug und reiste unter dem Namen
meines Bruders nach London zurück, um die Leiche zu
identifizieren. Wie sich bei der Leichenschau herausstellte,
hatte auch Mr Valentine von der Schule einen Brief erhal-

ten – einen sehr beunruhigenden Brief –, der angeblich von mir stammte."

„Das ist bemerkenswert", meinte Swanson. „Was stand darin?"

„Den genauen Wortlaut habe ich mir nicht eingeprägt. Aber der Brief war gewissermaßen eine weitere Ankündigung meines Selbstmordes. Außerdem gab es ein paar unschöne Anspielungen darin meine Schüler betreffend. Sie haben vielleicht gehört, was man diesem jungen Dichter Wilde so alles nachsagt?"

„Oscar Wilde, der Ästhet?", fragte Frederick. „Wie man hört, soll er sich mit Schafspelzen behängen."

Forbes Winslow kicherte: „In den Clubs wird gemunkelt, er zöge lebende Schafe vor."

„Er soll Lustknaben um sich scharen." Montague Johnston war deutlich missgestimmt, als er hinzufügte: „Und mit solchen Leuten werde ich auf eine Stufe gestellt!"

„Das also stand in dem Brief an den Direktor Ihrer Schule", meinte Swanson. „Sagen Sie, Mr Druitt, sind Sie sicher, dass niemand Sie bei der Leichenschau erkannt hat?"

„Absolut", versicherte er. „Ich trug einen imposanten Bart, wissen Sie? Nicht mal Valentine hat mich erkannt. Ich stellte mich ihm als William Druitt vor, als wir nach der Verhandlung ein paar Worte wechselten."

„Sie können von Glück reden", meinte Frederick, „dass es niemanden gab, der den armen Teufel kannte, dessen Leiche Sie als die Ihre identifizierten."

„Nach einem Monat im Wasser", warf Winslow ein, „sieht eine Leiche beinahe wie die andere aus. Kein Wunder, bei dem Verkehr auf dem Fluss. Denken Sie nur mal an die Raddampfer. Dann sind da die Schleusen und jede Menge Untiefen. Mir sind Fälle bekannt ..." Er verstummte abrupt, als er sah, wie blass Frederick geworden war, fischte eine mächtige silberne Taschenuhr aus seiner Weste und verkündete stattdessen grummelnd, sie müssten sich allmählich auf den Weg zum Bahnhof machen. Wenn man den Doktor unterbrach, und sei es nur durch plötzlich eintretende Blässe, schien er das als persönliche Beleidigung zu betrachten.

„Es war tatsächlich nicht mehr viel von ihm übrig", sagte Montague John. „Lediglich die Kleidung und meine Papiere. Die Geschworenen brauchten daher keine fünf Minuten für ihr Urteil, es handele sich zweifellos um einen Suizid."

Swanson nickte, schlug den Mantelkragen hoch und fragte: „Was ist mit Ihrem Bruder? Warum hat er nicht an der Trauerfeier teilgenommen?"

„Er fand es wohl einfach unangemessen, am Grab eines Fremden Tränen zu vergießen. Aber, na ja, immerhin hat er den Anstand besessen, einen Kranz zu schicken."

„Sagen Sie mal, können wir uns nicht unterwegs unterhalten?", quengelte Winslow mit Leidensmiene. Er zog erneut die Uhr hervor, warf einen flüchtigen Blick darauf und klopfte wie zum Beweis mit dem Fingernagel demonstrativ auf das gewölbte Glas über dem Zifferblatt. „In zwanzig Minuten geht unser Zug." Er fing an, auf der Stelle zu treten.

„Sie haben vollkommen recht", stimmte Swanson ihm zu. „Kommen Sie, lassen Sie uns gehen. Bis zum Bahnhof brauchen wir sicherlich eine Viertelstunde."

Druitt hielt ihn am Arm zurück. „Eines noch, Mr Swanson."

„Ja, Mr Druitt?"

„Wo kann ich Marie Jeanette finden?", fragte er sehr leise.

„Oh, wie dumm von mir. Natürlich können wir nicht im Zug darüber sprechen." Swanson bat Greenland um dessen Reisefederhalter und schrieb etwas auf die Rückseite seiner Visitenkarte. „Sie hat einen anderen Namen angenommen. Das hier ist eine Adresse in Thurso. Fragen Sie dort nach Reverend McIntire. Er wird Sie zu ihr bringen."

„Ich weiß nicht, wie ich Ihnen danken soll."

„Keine Ursache, mein Junge."

Montague John ließ das Papierkärtchen rasch in der Brusttasche seines Jacketts verschwinden, gab Frederick den Federhalter zurück und streckte Swanson die Hand entgegen. „Na dann, auf Wiedersehen."

„Ja, kommen Sie denn nicht mit?"

„Nein, Mr Greenland. Ich glaube, ich bleibe noch eine Weile hier und trauere um mich", fügte er mit einem Schmunzeln hinzu.

Sie reichten sich zum Abschied die Hände und der junge Anwalt schaute den drei Männern lange nach, die nun halb unter ihren flatternden schwarzen Schirmen verborgen gegen die Windböen ankämpfend den Kiesweg hinunterstapften.

Am schmiedeeisernen Tor blieb Frederick stehen und wandte sich Swanson zu. „Wissen Sie, was ich mich die ganze Zeit frage, Chief Inspector?" Er blickte den Hügel hinauf. Der Mann, der einmal Montague John Druitt gewesen war, stand immer noch dort; die rechte Hand zum Gruß erhoben. „Was geschieht, wenn jemand irgendwann die Wahrheit herausfindet? Gibt es wirkliche Sicherheit? Was ist, wenn das Kind ein Junge wird und jemandem die Ähnlichkeit mit dem leiblichen Vater auffällt?"

„Was, wenn morgen die Welt untergeht, Mr Greenland? Kommen Sie, lassen Sie uns jetzt an erfreulichere Dinge denken." Kopfschüttelnd schob er Greenland durch das Tor auf den schlammigen Fahrweg hinaus, wo Forbes Winslow bereits im Eiltempo über die Pfützen hüpfte.

Anstatt direkt nach Hause, ließ Swanson sich von Victoria Station nur bis zum Kennington Park fahren. Das Kopfsteinpflaster der Straßen glänzte feucht im schummrigen Licht der Gaslaternen, die den Gehweg säumten, als er an der Ecke Kennington Park und Brixton Road aus der Droschke stieg. Es war bereits dunkel, und ein eisiger Wind wehte. Aber es regnete nicht mehr. Swanson knöpfte seinen Mantel bis zum Kragen zu. Den Rest des Weges würde er zu Fuß gehen. Camden Villas, die Straße, in der er mit seiner Familie in einem der Reihenhäuser wohnte, lag ohnehin nur einen Steinwurf entfernt. Nach einem Tag wie diesem brauchte er etwas Zeit für sich. Zeit, um von Chief Inspector Swanson wieder zum Privatmann Donald Swanson zu werden. Doch so sehr er sich auch bemühte, an Annie und die Kinder zu denken, seine Gedanken kehrten immer wieder zu den Whitechapel-Morden zurück.

Selbst wenn er recht hatte und William Gull für den letzten Mord in Dorset Street verantwortlich war, dachte er, während er durch die Dunkelheit des Parks ging, warum sollte er die anderen vier Frauen ermordet haben? Hatte er Kate Eddowes wirklich für Marie Jeanette gehalten, nur weil sie sich bei einigen Gelegenheiten Kate Kelly genannt hatte? Möglicherweise. Doch wozu die übrigen drei? Und weshalb, fragte Swanson sich, hätte er mit der Schrift an der Wand und der Art und Weise, wie er die Gedärme der Opfer über deren Schultern drapiert hatte, den Verdacht auf die Freimaurer und damit sich selbst lenken sollen? Das ergab keinen Sinn, selbst wenn Gull längst dem Wahnsinn verfallen war.

Dem Wahnsinn verfallen.

Nachdem er den stillen Park durchquert hatte, bog Swanson kurz entschlossen am St. Agnes Place nach rechts statt nach links ab und stand nach wenigen Minuten vor Thomas Cutbushs Haus in der Albert Street.

In den Fenstern brannte Licht. Swanson klappte den Deckel seiner Taschenuhr auf. Fast neun. Reichlich spät für einen Besuch, dachte er und läutete trotzdem.

Es war Miss Hayne, die ihm öffnete, offenbar überrascht, ihn zu sehen. „Guten Abend, Mr Swanson." Ihre Stimme klang etwas atemlos, wie er bemerkte.

„Guten Abend." Er nahm seinen Hut ab, lächelte. „Ist Ihr Bruder zu Hause, Miss Hayne?"

„Leider nein, Chief Inspector", sagte sie. „Thomas ist nicht mehr daheim. Mum hat ihn einweisen lassen. Gestern hat man ihn abgeholt. Aber kommen Sie doch herein."

„Gab es einen besonderen Anlass dafür, ihn in Gewahrsam zu nehmen?", fragte Swanson, als sie im Dämmerlicht einer Gaslampe auf dem Korridor standen.

„Er war zu gefährlich geworden." Sie schüttelte hilflos den Kopf. „Wir konnten es nicht mehr verantworten, ihn hierzulassen."

Swanson war neugierig. „Was genau ist passiert?"

„Seit er nicht mehr für Reverend Barnett tätig war, kam und ging er zu den unmöglichsten Zeiten. Meist durch ein Fenster nach hinten raus, das wir für ihn offen ließen. Und er war immer dreckverschmiert, wenn er heimkam. Sein Zustand wurde mit jedem Tag schlechter. Er bildete sich ein, man wolle ihn vergiften. Und gestern ging er dann mit einem Messer auf uns los. Wir haben uns schier zu Tode geängstigt. Er drohte Mum, er würde ihr das Herz herausschneiden."

Swanson wölbte alarmiert die Augenbrauen und nickte. „Dürfte ich mich noch einmal bei ihm umsehen, Miss?"

„Aber natürlich", sagte sie und schloss die Tür zu Thomas' Zimmer auf. „Schauen Sie sich alles an."

„Wo ist Ihr Stiefbruder jetzt?", fragte er. „Leavesden? Colney Hatch? Broadmoor?"

„Ich weiß es nicht, ehrlich gesagt. Mum rief die Polizei und man brachte ihn fort. Er hat sich wie ein Wilder gewehrt, kann ich Ihnen sagen, und ganz fürchterlich geschrien, als sie ihm die Zwangsjacke anlegten." Sie vergrub ihr Gesicht in den Händen. „Es war so entsetzlich."

Swanson kannte das. So war es immer. Er sah sich um. Von den Wänden starrten ihn die blutigen Fratzen der Collagen an. Auf dem Schreibtisch lagen noch mehr. Je länger er sie betrachtete, umso deutlicher erkannte er darin die entstellten Leiber der ausgeweideten Frauen wieder, deren Tod er in Whitechapel aufzuklären versucht hatte. Eines nach dem anderen nahm er sie zur Hand und legte sie beiseite.

Dann hielt er plötzlich ein grobschlächtiges Porträt in Händen, auf dem er die kreuz- und v-förmigen Schnitte zu erkennen glaubte, die der Ripper in Catherine Eddowes Gesicht geritzt hatte. „Was ist das?"

„Ich weiß nicht", sagte sie und zuckte die Achseln. „Könnte Tante Margery sein."

„Und das?" Er hielt ihr einen Brief hin, den er zwischen den Kunstwerken gefunden hatte.

„Reverend Barnetts Empfehlungsschreiben", sagte Miss Hayne traurig, während sie ihm über die Schulter blickte. „Thomas wird es jetzt wohl nicht mehr brauchen."

Swanson widmete sich wieder den Papieren auf dem Schreibtisch und fand schließlich, wonach er suchte.

Er hielt das Blatt Papier in die Höhe und fragte: „Ist das die Handschrift Ihres Bruders, Miss?"

„Ja." Sie lachte verhalten. „Ein ganz schönes Gekrakel, was? Dabei hat er als Kaufmann in einem Teekontor gearbeitet. Hätte Arzt werden können bei der Schrift."

„Darf ich das mitnehmen?", fragte er und raffte ein paar Blätter zusammen, ohne Miss Haynes Antwort abzuwarten. „Ich würde mir das gern in Ruhe ansehen."

„Ich habe nichts dagegen."

„Sagen Sie, hat Ihr Bruder medizinische Kenntnisse?"

„Warum ... warum fragen Sie danach?" Sie verstummte entsetzt.

Swanson sah sie sehr ernst an. „Bitte beantworten Sie einfach die Frage, Miss Hayne."

„Also, nun ja, er las sehr viel über Medizin und so. Bücher. Er besaß Unmengen davon."

Hier im Raum sah Swanson kein einziges. „Wo bewahrt er sie auf? Kann ich sie sehen?"

„Hier in dieser Kiste", sagte sie und wies auf die große Holztruhe, in der Cutbush bei seinem ersten Besuch angeblich den Nachtisch versteckt hatte. „Aber sie sind alle fort."

Er klappte die Truhe auf. Sie war tatsächlich leer. Auf deren Boden waren dunkle Flecken zu erkennen. Womöglich getrocknetes Blut. Wahrscheinlich hatte Cutbush hier die Organe der Frauen aufbewahrt. „Was hat Ihr Bruder mit den Büchern gemacht?"

„Er hat sie alle verbrannt", sagte sie. „Hinten im Garten. Vor einigen Tagen schon. Er meinte, er benötige sie nicht mehr."

Swanson hatte genug gehört. Er stopfte sich die Papiere in die Manteltasche, verließ das Haus in der Albert Street und winkte einem Hansom.

Er hatte sich geirrt, was den Ripper anging. Gull mochte das Schlachtfest im Miller's Court gefeiert haben, doch für den Tod der vier anderen Frauen war er nicht verantwortlich gewesen.

Jetzt wusste Swanson, wer hinter den Morden steckte.

Er kannte den Namen des Täters.

Und er kannte sein Motiv.

St. Jude's lag im Dunkeln.

Die Droschke, die Swanson abermals nach Whitechapel gebracht hatte, machte kehrt und fuhr rumpelnd die regenfeuchte Commercial Street hinunter.

Mrs Barnett war hocherfreut, ihn zu sehen, und führte ihn ins Arbeitszimmer, wo der Vikar hinter seinem Schreibtisch saß und Papiere ordnete. Er stand gleich auf, um ihn zu begrüßen.

„O bitte, bleiben Sie sitzen", sagte Swanson, beide Hände erhoben, und nahm auf einem der Stühle Platz. „Ich störe Sie bei der Arbeit, wie ich sehe."

„Ach, die endet doch nie", sagte Barnett und seufzte tief. „Pfarrer und Polizisten sind stets im Dienst, habe ich recht? Ich sitze immer noch über meiner Predigt für Sonntag. Der verlorene Sohn. Lukas 15, 11–32. Was führt Sie zu mir?"

„Ich war heute Nachmittag bei Mr Druitts Beisetzung. Es war sehr feierlich."

„Ich wäre auch hingegangen, aber ..." Barnetts Hände flatterten hilflos über die Papiere auf dem Schreibtisch. „Es hat uns schwer getroffen, als wir von seinem Tod erfuhren. Es ist unfassbar, nicht wahr?"

„Der Tod ist immer unfassbar. Besonders der gewaltsame. Wo wir gerade davon sprechen, Reverend", sagte Swanson und schnitt damit den eigentlichen Grund seines Besuches an. „Ich wollte mit Ihnen über Mr Cutbush sprechen, den jungen Mann, der Ihnen hier zur Hand geht."

„Thomas, der Gute", sagte der Vikar und lächelte.

„Nun, ganz so gut, wie Sie dachten, ist er wohl nicht", meinte Swanson. „Wussten Sie, dass er sich für Medizin interessierte?"

Der Vikar schien überrascht. „Nein. Soweit ich sagen kann, lebt er für die Kunst. Das hat er mir jedenfalls immer erzählt."

„Ich komme eben von seiner Stiefschwester. Und nach allem, was ich dort im Haus gesehen und gehört habe, bin ich davon überzeugt, dass er der Whitechapel-Mörder ist."

„Was? Das kann nicht Ihr Ernst sein, Chief Inspector. Thomas ist völlig harmlos."

Eine Einschätzung, die Swanson auch von Cutbushs Onkel, dem Superintendent, bekommen hatte. Er schüttelte den Kopf und sagte: „Man hat ihn in eine Anstalt eingewiesen. Offenbar hat er versucht, seiner eigenen Mutter die Kehle durchzuschneiden."

„Großer Gott! Das ist ja entsetzlich. Sie sehen mich völlig bestürzt. Mir und Hetty ist nie etwas aufgefallen."

„Ihre Gattin hat vielleicht nicht so genau hingesehen", sagte Swanson. „Was ist mit Ihnen, wussten Sie, dass er – nun sagen wir mal, etwas sonderbar war?"

„Nun gut, ich wusste um seine labile Verfassung", sagte Barnett. „Allerdings hoffte ich, ihn mit verantwortungsvoller Arbeit und viel Zuspruch auf den richtigen Weg bringen zu können."

„Haben Sie je seine Handschrift gesehen?"

„Nein."

„Sie ist mit dem Brief identisch, den Mr Lusk mit der halben Niere des Mitre-Square-Opfers geschickt bekam", sagte Swanson.

„Sind Sie sich da ganz sicher?"

Swanson nickte. „Es besteht kein Zweifel."

„Ganz gleich, was er getan haben mag, Thomas trifft im Grunde keine Schuld, Chief Inspector", meinte Barnett. „Er ist nur ein Symptom. Diese Morde mussten ja irgendwann kommen. Und ehrlich gesagt sind sie bei Weitem nicht das Schlimmste, was hier in Whitechapel geschieht. Im Gegenteil. Sie haben die Aufmerksamkeit der Bürger auf die entsetzlichen Zustände gelenkt. Viel wichtiger, einen Mörder zu fassen, der keine Opfer hätte, wären die Bedingungen nicht so katastrophal, ist es, unsere Reform durchzubringen. Wir müssen die verdreckten Logierhäuser abreißen und die Lebensumstände der Leute verbessern. Was wird jetzt aus ihm? Wird man ihn anklagen?"

„Ich fürchte, nein. Vermutlich wird man ihn für den Rest seines Lebens in eine Anstalt sperren. Wenn er tatsächlich unzurechnungsfähig ist, wird es lediglich eine kurze Anhörung vor einem Amtsarzt geben. Vor Gericht wird Cutbush dann sicher nicht mehr gestellt."

„Der arme Thomas. Wir werden für ihn beten", sagte Barnett. „Es ist sehr schade um ihn. Ich hielt ihn immer für einen sehr anständigen Burschen mit einem guten Herzen."

„Nur der Herr vermag das Herz zu ergründen und die Nieren zu prüfen", zitierte Swanson aus der Bibel.

„Ich bin beeindruckt, Chief Inspector. Ich ahnte nicht, wie bibelfest Sie sind."

„Bevor ich zur Polizei ging, zog ich tatsächlich eine theologische Laufbahn in Betracht. Doch ich fand schnell heraus, dass es mir eher lag, die Sünder zu verhaften, als sie zu bekehren. Sagen Sie, haben Sie die Nieren geprüft, Reverend?"

„Ich verstehe nicht recht."

„Waren Sie schon einmal in den Vereinigten Staaten von Amerika?"

„Ja", sagte er verwirrt. „Ja, das war ich. Für ein halbes Jahr, ehe ich zu studieren anfing. Aber was soll das alles?"

Allmählich begann alles zusammenzupassen. Swanson stand auf. „Wie weit ging Ihr Wunsch, das East End zu reformieren, Reverend Barnett? War es schwierig, Thomas Cutbush auf Ihre Seite zu ziehen. Einen debilen jungen Mann aus gutem Hause? Es liegt ja eine gewisse Ironie darin, dass er der Neffe eines Scotland-Yard-Beamten ist, nicht wahr? Sie haben sich die Arbeit geteilt. Dachten Sie, wenn jemals die Wahrheit ans Licht käme, würden die Ermittlungen im Sande verlaufen, weil eine Krähe der anderen kein Auge aushackt?"

Barnett zog arrogant eine Augenbraue hoch. „Sie können nichts davon beweisen."

„Wir werden Cutbush zu einer Aussage bewegen", sagte Swanson.

„Einen gestörten jungen Mann, der sich für einen Arzt

hält, weil er ein paar Bücher über Medizin gelesen hat?" Barnett lachte. „Ich bitte Sie."

„Nun, einen Beweis habe ich", sagte Swanson. „Sie machten den Fehler, den Brief mit der Unterschrift Jack the Ripper an die Presseagentur zu schicken. Sie dachten wohl, es käme niemandem in den Sinn, Sie könnten der Schreiber sein. Gut, die Handschrift ist verstellt, aber sie ist doch noch deutlich zu erkennen." Er griff in seine Manteltasche und zog das Empfehlungsschreiben hervor, das er in Cutbushs Zimmer gefunden hatte.

Barnett verzog keine Miene, als er sagte: „Eine Allerweltsschrift. Genauso gut könnten Sie ihn geschrieben haben, Chief Inspector."

Swanson ließ sich nicht aus der Ruhe bringen. „Warum haben Sie ihn geschrieben, Reverend? Nur, um mit Ihren Taten zu prahlen? Oder um noch mehr Aufmerksamkeit auf die elenden Zustände im East End zu lenken? Haben Sie deshalb die wenigen Habseligkeiten, die Sie in Annie Chapmans Taschen fanden, so ordentlich vor sie hingelegt?" Swanson war fest davon überzeugt. Ein irrsinniger Killer, dem es nur um den Rausch des Tötens ging, hätte nichts dergleichen getan.

„Sie erwarten doch wohl nicht von mir, dass ich mich zu diesen absurden Anschuldigungen äußere", sagte Barnett und strich sich über seinen Bart. „Ich bin ein angesehener Mann, Chief Inspector. Ein Mann Gottes."

„Und ein Mörder", sagte Swanson. Er ging zu der Tafel mit der Karte hinüber, in der noch immer die bunten Fähnchen steckten. Er nahm die vier roten und steckte sie hinein. Reverend Barnett saß seelenruhig hinter seinem Schreibtisch und sah ihm schweigend dabei zu.

Was hatte Phelps gesagt? Wenn man die Tatorte miteinander verband, erhielt man die Form eines Dolches. Swanson hatte gar nicht richtig zugehört, weil ihn all die abwegigen Theorien und zahllosen falschen Spuren hatten abstumpfen lassen. Aber es war kein Dolch, den er vor sich sah, als er jetzt die Stellen, die er mit den roten Fähnchen markiert hatte, mit zwei raschen Kreidestrichen verband.

Es war ein exaktes Kreuz.

Das Kreuz Christi.

Das konnte kein Zufall sein.

„Was sagen Sie dazu, Reverend?", fragte Swanson.

„Ein Zeichen des Himmels, will ich meinen", sagte Barnett mit einem Schulterzucken. „Wenn Thomas sich einen Mordplan zurechtgelegt hatte, ist das kaum etwas, das Sie mir anlasten könnten."

Das einzige Opfer, das nicht in dieses Kreuzschema passte, war Martha Tabram. Swanson wandte sich um. Er sah zu dem großen, mit Grünspan überzogenen Bronzekreuz an der Wand hinter dem Schreibtisch und sagte: „Was ist mit der Toten in George Yard Buildings, Reverend? War sie das erste Opfer? Oder brachte ihr Tod Sie erst auf die Idee zu Ihrem Kreuzzug?"

„Sie wissen doch, wie es in der Bibel heißt", sagte Barnett. „Ihr sollt nicht wähnen, dass ich gekommen sei, Frieden zu senden auf die Erde. Ich bin nicht gekommen, Frieden zu senden, sondern das Schwert."

„Und Sie machten das Kreuz zu Ihrem Schwert, nicht wahr?", sagte Swanson. „Sie töteten die Frau gemeinsam mit Cutbush, um Ihren Bund zu besiegeln." Vermutlich, dachte er, war ihnen Winslow dabei in die Quere gekommen, und sie hatten ihn kurzerhand bewusstlos geschlagen. „War es dieses Kreuz aus Bronze, das Martha Tabrams Brustbein durchbohrte? Wir fanden Grünspan in einer ihrer Wunden. Wenn wir es untersuchen ließen, würden wir Spuren von Blut darauf finden?"

„Es gibt noch keinen wissenschaftlichen Nachweis dafür, Chief Inspector", sagte Barnett und lehnte sich in seinem Stuhl zurück. „Sie vermögen nicht, mich zu erschrecken."

„Eines Tages wird es ihn geben, verlassen Sie sich darauf."

„Dieser Tag ist fern. Sie und ich werden ihn sicher nicht mehr erleben."

Wenn Barnett es auch weiterhin abstritt, nun ergaben die Dinge langsam einen Sinn. „Ein Zeuge im Mordfall Berner Street hatte den Akten zufolge ausgesagt, er hätte einen Mann in dunkler Kleidung mit Elizabeth Stride sprechen sehen. Was die Frau sagte, verstand er nicht, wohl aber die Worte des Mannes."

„Ich bin gespannt, Chief Inspector", sagte Barnett. „Was sagte er denn?"

„Sie würden alles andere tun als beten", sagte Swanson. „Ich hätte bereits darauf kommen müssen, als mir Inspector Abberline die Zeugenaussagen in der Chapman-Mordsache schickte. Auch da hatte eine Zeugin einen großen Mann in schwarzen Kleidern gesehen. Abberline hielt die Aussage der Zeugin für unglaubwürdig, weil Annie Chapman auf die Frage ‚Willst du?', mit ‚Heute nicht. Ein andermal vielleicht' geantwortet hatte. Bei einem Freier klingt es falsch. Aber bei einem Pfarrer, der eine Prostituierte anspricht, um sie dazu zu bewegen, die Nacht im Arbeitshaus zu verbringen, klingt es plötzlich ganz richtig. Nur, dass sie nie hingehen, solange sie noch auf ein paar schnell verdiente Pennies hoffen, habe ich recht?"

„Sie gehen nicht hin, weil sie für die Übernachtung einen ganzen Tag arbeiten müssen, Chief Inspector", sagte Barnett. „Sie nehmen ihren Tod aus lauter Faulheit in Kauf."

„Noch lange kein Grund, sie zu zerstückeln."

„Soviel ich weiß, waren alle Frauen krank. Sie wären ohnehin über kurz oder lang gestorben."

„Soll das heißen, Sie geben die Morde zu?"

„Ich gebe gar nichts zu", meinte Barnett. „Ich sage nur, dass ihr Tod für sie eine Erlösung war."

„Ganz gleich, wie kompliziert es zu Beginn auch aussehen mag", sagte Swanson, „am Ende ist es immer ganz einfach."

„Nun", sagte Barnett und wandte den Kopf. „Mal angenommen, Sie hätten tatsächlich recht ..."

„Ich weiß, dass ich recht habe", sagte Swanson. Er war frustriert. Nichts davon würde er vor Gericht beweisen können. Noch nicht. Doch Stedman und die Wissenschaft machten rasche Fortschritte.

Barnett lächelte ihn milde an. „Angenommen, es wäre so. Was brächte Ihnen diese Erkenntnis? Rein gar nichts. Was sind schon vier tote Frauen verglichen mit dem Nutzen, den es der Allgemeinheit bringt? Sie sind Märtyrerinnen, Mr Swanson. Sie gaben ihr Leben, um das zukünftiger Generationen zu verbessern – zu retten sogar."

„Weiß Ihre Gattin Bescheid?"

„Hetty?" Barnetts Gesicht wurde ernst. „Nein. Sie denkt nicht in diesen großen Dimensionen. Das ist überhaupt das Problem mit unserer ganzen Gesellschaft. Die wenigsten sehen über den eigenen Tellerrand hinaus." Er beugte sich vor und stützte das Kinn auf seine aufeinandergelegten Hände. „Sie sind Polizeibeamter. Sie verhaften Mörder, die vor Gericht kommen und zum Tode verurteilt werden. Wie viele Menschen haben Sie auf dem Gewissen, Chief Inspector? Wenn Sie die Möglichkeit hätten, alles Böse, den Hass und jeden Mord aus dieser Welt zu verbannen, nur dadurch, dass Sie vier kranke Menschen opferten. Was, meinen Sie, würden Sie tun?"

„Sie sprechen von vier Frauen", sagte Swanson. „Was ist mit Miss Kelly? Sie war weder krank noch wollte sie eine Märtyrerin sein. Warum sie?"

„Halten Sie mich bitte nicht für einen Narren", sagte Barnett. „Sie machen den Fehler, auf mich herabzusehen, weil Sie glauben, ich sei verrückt. Muss ich Sie daran erinnern, dass ich sehr wohl weiß, dass es nicht Miss Kelly war, die in diesem Zimmer im Miller's Court gestorben ist. Sie brachten sie weg. Und ich weiß wohin. Sie vertraute mir, denn sie spürte, dass ich auf ihrer Seite war. Sie hat mir alles erzählt. Daher weiß ich im Gegensatz zu Ihnen auch, wer ihr nach dem Leben trachtete und warum."

„Wer war es?", fragte Swanson. Er wollte wenigstens wissen, ob er mit seinem Verdacht gegen Gull richtig lag. „Wer bedrohte Miss Kelly?"

„Ich fürchte, ich muss leider darüber schweigen", meinte Barnett. „Ich gab Miss Kelly mein Wort. Aber eines will ich Ihnen sagen: Das, was ich getan habe, ob Sie es nun verstehen können oder nicht, ist etwas Gutes. Ich tat es im Dienste Gottes. Und da Sie nun offensichtlich vorhaben, diese Taten in den Schmutz zu ziehen und mich öffentlich dieser Morde anzuklagen, komme ich nicht umhin, Sie zu warnen."

Mrs Barnett erschien plötzlich im Zimmer und erkundigte sich danach, ob sie noch etwas Tee und Gebäck bringen sollte.

„Danke, Hetty, Liebes, ich denke, wir sind versorgt", sagte er und sah sie liebevoll an. „Geh schon zu Bett. Meine Predigt ist beinahe fertig. Ich komme in ein paar Minuten nach. Der Inspector war eben dabei, sich zu verabschieden." Und als sie die Tür wieder hinter sich geschlossen hatte, fuhr er fort, als sei er niemals unterbrochen worden: „Sollten Sie versuchen, mich mit diesen barbarischen Ripper-Morden in Verbindung zu bringen, Chief Inspector, dann seien Sie sicher, dass ich Gelegenheit haben werde, den maßgeblichen Stellen mitzuteilen, dass die arme Frau, die man im Miller's Court zerstückelt hat, wer immer sie gewesen sein mag, ganz sicher nicht Mary Kelly war. Denn die lebt ja oben in Thurso, nicht wahr?" Noch ehe Swanson etwas erwidern konnte, stand Barnett auf. „Ich würde gerne noch weiter mit Ihnen plaudern. Aber leider muss ich Sie jetzt verabschieden. Meine Frau wartet. Ich wünsche Ihnen alles Gute mit Ihren Ermittlungen. Tut mir leid, dass ich Ihnen nicht viel weiterhelfen konnte." Er trat an die Tür und hielt sie auf. „Auf Wiedersehen, Chief Inspector. Ach, und grüßen Sie Miss Kelly von mir, wenn Sie sie sehen."

„Auch wenn Sie sich vor keinem weltlichen Gericht verantworten müssen – vor Gott werden Sie eines Tages Rechenschaft ablegen", sagte Swanson, der wusste, dass er nicht das Geringste auszurichten vermochte. „Möge der Herr Ihrer Seele gnädig sein, Reverend Barnett. Sie werden Ihr Leben lang damit zurechtkommen müssen."

„Wie Sie feststellen werden", meinte Barnett mit einem Lächeln, „ist der Herr letztlich immer mit den Seinen."

Die Tür hatte sich geschlossen.

Und Swanson ging, ohne noch einmal zurückzublicken.

Epilog

Freitag. – Verrückten in Anstalt verfrachtet. Anonymen Brief erhalten, der den örtlichen Geistlichen als den gesuchten Verbrecher denunziert. Nahm den ehrwürdigen Herrn in Haft.

Samstag. – Bedeutenden Geistlichen mit einer Entschuldigung in die Freiheit entlassen. Wie eine Zeitschrift ermittelte, ist es sehr gut möglich, dass die Polizei das Verbrechen selbst verübt hat. Bei Dienstschluss beendete ich die Woche damit, mich selbst zu verhaften!

Punch, 22. Sept. 1888,
Ein Kriminalbeamten-Tagebuch à la mode

An:

Donald Sutherland Swanson, Esqu.
5 Camden Villas, Kennington
London SE 11

Mein lieber Mr Swanson,

seit wir uns das letzte Mal sahen, ist so viel geschehen. Dank Ihrer Hilfe habe ich mein Glück hier oben am Ende der Welt gefunden. Mary ist nach der Geburt des Mädchens wohlauf, und die Kleine – wir haben sie auf den Namen Laura Eliza taufen lassen – ist ein richtiger Wonneproppen; gesund und strotzt nur so vor lauter Kraft, obwohl sie ein paar Tage zu früh auf die Welt gekommen ist. Mary behauptet zwar, sie habe die Nase ihres Vaters, aber die Augen sind – Gott sei's gedankt – ganz die der Mutter!

Eben kommt Mary herein. Sie schickt Ihnen liebe Grüße. Außerdem erinnert sie mich daran, dass es jetzt Zeit für den Gottesdienst wird. Reverend McIntire wird diesen Brief an sich nehmen und ihn auf seiner Reise nach Elgin unterwegs irgendwo aufgeben. Wundern Sie sich also nicht, wenn als Absender irgendein unaussprechliches schottisches Dorf angegeben ist.

Ich muss nun aufhören. Mal sehen, vielleicht können Sie und Mr Greenland uns ja einmal besuchen, sobald etwas Gras über die Sache gewachsen ist. Bis dahin, und ganz gewiss so lange wir leben, werden wir Sie und Mr Greenland voll tiefer Dankbarkeit in Erinnerung behalten.

D.

PS: Aus verständlichen Gründen leben wir hier oben sehr zurückgezogen und schreiben nicht viel; daher grüßen Sie Mr und Mrs Barnett bitte ganz herzlich von uns, falls Sie sie einmal besuchen.

Was für ein trauriger letzter Satz, dachte Swanson. Niemals hätte er geglaubt, so viel Tragik und Trost zugleich in so wenigen Worten zu finden.

Sehr langsam faltete er den Brief zusammen und schob ihn in den Umschlag zurück, ehe er ihn in den Kamin warf. Swanson sah zu, wie die knisternden Flammen das Papier begierig aufleckten, die Zeilen verschlangen, ohne jedoch die Traurigkeit auszulöschen.

Es klopfte an der Tür. Es war Annie. „Kommst du?", fragte sie. „Du weißt, die Kinder warten." Sie schaute ihn an, sah sein ernstes, sorgenvolles Gesicht und blieb hinter dem Sessel stehen, ihre Wange an sein Haar geschmiegt, und streichelte zärtlich seine Brust. „Ist es wieder die Arbeit, Don?"

„Es ist doch immer die Arbeit, Liebes." Seufzend drückte er ihre Hand und sah zu ihr hoch.

„Willst du darüber reden?", fragte sie sanft.

Er küsste schweigend ihre warmen Hände. Dann sagte er: „Ich komme gleich, Annie. Gib mir noch einen Moment, ja?"

„Natürlich." Sie strich ihm durchs Haar und ließ ihn allein.

Seine Beine fühlten sich taub und lahm an, als er sich aus dem Sessel erhob und ans Fenster trat, wo sich die schweren Gardinen in der Zugluft blähten.

Jenseits des verlassenen Kennington Park stimmten die Glocken der nahe gelegenen Kirche ihr klagendes Nachtgeläut an, während ringsum der Lärm eines geschäftigen Tages erstarb und die Lampen entzündet wurden.

Wie viele Komödien, wie viele Tragödien mochten in diesem Augenblick dort draußen ihren Anfang nehmen oder ihr erschreckendes Ende finden? Wessen Vorstellungskraft würde schon ausreichen, sich all die Schrecknisse auszumalen, die eine einzige Nacht mit sich bringen konnte?

Niemandes, Donald, dachte er. Niemandes.
Und wahrscheinlich war es einfach leichter so.

Sir William Withey Gull, der Leibarzt Königin Victorias, erlitt im Dezember einen weiteren Schlaganfall und starb im Januar 1890. Man begrub ihn in der Nähe seines Geburtsortes.

John Netley kam 1903 in Sichtweite von 221b Baker Street unter den Rädern seiner eigenen Kutsche ums Leben.

Fred Abberline nahm seinen Abschied. Eine Weile arbeitete er noch für die weltweit operierende Privatdetektei Pinkerton, bis er sich schließlich in Bournemouth zur Ruhe setzte. Er schrieb nie eine Autobiografie.

Chief Inspector Littlechild schrieb eine; ebenso Walter Dew. Auch wenn Dew fälschlicherweise behauptete, der erste Beamte am Schauplatz des Miller's-Court-Mordes gewesen zu sein – berühmt wurde er erst mit der Festnahme Dr. H.H. Crippens im Jahre 1910.

Forbes Winslow war zeitlebens davon überzeugt, allein seine Anwesenheit in Whitechapel habe den Ripper vertrieben und die Mordserie beendet. In seinen Lebenserinnerungen nennt er sogar den Namen des Mannes, den er für den Ripper hielt: G. Wentworth Bell Smith.

Thomas Hayne Cutbush wurde niemals angeklagt. Er wurde für unheilbar geisteskrank befunden und in die Nervenheilanstalt Broadmoor eingeliefert. Unglücklicherweise gelang es ihm auszubrechen. Auf seiner nur wenige Tage andauernden Flucht tötete er drei weitere Frauen in Whitechapel. Er konnte schließlich abermals festgenommen werden und starb am 5. Juli 1903, dem Jahr von Donald Swansons Pensionierung.

Thomas' Onkel, Superintendent Charles Henry Cutbush, starb bereits 1896. Seit Monaten depressiv, erschoss er sich in der Küche seines Hauses im Beisein seiner Tochter.

Die Morde des Rippers hatten letztlich den gewünschten Erfolg. Die von Reverend Samuel Augustus Barnett angestoßenen Reformen wurden in die Tat umgesetzt. Die Öffentlichkeit war entsetzt über die schlimmen Bedingungen, unter denen die Bürger Whitechapels lebten. Reiche Investoren kauften in großem Stil Grundstücke auf, ließen die maroden Logierhäuser abreißen und sorgten für einen regelrechten Bauboom. Die dunklen Gassen wurden mit ausreichender Beleuchtung versehen. Barnett verließ mit seiner Frau kurz darauf das East End. Er starb am Nachmittag des 17. Juni 1913.

Chief Inspector Donald Sutherland Swanson und sein Sergeant Peter Phelps wurden mit weiteren Fällen betraut.

Ende

Nachwort

Es war mir eine Ehre, als Robert C. Marley mich fragte, ob ich so freundlich sei, für seinen neuesten Roman ein Nachwort beizusteuern, in dem ich etwas über den *wirklichen* Inspector Swanson erzähle, der mein Urgroßvater Donald Sutherland Swanson war. Ich füge hier den mittleren Namen hinzu, denn in Thurso, im hohen Norden Schottlands, von wo er stammte, gab es gewöhnliche Donald Swansons wie Sand am Meer.

Er wurde 1848 geboren und starb 1924. Ich selbst habe ihn nie getroffen, aber mein Vater verbrachte oft Zeit mit ihm und erzählte mir immer, wie messerscharf sein Verstand auch gegen Ende seines Lebens noch war. Das kam nicht von ungefähr. Er war ein brillanter Schüler gewesen, besonders in Latein und Griechisch, und fasste anfangs eine Karriere als Pfarrer oder Lehrer in seiner Heimatstadt ins Auge.

Mit gerade mal 20 Jahren muss er jedoch zu dem Schluss gekommen sein, dass für ihn weder in diesem eher trostlosen Teil Schottlands noch im Beruf des Lehrers eine Zukunft lag. Und es zog ihn nach London. Zu jener Zeit die größte Metropole der Welt.

Er hatte familiäre Verbindungen nach London und einen entfernten Verwandten bei der Londoner Polizei. Seine erste Arbeit fand er jedoch als Angestellter in der Londoner City. Recht bald schon sah er eine Stellenausschreibung im Daily Telgraph für einen Job als Polizeibeamter und bewarb sich darauf, da er, wie er sagte, weniger an einer lukrativen, sondern eher an einer ihn erfüllenden Aufgabe interessiert war.

Er bekam den Job! Er fing ganz unten an, arbeitete sich durch die Ränge hoch – vom einfachen Police Constable (einem „Bobby" auf Streife) –, um am Ende seiner Karriere zu Scotland Yards führendem Ermittler aufzusteigen.

Als ich aufwuchs, war es Teil der Familiengeschichte, dass er nicht nur Scotland Yards Top-Detective gewesen war, sondern auch die Ermittlungen im Fall der sogenannten Whitechapel- oder Jack-the-Ripper-Morde im East End von London geleitet hatte. Außerdem wussten wir, dass er die Identität des Mörders kannte; dessen Namen verriet er jedoch nie. Das lag daran, dass er nach einem bestimmten Ehrenkodex lebte, der besagte, Details seines beruflichen Lebens und seiner Arbeit nicht einmal mit seinen Familienangehörigen zu besprechen.

Sein Wissen um die Identität des Rippers wurde 1987 nach dem Tod seiner letzten überlebenden Tochter bekannt. Mein Vater (ihr Neffe) ging gemeinsam mit einem seiner Brüder Donald Sutherland Swansons private Unterlagen durch und stolperte über einige handschriftliche Notizen, die er in seiner Ausgabe eines Buches gemacht hatte, das sein Vorgesetzter Sir Robert Anderson geschrieben hatte.

Diese Notizen (die sogenannten „Swanson-Marginalien") besagen, dass der Hauptverdächtige (und sicherlich der Übeltäter) ein gewisser Kosminski war – ein polnischer Jude. Der einzige Augenzeuge jedoch, der ihn hätte identifizieren können, weigerte sich, vor Gericht gegen ihn auszusagen, da er derselben Gemeinschaft angehörte und sein Gewissen nicht damit belasten wollte, für die Hinrichtung des Mörders verantwortlich zu sein. Die Polizei brachte Kosminski daraufhin in einer Anstalt für Geisteskranke unter.

Die Mordserie endete.

Chief Inspector Donald Sutherland Swanson

Man wird sich an Donald Sutherland Swanson für immer in Verbindung mit Jack the Ripper erinnern, obgleich er den Fall niemals als seinen wichtigsten ansah. Eine Tatsache, die sich in den vielen bedeutenden Fällen zeigt, die er während seiner Karrière bearbeitete.

Nevill Swanson,
Worcester, Januar 2015.

COLOURS EXQUISITE.   **ASPINALL'S ENAMEL.**   SURFACE LIKE PORCELAIN.

STUARY CUMBERLAND'S ILLUSTRAYED MIRROR

A REFLECTOR 1d of PEOPLE, POLITICS, FINANCE THE DRAMA, ETC.

No. 15.—One Penny.   LONDON, MONDAY, SEPTEMBER 23, 1889.   [Registered at G.P.O. as a Newspaper.]

THE GREAT WHITECHAPEL PUZZLE.

Find "Jack the Ripper" and his Knife.

Danksagung

All den vielen Menschen, die mich bei meiner Arbeit unterstützen, möchte ich von Herzen Dankeschön sagen – allen voran meiner wunderbaren Familie, die oftmals zurückstecken muss, wenn ich mit Laptop, Büchern und Notizen den Wohnzimmertisch belagere. Die abenteuerlustig meine Recherchen in England begleitet, auch wenn das heißt, mit Hacke und Schaufel kriminalhistorische Artefakte auszugraben, und die mich stets liebevoll aufbaut, wenn mich mal wieder Selbstzweifel plagen. Merlin, Felix und Andrea – ihr seid wunderbar und ich kann kaum zurückzahlen, was ihr mir tagtäglich zu geben bereit seid!

Ich danke Karl-Heinz Köster von der Worcester-Kleve Twinning Association, der mich mit Nevill Swanson bekannt machte. Und natürlich Nevill selbst, der mich seinem Urgroßvater ein ganzes Stück näher gebracht hat und so freundlich war, ein Nachwort für diesen Roman zu schreiben. Adam Wood, der unermüdlich daran arbeitet, den realen Donald Sutherland Swanson für uns zum Leben zu erwecken, und der mich wieder und wieder mit historischen Informationen versorgt hat. Und nicht zu vergessen Stewart Evans, der sich nicht nur wie kein zweiter mit Jack the Ripper auskennt, sondern auch bereit war, sein Wissen mit mir zu teilen. Außerdem geht mein Dank an den mittlerweile leider verstorbenen HRH Joseph Gorman Sickert, den Sohn des Malers Walter Sickert, dafür, dass er bereit war, mit mir über die Verwicklungen seiner Familie in die Whitechapel-Morde zu plaudern. Und an meinen Lektor Andreas Barth, die Fehlerjägerin Birgit Rentz und meine Verlegerin Sandra Thoms für Zuspruch und jede Menge Geduld.

Und ich danke Ihnen, meinen Leserinnen und Lesern, die Sie Chief Inspector Donald Sutherland Swanson, seinen Sergeant Peter Phelps, Frederick Greenland und all die anderen merkwürdigen Gestalten mit Erscheinen des ersten Bandes ins Herz geschlossen haben. Ich hoffe, dass Sie ihnen und mir auch weiterhin die Treue halten.

R.C.M.